Hermann Vinke

Die DDR

Hermann Vinke

Die DDR

Eine Dokumentation
mit zahlreichen Biografien
und Abbildungen

Mit einem Vorwort von
Wolfgang Thierse

Ravensburger Buchverlag

Inhalt

Honecker stürzt Ulbricht

Auf gute Nachbarschaft

Krisenjahr 1976

Sozialismus auf Pump

Schwerter zu Pflugscharen

Revolution von oben

Friedliche Revolution

Die Einheit

Die DDR und was daraus wurde

Das Ende der DDR und die darauf folgende Einheit Deutschlands zählen zu den tiefsten Brüchen unserer Geschichte. Als Korrespondent des ARD-Studios DDR in Berlin, das dann in *ARD-Studio Ostdeutschland* umbenannt wurde, habe ich diese Phase miterlebt. Es war die intensivste und faszinierendste Zeit meines Berufslebens, noch intensiver als die Jahre, die ich zuvor als Radio-Reporter in den USA und Japan verbrachte; intensiver auch als meine spätere Berichterstattung über Ostmitteleuropa. Zwischen 1989/90 und 1992 fand fast täglich Geschichte statt. Die Ereignisse überschlugen sich. Auf das abrupte Ende der DDR folgte die Einheit Deutschlands. Zeitzeuge zu sein und darüber zu berichten, gehört zu meinen einschneidensten Erfahrungen. Seit meiner Korrespondententätigkeit in Berlin beschäftigt mich der Osten mehr als der Westen, besonders die Geschichte der DDR, ihr Weg in die Diktatur, der Verrat sozialistischer Ideale durch die SED und die Ursachen ihres Scheiterns.

Sichtweisen

Bis zu dieser Zeit war mein DDR-Bild überwiegend durch westliche Medien, die Verwandten in Sachsen und sporadische Reisen nach Ostdeutschland geprägt. Ich bemühte mich damals, dem zweiten deutschen Staat jenseits der vom Kalten Krieg geprägten Sichtweisen gerecht zu werden und auch das Positive zu sehen, etwa im Bildungs- und Gesundheitsbereich. Doch der demonstrative Antifaschismus, die ständig propagierte internationale Solidarität, die hochgelobte Freundschaft zu Polen und anderen Ostblockländern wirkten penetrant und waren mit der Realität kaum in Einklang zu bringen. Und überhaupt, der *„neue sozialistische Mensch"* im *„real existierenden Sozialismus"*, von dem immer wieder die Rede war, kam nicht zum Vorschein. Im Gegenteil. Ich erinnere mich an Besuche in der DDR Anfang der 1970er-Jahre, die mich nachdenklich stimmten. Der Zugang zu Restaurants war ohne Schlips kaum möglich. Und wehe, man wagte es, vom Nachbartisch einen Stuhl heranzuziehen! Der Kellner war sofort zur Stelle und erteilte eine scharfe Rüge. Zu der Zeit war der westdeutsche Schlagersänger Heino in der DDR sehr beliebt, und meine Gastgeber baten mich dringend, ihnen Heino-Platten zu besorgen. Das sei ihr Herzenswunsch … Oder jenes schlimme Erlebnis eines späten Abends, als Alkohol geflossen war und einer der älteren Gäste plötzlich sagte: *„Brandt an die Wand!"* Der deutsche Bundeskanzler habe mit seinen Zugeständnissen an den Osten Deutschland verraten. Ein anderer erklärte: *„Die Juden sind unser Verderben!"* Solche Parolen kannte ich bis dahin nur aus rechtsradikalen Kreisen in Westdeutschland.
Ich erinnere mich auch an einen Fall von unfreiwilliger Ironie, der zugleich die Dummheit der SED-Propagandisten bezeugte: An der Mauer eines baufälligen Gebäudes stand in riesigen, in sich zusammenfallenden Buchstaben: *„Alles zum höheren Wohl des Volkes."*

In diesem Buch möchte ich die DDR nicht aus der Perspektive ihres Scheiterns darstellen. Vielmehr versuche ich, die DDR aus sich heraus zu verstehen, anhand der Vorgeschichte, der historischen Fakten und durch Porträts der handelnden Personen. Gerade diese Lebensgeschichten sollen dazu beitragen, Zeitumstände zu verdeutlichen.

Opposition von Anfang an

Schwerpunkte sind der Alltag von Jugendlichen und Erwachsenen, die Rolle der Frau, die Staatssicherheit, ferner Opposition und Widerstand, den es von Anfang an gab, und vor allem der Einsatz der Bürgerrechtsbewegung beim Sturz des SED-Regimes. Ja, die Bürgerrechtler haben eine *„Friedliche Revolution“* zustande gebracht. Wann hat es das je in der deutschen Geschichte gegeben! Die DDR ist für viele ein fremdes, unbekanntes Land geworden. Ich möchte dazu beitragen, dass ihre Geschichte nicht in Vergessenheit gerät. Gegenwart und Zukunft im geeinten Deutschland sind nur in Kenntnis der DDR-Vergangenheit zu verstehen. Zugleich versuche ich, den Ursachen von Rechtsradikalismus und Ausländerfeindlichkeit nachzugehen. Beides erreicht im Westen, vor allem aber im Osten ein erschreckendes Ausmaß. Im Übrigen – meine ursprüngliche Befürchtung, es handele sich um einen trockenen, traurigen Stoff, hat sich nicht bestätigt. Die DDR besaß viele bunte Seiten, die vom Einheitsgrau der SED-Funktionäre allerdings allzu oft verdeckt wurden.

Schließlich möchte ich allen danken, die mich bei meinen Recherchen für dieses Buch unterstützt haben, voran Prof. Dr. Rainer Eckert, dem Direktor des *Zeitgeschichtlichen Forums* in Leipzig, sowie dem Bürgerrechtler und Theologen Dr. Ehrhart Neubert, Erfurt.
Mein Dank gilt ferner der Bundesbeauftragen für die Stasi-Unterlagen, Marianne Birthler, ihrem Vorgänger und späterem Bundespräsidenten Dr. h.c. Joachim Gauck, ferner der Landesbeauftragten des Freistaates Thüringen für die Stasi-Unterlagen, Hildigund Neubert, Rainer Eppelmann, dem Vorsitzenden der *Stiftung Aufarbeitung der SED-Diktatur,* Tom Sello von der *Robert-Havemann-Gesellschaft,* ferner der *Forschungs- und Gedenkstätte Normannenstraße,* dem *Dokumentationszentrum Berliner Mauer,* der *Gedenkstätte Berlin-Hohenschönhausen,* dem *Deutsch-Russischen Museum Karlshorst,* der *Gedenkstätte Potsdam Lestikowstraße,* dem *Museum Runde Ecke, Leipzig, Gedenkstätte und Museum Sachsenhausen,* der *Erinnerungsstätte Notaufnahmelager Marienfelde.* Außerdem bin ich denen zu Dank verpflichtet, die für Gespräche und Interviews zur Verfügung standen: Rainer Eckert, Leipzig; Rainer Eppelmann, Berlin; Alfred Fleischhacker, Berlin; Joachim Gauck, Berlin; Irene Henselmann, Berlin; Tobias Hollitzer, Leipzig; Hagen Koch, Berlin; Vera Lengsfeld, Berlin; Ehrhart Neubert, Erfurt; Uwe Schwabe, Leipzig.

Hermann Vinke

Vorwort

Der unblutige Volksaufstand in der DDR, der im Herbst 1989 die SED-Herrschaft zum Einsturz brachte, zählt zu den herausragenden Ereignissen der deutschen Geschichte. Mit dem Ruf „*Wir sind das Volk*" brachten die Demonstranten die versteinerten Verhältnisse in der DDR zum Tanzen und schufen die Voraussetzung für die staatliche Einheit: Am 3. Oktober 1990 erfüllten sich die Deutschen den jahrzehntelang gehegten Wunsch, endlich wieder geeint in einem demokratischen und sozialen Rechtsstaat zu leben. Willy Brandt kommentierte diese historische Entwicklung mit den berühmt gewordenen Worten: „*Jetzt wächst zusammen, was zusammengehört!*"

Seit dem Fall der Mauer sind inzwischen fast zwei Jahrzehnte vergangen – der Zeitraum einer Generation. Die Erinnerungen an das Leben in der DDR, an den Alltag unter den Bedingungen einer Diktatur, an den aufgeblähten Sicherheitsapparat, an die politische Justiz, an die Mangelwirtschaft verblassen allmählich. Dabei lohnt sich die Erkundung der DDR-Geschichte gerade für junge Menschen: Denn in der Beschäftigung mit der DDR lernen sie auch die heutige Bundesrepublik besser kennen und verstehen. Sie erfahren, warum Freiheit, Rechtssicherheit und Demokratie ebenso schützenswerte wie zerbrechliche Errungenschaften sind, und dass es in ihrer Hand liegt, diese zu erhalten. Die DDR-Geschichte ist die Geschichte großer Utopien und Illusionen, ideologischer Bevormundung und staatlicher Repressionen, aber auch widerständigen Verhaltens und emanzipatorischer Bestrebungen, Zivilcourage und Solidarität. Das Buch rekonstruiert den Weg der DDR in die Diktatur und verknüpft diesen mit den Biografien wichtiger Protagonisten – auf der Seite der Herrschenden wie auf der Seite der Beherrschten und Oppositionellen. Kenntlich werden die vielfältigen Formen von politischem Widerstand und Gegnerschaft gegen den SED-Staat.

Die Demonstranten vom 17. Juni 1953 waren die ersten in Osteuropa, die sich massenhaft gegen den Kommunismus erhoben haben. Was damals in der DDR geschah, wiederholte sich ähnlich 1956 in Polen und in Ungarn und 1968 in der Tschechoslowakei. Was diese Aufstände, diese Bewegungen miteinander verbindet, das ist die Idee der Freiheit, der Kampf für Demokratie. Der lange Weg hat in die friedliche Revolution von 1989 geführt. Beide Daten – 1953 und 1989 – gehören zusammen und müssen in ihrer gesamtdeutschen Bedeutung begriffen werden. Wir haben allen Anlass, so formulierte es Egon Bahr, stolz zu sein auf das, was die Ostdeutschen hier geleistet haben: „*Ohne ihren Mut hätte es weder den 17. Juni 1953 noch den 9. November 1989 gegeben. Der kleinere, bedrängtere Teil hat für das ganze Deutschland Geschichte geschrieben.*" Wer die Herausforderungen der Gegenwart und Zukunft erfolgreich meistern will, muss aus den Erfahrungen der Vergangenheit lernen – gerade aus denen der DDR-Geschichte.

Wolfgang Thierse

Marx, Lenin und die Revolution

Die Partei, die Partei …

1

3. März 1848: Karl Marx, 1818 als Sohn eines jüdischen Anwalts in Trier geboren, Redakteur, Doktor der Philosophie, muss laut Anordnung der belgischen Regierung Brüssel innerhalb von 48 Stunden verlassen. Seine revolutionären Umtriebe machen ihn und seine Familie wieder einmal zu politischen Flüchtlingen.
Frankreich, das ihm politisches Asyl angeboten hat, wird im Frühjahr 1848 von Unruhen erschüttert. Seit Längerem schon brechen in Europa Aufstände los, die mit Gewalt unterdrückt werden. Hungersnöte entladen sich in Krawallen. Arbeiter errichten Barrikaden und verlangen höhere Löhne. Unter blutigen Vorzeichen hat die industrielle Revolution begonnen, gegen die Marx die proletarische Revolution setzen will: den Aufstand der in tiefster Not lebenden Arbeiter und Bauern.

1 Karl Marx, Porträtaufnahme, (London, 1880)

2 Die Titelseite des „Manifests der Kommunistischen Partei" (1848)

2

Manifest
der
Kommunistischen Partei.

Veröffentlicht im Februar 1848.

Proletarier aller Länder vereinigt euch.

London.
Gedruckt in der Office der „Bildungs-Gesellschaft für Arbeiter"
von J. E. Burghard
46, Liverpool Street, Bishopsgate

Ein Gespenst geht um

Anfang des Jahres 1848 hat Karl Marx zusammen mit Friedrich Engels (1820–1895) das *Kommunistische Manifest* verfasst. Es beginnt mit den Worten *„Ein Gespenst geht um in Europa, das Gespenst des Kommunismus …"* und endet mit einer Verheißung: *„Die Proletarier haben nichts in ihr* (der kommunistischen Revolution) *zu verlieren als ihre Ketten. Sie haben eine Welt zu gewinnen."*
Karl Marx will in das Rad der Geschichte eingreifen. Sein Ziel ist die klassenlose Gesellschaft – ohne Armut, ohne Knechtschaft. Letztlich ist es der uralte Menschheitstraum von einer gerechten Welt, der ihn antreibt. Es dauert seine Zeit – aber seine Ideen erreichen Millionen von Menschen und verändern die Welt. Sozialismus als Vorstufe zum Kommunismus – das 20. Jahrhundert wird von diesen Begriffen wesentlich bestimmt.
Marx´ scharfe Analysen der Ursachen für das soziale Elend des 19. Jahrhunderts überzeugen, auch wenn sie nicht leicht zu begreifen sind. Umso eingängiger wirken die Formeln zur Umsetzung des *Marxismus*, wie die neue Lehre schließlich genannt wird. Das auf den ersten Blick Bestechende daran: Fast

alles ist möglich und beinahe jedes Mittel erlaubt, sofern es der Befreiung der Arbeiterklasse dient. Über die Wege entscheiden allerdings nicht die Massen, sondern die Partei bzw. ihre Anführer – nach dem Motto, das später die Kommunistische Partei Deutschlands (KPD) zum Kampflied erheben wird: *„Die Partei, die Partei, die hat immer recht."*

Oktoberrevolution

Nicht Deutschland wird Schauplatz der ersten kommunistischen Revolution, sondern mit der Oktoberrevolution von 1917 ausgerechnet das feudale, rückständige Russland. Ihr Anführer ist Wladimir Lenin (1870–1924), der in Petrograd (heute: St. Petersburg) an der Spitze der *Bolschewiki* die Macht an sich reißt. Die *Bolschewiki* sind aus der Sozialdemokratischen Arbeiterpartei Russlands hervorgegangen. Ab 1925 nennen sie sich KPdSU – Kommunistische Partei der Sowjetunion. Der Marxismus-Leninismus ist die Basis, auf die sich Kommunisten fortan berufen. Als Erster setzt Josef Stalin (1879–1953), der Nachfolger Lenins, den Herrschaftsanspruch der Partei um – mit brutalen Methoden im Inneren der Sowjetunion und in einem bitteren Abwehrkampf gegen Hitler-Deutschland.

In Deutschland kommt es erst 1919 zur Gründung einer kommunistischen Partei, und zwar in den Revolutionswirren nach dem Ersten Weltkrieg (1914–1918). Es sind SPD-Politiker, die nach der Abdankung von Kaiser Wilhelm II. der Novemberrevolution von 1918 ein schnelles Ende bereiten und die Weimarer Republik ausrufen. Dies geschieht gegen den Protest radikaler SPD-Gruppen, die sich abspalten und ihre eigene Partei gründen, die KPD. Die Republik ist den Kommunisten von Anfang an verhasst. Sie sind entschlossen, sie durch ein Rätesystem nach russischem Vorbild zu ersetzen. SPD-Anhänger werden als *„Sozialfaschisten"* beschimpft, weil sie in den Augen der KPD die Novemberrevolution verraten haben. Von der Spaltung der Arbeiterbewegung profitiert letztlich Adolf Hitler, der 1933 entschlossen ist, den Marxismus mit *„Stumpf und Stiel"* auszurotten.

3

3 Novemberrevolution (Berlin 1918)

Ernst Thälmann

1886 *Geburt in Hamburg*

ab **1925** *KPD-Vorsitzender*

ab **1933** *Inhaftierung*

1944 *Ermordung im KZ Buchenwald*

Äußerlich gleicht Ernst Thälmann einem anderen berühmten Hamburger, dem Filmschauspieler Hans Albers: die kräftige Gestalt, das offene, runde Gesicht, die typische Kopfbedeckung der Werftarbeiter, die durch „*Teddy*" Thälmann berühmt wird. In der Sowjetunion erlangt die Ballonmütze als „*telemanovka*" große Beliebtheit, nachdem Lenin sein kahles Haupt damit bedeckt hat.

Goldbarren für die Revolution

Seine Popularität verdankt der Werftarbeiter Thälmann weniger seiner Kopfbedeckung als vielmehr dem Hamburger Aufstand vom Oktober 1923, obwohl seine Beteiligung daran umstritten ist. Der Aufstand soll Auftakt der deutschen Oktoberrevolution werden. Stalin schickt eigens einen Kurier mit Goldbarren. Trotz seines Scheiterns wird der Putschversuch zum heroischen Kampf stilisiert. „*Hamburg auf den Barrikaden*" – die Rolle des Helden wird Thälmann zugeschrieben, dem Sohn armer Leute, der als Heizer auf Dampfschiffen und als Kutscher gearbeitet hat und im Begriff steht, als Revolutionär Geschichte zu machen.
Zweifelsohne besitzt der Arbeiterführer Mut. Auf seine Herkunft ist er stolz. Mit seinem Hamburger Slang donnert er auf sein Publikum ein. In Stalin findet er bald einen mächtigen Förderer. Mit dessen Hilfe übernimmt er 1925 den Vorsitz der KPD, die er strikt nach Stalin ausrichtet. Schon vorher hat er die Führung des *Roten Frontkämpferbundes* übernommen, der sich Straßenschlachten mit der *Sturmabteilung (SA)* der Nationalsozialistischen Deutschen Arbeiterpartei (NSDAP) liefert. Als Reichstagsabgeordneter rückt Thälmann zu einem Gegenspieler deutschnationaler, reaktionärer Kräfte, aber auch der SPD auf.

Tödliche Gefahr

Die Weltwirtschaftskrise Ende der 1920er-Jahre treibt der NSDAP und der KPD neue Wähler zu. Im Zusammenbruch ganzer Wirtschaftszweige sieht Thälmann neue Chancen einer Revolution in Deutschland. Dabei verkennt er die tödliche Gefahr, die seiner Partei droht. Als am 27. Februar 1933 der Reichstag brennt, versteckt er sich. Doch die Polizei bekommt einen Tipp. Am 3. März 1933 nimmt sie den KPD-Vorsitzenden fest. Mehr als zehn Jahre verbringt er im Gefängnis, ohne dass ihm der Prozess gemacht wird.
Nach einer Odyssee durch Haftanstalten, darunter das als „*Gelbes Elend*" berüchtigte Zuchthaus Bautzen, wird er am 18. August 1944 auf Befehl Hitlers im KZ Buchenwald erschossen. Drei Jahre zuvor wäre es ein Leichtes gewesen, ihn zu retten. Die NS-Regierung bietet an, den Arbeiterführer gegen deutsche Kriegsgefangene auszutauschen. Rosa Thälmann, seine Frau, richtet ein Gesuch an Stalin. Als diesem die Akte vorgelegt wird, schreibt er an den Rand: „*Daran besteht kein Interesse.*"

Rotarmisten als Befreier

Kurz bevor der Zweite Weltkrieg zu Ende geht, wird Mitte April 1945 im Oderbruch und auf den Seelower Höhen eine der gewaltigsten Schlachten auf deutschem Boden ausgetragen. Der Ausgang steht von vornherein fest, denn die Übermacht der Roten Armee ist eindeutig. Am Ende der blutigen Gefechte hat der sowjetische Marschall Georgi Schukow (1896–1974) den Weg nach Berlin freigekämpft.

Tamara Lebedjewa

Zu den Rotarmisten, die in einem erbitterten Häuserkampf auf das Zentrum der Reichshauptstadt vorrücken, gehört die damals 18-jährige Tamara Lebedjewa. Die junge Russin, gerade 1,60 Meter groß, hat sich 1942 freiwillig zur Front gemeldet. Kurz zuvor sind ihr Vater und ihr ältester Bruder bei einem deutschen Angriff auf Kronstadt, der Leningrad vorgelagerten Festung, ums Leben gekommen. In Berlin ist sie dabei, als die Rote Fahne auf dem Reichstag gehisst wird. „*Ich bin auf die Knie gefallen und habe den Boden geküsst*", berichtet die für ihre Tapferkeit vielfach ausgezeichnete Kriegsveteranin. Der Sieg über das NS-Regime löst bei ihr jedoch kein Triumphgefühl aus: „*Wir haben einfach nur geweint. Geweint, weil wir so lange nur marschiert waren, so viel durchgemacht und so viel verloren hatten …*"

Die Soldaten der Roten Armee kommen als Befreier. Sie haben zuvor die letzten Häftlinge des KZ Auschwitz von ihren Peinigern erlöst; sie haben Hitlers Truppen aus Königsberg und Breslau verjagt und unter großen Opfern Berlin vom Joch des NS-Regimes befreit. Jahre des Leids, Hungers, der Qualen und Todesängste liegen hinter ihnen.

Ein tiefer Schatten

Es ist die Sowjetunion, die mit 27 Millionen Toten in diesem von Hitler-Deutschland begonnenen Krieg den höchsten Blutzoll entrichtet. Andererseits führen sich die Befreier beim Vormarsch zugleich wie Barbaren auf; sie verüben Gewaltakte an der Bevölkerung, die einen tiefen Schatten auf den *Großen Vaterländischen Krieg* der UdSSR werfen. Dabei werden insbesondere deutsche Frauen zu Opfern. Wahrscheinlich sind es Hunderttausende, die bei Kriegsende vergewaltigt oder ermordet werden.

4

4 Marschall Georgi Schukow

5 Sowjetische Soldaten hissen die Rote Fahne auf dem Reichstag in Berlin (1945, nachgestelltes Foto).

5

Herberge der Weltrevolution

Ein Hotel im üblichen Sinn ist das *Lux* gewiss nicht. Jeder, der das Gebäude an der Gorkistraße10 in Moskau betritt, muss sich auf scharfe Kontrollen gefasst machen. Vor allem braucht der Gast einen „*Propusk*", also den mit Lichtbild versehenen Passierschein, ohne den in der Sowjetunion auch sonst nichts läuft.

Ein eigener Kosmos

Das *Lux*, Sitz der *Kommunistischen Internationalen (Komintern)*, ist eine Welt für sich, ein Kosmos eigener Art mit Restaurant, Wäscherei, Läden und Werkstätten sowie Nebenstellen der Miliz und des Geheimdienstes NKWD. Kaum ein Gebäude in Moskau ist so von Geheimnissen umwittert wie das Hotel *Lux*. Für verfolgte Kommunisten in aller Welt wird es als Fluchtpunkt herbeigesehnt. Sobald sie dort angekommen sind, beginnen Angst und Schrecken jedoch nicht selten aufs Neue. Denn die „*Säuberungen*" Stalins in den 1930er-Jahren machen vor der „*Herberge der Weltrevolution*" nicht Halt, im Gegenteil. Unter den 4000 bis 5000 deutschen Emigranten, die in der Sowjetunion Schutz vor der NS-Verfolgung suchen, wütet der stalinistische Terror besonders heftig: Viele verschwinden spurlos, manche werden erschossen, andere an Deutschland ausgeliefert, was einem Todesurteil gleichkommt. So ergeht es Hans Walter David, der 1935 vor Hitler nach Moskau geflohen ist und dort 1937 verhaftet wird. Sein Vergehen: Er hat eine Hymne auf Stalin komponiert, allerdings in der damals verfemten Zwölf-Ton-Musik. Der Künstler wird 1942 an die deutsche Geheime Staatspolizei (Gestapo) ausgeliefert und zwei Jahre später im KZ Majdanek ermordet.

Sobald jemand abgeholt wird, verwandeln sich seine Freunde über Nacht zumeist in seine ärgsten Feinde. Mitglieder einer *Kleinen Kommission der KPD*, der u.a. die Emigranten Walter Ulbricht, Wilhelm Pieck und Herbert Wehner angehören, tun sich dabei besonders hervor. Sie liefern andere ans Messer, um die eigene Haut zu retten. Ähnlich schäbig verhalten sich Künstler, Schriftsteller und Intellektuelle. Auch sie überschlagen sich in ihrer Empörung über „*Schädlinge*" und verlangen diese auszurotten. In einer Atmosphäre von Terror und Angst gedeiht menschliche Niedertracht offenbar besonders gut.

6 Hotel „Lux", Moskau

6

Wolfgang Leonhard

Am Morgen des 30. April 1945 wird Wladimir Leonhard zusammen mit anderen Deutschen vom Hotel *Lux* in Moskau zum Flughafen gebracht, wo bereits eine Maschine auf sie wartet. Bald startet die Gruppe in Richtung Westen. Noch vor der Landung wendet sich Walter Ulbricht, der große Hoffnungen auf Leonhard setzt, an ihn: *„Das mit dem Wladimir, das ist schlecht, hast du keinen deutschen Vornamen?"* Leonhard, mit 24 Jahren der Jüngste unter den heimkehrenden Emigranten, erwidert: *„Wolfgang."* Ulbricht ist einverstanden: *„Na, dann bist du eben der Wolfgang."*

Mit der Mutter ins Exil

Für Wolfgang Leonhard, 1921 in Wien geboren, bedeutet die Rückkehr nach Berlin bereits den zweiten tiefen Einschnitt in seinem Leben. 1933 muss er Deutschland verlassen und verbringt zwei Jahre in Schweden, bis er mit seiner Mutter Susanne Leonhard, einer überzeugten Kommunistin, nach Moskau ins Exil geht.

Leonhard ist hochbegabt; er sieht gut aus und kann sich anpassen. Die russische Sprache eignet er sich fast mühelos an, auch das kommunistische Vokabular, das von einem Jugendlichen in der UdSSR erwartet wird. Für die Ideen des Kommunismus begeistert er sich schon seit Längerem. Zweifel an seiner Überzeugung lässt er nicht an sich herankommen, selbst dann nicht, als seine Mutter im Oktober 1936 plötzlich verhaftet und zur Zwangsarbeit nach Workuta im Norden deportiert wird. Sie verschwindet aus seinem Leben, ohne ihm ein Zeichen hinterlassen zu dürfen. Erst viele Jahre später kann er mit ihr darüber reden.

Gegen Kriegsende arbeitet Leonhard hauptsächlich als Sprecher beim Rundfunk des *Nationalkomitees Freies Deutschland*, der Soldaten und Offiziere der Wehrmacht zur Kapitulation bewegen will. In Berlin erlebt Leonhard 1945 das Ende des NS-Regimes. Noch vor der deutschen Kapitulation arbeitet die *Gruppe Ulbricht* mit Hochdruck am Aufbau einer Verwaltung. Im Auftrag Ulbrichts sucht Leonhard dafür geeignete Persönlichkeiten.

Flucht nach Jugoslawien

Was für ihn in der DDR eine steile politische Karriere hätte werden können, endet im März 1949 mit einer gewagten Flucht nach Jugoslawien – der dritte Einschnitt in seinem bewegten Leben. Wie er später erklärt, wollte er nicht daran mitwirken, *„ein Stalinsystem auf deutschem Boden"* zu errichten.

Von Jugoslawien aus wechselt Leonhard schon bald in die Bundesrepublik.

Im Jahr 1955 erscheint sein Buch *Die Revolution entlässt ihre Kinder*, das ihn auf einen Schlag berühmt macht. Es begründet letztlich seinen Ruf als einer der besten Kenner der Sowjetunion. Von 1966 bis 1987 ist er Professor für Geschichte an der Yale-Universität in New Haven (USA).

1921 *Geburt in Wien*

1933 *Exil*

1946–1947 *Mitarbeiter der Propagandaabteilung der SED*

1947–1949 *Lehrer an der SED-Parteihochschule*

1949 *Flucht über Belgrad in die Bundesrepublik*

ab **1950** *Journalist, Publizist und Hochschullehrer*

Walter Ulbricht

1893 *Geburt in Leipzig*

1918/1919 *Mitbegründer der KPD*

1933–1945 *Exil*

1950–1971 *Vorsitzender der SED*

1960–1971 *Staatsoberhaupt der DDR*

1973 *Tod in Ostberlin*

Besondere Gefühlsregungen sind von Walter Ulbricht nicht überliefert. Fast könnte man meinen, der Sohn einer Schneiderin und eines Schneiders sei 1893 in Leipzig bereits als Funktionär auf die Welt gekommen. Selbst seine schwerste politische Stunde am Vormittag des 27. April 1971 – der 77-Jährige muss die von seinem Nachfolger Erich Honecker mithilfe des Kreml erzwungene Rücktrittserklärung vor dem Politbüro in Ostberlin selber verlesen – bringt er hinter sich, als handele es sich um eine Formalie und nicht um einen Machtwechsel. Eine Nachbarin am Berliner Majakowskiring, wo Lotte und Walter Ulbricht wohnen, kolportiert, Ulbricht habe seine Tochter immer sofort vom Schoß geschoben, wenn jemand den Raum betreten habe.

Am Rande der Lächerlichkeit

Nicht Herzlichkeit umgibt den gelernten Tischler, sondern eher eine kühle und manchmal eisige Atmosphäre. Walter Ulbricht ist Zeit seines politischen Lebens ein Mann des Parteiapparates, der geborene *„Apparatschik"*. Mindestens zwei Dinge sind es, die zwischen ihm und seiner Umgebung stehen, die verhindern, dass er einen freundlichen Zugang zu seinen Mitmenschen findet. Es sind Äußerlichkeiten: Sein durchaus gepflegter Kinnbart z. B. unterstreicht noch das strenge Aussehen. In den Krisenzeiten der DDR wird daraus die Losung: *„Der Spitzbart muss weg!"* Und schließlich die nach einer Kehlkopf-Diphtherie entstandene Fistelstimme, die durch die sächsische Färbung eher noch komischer wirkt. Mit dieser Stimme balanciert der Politiker Ulbricht stets am Rande der Lächerlichkeit, gerade dann, wenn er seinen Parolen Nachdruck verleihen will. Natürlich wagt es niemand, ihn deswegen auszulachen. Denn was Rücksichtslosigkeit und Härte angeht, lässt Ulbricht sich so leicht nicht übertreffen.

In jungen Jahren schließt sich Walter Ulbricht der SPD an. Nach der Lehre in Leipzig geht er als Tischlergeselle auf Wanderschaft, die ihn quer durch Europa führt. Nach dem Scheitern der Novemberrevolution führt sein Weg fast zwangsläufig zur KPD. 1926 wird er Abgeordneter im sächsischen Landtag, zwei Jahre später Mitglied im Reichstag. Walter Ulbricht gilt als fleißig, zuverlässig und linientreu; außerdem kann er organisieren. Zu Hilfe kommt ihm dabei ein phänomenales Gedächtnis, insbesondere für Namen und Fakten; eine seiner häufigen Redewendungen lautet daher: *„Fakt ist …"*

In der NS-Zeit zählt Ulbricht zu den KPD-Funktionären, die von der Gestapo steckbrieflich gesucht werden. Ein halbes Jahr lang taucht er unter und verlagert dann seine Aktivitäten nach Paris und Prag. 1938 geht er nach Moskau ins Exil und nimmt Quartier im Hotel *Lux*, wo er in der *Komintern* Fuß fassen kann.

Unmittelbar vor Kriegsende kehrt Ulbricht an der Spitze einer zehnköpfigen Gruppe kommunistischer Emigranten nach Deutschland zurück. Auf Anweisung Stalins betreibt er die Vereinigung von KPD und SPD zur Sozialistischen Einheitspartei Deutschlands (SED). Die Gründung der Deutschen Demokratischen Republik am 7. Oktober 1949 ist im Wesentlichen sein Werk. Wenige Monate danach wählt der III. Parteitag der SED ihn schließlich zum Generalsekretär des Zentralkomitees. Damit wird er endgültig zum Frontmann der Sowjetunion im Kalten Krieg. Drei Jahre später steht die DDR bereits vor dem Scheitern. Denn der Volksaufstand vom 17. Juni 1953 richtet sich in erster Linie gegen Ulbricht und seine Politik der Verstaatlichung. Letztlich geht er aus dieser schweren Krise gestärkt hervor. In Moskau hat er von seinem Vorbild Stalin gelernt, wie ein KP-Führer seine Macht behauptet. *„Säuberungen"* heißt das Schlüsselwort. Tatsächliche und vermeintliche Widersacher werden brutal ausgeschaltet.

Monument des Scheiterns

Neben dem 17. Juni 1953 ist noch ein weiteres historisches Datum untrennbar mit seinem Namen verbunden: der 13. August 1961, der Tag, an dem in Berlin die Mauer gebaut wird. Auch dieses Monument des eigenen Scheiterns kann seiner Machtbasis nichts anhaben. Inzwischen hat sich das Bild des sturen, Moskau-hörigen Dogmatikers so verfestigt, dass viele die Veränderungen gar nicht bemerken, die Ulbricht nach dem Mauerbau in Angriff nimmt. Behutsam und zugleich halbherzig steuert er die starre Planwirtschaft in eine neue Richtung. Erste bescheidene Erfolge verleiten ihn dazu, den Herren im Kreml das eigene Modell als Vorbild anzudienen. Aber die fühlen sich von Ulbricht eher genervt als zu Reformen angespornt. Mithilfe Moskaus leitet der ehrgeizige Funktionär Erich Honecker den geräuschlosen Abgang ein.

Neubeginn

Die *Gruppe Ulbricht* bildet die Vorhut der Emigranten, die im Frühjahr 1945 die Sowjetunion verlassen, um am Aufbau einer Verwaltung in Ostdeutschland mitzuwirken. Walter Ulbricht, 51 Jahre alt, der kommende starke Mann der Sowjetischen Besatzungszone (SBZ), ist für den Raum Berlin zuständig. Die Gruppe um Anton Ackermann übernimmt Sachsen. Und der ehemalige Bergmann Gustav Sobottka wird in Mecklenburg-Vorpommern aktiv.

Es muss demokratisch aussehen

Um von Anfang an den Eindruck zu vermeiden, es handele sich um eine Machtübernahme durch die KPD, werden die Bürgermeisterposten in den Berliner Bezirken nicht mit Kommunisten, sondern mit Sozialdemokraten oder Bürgerlichen besetzt. Bereiche wie Personalfragen, Volksbildung und Polizei bleiben allerdings der KPD vorbehalten. *„Es ist doch ganz klar“*, sagt Ulbricht, *„es muss demokratisch aussehen, aber wir müssen alles in der Hand haben.“*

Walter Ulbricht setzt 1945 dort an, wo Ernst Thälmann 1933 aufhören musste. Nach der verheerenden Katastrophe des Nationalsozialismus soll endlich ein kommunistisches Deutschland entstehen. Ulbricht gibt sich nach außen offen und tolerant; nach innen führt er jedoch ein hartes Regiment. Er duldet weder Widerspruch noch Konkurrenz. In Berliner Stadtteilen wie Charlottenburg haben Kommunisten und andere Gegner des NS-Regimes z. B. *„Antifaschistische Komitees“* bzw. *„Ausschüsse“* gebildet, die zum Teil hervorragende Aufbauarbeit leisten. Dennoch verfügt Ulbricht ihre Auflösung.

Von der Sowjetischen Militäradministration (SMAD) in Berlin-Karlshorst erhält er seine Anweisungen. Zu den ersten Maßnahmen der SMAD gehört die Zulassung „antifaschistischer Parteien“. Am 11. Juni 1945 organisiert die KPD ihre Neugründung, gefolgt von der SPD, der Christlich Demokratischen Union (CDU) und der Liberaldemokratischen Partei Deutschlands (LDP).

Der Antifa-Block

Am Gründungstag der KPD gibt es überraschte Gesichter: *„Wir sind der Auffassung“*, sagt Ulbricht, *„dass der Weg, Deutschland das Sowjetsystem aufzuzwingen, falsch wäre ...“* Ulbricht verlangt, dass die antifaschistisch-demokratischen Parteien sich zusammenschließen. Bald darauf entsteht aus KPD, SPD, CDU und LDP eine *„Einheitsfront“*, auch *„Antifa-Block“* genannt.

7 Wilhelm Pieck bei einer Kundgebung der „Einheitsfront der antifaschistischen Parteien“ (Berlin 1945)

7

Der Weg in die Diktatur

„Ein eiserner Vorhang"

8 Die Teilnehmer der Konferenz von Jalta (1943) von links, sitzend: der britische Premierminister Winston Churchill, der US-Präsident Franklin D. Roosevelt, der sowjetische Staatschef Josef Stalin

9 Europas neue Landkarte: Der Grenzverlauf des Warschauer Paktes („Eiserner Vorhang")

10 Die vier Besatzungszonen

Das Schicksal Deutschlands und der Deutschen liegt seit dem Kriegseintritt der USA im Dezember 1941 im Wesentlichen in den Händen von drei Staatsmännern, die von ihrer Herkunft und politischen Prägung her unterschiedlicher kaum sein können: Zunächst Josef Stalin, der Herrscher über die Sowjetunion und Verfechter der kommunistischen Weltrevolution. Ferner Franklin D. Roosevelt, Sohn einer der reichsten Familien der USA, Schöpfer des Sozialstaates, der zu den großen amerikanischen Präsidenten zählt und später einmal als *„Titan im Rollstuhl"* bezeichnet wird – seit einer Kinderlähmung ist er an einen Rollstuhl gefesselt. Schließlich der konservative Winston Churchill, der unbeugsame britische Kriegspremier, der Mann mit der Zigarre, der *„für die Briten bis heute als Inkarnation all dessen gilt, was ihr Land einst groß machte"*, wie es in einem Aufsatz heißt. Dank Churchill ist Großbritannien neben der Sowjetunion das einzige europäische Land, das der deutschen Blitzkriegs-Maschinerie erfolgreich widersteht.

8

Germany first

Auch wenn es nicht stimmt, dass es stets Männer sind, die Geschichte machen – in diesem Fall entscheiden die *Großen Drei* weitgehend den Kriegsverlauf. Sie legen fest, dass nicht Japan oder Italien als Erste militärisch bezwungen werden sollen, sondern Deutschland: *„Germany first"* lautet die Devise. Schon frühzeitig bemüht sich die Allianz der Großen Drei um Vorstellungen für eine Nachkriegsordnung in Deutschland und Mittelosteuropa. In der *Konferenz von Teheran* Ende November/Anfang Dezember 1943 gibt es darüber Streit. Stalin ist entschlossen, seinen Einfluss so weit wie möglich nach Westen auszudehnen. Auf den Konferenzen von Jalta (4. bis 11. Februar 1945) und Potsdam (17. Juli bis 2. August 1945) kommt er diesem Ziel ein großes Stück näher. Auf Jalta und in Potsdam geht es nicht nur um die Zukunft Deutschlands, wo mit dem Ende des Krieges ein riesiges Machtvakuum entsteht – die Siegermächte wollen es so füllen, dass von deutschem Boden aus nie wieder ein Krieg ausgehen kann. In beiden Kon-

ferenzen geht es auch um Polen. In London sitzt die polnische Exilregierung auf gepackten Koffern, um endlich in Warschau einen demokratischen Neuanfang zu machen. Doch dem beugt Stalin rechtzeitig vor. Er will Ostpolen einschließlich des Baltikums und der Westukraine behalten. Deswegen befürwortet er eine Westverschiebung Polens bis an die Oder-Neiße-Linie. Diese Grenzziehung hat Stalin bereits im Sommer 1944 mit einer polnischen Übergangsregierung verabredet.
Stalin schafft Fakten, und zwar in einem Tempo, dem weder die USA noch Großbritannien gewachsen sind. Churchill überkommen böse Vorahnungen. Er drängt in einem Telegramm die US-Regierung zu einer Konferenz mit Stalin: *„Ein eiserner Vorhang hat sich niedergesenkt. Was dahinter vorgeht, wissen wir nicht.“*

„Uncle Joe“

Der amerikanische Präsident Roosevelt dagegen ist von Anfang an weniger pessimistisch. Er nennt den Generalsekretär der KPdSU verharmlosend *„Uncle Joe“*. Am 17. April 1945 stirbt Roosevelt überraschend. Stalin verlässt das Schloss *Cecilienhof*, den Tagungsort in Potsdam, als Sieger. Er kann seinen Einfluss auf Ostdeutschland, das zur Sowjetischen Besatzungszone (SBZ) wird, als gesichert ansehen. Und vielleicht – so kalkuliert Stalin – gelingt ihm in Zukunft sogar noch der Zugriff auf ganz Deutschland.

9

10

Potsdam – ein historischer Ort

Zur Konferenz in Potsdam reist Roosevelts Nachfolger Harry S. Truman an, der unscheinbare Mann mit der Nickelbrille, ehedem Senator aus Missouri, dem zunächst jede Befähigung für das höchste Staatsamt der USA abgesprochen wird. Im Laufe der Verhandlungen bittet Churchill um eine Unterbrechung. Er befindet sich im Wahlkampf und wartet auf die Ergebnisse der Unterhauswahl. In London angekommen, muss er ein derart vernichtendes Wählervotum entgegennehmen, dass er sofort zurücktritt. Sein Nachfolger Clement Attlee von der Labour-Partei nimmt seinen Platz am runden Tisch im Schloss *Cecilienhof* ein. Damit sitzen zwei in internationalen Fragen unerfahrene Politiker Stalin gegenüber.

Ende Juli 1945 erkrankt Stalin. Die drei Außenminister werden nun damit beauftragt, Kompromisse zu den noch strittigen Punkten zu suchen; ungeklärt sind vor allem die Reparationen. Die Lösung: Jede der drei Mächte bedient sich in ihrer eigenen Zone – eine Rege-

11 Potsdamer Konferenz in Schloss Cecilienhof (Potsdam, 1945): Die sowjetische Delegation am Verhandlungstisch; in der Bildmitte Josef Stalin

11

Ergebnisse der Potsdamer Konferenz

- Königsberg und das nördliche Ostpreußen werden unter sowjetische Verwaltung gestellt.
- Die Gebiete östlich der Oder-Neiße-Linie und der südliche Teil von Ostpreußen werden von Polen verwaltet. Ostpolen verbleibt ebenso wie das Baltikum und die Westukraine im sowjetischen Herrschaftsbereich.
- Die „Überführung der deutschen Bevölkerung“ aus Polen, Ungarn und der Tschechoslowakei soll in „humaner Weise erfolgen“.
- Deutschland wird in vier Besatzungszonen aufgeteilt und durch den Alliierten Kontrollrat verwaltet. Deutschland soll weiterhin als „wirtschaftliche Einheit“ bestehen bleiben. Die Militärgouverneure, die den Kontrollrat bilden, sind in allen Fragen, die „Deutschland als Ganzes betreffen“, zur Einstimmigkeit verpflichtet.
- Deutschland wird entmilitarisiert. Alle NS-Organisationen werden verboten, Kriegsverbrecher bestraft.
- Alle Ebenen der Gesellschaft, insbesondere die Politik, Erziehung, Justiz und Wirtschaft, sollen demokratisiert werden.

lung, die nur auf den ersten Blick überzeugend wirkt, denn die Sowjetunion greift sehr viel umfangreicher in der SBZ zu als die Westmächte in ihrem Hoheitsbereich.

Schwachpunkte

Die Beschlüsse der *Potsdamer Konferenz* sind in einem Protokoll zusammengefasst; es handelt sich also nicht um einen völkerrechtlich verbindlichen Vertrag. Einige Vereinbarungen erweisen sich bald als Schwachpunkte. Der Alliierte Kontrollrat als oberste Regierungsinstanz scheitert knapp drei Jahre später an den Gegensätzen zwischen Ost und West. Darüber hinaus bilden die Grenzfragen auf lange Zeit einen Zankapfel. Die längst begonnene Vertreibung von Millionen von Menschen aus ihrer angestammten Heimat wird rechtmäßig, obwohl es sich um ein Verbrechen handelt. Vor allem in Ostdeutschland, wo die Kämpfe bis zuletzt mit unverminderter Härte ausgetragen werden und Städte wie Dresden noch im Februar 1945 unter einem Feuersturm alliierter Bomber versinken, sind die Folgen der Vertreibung zu spüren. Überall fehlen Wohnungen und Notunterkünfte. Fast überall herrscht Hunger. Noch während seines Aufenthalts in Potsdam entscheidet der amerikanische Präsident Truman, die gerade entwickelten Atombomben gegen Japan einzusetzen. Anfang August 1945 explodieren die neuen Massenvernichtungswaffen über Hiroshima und Nagasaki. Stalin erklärt dem japanischen Kaiserreich in letzter Minute den Krieg.

12

12 Im Februar 1945 wird Dresden durch Bombardements zerstört.

Josef Stalin

1878 *Geburt in Gori*

1903–1917 *mehrmalige Verbannung*

1917–1923 *Volkskommissar für Nationalitätenfragen*

ab 1922 *Generalsekretär der KPdSU*

ab 1927 *Unumschränkter Diktator*

1953 *Tod in Kunzewo*

Der Persönlichkeit Josef Stalins sind Historiker und Schriftsteller bislang nicht wirklich auf die Spur gekommen. Einige Biografen sind den Verhältnissen im Kreml nachgegangen – immerhin hat der *„rote Zar"* dort 25 Jahre regiert – und berichten von Frauengeschichten und Alkoholexzessen. Andere suchen in seiner Kindheit und Jugend nach Anhaltspunkten für seine Entwicklung zum Diktator.
Stalin, der *„Stählerne"*, wird 1878 als Josef Dschugaschwili im georgischen Gori geboren. Seine Eltern waren noch Leibeigene. Der Vater, von Beruf Schuhmacher, ist starker Trinker und schlägt im Vollrausch seine Frau und den einzigen Sohn. Vielleicht wird *„Soso"*, so sein Spitzname, bereits als Kind jedes Gefühl für Mitmenschlichkeit aus der Seele geprügelt. *„Soso"*, von seinen Mitschülern gehänselt, verschafft sich Respekt und wird zum Klassenbesten, was ihm den Zugang zum orthodoxen Priesterseminar in Tiflis eröffnet. Doch statt Priester wird er Berufsrevolutionär.

Banküberfälle

Die Verbindung zur Sozialdemokratischen Arbeiterpartei Russland führt ihn Anfang des 20. Jahrhunderts mitten in einen revolutionären Prozess. Als die Partei auseinanderbricht, schlägt er sich auf die Seite der Bolschewiki mit ihrem Anführer Lenin. In diesen unruhigen Jahren organisiert der junge Revolutionär Streiks und Kundgebungen. Haft, Verbannung und Flucht wechseln einander ab. Banküberfälle gehören zu seiner Spezialität. Denn die Parteikasse soll gefüllt sein, wenn die Revolution, von der alle sprechen, endlich stattfindet. Aus *„Soso"* ist längst *„Koba"* geworden – der Name geht auf einen Kämpfer für die Unabhängigkeit seiner Heimat zurück. Irgendwann entscheidet er sich für den Tarnnamen *„Stalin"*.
Vor der Oktoberrevolution, an der er kaum Anteil hat, lebt er jahrelang ohne feste Bleibe. Zwar hat er 1904 geheiratet, doch Jekatarina Swanidse, seine erste Frau, stirbt bald danach an Typhus.
Ein Familienleben kennt Stalin nicht. Das gilt auch für seine zweite Ehe mit Nadeschda Allilujewa, die sich 1932 das Leben nimmt. Seine Unfähigkeit, anderen Menschen Gefühle zu zeigen, trifft auch seinen Sohn. Als dieser in deutsche Gefangenschaft gerät, lehnt Stalin das Angebot zu einem Austausch ab: *„Soll ich mich auf den Handel einlassen? Nein – Krieg ist Krieg!"*
Im russischen Bürgerkrieg der frühen 1920er-Jahre bleibt Stalins Rolle auf unspektakuläre Einsätze an der Südfront in Zarizyn, dem späteren Stalingrad, sowie im Kaukasus begrenzt. Ansonsten blickt er mit Neid auf die Erfolge seines Rivalen Leo Trotzki.
Stalins eigentliche Stunde kommt, als Lenin 1924 stirbt und er den an sich unbedeutenden Posten des Generalsekretärs der KPdSU zu einer Machtbasis ausbauen kann. Zielstrebig bringt er den Partei- und Staatsapparat unter seine Kontrolle.

Diktator mit Charme

Ab 1927 sitzt Stalin fest im Sattel. Den Vielvölkerstaat regiert er mit eiserner Faust. Stalin, ein Diktator mit Charme, ist in der Lage, ein anregendes Gespräch mit einem hohen Militär oder Parteifunktionär zu führen, den Gast mit einem freundlichen Lächeln zu verabschieden und ihn im nächsten Raum verhaften und Stunden später erschießen zu lassen. Die Vernichtung und Vertreibung eines Teils seiner Landsleute, aber auch von Polen, Wolgadeutschen, Tartaren, Tschetschenen und anderen Volksgruppen – *„Großer Terror“* genannt – richtet sich vor allem gegen die Bauern, die Stalin in die Kollektivierung und damit in große Hungersnöte treibt. Nach Schätzungen gehen bis zu 10 Millionen Menschen zugrunde.

Für Stalin bedeutet Fortschritt im Zeichen des Sozialismus die rasche Industrialisierung der Sowjetunion. In einem ungeheuren Tempo werden Fabrikanlagen aus dem Boden gestampft, entstehen Staudämme, Kanäle und Eisenbahnlinien. In den Städten wachsen bombastische Gebäude in den Himmel. Der Diktator errichtet Fassaden des Fortschritts, die ausländische Besucher zumeist beeindrucken.

In seinem Fortschrittswahn übersieht Stalin die Gefahr, die ihm von Hitler droht, mit dem er zum Entsetzen seiner Anhänger in aller Welt im August 1939 den Nichtangriffspakt geschlossen hat. Auf den deutschen Überfall im Juni 1941 ist er denkbar schlecht vorbereitet. Über 20 000 Offiziere der Roten Armee hat der Diktator verhaften bzw. hinrichten lassen. Mit gnadenloser Härte bringt er den Koloss Sowjetunion in eine Abwehrstellung gegen den Angreifer. Dass er Hitler schließlich bezwingt und über den Nationalsozialismus triumphiert, das steigert den ihn umgebenden Personenkult ins Unermessliche. Am Ende wird Stalin selbst ein Opfer der von ihm geschürten Angst. Stundenlang liegt er am 5. März 1953 nach einem Schlaganfall hilflos auf dem Boden, bevor er stirbt. Niemand hatte es gewagt, seine Zimmertür zu öffnen.

Sturz des Stalin-Denkmals (Budapest 1956)

Kontrollrat und Einheitspartei

Als Besatzungsmacht richtet sich die Sowjetunion offensichtlich auf eine lange Zeit in Ostdeutschland ein. Dem Oberbefehl des russischen Marschalls Schukow untersteht ein Heer von 350 000 Soldaten. Hinzu kommen zahlreiche Spezialisten und Geheimdienstleute, die zum Teil dem Kreml direkt unterstellt sind. Damit kann die UdSSR eine fast lückenlose Kontrolle über die Ostzone ausüben.

In seiner Funktion als Chef der Sowjetischen Militäradministration mit Sitz in Berlin-Karlshorst gehört Schukow gleichzeitig dem Alliierten Kontrollrat an, der im Anschluss an die Potsdamer Konferenz seine Arbeit zügig aufnimmt. Zusammen mit Dwight D. Eisenhower (USA) – Joseph McNarney wird sein Nachfolger –, Bernard Montgomery (Großbritannien) und Pierre Koenig (Frankreich) vertritt Schukow die höchste Regierungsinstanz in Fragen, die *„Deutschland als Ganzes"* betreffen.

13 Die Mitglieder des Alliierten Kontrollrats, von links: General McNarney (USA), Marschall Schukow (Sowjetunion), Feldmarschall Montgomery (Großbritannien), General Koenig (Frankreich)

13

Ansonsten können die vier Militärgouverneure in ihren Besatzungszonen nach eigenem Gutdünken schalten und walten: Großbritannien in Norddeutschland, die USA in Süddeutschland und Frankreich im Südwesten. Bereits im Juli 1945 haben sich amerikanische und britische Truppen aus Sachsen, Thüringen und Sachsen-Anhalt zurückgezogen. Dafür werden die westlichen Berliner Bezirke unter die Verwaltung der Westalliierten gestellt. Deutschland als einheitlicher Staat existiert jetzt nicht mehr.

Selbstblockade

Der Alliierte Kontrollrat hat seinen Sitz im ehemaligen Kammergerichtsgebäude in Berlin-Schöneberg. Der Verwaltungsapparat wächst schnell. *„Bald ging es zu wie in einem Bienenstock"*, erinnert sich später Lucius D. Clay, der stellvertretende US-Militärgouverneur. Da der Kontrollrat zur Einstimmigkeit verpflichtet ist, bleiben lange Debatten nicht aus. Häufig blockiert das Gremium sich selbst oder beschäftigt sich mit Bagatellen wie den *„Merkmalen von Sportbooten"*.

Die Sowjetische Militäradministration nutzt die Zeit, um die Entwicklung in Ostdeutschland voranzutreiben. Von den sowjetischen Stellen wird die KPD mit Papier und Fahrzeugen versorgt. So kann sie als einzige Partei eine Verbindung zur Basis aufbauen.

Ein politischer Kurswechsel, der mit dem Namen Anton Ackermann verbunden ist, gibt der KPD zusätzlichen Auftrieb. Ackermann setzt sich mit seiner These durch, es müsse einen eigenständigen deutschen Weg zum Sozialismus geben. Darin wird er sogar von der sowjetischen Seite bestärkt. Der Umschwung begünstigt ein anderes Vorhaben, dem sich Walter Ulbricht anfangs in den Weg stellt, und zwar den Zusammenschluss von KPD und SPD. Unter Sozialdemokraten ist dies heftig umstritten. Eine Befragung von SPD-Mitgliedern in Westberlin ergibt sogar eine klare Ablehnung – in Ostberlin und in der SBZ hat die Sowjetische Militäradministration dagegen einen Entscheid durch die Mitglieder verboten. Letzte Widerstände auf SPD-Seite räumt die sowjetische Besatzungsmacht beiseite – durch Druck, Täuschung und Festnahme von SPD-Anhängern.

Der Händedruck

Im ehemaligen Admiralspalast an der Friedrichstraße in Berlin spielen sich am 21. und 22. April 1946 bewegende Szenen ab. Weit über Tausend Kommunisten und Sozialdemokraten versammeln sich. Manche, die sich seit der gemeinsam erlittenen KZ-Haft nicht mehr gesehen haben, begrüßen sich wie alte Freunde. Kaum ist die Ouvertüre der Oper *Fidelio* von Ludwig van Beethoven verklungen, betreten der Kommunist Wilhelm Pieck und der Sozialdemokrat Otto Grotewohl aus gegensätzlichen Richtungen die Bühne, gehen aufeinander zu und geben sich die Hand. Der Händedruck wird zum Symbol der Sozialistischen Einheitspartei Deutschlands (SED). „*In keiner deutschen Partei lebt wohl die Achtung vor den Lebensrechten der Menschen heißer und stärker als in der Sozialistischen Einheitspartei*“, sagt Grotewohl. Die Posten in den Führungsgremien der SED werden gleichrangig besetzt. Pieck und Grotewohl werden einstimmig zu Vorsitzenden gewählt. Ulbricht bleibt im Hintergrund. Am Ende singen die Delegierten das sozialistische Kampflied *Brüder, zur Sonne, zur Freiheit.*

14 Gründung der SED durch Vereinigung von SPD und KPD am 21./22.4.1946 in Berlin: Wilhelm Pieck (links) und Otto Grotewohl, die beiden Vorsitzenden der SED, besiegeln die Vereinigung der beiden Parteien mit einem Händedruck.

15 Die Fahne der SED mit ihrem Parteiabzeichen, dem Händedruck

14

15

Wilhelm Pieck

1876 *Geburt in Guben*

ab 1934 *Exil*

1935–1954 *Vorsitzender der KPD (ab 1946 SED)*

ab 1949 *Staatoberhaupt der DDR*

1960 *Tod in Ostberlin*

Als erster und einziger Präsident der 1949 gegründeten DDR macht Wilhelm Pieck eine gute Figur. Der eindrucksvolle Körperumfang, das silbergraue Haar, die zumeist lebensfrohe Ausstrahlung – der Kontrast zu Ulbricht ist bemerkenswert. Das von der Presse sorgsam gehegte Image des gütigen, kinderlieben Landesvaters kommt bei einem Teil der Bevölkerung sehr gut an.

Ergebenheitsadressen

Dass der joviale alte Herr auf Schloss Niederschönhausen, seinem Amtssitz in Ostberlin, eine weniger ansehnliche Vergangenheit hat, wird von den Medien allerdings verschwiegen. Im Moskauer Exil der 1930er-Jahre verhält sich Pieck, der aus einem katholischen Elternhaus in Guben (Niederlausitz) stammt – der Vater ist Kutscher, die Mutter Wäscherin –, alles andere als solidarisch mit seinen von Säuberungen bedrohten Parteigenossen. Statt gegen den blindwütigen Terror aufzubegehren, schickt er unterwürfige Adressen an Stalin, *„den genialen und heiß geliebten Führer des großen Sowjetvolkes"*.
Für die Verhafteten hat er nur wüste Beschimpfungen übrig. Er nennt sie *„Banditen"* und verlangt die *„schonungslose Ausrottung des menschlichen Abschaums"*.

Lange Wegstrecke

In Moskau, wo Pieck seit 1934 im Exil lebt, hält er im Auftrag der *Komintern* Verbindung zum Ausland. In den Jahrzehnten zuvor hat er eine lange politische Wegstrecke zurückgelegt. Sie beginnt Ende des 19. Jahrhunderts in Bremen, wo er zunächst als Tischler arbeitet und 1905 als SPD-Abgeordneter in die Bremische Bürgerschaft einzieht.
Im Ersten Weltkrieg kommt es zum Bruch mit der SPD. Pieck lehnt den Krieg ab und versucht, seine Kameraden von der Sinnlosigkeit der Kämpfe zu überzeugen. Er wird als Aufwiegler vor ein Kriegsgericht gestellt, doch ihm gelingt rechtzeitig die Flucht. Pieck hat den *Spartakusbund*, der von Rosa Luxemburg und Karl Liebknecht geführt wird, ebenso mitbegründet wie die KPD. Mit beiden arbeitet er eng zusammen, bis sie verhaftet und ermordet werden. Im Mai 1933 entzieht er sich wiederum durch Flucht der drohenden Verhaftung: Paris, Brüssel und Moskau sind die Stationen seines Exils.

Staatsoberhaupt

Am 1. Juli 1945 betritt der KPD-Vorsitzende erstmals seit Jahren wieder deutschen Boden. Mit über 69 Jahren ist er jetzt schon fast ein alter Mann. Die *„in Ehren"* Zurückgekehrten – so werden die früheren Emigranten genannt. Pieck darf das höchste Staatsamt der um Anerkennung ringenden DDR übernehmen. Als Präsident bleibt er der Tagespolitik entrückt. Am 7. September 1960 stirbt Pieck. In der *Gedenkstätte der Sozialisten* in Berlin-Friedrichsfelde wird er mit großem Pomp beigesetzt.

Otto Grotewohl

Otto Grotewohl, der erste Ministerpräsident der DDR, ist alles andere als ein kühler Stratege. Die Reden des groß gewachsenen Mannes mit der hohen Stirn, der im April 1946 als SPD-Vorsitzender in Ostdeutschland seine Partei in die Einheit mit der KPD führt, geraten manchmal allzu pathetisch. Und gelegentlich misslingen die Bilder, die er in seinen Reden verwendet, etwa, wenn er 1945 ankündigt, er wolle *„die Adern der deutschen Arbeiterbewegung wieder mit gesundem Blut füllen"*.

Karriere in Braunschweig

Die Idee einer einheitlichen Partei für die Arbeiterschaft verfolgt ihn seit Langem, eigentlich schon seit Ende des Ersten Weltkriegs. Im Jahr 1919 beginnt jedoch mit der Gründung der KPD stattdessen die Spaltung, die nicht nur die Weimarer Republik überdauert, sondern auch das Dritte Reich. Grotewohl selbst bleibt bei der SPD, die ihm in seiner Heimat im damaligen Freistaat Braunschweig eine Karriere ermöglicht. Dort wird er 1921 Minister für Volksbildung und Inneres und zwei Jahre später Justizminister.
Während der NS-Zeit schlägt er sich als selbstständiger Kaufmann durch. Unter dem Vorwurf des Hochverrats hält ihn der Volksgerichtshof sieben Monate in Untersuchungshaft. Wieder in Freiheit, nimmt er mit sozialdemokratischen Widerstandsgruppen Verbindung auf. Nach Kriegsende sieht Grotewohl die Chance, seine Idee von der Einheitspartei endlich durchzusetzen. Schnell findet er Kontakt zur Sowjetischen Militäradministration. Wahrscheinlich hat Marschall Schukow ihn bestärkt, indem er Grotewohl eine große politische Zukunft voraussagt. Für Komplimente ist der Sozialdemokrat durchaus empfänglich. Andererseits gehört Standfestigkeit nicht zu seinen Tugenden. Vielmehr neigt er dazu, sich Illusionen hinzugeben. Wenn die SPD in der SED einmal fest im Sattel sitze, erklärt er wenige Monate nach dem Zusammenschluss, *„werden wir diese lächerlichen paar Tausend Kommunisten"* schon in den Griff bekommen.

Dienstvilla und Limousine

Grotewohl irrt sich gewaltig, denn das Gegenteil tritt ein: SPD-Anhänger in der Einheitspartei verlieren an Einfluss und werden kaltgestellt. Bis 1956 verschwinden etwa 6000 frühere Sozialdemokraten in Arbeitslagern und Zuchthäusern. Die Kommunisten setzen sich auf der ganzen Linie durch. Und Grotewohl sieht zu, wie seine ehemaligen Weggefährten verfolgt und drangsaliert werden. Für den DDR-Ministerpräsidenten, den die sowjetische Besatzungsmacht mit Dienstvilla und russischer Limousine ausstattet, gibt es jedoch kein Zurück mehr. Im Westen gilt er vielen als Verräter an der Idee des demokratischen Sozialismus. Der Vorwurf, die ostdeutsche SPD den Kommunisten ausgeliefert zu haben, begleitet ihn bis ans Ende.

1894 *Geburt in Braunschweig*

1938–1944 *mehrmalige Inhaftierung*

1946–1954 *Vorsitzender der SED*

ab 1949 *Ministerpräsident der DDR*

1964 *Tod in Ostberlin*

Massenorganisationen

In den ersten Nachkriegsjahren wird Ostdeutschland mit einem Netz von Organisationen überzogen, die trotz unterschiedlicher Aufgaben gemeinsame Ziele verfolgen: Sie dienen vor allem dazu, die Bevölkerung an das Regime zu binden. Die Mitgliedschaft etwa in der *Freien Deutschen Jugend (FDJ)*, der wichtigsten Massenorganisation, ist zwar freiwillig, aber kaum ein Jugendlicher kann sich ihr entziehen. Andererseits erleben viele die Zugehörigkeit nicht als Zwang, sondern als Chance, mit Gleichaltrigen Erlebnisse zu teilen, an die sie sich später gern erinnern. Aktives Mitmachen verheißt gleichzeitig Anerkennung und Aufstieg. So ist es kein Zufall, dass zwei der wichtigsten Politiker der DDR, Erich Honecker und Egon Krenz, sich als *„Berufsjugendliche"* in der *FDJ* bis in höchste Staatsämter hochdienen.

„Kampfreserve der Partei"

Die *FDJ* versteht sich als *„Kampfreserve der Partei"*. Der Verband ist straff organisiert, verfügt über zahlreiche Einrichtungen und Klubhäuser, wirkt direkt in Hochschulen und Betriebe hinein. Aus dem öffentlichen Leben ist die *FDJ* kaum wegzudenken: *Weltfestspiele, Deutschlandtreffen, Pfingsttreffen*, die *Messe der Meister von morgen*, ferner Konzerte, Tanzveranstaltungen usw. Auch für die *„politisch-moralische Sauberkeit"* fühlt sich die *FDJ* zuständig.

16

16 „Junge Pioniere" bei einer Kundgebung (Dresden 1955)

Freie Deutsche Jugend (FDJ)

Die *FDJ* kann bei ihrer Gründung im März 1946 in Berlin auf Vorläufer im Ausland zurückgreifen. Während des Dritten Reichs sind im Exil einzelne *FDJ*-Gruppen entstanden, z.B. in Großbritannien, wo Kinder von Widerstandskämpfern und Juden untergekommen sind. Sie wählen als ihr Symbol die aufgehende Sonne, die später zum Erkennungszeichen der „*Blauhemden*" in der DDR wird. Mit dem 14. Lebensjahr beginnt die Mitgliedschaft in der *FDJ*.

Junge Pioniere

Bereits im Alter von sechs Jahren treten die meisten Kinder den Jungen Pionieren bei. In der Schule bekommen sie feierlich das blaue Tuch umgelegt und einen Ausweis ausgehändigt. Darin heißt es: „*Ich verspreche, ein guter Jungpionier zu sein*" – patriotisch, fleißig und diszipliniert. In der vierten Klasse wird das blaue Tuch gegen ein rotes ausgetauscht, und die Kinder dürfen sich *Ernst-Thälmann-Pioniere* nennen.

Freier Deutscher Gewerkschaftsbund (FDGB)

Als Dachverband der Einzelgewerkschaften entwickelt sich der FDGB nicht zu einer starken Vertretung der Beschäftigten. Vielmehr entsteht ein bürokratischer Apparat, der ohnmächtig zwischen den Interessen des Staates und den Belegschaften steht. Im Zweifelsfall dämpft der FDGB Proteste der Werktätigen. Im Alltag beschäftigen sich die Funktionäre zumeist mit der Qualität des Kantinenessens – über die Jahre ein Dauerthema. Ansonsten ist der FDGB zuständig für die Rentenkasse, die Zahlung von Prämien und den Urlaub der Beschäftigten. Der Feriendienst des Gewerkschaftbundes verhilft Familien zu kostengünstigen Ferien. Die Plätze in den „*betrieblichen Einrichtungen*", etwa an der Ostsee, im Harz und Thüringer Wald sind sehr begehrt. Bei der Vergabe können die Funktionäre Wohlverhalten von Kollegen belohnen und „*Abweichler*" bestrafen.

Demokratischer Frauenbund Deutschlands (DFD)

Auch der im März 1947 gegründete DFD gehört zu den Organisationen, die schon in der SBZ aktiv werden. Der Einfluss der SED ist nicht zu übersehen. Der Verband versucht, Frauen für eine berufliche Tätigkeit zu gewinnen und ebnet ihnen den Zugang zu Männerberufen, etwa als Kranführerinnen, Lkw-Fahrerinnen und Traktoristinnen.

Gesellschaft für Deutsch-Sowjetische Freundschaft (DSF)

Die DSF, die im Juli 1947 entsteht, bringt es auf über 6 Millionen Mitglieder. Nach dem hochtrabenden Motto „*Von der Sowjetunion lernen heißt siegen lernen*" werden Studienreisen, Sprachkurse und Kulturveranstaltungen organisiert. Künstler helfen gleichzeitig mit, die Tristesse der Nachkriegsjahre aufzulocken. Und es wird gefeiert – bei grusinischem Tee, Konfekt und natürlich mit Wodka, sodass SED-Funktionäre bald zu einem voreiligen Schluss gelangen: „*Die Freundschaft zur SU ist Herzenssache aller DDR-Bürger.*"

Jagd auf Kriegsverbrecher

17

Die Konferenz von Potsdam ist kaum beendet, da beginnt im Sommer 1945 in Ostdeutschland die Jagd auf NS-Anhänger und Kriegsverbrecher. In einer groß angelegten Aktion werden überall *„Nazi-Aktivisten"* zusammengetrieben, auf Lastwagen verfrachtet und auf Lager und Gefängnisse verteilt. Die Angehörigen des Geheimdienstes NKWD (Russisch: Volkskommissariat für innere Angelegenheiten) nehmen wahllos alle mit, die sie für *„feindliche Elemente"* halten. Das Aufspüren von Nationalsozialisten, die aktiv an Verbrechen mitgewirkt haben, wird von der Bevölkerung als notwendige Voraussetzung für den Neuanfang in Deutschland angesehen. Auch in den Westzonen nehmen Amerikaner, Briten und Franzosen über 200 000 Deutsche fest, um deren Vergangenheit zu überprüfen und die Täter vor Gericht zu stellen. In den westlichen Lagern stehen die Häftlinge in Kontakt zu ihren Familien. Auch wenn die Versorgung oft unzureichend ist, gibt es kaum Todesfälle.

17 Die sowjetische Lagerverwaltung des NKWD-Lagers Sachsenhausen

18 Das NKDW-Gefängnis in Torgau

18

Ganz anders in Ostdeutschland. Dort entwickelt sich die Jagd auf NS-Verbrecher zu einem Rachefeldzug. In einer Atmosphäre von Hektik und Willkür geraten viele Unschuldige in die Fänge des NKWD. Sobald sich das Gefängnistor hinter ihnen schließt, ist jede Verbindung zur Außenwelt gekappt. Ob es zum Prozess kommt, ob der Häftling nach Sibirien verbannt oder in einem Sonderlager in Deutschland festgehalten wird, darüber erfahren die Angehörigen nur in seltenen Fällen.

An der Suche nach Nazis beteiligen sich auch die neu geschaffenen Verwaltungen der Städte und Gemeinden. Das gilt zum Beispiel für Torgau. Das Torgauer Fort Zinna, bis Kriegsende das größte Gefängnis der Wehrmacht in Deutschland, wird zum *Speziallager Nr. 8*. Die Gefangenen sind in den Zellen eng zusammengepfercht; sie leiden unter Hunger, Kälte und den Schikanen ihrer Bewacher. Zwischen 1945 und 1950 werden in Ostdeutschland insgesamt 158 000 Personen verhaftet. Etwa ein Drittel davon kommt um.

In der SBZ entstehen fast ein Dutzend Speziallager, darunter die drei ehemaligen Konzentrationslager Sachsenhausen, Buchenwald und Jamlitz. Sachsenhausen ist das größte Sonderlager. Von den etwa 60 000 inhaftierten Männern und Frauen sterben 12 000. Zu den Toten von Sachsenhausen gehört 1946 auch der berühmte Schauspieler Heinrich George. Die Lagerleitung organisiert für George einen Sarg und eine Grabstätte. Alle anderen Toten werden namenlos verscharrt.

„Junkerland in Bauernhand"

„Sie haben bis morgen 7 Uhr den Hof zu verlassen und sich 30 bis 40 Kilometer von hier zu entfernen. Mitgenommen werden darf lediglich Handgepäck und so viel, wie auf einen Handwagen geht." Solche Aufforderungen erhält ab Herbst 1945 jeder, der über 100 Hektar Land sein eigen nennt. Fürsten, Grafen, Gutsherren und Großbauern, soweit sie beim Vormarsch der Roten Armee nicht bereits das Weite gesucht haben, werden gezwungen, ihr Hab und Gut aufzugeben. Unter dem Motto *„Junkerland in Bauernhand"* hat die *„demokratische Bodenreform"* begonnen, die größte Enteignungsaktion auf deutschem Boden.

Keine Entschädigung

Anders als bei der Suche nach NS-Verbrechern ist dieses Mal nicht die sowjetische Besatzungsmacht die treibende Kraft, sondern Walter Ulbricht. Allerdings hat Ulbricht sich seinen Plan vorher in Moskau absegnen lassen. Er ist entschlossen, *„die Spuren der Junkerherrschaft auf dem Dorf zu vernichten"*. Etwa 3,3 Millionen Hektar Ackerland, Wiesen und Wälder werden entschädigungslos enteignet. Ein Drittel davon geht in öffentlichen Besitz über. Landarbeiter sowie Kleinbauern, die ihre Flächen erweitern wollen, und vor allem Vertriebene sind die Nutznießer der Reform. Sie erhalten zwischen fünf und zehn Hektar Land. Insgesamt entstehen auf diese Weise etwa 400 000 neue bäuerliche Betriebe.
Die Flächen erweisen sich allerdings als zu klein, um eine Familie zu ernähren. Zudem fehlen vielerorts die einfachsten Geräte, z. B. Pflüge und Eggen. Es gibt nicht genügend Traktoren bzw. Zugtiere und kaum Scheunen und Lagerplätze für das Getreide. Manche der Neubauern haben nicht einmal ein Dach über dem Kopf. Weil es an Baumaterial fehlt, kommen die Neubauten nicht voran. Außerdem unterliegen die Bauern einem Ablieferungszwang, der sie in die Verzweiflung treibt. Sogar trächtige Tiere, Saatgut und auch Lebensmittel müssen abgegeben werden. Im Januar 1948 meldet ein SED-Funktionär aus Mecklenburg nach Berlin: *„Noch nie habe ich eine solche erbitterte Stimmung unter den Bauern festgestellt."*
Enttäuscht erkennen die Bauern Ende der 1940er-Jahre, dass die Bodenreform letztlich Teil eines ganz anderen Planes ist, und zwar der Kollektivierung der Landwirtschaft, die schleichend beginnt und ab Juli 1952 mit Hochdruck vorangetrieben wird.

19

19 „Junkerland in Bauernhand" (Plakat zur Bodenreform durch Enteignung von Großgrundbesitzern, 1950)

20

20 Kundgebung von Arbeitern und Bauern zur Bodenreform (1945)

Alles von oben geplant

21

Die Enteignung von Grund und Boden im großen Stil geht einher mit der Enteignung der wichtigsten Industrie- und Gewerbebetriebe in Ostdeutschland. Die SED liefert dafür die gleiche Begründung: Ausbeuter und Kriegsverbrecher sollen bestraft werden.
In Sachsen werden die Einwohner Ende Juni 1946 zu einem Volksentscheid aufgerufen: *„Stimmen Sie dem Gesetz über die Übergabe von Betrieben von Kriegs- und Naziverbrechern in das Eigentum des Volkes zu?“* Zwei Drittel antworten mit Ja. Das reicht der SED, um auch in den übrigen Gebieten Unternehmen zu enteignen. Für die Einheitspartei ist Sachsen damit *„zum Motor der weiteren antifaschistisch-demokratischen Bewegung“* geworden.
Nach der Bodenreform und der Enteignung von Großunternehmen ist die Umstellung auf die Planwirtschaft nur noch eine Frage der Zeit. Mit hohem Tempo verwirklicht die SED-Führung dabei ein System, das ihr den Zugriff auf jeden Betrieb sichert. *„Demokratischer Zentralismus“* wird dieser Organisationsaufbau genannt; d.h. alles wird von oben geplant, nichts bleibt dem Zufall überlassen: Sogenannte *„Kader“* – das sind hervorgehobene Gruppen in Unternehmen und Organisationen – arbeiten dabei der *„Nomenklatur“*, also der Parteielite zu.
Für die Politik vollzieht Ulbricht 1948 den gleichen Schritt, indem er die SED zu einer Partei *„neuen Typs“* erklärt. Dahinter verbirgt sich der alleinige Machtanspruch, wie ihn auch die KPdSU vertritt. Die *„Säuberung von feindlichen und entarteten Elementen“* wird jetzt zu einer vorrangigen Aufgabe.

22

21 Der Kleinbauer Otto Huhle (rechts) erhält im Zuge der Bodenreform die Besitzurkunde über 2,5 Hektar Land, das vorher dem ehemaligen Rittergut Helfenberg bei Dresden gehörte (1945).

22 Propagandaplakate für den Volksentscheid in Dresden über die Enteignung von NS-Verbrechern (1946)

Wolfgang Natonek

Zwischen der großen Hoffnung auf einen demokratischen Neuanfang, die mit dem Jahr 1945 verbunden ist, und dem Ende aller Illusionen liegen für Wolfgang Natonek genau drei Jahre. Ein banaler Zufall, eine simple Verwechslung veranlasst den Studenten für Deutsch und Englisch an der Universität Leipzig zum Umdenken. Eine Kommilitonin hält ihn für einen SED-Genossen und will wissen, wer denn heute die Vorlesung mitschreibe und anschließend das Parteibüro der SED informiere.

Der Vater als Vorbild

Wolfgang Natonek denkt in diesem Augenblick unwillkürlich an seinen Vater, den Publizisten Hans Natonek, der als linksliberaler Redakteur der *Neuen Leipziger Zeitung* vor den Nationalsozialisten ins Ausland geflohen war. Um den Anfängen in der Ostzone zu wehren, entschließt er sich, in der Studentenpolitik aktiv zu werden. Als Vertreter der Liberaldemokratischen Partei Deutschlands (LDP) kandidiert er Anfang 1947 erstmals bei der Wahl zum Studentenrat in Leipzig und wird anschließend sogar zum Vorsitzenden bestimmt. Obwohl SED-Anhänger ihn öffentlich angreifen, bewirbt er sich 1948 erneut um ein Mandat und kann seinen Stimmenanteil fast verdoppeln. Mit Argwohn verfolgt die SED seine wachsende Popularität und sein unerschrockenes Auftreten. Denn Natonek nimmt kein Blatt vor den Mund. Er kritisiert, dass die SED die Hochschulen einseitig nach den Grundsätzen des Marxismus ausrichtet, und verlangt, auch Bewerber aus bürgerlichen und christlichen Kreisen zum Studium zuzulassen.

Anwerbungsversuch

Als die SED begreift, dass Natonek durch Kritik nicht mehr beizukommen ist, versucht der *FDJ*-Vorsitzende Honecker im April 1948, den Studentenführer für die *FDJ* zu gewinnen. Honecker verspricht materielle Vergünstigungen. Doch Natonek lehnt ab. Schon bald ist in der Ostzone für liberale Hochschulpolitik kein Platz mehr. Professoren und Studenten, die nicht auf SED-Linie liegen, werden verbannt oder abgeurteilt. Im November 1948 ist Natonek an der Reihe. Er wird von der sowjetischen Geheimpolizei verhaftet und monatelang verhört. Da nichts aus ihm herauszubekommen ist, wird der Vorwurf konstruiert, Natonek sei Mitglied einer illegalen Organisation und habe Aktionen gegen die sowjetische Militäradministration durchgeführt. Den Rest besorgt ein sowjetisches Militärtribunal: 25 Jahre Zwangsarbeit, so lautet das Urteil. Fast acht Jahre sitzt Natonek davon ab. 1956 verlässt er die Haftanstalt Torgau. Längst hat er sich zur Flucht entschlossen, um in Göttingen mit einem Studium der Philologie ganz von vorn zu beginnen. Dort heiratet er seine Verlobte aus Leipzig, die all die Jahre der Haft auf ihn gewartet hat.

1919 *Geburt in Leipzig*

1933 *Emigration des Vaters*

1940–1945 *Zwangsarbeit*

1947 *Vorsitzender des Studentenrats der LDP*

1948 *Verhaftung*

1956 *Übersiedelung in die Bundesrepublik*

1994 *Tod in Göttingen*

„Der neue sozialistische Mensch"

23

23 „Kämpft mit uns für den Wiederaufbau der Heimat. SED. Die Partei des Aufbaues." – Propagandaplakat der SED (1948/49)

24 Erstes Deutschlandtreffen der kommunistischen „Freien Deutschen Jugend" (1950)

In den drei Westzonen unternehmen die Menschen erste Schritte in Richtung auf parlamentarische Demokratie und Marktwirtschaft – in der Ostzone bekommt die Bevölkerung in den Nachkriegsjahren ein System übergestülpt, das ihr fremd ist.

Wie nach einem Drehbuch

Die SED will einen radikalen gesellschaftlichen Neuanfang. Auf den Trümmern des Zweiten Weltkriegs soll der Aufbruch in die neue Zeit beginnen. Wie nach einem Drehbuch verläuft der Prozess der Umgestaltung. Als weltanschauliche Grundlage dient dafür der Marxismus-Leninismus, der keineswegs nur als ein theoretisches Modell verstanden wird, um die Welt besser zu begreifen, sondern vor allem als Anleitung zum politischen Handeln. Dieses ist die einzige verbindliche Basis, nach der sich alle zu richten haben. Die SED erklärt den Marxismus-Leninismus zur „*herrschenden Ideologie*" und zum „*zuverlässigen Kompass*" beim Übergang zum Kommunismus. Nach dieser Lehre steht am Ende der Entwicklung der „*neue sozialistische Mensch*" mit einem marxistisch-leninistischen Bewusstsein. Dieses Ziel wird nach dem Verständnis der Kommunisten allerdings nur erreicht, wenn der Mensch ständig und immer wieder entsprechend politisch beeinflusst wird.

Ein groß angelegtes Experiment

In der Rückschau mutet das, was die Sozialistische Einheitspartei in den 1940er-Jahren in Angriff nimmt, wie ein groß angelegtes gesellschaftliches Experiment an. Nach dem sowjetischen Modell, das sich die durch Verfolgung und Exil geprägten Männer um Walter Ulbricht zu eigen gemacht haben, werden Kindergärten, Schulen, Hoch-

24

schulen und Universitäten ausgerichtet. Die SED versucht bereits auf die vorschulische Erziehung der Kinder Einfluss zu nehmen. Drill, Uniformierung, die Ausrichtung auf vorgegebene einheitliche Werte und Normen – eine individuelle Entfaltung der Persönlichkeit ist weder vorgesehen noch erwünscht. Nicht der Einzelne zählt, sondern die Gruppe, das *„Kollektiv"*. Die Anpassung an ein derart strenges System gelingt jedoch nicht allein durch Erziehung und Bildung. Die Propaganda gilt als ein weiteres unverzichtbares Instrument der Umgestaltung. Dafür müssen Presse und Rundfunk zur Verfügung stehen und die Parolen einhämmern. Auch Literatur, Kunst, Theater und Film sollen den Zielen des Systems dienen.

Klassenkampf

Die SED will die Menschen *„umerziehen, anfeuern, kontrollieren und integrieren"*. Ihre Herrschaftsform bezeichnet sie selbst als *„Diktatur des Proletariats"*. Im SED-System werden Kinder von Arbeitern und Bauern von Anfang an bevorzugt. Der Gegensatz zu den bürgerlichen Schichten ist politisch gewollt und wird als Teil des Klassenkampfs gesehen, aus dem der neue Mensch zwangsläufig als Sieger hervorgehen wird – so jedenfalls interpretiert die marxistische Lehre den Lauf der Geschichte.

Etwas anderes erwartet

Nach dem Ende des Zweiten Weltkriegs haben die Menschen etwas anderes erwartet, als von einem Kommandosystem in fast allen Lebenslagen gegängelt und bevormundet zu werden. Unter dem Ideal des *„neuen sozialistischen Menschen"* kann sich ohnehin kaum jemand etwas vorstellen, zumal der Mangel den Alltag völlig beherrscht. Zunächst sind die Startbedingungen im Osten sogar etwas besser als im Westen wegen der geringeren Zerstörungen durch den Krieg. Doch dann verschlechtern sie sich rapide. Die schwierige Umstellung auf das neue Wirtschaftssystem, dazu die Reparationslasten, die die Sowjetunion Ostdeutschland auferlegt (3740 ostdeutsche Betriebe werden zur Demontage aufgelistet): Die Hypotheken des Neubeginns sind gewaltig. Sie ersticken alle Bemühungen um ein neues Menschenbild schon im Keim. Der *„neue sozialistische Mensch"* bleibt für die meisten Bewohner ein Trugbild, das mit ihrer Lebenswirklichkeit wenig zu tun hat.

25

25 Präsident Wilhelm Pieck mit einer Gruppe von „Jungen Pionieren" (1951)

Johannes R. Becher

1891 *Geburt in München*

1911–1918 *Studium der Philosophie*

1933–1945 *Exil*

1935–1945 *Chefredakteur in Moskau*

ab 1954 *Minister für Kultur in der DDR*

1958 *Tod in Ostberlin*

Dem Kommunismus verschreibt sich Johannes R. Becher gegen Ende des Ersten Weltkriegs. Die kommunistische Lehre zieht ihn an. Dennoch gerät Becher, 1891 als Sohn eines angesehenen Juristen in München geboren, häufig in Konflikt mit der KPD.

Vom Abgrund angezogen

Becher lebt in einem ständigen Spannungsfeld: Er sucht die Hingabe an eine Idee und will sich dennoch nicht vereinnahmen lassen. Bereits als junger Mann agiert er wie ein Extremkletterer, der vom Abgrund magisch angezogen wird. Nach einer unglücklichen Liebe entschließt er sich 1910, gemeinsam mit seiner Freundin Selbstmord zu begehen. Die Freundin stirbt, er selber überlebt. Nach diesem tragischen Erlebnis empfindet Becher das Dasein nur noch als Qual. Er flüchtet sich in eine Morphinsucht. Die Ursachen für seine Labilität und den Hang zur Selbsttötung bleiben unklar.

Einen Ausweg aus seinen inneren Krisen findet er im Schreiben. Die seelischen Spannungen fördern eine enorme literarische Produktivität. Seit 1913 veröffentlicht er Gedichte, Dramen, Aufrufe, kurz: Texte, die sich auch für Propagandazwecke eignen. Becher gilt als wichtigster Vertreter des frühen Expressionismus, der Ausdruckskunst, die mit sparsamen Mitteln Gefühle und Leidenschaft vermittelt.

Durch die Flucht nach Wien entgeht der umtriebige Dichter im März 1933 nur knapp der Verhaftung durch das NS-Regime. Zwei Jahre später flieht er nach Moskau, wo er in den Strudel politischer Säuberungen gerät. Die Exil-KPD verdächtigt ihn *„trotzkistischer Schwankungen"* und nennt ihn einen *„Abweichler"*. Voller Tatendrang kehrt Becher im Juni 1945 nach Deutschland zurück. Die Kulturpolitik betrachtet er als seine Domäne: Bei allen wichtigen Neugründungen ist er dabei. So wird er Präsident des *Kulturbundes zur demokratischen Erneuerung Deutschlands*, den er als überparteilich ansieht.

Kulturminister

1954 folgt die Krönung: Walter Ulbricht ernennt Becher zum Kulturminister, ein Amt, das seiner Eitelkeit schmeichelt, von dem er sich schon bald auch eingeengt fühlt. Denn im Gegensatz zur SED möchte er der Kunst Freiräume sichern. Im Zweifelsfall fügt er sich jedoch der Parteilinie. 1956, beim Schauprozess gegen den Publizisten und Verleger des Aufbau-Verlags, Walter Janka, der seine Bücher herausgibt, geht er feige in Deckung. Obwohl er genau weiß, dass Janka zu Unrecht auf der Anklagebank sitzt, rührt der Minister keine Hand für ihn. Im Moskauer Exil hat Becher gelernt: *„Passe dich rechtzeitig an, oder du bist dran."* Sein Sohn Thomas, der sich von ihm lossagt, schreibt ihm, seine Macht sei reine Illusion: *„Blick auf die wieder marschierende Jugend in Uniform und Militärstiefeln, hast Du das nicht schon einmal gesehen?"*

Kultureller Aufbruch

Als der Zweite Weltkrieg im Frühjahr 1945 zu Ende geht, haben die aus dem Exil heimkehrenden Schriftsteller, Theaterleute, Maler und Bildhauer die Wahl zwischen einer der drei Westzonen und der Sowjetischen Besatzungszone. Viele entscheiden sich ausdrücklich für den Osten, weil sie dort die Grundlagen für ein *„besseres Deutschland"* sehen. Vor allem wünschen Künstler, die entweder der KPD angehören oder politisch links eingestellt sind, einen radikalen Neuanfang – nach zwei Weltkriegen in einem halben Jahrhundert, angezettelt von reaktionären und rechtsextremen Kräften in Deutschland.

Kulturschaffende

Viele *„Kulturschaffende"* sind überzeugt, die bürgerliche Revolution von 1848 vollenden zu können, wenn nicht in ganz Deutschland, dann wenigstens im Osten; und dazu wollen sie ihren Beitrag leisten. So verhelfen Schriftsteller wie Bertolt Brecht und Anna Seghers der SED in den Anfangsjahren zu einem beträchtlichen Ansehen. Das gilt auch für den Komponisten Hanns Eisler, der später die Nationalhymne der DDR komponiert. Der Text von Johannes R. Becher spiegelt die Aufbruchstimmung treffend wider: *„Auferstanden aus Ruinen und der Zukunft zugewandt, lass uns dir zum Guten dienen, Deutschland, einig Vaterland."* Der Glaube an die deutsche Einheit ist in diesen Jahren mindestens so stark wie die Hoffnung auf eine bessere Zukunft.

28

„Die Mörder sind unter uns"

Da die Kommunisten von spontanen Zusammenschlüssen nichts halten, werden nach den Vorgaben der SED alle möglichen Organisationen und Einrichtungen neu geschaffen. Dabei gibt es viele Ämter zu verteilen. Der Schriftsteller Arnold Zweig, 1948 aus Palästina nach Berlin zurückgekehrt, wird Präsident der Deutschen Akademie der Künste. Daneben entsteht der *Kulturbund* und die *Deutsche Film AG (DEFA)*. Bereits 1946 dreht Wolfgang Staudte mit der Schauspielerin Hildegard Knef den Antikriegsfilm *Die Mörder sind unter uns*, der zum Klassiker wird. Im Oktober desselben Jahres wird als erste Hochschule der SBZ die Universität Jena wieder eröffnet.

Der Aufschwung der frühen Jahre beflügelt Kunst und Kultur der SBZ und der DDR nachhaltig, auch wenn diese bald massiv vom Staat behindert werden. Vielleicht ist dieser Druck von oben mit ein Grund dafür, dass auf den Gebieten des Films, Theaters, der Literatur und auch der Malerei Werke entstanden sind, welche die staatliche Existenz der DDR mühelos überdauern.

26

27

26 Arnold Zweig

27 Hanns Eisler

28 Die Schriftstellerin Anna Seghers mit dem DDR-Staatsratsvorsitzenden Walter Ulbricht (links) und Erich Honecker (1965)

Bertolt Brecht

1898 *Geburt in Augsburg*

1924–1926 *Tätigkeit am Deutschen Theater Berlin*

ab 1926 *Freier Schriftsteller*

1933–1949 *Exil*

1935 *Aberkennung der deutschen Staatsbürgerschaft*

1949 *Gründung des „Berliner Ensembles"*

1950 *Österreichische Staatsbürgerschaft*

1956 *Tod in Ostberlin*

Als Bertolt Brecht am 30. Oktober 1947 auf dem Höhepunkt der Kommunistenjagd in den USA vor das *Komitee für unamerikanische Umtriebe* zitiert und gefragt wird, ob er Mitglied der Kommunistischen Partei sei, antwortet er wahrheitsgemäß mit Nein. Brecht, der einflussreichste deutschsprachige Dramatiker und Lyriker des 20. Jahrhunderts, ist zwar überzeugter Kommunist, aber nie der Partei beigetreten; ebenso wie er sich nach dem Krieg zwar eindeutig für die DDR entscheidet, aber bis zu seinem überraschenden Tod im Jahr 1956 österreichischer Staatsbürger bleibt.

Distanz bedeutet Brecht viel. Und vereinnahmen lässt er sich schon gar nicht. Wenn eines seiner Stücke allzu gefällig aufgenommen wird, ändert er es, um seine Botschaft deutlich zu machen. Gegen Krieg, gegen Ausbeutung und Unterdrückung – in seiner langen Schaffenszeit bleibt Brecht ein Künstler, der die bürgerliche Gesellschaft verändern will.

Brecht selber ist Zeuge gleich zweier Weltkriege: den Ersten erlebt er gegen Ende 1917 als Sanitätshelfer, den Zweiten im Exil, zunächst in Dänemark, Schweden und Finnland und dann an der Westküste der USA in Kalifornien. Am 28. Februar 1933, einen Tag nach dem Reichstagsbrand, hat Brecht mit seiner Frau Helene Weigel, ihrer Tochter sowie Freunden Berlin verlassen. Die Polizei ist ihm auf der Spur. An Theaterarbeit war nicht mehr zu denken.

„Dreigroschenoper"

Seine größten Triumphe erlebt er bereits in den 1920er-Jahren in Berlin, etwa mit der von Kurt Weill vertonten *Dreigroschenoper.* Im Exil entstehen einige seiner bedeutendsten Stücke: *Das Leben des Galilei* zum Beispiel und *Mutter Courage und ihre Kinder.* Als Künstler der DDR ist er jedoch nicht unumstritten. Ihm wird angelastet, zu den Exzessen des Stalinismus zu schweigen und widersprüchlich auf den Volksaufstand von 1953 zu reagieren. Mal äußert er Zustimmung, dann Ablehnung.

Brecht und die Frauen

Auch sein persönlicher Lebensstil passt manchen nicht. Bürgerliche Normen und Tabus lässt Brecht nicht gelten. Wenn es ihm gefällt, unterhält er Beziehungen zu mehreren Frauen gleichzeitig. Fünf Kinder aus vier Beziehungen – für Brecht ist das kein Problem.

In der DDR genießt er manche Privilegien – zum Beispiel bekommt er mit dem *Berliner Ensemble* sein eigenes Theater und darf selber im Westen inszenieren. Gleichzeitig behindert ihn die Kulturbürokratie, wo immer sie kann. Manche seiner Stücke werden im Westen gefeiert, in der DDR jedoch totgeschwiegen. Brecht wehrt sich. Er gehört zu den wenigen Mutigen, die gegen Borniertheit und Bevormundung aufbegehren – sein Ruhm schützt ihn vor Verfolgung. Und er hält seine schützende Hand über Künstler, die kaltgestellt werden sollen.

Der Kalte Krieg

Aus Verbündeten werden Feinde

Die Waffenbrüderschaft der Alliierten im Zweiten Weltkrieg, ihr gemeinsamer Sieg über das nationalsozialistische Deutschland – dieses Band überdauert das Kriegsende nur für eine kurze Zeit. Es wird abgelöst durch den Kalten Krieg mit einer ganz anderen Frontstellung. Jetzt verlaufen die gegnerischen Linien quer durch Europa und mitten durch Deutschland. Sie verursachen in den folgenden Jahrzehnten gefährliche Spannungen.

29 Der amerikanische Außenminister James F. Byrnes plädiert bei einer Rede vor deutschen Politikern in Stuttgart für die Errichtung eines nichtkommunistischen deutschen Staates (6. September 1946).

29

Interessengegensätze

Im Westen wird der Kommunismus, wie Stalin ihn praktiziert, weitgehend abgelehnt. Und im Osten werden die Verbündeten von einst als Kriegstreiber verteufelt. Auf beiden Seiten wächst das Misstrauen; Brücken der Verständigung werden nicht gesucht. Vor allem sind es die unterschiedlichen Interessen der beiden Großmächte USA und Sowjetunion, die den Gegensatz noch verschärfen. Die Vereinigten Staaten, die nach dem Ersten Weltkrieg Europa weitgehend sich selbst überlassen hatten und den Aggressionskriegen Hitlers viel zu lange tatenlos zusahen, wollen diese Fehler nach 1945 nicht wiederholen. Der amerikanische Außenminister James F. Byrnes erklärt bereits im September 1946, die USA würden ihre Truppen so lange in Deutschland belassen wie andere Mächte auch. Mit der Truman-Doktrin vom März 1947 gehen die USA noch einen Schritt weiter: Sie sichern anderen Ländern direkte Hilfe zu, sofern diese ihre Freiheit durch den Kommunismus bedroht sehen. Türkei und Griechenland sollen als erste Staaten davon profitieren.

Ostzone als Puffer

Der amerikanische Präsident Truman ist inzwischen überzeugt davon, dass Stalin die Macht über ganz Deutschland und weitere Teile Europas anstrebt. Deshalb verfolgt seine Regierung eine Politik der Eindämmung des Kommunismus. Dafür braucht Washington vor allem Westdeutschland.
Auf der anderen Seite will Moskau die Ostzone als Puffer zur Absicherung seines Machtbereichs nutzen. So wird das geschlagene Deutschland zum weltweit wichtigsten Schauplatz des Kalten Krieges. Innerhalb weniger Jahre grup-

pieren sich die Länder Europas und zum Teil auch der übrigen Welt in zwei Blöcke. Für Deutschland bedeutet diese Entwicklung nichts Gutes. Statt aufeinander zuzugehen, entwickeln sich die Ostzone und die drei Westzonen auseinander und bekämpfen sich politisch. Der Gegensatz USA – UdSSR belastet die Verhandlungen der Außenminister der vier Siegermächte. Die auf der Konferenz in Potsdam beschlossene Absicht, Deutschland als wirtschaftliche Einheit zu erhalten, stößt auf den Widerstand der UdSSR und von Frankreich und lässt sich deshalb nicht umsetzen.
Als fünf westeuropäische Länder im März 1948 in Brüssel die *West-Union* ins Leben rufen – ein Sicherheitsbündnis, das sich gegen die UdSSR richtet –, zieht Stalin den sowjetischen Militärgouverneur Marschall Wassilij Sokolowski aus dem Alliierten Kontrollrat zurück. Damit existiert die Einrichtung, die über Deutschland als Ganzes regieren soll, praktisch nicht mehr. Auf die Währungsreform in den drei Westzonen und in den Westsektoren Berlins im Juni 1948 reagiert Stalin mit einer Blockade Westberlins. Er droht damit, die Stadt auszuhungern. Nach der Währungsreform in Westdeutschland erhält nun auch die sowjetische Zone neues Geld. Gleichzeitig beginnt ein Wettkampf um die Frage, wem die Zukunft gehört – dem Kommunismus oder dem Kapitalismus.

30

30 Im Juni 1948 werden in Berlin Straßensperren zum amerikanischen Sektor errichtet.

„Blockflöten"

31

31 Jakob Kaiser

32 Tafel im Westen für das „Volksbegehren für Einheit und gerechten Frieden" (1948)

32

Im Herbst 1947 fasst der Vorsitzende der Ost-CDU, Jakob Kaiser, einen folgenreichen Entschluss. Da die SED ihre Führungsrolle in der SBZ immer unverhohlener vertritt, geht Kaiser auf Konfrontation. Von den Delegierten des II. Parteitags der ostdeutschen CDU verlangt er, sich als *„Wellenbrecher"* dem *„dogmatischen Marxismus"* in den Weg zu stellen. Kaiser, Verfechter eines *„christlichen Sozialismus"*, lehnt die Eingliederung in das kommunistische System rundum ab. Seine Kampfansage mobilisiert die Liberaldemokratische Partei, die sich ebenfalls nicht länger bevormunden lassen will.
Als die CDU es ablehnt, sich an der von der SED gestarteten *„Volkskongressbewegung"* zu beteiligen, werden ihre beiden Spitzenpolitiker, der frühere christliche Gewerkschaftsführer und Widerstandskämpfer Kaiser sowie der ehemalige demokratische Reichstagsabgeordnete Ernst Lemmer, von der Sowjetischen Militäradministration kurzerhand abgesetzt.

Blockflöten

Mit diesem Eingriff beendet die Besatzungsmacht das Mehrparteiensystem. Die bürgerlichen Parteien dürfen formell weiter existieren, doch bleibt ihnen jede Mitwirkung versagt. Ihre Rolle beschränkt sich darauf, die Politik der SED abzunicken oder ihr beifällig zuzustimmen. Die *„Blockflöten"*, wie der Volksmund sie nennt, werden verlässliche Stützen des SED-Regimes.

Mehrparteiensystem im Westen

Auch die Besatzungsmächte im Westen üben einen starken Einfluss aus, und zwar in Richtung Demokratie und Meinungsfreiheit. Nach und nach entsteht dort ein System aus mehreren Parteien mit unterschiedlichen Programmen.
In der Deutschlandpolitik etwa prallen zwei gegensätzliche Denkrichtungen aufeinander, die mit den Namen Kurt Schumacher (SPD) und Konrad Adenauer (CDU) verbunden sind. Schumacher kämpft leidenschaftlich für die Einheit Deutschlands, Adenauer dagegen findet sich schon früh mit der Teilung ab. So erklärt er kurz nach dem Krieg, der von Russland besetzte Teil sei *„für eine nicht zu schätzende Zeit für Deutschland verloren"*.

Das neue Geld

Auch in der Wirtschaftspolitik gehen Ost und West getrennte Wege. Im Osten hält die staatlich gelenkte Kommandowirtschaft Einzug, im Westen die Marktwirtschaft, die sich nach dem Gesetz von Angebot und Nachfrage richtet. Trotz wachsender Gegensätze – in einem Punkt unterscheiden sich Ost- und Westdeutschland in den ersten Nachkriegsjahren kaum voneinander: Fast überall herrscht große Not. Es fehlt an allem, insbesondere an Lebensmitteln. Auf einen äußerst harten Winter 1946/47 folgt ein langer heißer Sommer, der mit seinen Dürreschäden die Landwirtschaft um Monate zurückwirft.

„Der Magen knurrte"

Franz Becker, damals Bürgermeister von Storkow, erinnert sich: „*Der Magen knurrte, und der Hunger peinigte. Die Großstädter gingen aufs Land, um zu ‚organisieren'.*" Uhren, Schmuck, Bettwäsche, silberne Bestecke, Anzüge – gegen einen Sack Kartoffeln müssen die Städter schon einiges auf die Waage legen. In der Ostzone versucht die SED die Versorgungskrise nach dem Motto „*Mehr produzieren, gerechter verteilen, besser leben*" in den Griff zu bekommen. Im Westen unternimmt Ludwig Erhard eine Art Befreiungsschlag, um aus der Misere herauszukommen. Gegen sozialistische und planwirtschaftliche Überlegungen, die es in SPD und in CDU gibt, setzt Erhard sein Konzept der sozialen Marktwirtschaft. Verbunden mit der Währungsreform fördert dieses Modell einen ungeahnten Aufschwung in Westdeutschland.

Ost-Mark/Deutsche Mark

Am 20. Juni 1948 wird in den drei Westzonen die Deutsche Mark (DM) eingeführt. Zwei Tage später erhält auch die Ostzone eine neue Währung, zunächst als Provisorium. Die Einwohner bekommen 70 Mark „*Klebegeld*": Die alte Reichsmark wird mit Wertmarken überklebt. Einige Wochen später sind dann die neuen Geldscheine der Ost-Mark in Umlauf. In Berlin löst die Währungsumstellung große Besorgnis aus. Ernst Reuter, der zum Oberbürgermeister von Groß-Berlin gewählte, aber von der sowjetischen Seite nicht bestätigte Sozialdemokrat, verlangt die Einführung der D-Mark auch in den Westsektoren von Berlin. Reuter: „*Wer die Währung hat, hat die Macht.*" Die drei westlichen Stadtkommandanten entschließen sich zu einem riskanten Kraftakt. Die Westsektoren Berlins erhalten die D-Mark, mit einem aufgestempelten „*B*" versehen. Als erste Reaktion wird im Ostsektor der Besitz von D-Mark unter Strafe gestellt. Die eigentliche Antwort der Sowjetunion sollte bald folgen.

33

33 1-Mark-Münze der DDR

34

34 20-Mark-Schein der DDR

Westberlin blockiert

35

35 Ab dem 26. Juni 1948 wird Westberlin über die Luftbrücke versorgt.

36 Bei der Kundgebung vor dem Reichstag fordert Ernst Reuter Beistand für das blockierte Berlin (9. September 1948).

In der Nacht zum 24. Juni 1948 ändert sich das Leben von 2,2 Millionen Menschen in den drei Westsektoren Berlins schlagartig. Ihre Versorgung mit Strom aus dem Osten wird eingestellt. Sowjetische Militäreinheiten unterbinden den gesamten Personen- und Güterverkehr zwischen Berlin und Helmstedt. Auch Straßen und Wasserwege werden gesperrt.
Die Blockade ist die Antwort Stalins auf die Einführung der D-Mark sowie auf Pläne der Westmächte für eine Staatsgründung im Westen. Der Kremlchef will die früheren Verbündeten zwingen, sich aus Berlin ganz zurückzuziehen. Die Abriegelung stellt insbesondere die USA vor die Entscheidung, entweder die Westsektoren aufzugeben oder ein Überleben der Einwohner sicherzustellen. Eine Versorgung aus der Luft gilt zunächst als unmöglich. Aber es ist die einzige Chance, und deshalb beschließen die USA zusammen mit Großbritannien, eine Luftbrücke einzurichten.
Bereits am 26. Juni setzt die erste US-Maschine auf dem Flughafen Tempelhof auf. In den folgenden neun Monaten landen und starten die Flugzeuge im Minutentakt: in Tempelhof, Gatow und bald auch auf dem in einer Rekordzeit angelegten neuen Flugplatz Tegel. Drei übereinander liegende Luftkorridore stehen für die Luftbrücke zur Verfügung. Die Maschinen bringen Lebensmittel, Medikamente, Kohle, Baumaterial für das neue Fluggelände und ein neues Kraftwerk und vieles mehr. Den USA gelingt eine Meisterleistung, die ihnen weltweite Anerkennung einbringt. Im Kalten Krieg erzielt der Westen damit seinen ersten moralischen Sieg.

„Rosinenbomber"

Die Westberliner gewöhnen sich an den Lärm der über ihren Köpfen kreisenden *„Rosinenbomber“*, wie die auch mit Süßigkeiten beladenen Flugzeuge liebevoll genannt werden. Jede Maschine hilft mit, ihr Überleben zu sichern. Die *„Insulaner"* rücken zusammen und helfen sich gegenseitig. Vor dem zerstörten Reichstag richtet der spätere Regierende Bürgermeister Reuter am 9. September 1948 vor einer großen Menschenmenge seine legendäre Freiheitsrede an die *„Völker der Welt“*. Seine beschwörenden Worte klingen noch lange nach: *„Ihr Völker der Welt, schaut auf diese Stadt und erkennt, dass ihr diese Stadt und dieses Volk nicht preisgeben dürft, nicht preisgeben könnt!“*

36

Adolf Hennecke

In der Direktion des Oelsnitzer Steinkohlewerks denken am 9. Oktober 1948 Funktionäre der SED und des FDGB angestrengt darüber nach, wie sie die Kohleförderung verbessern können. Die Idee, die in dieser Runde geboren wird, ist nicht ganz neu: In den 1930er-Jahren gab es in der Sowjetunion einen Bergmann namens Alexej Stachanow, der dazu ausersehen war, als *„Held der Arbeit“* die Produktion von Kohle zu steigern.

Zweite Wahl

Der deutsche Stachanow heißt Adolf Hennecke, 1905 in Meggen (Westfalen) geboren und nach dem Krieg im Kohlerevier Zwickau-Ölsnitz gelandet. Der schmächtige Westfale mit den zerfurchten Wangen, 43 Jahre alt, ist zweite Wahl für einen Propaganda-Einsatz unter Tage. Er muss ran, weil der eigentlich vorgesehene junge Kumpel die Aufgabe nicht übernehmen will.

Anfangs zögert Hennecke. Eigentlich ist er gar kein richtiger Kumpel mehr, sondern Instrukteur. Außerdem fürchtet er die bösen Zungen seiner Kollegen – zu Recht übrigens. Später werden ihm die Fenster eingeworfen, und es kursieren hämische Hennecke-Witze.

Am 13. Oktober 1948 kommt Hennecke im Schacht *Karl Liebknecht* zum Einsatz. Am Tag zuvor hat er sich die Stelle im Flöz genau angesehen. Die Kohlenrutsche liegt richtig. Zwei Kumpel bleiben in der Nähe, um die von Hennecke mit dem Presslufthammer freigelegte Kohle mit abzuräumen. Bei Schichtende um 13.15 Uhr hat er seine Arbeitsnorm um 387 Prozent überschritten. Planmäßig sollte jetzt das Jubel-Komitee von SED und FDGB zur Stelle sein, aber die Gruppe verspätet sich. Die Kumpel vor Ort wenden sich ab, statt Hennecke zu gratulieren, denn sie ahnen, was auf sie zukommt: höhere Leistungen bei gleichem Lohn.

„Es gießt wie Hennecke“

In der *Wochenschau* und in einem eigens gedrehten Dokumentarfilm stimmt dann wieder alles: Ein Empfangskomitee aus Funktionären und Bergarbeitern lässt den erschöpften, aber glücklichen Hennecke hochleben. Und die Parolen sind auch sofort zur Stelle: *„Henneckes Beispiel reißt uns alle mit“*, oder: *„Wir brauchen viele Henneckes“*. Damit ist die Hennecke-Bewegung geboren.

Nach wenigen Wochen kennt jedes Schulkind den Zwickauer Bergmann, der jetzt nicht mehr mit nacktem Oberkörper im Schweiße des Angesichts schuftet, sondern Schlips und Kragen trägt. Denn Hennecke wird nicht nur mit einer ordentlichen Prämie belohnt, er rückt außerdem zum Mitglied der Planungskommission und des Zentralkomitees der SED auf. Der Volksmund vereinnahmt den *„sozialistischen Helden“* auf seine Weise. Redewendungen wie *„Es gießt wie Hennecke“* und *„Der rennt wie Hennecke“* gehören bald zum Alltag.

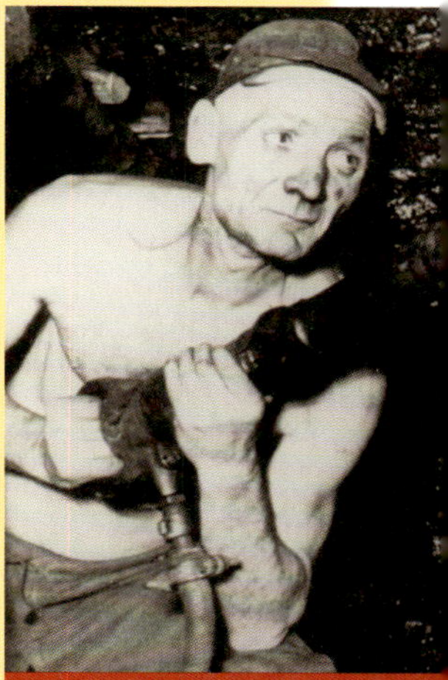

1905 *Geburt in Meggen*

1948 *Schicht mit einer Normerfüllung von 387 Prozent*

ab 1954 *Leiter der staatlichen Plankommission der DDR*

1975 *Tod in Ostberlin*

Pathos und Propaganda

Auf allen gesellschaftlichen Gebieten wollen KPD bzw. SED die Nummer eins sein. So erteilt der sowjetische Stadtkommandant von Berlin, Nikolai Bersarin, bereits am 10. Mai 1945 die Erlaubnis, den Rundfunkbetrieb in Berlin wieder aufzunehmen. Bersarin stellt dafür das Funkhaus an der Masurenallee – später Hörfunkzentrale des *Senders Freies Berlin* bzw. *des Rundfunks Berlin-Brandenburg* – und den *Sender Tegel* zur Verfügung.

„Hier spricht Berlin"

Mit *„Hier spricht Berlin"* wird am Abend des 13. Mai 1945 die erste und vorerst einzige Radiosendung in den vier Besatzungszonen ausgestrahlt. Mit Hochdruck werden anschließend auch die übrigen Gebiete der sowjetischen Zone mit Rundfunkprogrammen versorgt. Mecklenburg, Brandenburg, Sachsen-Anhalt, Sachsen und Thüringen erhalten eigene Landessender.
Auch wenn fast alles unter politischen Vorzeichen steht und Künstler sich im Radio zum Sozialismus bekennen, wird die Unterhaltung nicht ausgeblendet: Bunte Abende, Betriebsfeste, Tanz- und Schlagermusik bringen Abwechslung in den Alltag der Hörerinnen und Hörer.
Bei der Umsetzung politischer Ziele spielt das Radio von Anfang an eine bedeutende Rolle, ähnlich wie die Zeitungen, die schon in den ersten Nachkriegsjahren eine beachtliche Leserschaft erreichen. Neben dem *Neuen Deutschland* entwickeln sich die SED-Bezirkszeitungen und die Betriebszeitungen zum wichtigsten Steuerungsinstrument. Vor besonderen Feiertagen, etwa dem 1. Mai, veröffentlicht das *Neue Deutschland* jeweils die politischen Losungen, die von den Betriebszeitungen und anderen Blättern übernommen werden.

„Straße der Besten"

In den Betriebszeitungen werden außerdem die Leistungsträger der Unternehmen gewürdigt. Diese erhalten Prämien und werden im Betrieb auf der *„Straße der Besten"* mit den entsprechenden Parolen herausgestellt.

37

37 „Wie wir heute arbeiten, so werden wir morgen leben!" – Kundgebung bei den Maifeiern in Berlin (1954)

Bombastische Sprache

Mobilisierung und Leistungssteigerung gehören unmittelbar zusammen. In den führenden Unternehmen versucht ein Trupp von Aktivisten, den Ton anzugeben. Dabei steigert sich die Sprache ins Bombastische, das heißt, alles wird maßlos übertrieben. Keiner entkommt den dröhnenden Appellen und vollmundigen Aufrufen: *„Sichert die Ernte. Junge Aktivisten schaffen für die Zukunft"* oder: *„Alle Hände für den Neu-Aufbau!"* und *„Waggonbauer! Sichert die Planerfüllung!"*
Körperliche Arbeit, die gerade in den Nachkriegsjahren mit großer Mühe verbunden ist, weil überall Werkzeug, Geräte, Maschinen und Materialien knapp sind oder fehlen, wird durch Propaganda zu einem Dienst an der Gesellschaft überhöht. Unter den Werktätigen soll ein sozialistisches Wir-Gefühl entstehen.

„Marshallversklavung"

Die SED-Führung ist davon überzeugt, den wirtschaftlichen Aufbau aus eigener Kraft schaffen zu können. Die *„brüderliche Hilfe"* der Sowjetunion ist willkommen. Das Angebot der USA, nicht nur Westdeutschland und Westeuropa, sondern auch den Osten durch den Marshall-Plan zu unterstützen, stößt dagegen auf scharfe Ablehnung. So heißt es auf einem Plakat: *„Deutscher Aufbauplan gegen Marshallversklavung."* Zweifellos unternehmen die sowjetische Zone und dann die DDR ernorme Anstrengungen, trotz der im Vergleich zu Westdeutschland bald ungünstigen Bedingungen eine leistungsfähige Wirtschaft auf die Beine zu stellen. Dennoch funktioniert das planwirtschaftliche Modell nicht. Und die Kluft zwischen Propaganda und der betriebswirtschaftlichen Realität wird von Jahr zu Jahr größer.

38

39

40

38 „Legt alle Hand an! Sichert die Einbringung der Ernte!" (Propagandaplakat, 1955)

39 Wohnungsneubau im Rahmen des „Berliner Not-Programms mit Marshall-Plan-Hilfe" (1950)

40 Plakat des FDGB gegen den Marshall-Plan (Leipzig 1948)

Täve Schur

1931 *Geburt in Heyrothsberge (Sachsen-Anhalt)*

1950–1964 *Erfolge als Amateur-Radsportler*

1958–1990 *Mitglied der Volkskammer*

1990 *Eintritt in die PDS*

1990 *Wahl zum größten DDR-Sportler aller Zeiten*

1998–2002 *Mitglied des Bundestages*

Die Sympathien der Menschen in Ostdeutschland begleiten ihn jahrzehntelang. Und umgekehrt hat kaum ein anderer Sportler der DDR so früh ein so andauerndes Ansehen eingebracht wie der Radrennfahrer Gustav-Adolf Schur, den alle „*Täve*" nennen, in Ableitung von Gustav.

Neunmal Sportler des Jahres

Neunmal hintereinander wird er zum Sportler des Jahres gewählt. Zweimal wird er *Weltmeister der Amateure*, und zwar bei der internationalen *Friedensfahrt*, dem Amateur-Etappenrennen, das als „*Tour de France des Ostens*" gilt. Schur sammelt Trophäen und Medaillen und bleibt doch stets der bescheidene, bodenständige Täve, der selbst den Verlockungen des kapitalistischen Westens nicht nachgibt.
Die Liebe zum Rad entdeckt der 1931 geborene Schur kurz nach dem Krieg. Als Mechaniker-Lehrling muss er täglich den sechs Kilometer langen Weg zwischen seinem Heimatort Heyrothsberge bei Magdeburg und Körbelitz zurücklegen. „*Zuerst bin ich mit dem Bus gefahren, dann ergatterte ich irgendwo ein altes Fahrrad, polierte das auf und sparte mir das Busgeld*", berichtet er.

Idol und Vorbild

Der Weg vom Berufspendler zum Amateur-Radrennfahrer ist nicht weit. Bei jedem Wind und Wetter steigt Schur auf sein Fahrrad und dreht in der Umgebung von Magdeburg seine Runden. Er trainiert nicht nur fleißig, sondern bringt für seine Karriere eine hervorragende Kondition mit. Wenn anderen die Puste ausgeht, verfügt er fast immer noch über ausreichend Reserven für den Sieg.
Als die Serie seiner Erfolge immer länger wird, rückt Schur zum Idol auf, zum Vorbild für die Jugend und zum Aushängeschild des SED-Regimes. Auf jemanden wie ihn mag die Partei nicht verzichten.

Vorzeige-Kommunist

Der Wechsel in die Politik bedarf keiner großen Überzeugungskraft. Denn Schur hat keine Probleme mit dem, was die SED vertritt; bereitwillig lässt er sich als „Vorzeige-Kommunist" feiern. Ab 1959 gehört der Spitzensportler der Volkskammer an.
Seinen politischen Überzeugungen bleibt er auch nach dem Scheitern der DDR treu. Als andere ihr Parteibuch über Bord werfen, schließt er sich der PDS an, der Partei des Demokratischen Sozialismus, die sich in der Nachfolge der SED sieht. Für die PDS gehört er vier Jahre dem deutschen Bundestag an, in dem er sich für eine Verbesserung des Schul- und Breitensports einsetzt.
Auch im Rückblick steht Täve Schur zu dem, was er einst als seine feste Überzeugung vertrat: „*Für mich war die Freundschaft zur Sowjetunion immer Herzenssache und keine Propagandafloskel.*"

Jugend und Sport

„Jedermann an jedem Ort jede Woche einmal Sport!“ – Dieser von ihm selbst stammenden Losung versucht auch Walter Ulbricht gerecht zu werden. Ulbricht, der schon als Junge dem Leipziger Arbeiterturnverein *Eiche* angehörte, bemüht sich in der Öffentlichkeit stets um eine betont sportliche Note. Ob beim Schlittschuhlaufen, Tischtennisspielen oder Wandern – gern lässt er sich fotografieren, vielleicht auch, um seinen sonst eher hölzernen Auftritten etwas sportliche Eleganz zu verleihen. Hauptsächlich geht es ihm jedoch um den Wettkampf, der nach Lenins Devise *„Sport und Politik gehören zusammen“* als Motor des gesellschaftlichen Fortschritts gesehen wird.
Leistungssport als Nachweis für die Überlegenheit des Sozialismus – nach dieser Maßgabe werden von Anfang an zahlreiche Sportarten gefördert: Fußball, Leichtathletik, Radsport, Bob, Biathlon, Eishockey – alles, was eine Chance gegen den Westen bringt, kann mit Unterstützung rechnen.

Aufbruch in die neue Zeit

Die SED-Führung verfolgt dabei mehrere Ziele: Sportliche Wettkämpfe stärken das Wir-Gefühl in der Bevölkerung, heben die Stimmung und lenken von den Alltagsproblemen ab. Vor allem ist der Sport geeignet, die Jugend möglichst früh an das neue Gesellschaftssystem zu binden und sie zum *„Aufbruch in die neue Zeit“* zu motivieren. So entwickelt sich ein Jugendkult, der Sportlichkeit und Überlegenheit demonstrieren soll. Das erste Deutschlandtreffen der Jugend aus Ost und West Ende Mai 1950 in Ostberlin und vor allem die *Weltfestspiele der Jugend und Studenten* im folgenden Jahr sind darauf angelegt, der Welt zu zeigen, wem die Zukunft gehört.

41

41 Kundgebung anlässlich der „Weltfestspiele der Jugend und Studenten in Berlin“ (1951)

42 Veranstaltung im Walter-Ulbricht-Stadion, Berlin (1951)

42

Stalin wie ein Gott verehrt

Sein Name fehlt in kaum einer Rede. Sein Bild – zumeist überlebensgroß – ist fester Bestandteil von Parteitagen und Kundgebungen. Denkmäler mit seinem Profil stehen auf allen öffentlichen Plätzen in Stadt und Land: Für die sowjetische Zone und die daraus entstehende DDR ist Josef Stalin mehr als ein Vorbild. Er gilt als die Verkörperung des Sozialismus schlechthin.

Rituale der Ergebenheit

Während die KPD in den Jahren des Moskauer Exils den Diktator zum Teil noch aus Angst ums Überleben verehrte, verfestigt sich nach dem Krieg die Bewunderung zu einer Art Staatslehre, mit allen erdenklichen Formen der Ergebenheit. So zollen Studenten der Leipziger Hochschule für Körperkultur dem *„Bannerträger des Weltfriedens, Generalissimus Stalin"* ihre Bewunderung. Wenn es um Orientierung und Wegweisung geht, richten sich die Blicke stets auf Stalin.

Der Kult um ihn beginnt bereits Ende der 1920er-Jahre. Es bleibt nicht lange bei dem eher schlichten Titel *„Der Führer unserer Partei – der Genosse Stalin"*. Bald rückt der Generalsekretär zum *„größten"* marxistischen Theoretiker auf, obwohl er – abgesehen von einem Buch über die Nationalitätenfrage – keine wissenschaftliche Arbeit vorweisen kann. Wirtschaftsfachleute erklären ihn zum größten Nationalökonomen und die Geschichtsforscher zum größten Historiker. Ob in Wissenschaft, Philosophie oder Kunst – in allen Bereichen wird Stalin zur alles überragenden Autorität. Er ist das *„Genie Stalin"*. Zeitungen und Zeitschriften wetteifern darum, neue Lobeshymnen auf Stalin zu erfinden. *„Legendäre Gestalt"*, *„großer Pionier"*, *„der weise Führer der Welt"*, *„der Vater der Völker"* – die Liste wird länger und länger. Stalin betreibt mit allen Mitteln diese Verehrung, die religiöse Züge annimmt. Kein anderer Mensch – vielleicht ausgenommen der nordkoreanische Führer Kim Il Sung – erlebt je einen derartigen Personenkult wie er. Als der Diktator 1953 stirbt, erklärt der Dichter Johannes R. Becher: *„O sag auch du, mein Deutschland, Stalin Dank."*

43 Trauerfeierlichkeiten vor dem Stalin-Denkmal an Stalins Todestag (5. März 1953)

43

Zwei deutsche Staaten

Globale Frontlinien

44

Unter den Bedingungen des Kalten Krieges verändert sich nicht nur Deutschland, auch die übrige Welt formiert sich neu. Es entstehen zwei Lager mit globalen Frontlinien und eigenen Militärbündnissen. Der *Nordatlantikpakt*, im April 1949 als Verteidigungsbündnis der Westmächte gegründet, und die Sowjetunion mit den von ihr beherrschten Staaten in Mittelosteuropa, die sich im Mai 1955 zum *Warschauer Pakt* zusammenschließen, stehen sich feindselig gegenüber.

Angst vor einem neuen Krieg

Die Ängste der Menschen vor einem neuen Weltkrieg werden 1950 durch den Ausbruch des Korea-Krieges plötzlich ganz real. Ihre Furcht wird noch gesteigert durch die neuen Atomwaffen, die von den USA 1945 erstmals gegen die japanischen Städte Hiroshima und Nagasaki eingesetzt wurden. Bereits ein Jahr später testeten amerikanische Wissenschaftler auf den Bikini-Inseln im Zentralpazifik weitere nukleare Sprengkörper. Bald unternahm auch die Sowjetunion Atomversuche. Die Atombombe, deren Zerstörungskraft alle bisherigen Vernichtungsmöglichkeiten in den Schatten stellt, bedeutet eine zuvor nicht gekannte Bedrohung. Auch in Mitteleuropa wächst die Sorge, die politischen Spannungen könnten in eine militärische Auseinandersetzung umschlagen. Die Westmächte treiben die Gründung eines westdeutschen Staates voran und fordern damit die Sowjetunion heraus. Diese verfolgt zwei Ziele gleichzeitig: die Neutralisierung Deutschlands, das heißt vor allem den Abzug von US-Truppen aus Europa, und den Aufbau eines Staates unter sozialistischen Vorzeichen – wenn nicht in ganz Deutschland, dann zumindest in Ostdeutschland.

45

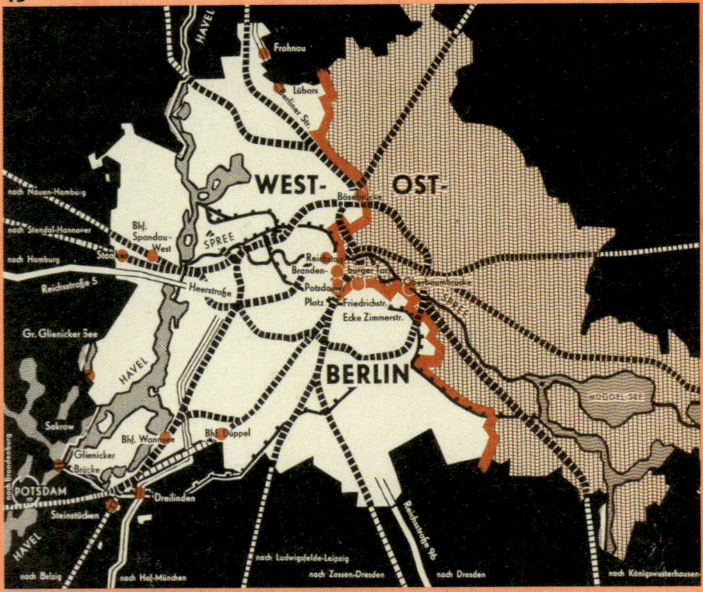

Maskerade

Die sowjetische Besatzungsmacht drängt die SED-Führung, sich bei diesem Vorhaben zu „*maskieren*“ und notfalls sogar „*opportunistisch*“ vorzugehen. Dazu gehört zunächst die Gründung von zwei weiteren bürgerlichen Parteien: die Demokratische Bauernpartei Deutschlands (DBD) und die Nationaldemokratische Partei Deutschland (NDPD), eine Bezeichnung, die von Stalin persönlich stammt. Die NDPD darf sogar mit dem Spruch *„Gegen Marxismus – für Demokratie“* werben. In Wirklichkeit liegen beide Parteien ganz auf SED-Linie. Ihre Aufgabe ist es, frühere NS-Anhänger und Rechtskonservative einzubinden. Mit seiner Doppelstrategie versucht Stalin, die Chancen für ein neutrales Deutschland so lange wie möglich offenzuhalten. Darauf ist die Vorgehensweise vor der Staatsgründung der DDR abgestellt. In diesem Zusammenhang spielt die Volkskongressbewegung mit dem Deutschen Volksrat an der Spitze vorübergehend eine Rolle. Im Juni 1948 erhebt der Volksrat den Anspruch, *„ganz Deutschland“* zu repräsentieren. Das Gremium entwirft eine Verfassung, die sich kaum von der Weimarer Verfassung von 1919 unterscheidet. Ein zweiter Entwurf wird im März 1949 dem Volkskongress zur Abstimmung vorgelegt und im Mai einstimmig verabschiedet. Westdeutschland ist bei diesem Kongress durch etwa 500 Mitglieder und KP-Anhänger aus den Westzonen vertreten.

DDR statt SBZ

Trotz aller politischen Manöver – die Entstehung der Bundesrepublik Deutschland kann Stalin nicht verhindern. Seine Antwort: Die Deutsche Demokratische Republik löst die Sowjetisch Besetzte Zone ab. Es liegt in der Logik des Kalten Krieges, dass sich jetzt zwei deutsche Staaten gegenüberstehen, was Stalin nicht daran hindert, seinen Plan für ein neutrales Deutschland weiterzuverfolgen.

46

47
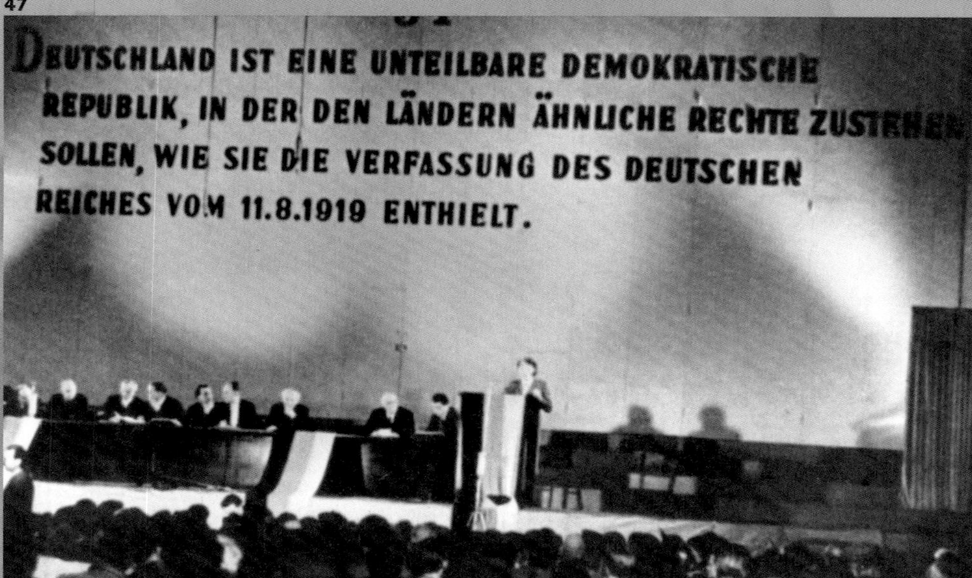

44 „Steckbrief. Hauptkriegstreiber Harry Truman, früher Kravattenhändler, zur Zeit noch Präsident der USA, gab am 31. Januar 1949 den Auftrag, mit der Herstellung der barbarischen Wasserstoffatombombe zu beginnen.“ – Propagandaplakat in der DDR (1953)

45 Die Teilung Berlins in einen Ost- und einen Westteil

46 Der Politiker Lothar Bolz bei einer Rede auf einer NDPD-Versammlung

47 Diskussion über das Volksbegehren zur Einheit Deutschlands (1948)

Stalin-Note – ein Versuchsballon?

48

Kaum ein Ereignis der Nachkriegszeit ist derart umstritten wie der diplomatische Briefwechsel – die sogenannten *„Stalin-Noten"* –, den Stalin im März 1952 in Gang setzt. Wurde mit diesem Vorstoß die Chance einer Wiedervereinigung wenige Jahre nach Kriegsende vertan? Oder handelt es sich um ein Störmanöver mit dem Ziel, die Eingliederung der Bundesrepublik in den Westen zu verhindern?

Zugzwang

Unmittelbar nach Kriegsende hat zunächst Stalin mit der raschen Umgestaltung der Ostzone nach sowjetischen Plänen das Tempo vorgegeben. Seit 1949 macht jedoch der Westen Druck. Der *Vertrag über die Europäische Gemeinschaft für Kohle und Stahl* und die Pläne für eine Wiederbewaffnung der Bundesrepublik sowie eine *Europäische Verteidigungsgemeinschaft (EVG)* versetzen Stalin in Zugzwang.
In seiner ersten Note vom März 1952 unterbreitet er Frankreich, Großbritannien und den USA weitreichende Vorschläge, um das *„deutsche Problem"* zu lösen. Die wichtigsten Punkte: Friedensvertrag mit Deutschland, Wiedervereinigung in den Grenzen, wie sie *„in den Beschlüssen der Potsdamer Konferenz festgelegt wurden"*, Abzug der Besatzungstruppen. Ferner das Verbot, ein Militärbündnis mit einem Land einzugehen, *„das am Krieg gegen Deutschland teilgenommen hat"*. Schließlich soll es Deutschland gestattet sein, *„eigene Streitkräfte zu besitzen, die für die Verteidigung des Landes notwendig sind"*. Das Schlüsselwort *„freie Wahlen"* kommt zunächst nicht vor. In seiner zweiten Note stimmt Stalin freien Wahlen nach Abschluss eines Friedensvertrags jedoch zu.

Verzögerungstaktik

Bundeskanzler Adenauer hält den sowjetischen Vorstoß für ein bloßes Störmanöver und empfiehlt dem Westen, so zu tun, *„als ob es die Note nicht gäbe"*. Die Westmächte antworten Stalin zwar, lassen jedoch wenig Spielraum für eine Annäherung. Der Notenaustausch, der sich bis September 1952 hinzieht, hakt sich an einzelnen Fragen fest, etwa den künftigen Grenzen und der Bündniszugehörigkeit. Stalin wirft dem Westen Verzögerungstaktik vor, was nicht ganz von der Hand zu weisen ist. Jedenfalls kommt es nicht zu Verhandlungen. Damit bleibt die Frage nach den wirklichen Motiven Stalins ungeklärt und die Chance ungenutzt, ein umfassendes Angebot der Sowjetunion am Verhandlungstisch auszuloten.

48 Demonstrationszug in Ostberlin im Rahmen der Maifeiern (1952)

49 Der „Vertrag über die westeuropäische Kohle- und Stahlunion" wird am 19. März 1951 unterzeichnet.

49

Tschekisten

Wenn Erich Mielke, der spätere Chef des Ministeriums für Staatssicherheit (MfS), von *„Tschekisten"* spricht, schwingt innere Ergriffenheit mit. Die Agenten der Geheimpolizei mögen es, mit diesem für sie ehrenvollen *„Titel"* angeredet zu werden. Ein Wandschmuck der MfS-Kreisdienststelle Halle-Neustadt trägt z. B. die Inschrift: *„Tschekist sein heißt: heißes Herz, kühlen Kopf, saubere Hände."* Und es fehlt nicht der Name des Gründers der *Außerordentlichen Kommission zur Bekämpfung von Konterrevolution und Spionage* – russisch abgekürzt *„Tscheka"* – Felix Dscherschinski.

Roter Terror

Die russische *„Tscheka"* von 1917 steht für unvorstellbare Gräueltaten und Massenmorde. Ihr Schöpfer Dscherschinski bekennt sich offen zum „roten Terror" und nennt die Vernichtung des Großbürgertums sein wichtigstes Ziel. Die *„Tscheka"* nimmt die SED sich zum Vorbild, als sie nach dem Krieg daran geht, in enger Abstimmung mit sowjetischen Stellen einen eigenen Sicherheitsapparat zu schaffen. Beim Aufbau von Polizeidienststellen entstehen gleichzeitig Kommissariate für politische Kriminalität. Diese *„K 5"* genannte politische Polizei übernimmt Aufgaben, die später im großen Stil vom Ministerium für Saatssicherheit fortgesetzt werden: Abwehr dessen, was als Gefahr für den Sozialismus angesehen wird. Linientreue Kommunisten und ehemalige Partisanen rücken bei der *„K 5"* in Schlüsselstellungen auf.

Im Dezember 1948 erhält Ulbricht von Stalin grünes Licht für eine Geheimpolizei in der SBZ. Mit dem Aufbau wird Mielke beauftragt; dieser brennt darauf, seinen russischen Vorbildern nachzueifern. Um im Westen keinen Argwohn zu wecken, ist zunächst von der *„Hauptverwaltung zum Schutz der Volkswirtschaft"* die Rede. Erst 1950 beschließt die Volkskammer die Bildung des Ministeriums für Staatssicherheit. Erster Minister wird Wilhelm Zaisser, ein alter Haudegen, der bereits als sowjetischer Agent tätig war und im Spanischen Bürgerkrieg kämpfte. Sein Stellvertreter ist Erich Mielke. Innerhalb weniger Jahre baut Mielke einen alles beherrschenden Sicherheitsapparat auf. Allerdings weichen die sowjetischen Instrukteure nicht von der Seite der deutschen Tschekisten. Diese haben ihr Motto ebenfalls bei den Sowjets entliehen. *„Schild und Schwert der Partei"* will das MfS sein – das Schwert bekommen die Menschen schon bald zu spüren.

50

51

50 Denkmal von Felix Dscherschinski vor der KGB-Zentrale in Moskau

51 Wilhelm Zaisser (rechts), links daneben Erich Mielke

Bundesrepublik Deutschland

Im Frühjahr 1948 wird in London auf einer Konferenz der drei Westmächte und der Benelux-Staaten (Belgien, Niederlande und Luxemburg) beschlossen, aus den drei Westzonen einen föderalen Bundesstaat zu bilden. Die westlichen Siegermächte stecken ihre Interessen ab, vor allem im Hinblick auf die Großindustrie im Ruhrgebiet. Ferner sichern sie ihre Vorrechte als Inhaber der obersten Gewalt und klären die Aufgaben der künftigen Bundesländer, deren Einfluss gegenüber der Bundesregierung gestärkt werden soll. Konrad Adenauer, Vorsitzender der CDU in der britischen Zone, übt heftige Kritik an den *Londoner Empfehlungen.* In einer Erlärung Adenauers ist von einem *„System der Ausbeutung“* die Rede, von *„Zwangsarbeit“* und dergleichen. Seine Kritik hindert ihn jedoch nicht, sich die Pläne der Westmächte zu eigen zu machen.

52 Eröffnungssitzung des Parlamentarischen Rates im Museum Koenig in Bonn am 1. September 1948

52

In mehreren Sitzungen erarbeiten die Ministerpräsidenten der Länder die Grundzüge einer neuen Verfassung. Im September 1948 konstituiert sich der Parlamentarische Rat als Verfassunggebende Versammlung. Im Lichthof des Museums Koenig in Bonn zwischen verhangenen Skeletten und ausgestopften Tieren fallen Entscheidungen von historischer Tragweite. Um manche Punkte wird hart gerungen, etwa um das Verhältnis zwischen Bundestag und Bundesrat.
Um ihren vorläufigen Charakter zu betonen, wird die Verfassung *„Grundgesetz“* genannt. Dessen Präambel unterstreicht den Willen zur staatlichen Einheit: *„Das gesamte deutsche Volk bleibt aufgefordert, in freier Selbstbestimmung die Einheit und Freiheit Deutschlands zu vollenden.“*

Hauptstadt Bonn

Am Ende steht fest: Die Bundesrepublik wird ein demokratischer Bundesstaat mit Bonn als Bundeshauptstadt. Das Grundgesetz sichert die Grundrechte der Bürger, die Gewaltenteilung und Rechtsstaatlichkeit. An der Spitze steht der Bundespräsident mit rein repräsentativen Befugnissen. Theodor Heuss von der FDP wird als Erster in das höchste Staatsamt gewählt.
Bei der ersten Wahl zum Deutschen Bundestag im August 1949 siegt die CDU/CSU. Ihr Spitzenkandidat Konrad Adenauer, 73 Jahre alt, wird mit der denkbar knappsten Mehrheit von einer Stimme (seiner eigenen) zum Bundeskanzler gewählt.

Konrad Adenauer

Der große alte Mann aus dem kleinen Rhöndorf auf der westlichen Rheinseite, geprägt vom rheinischen Katholizismus, ist mit seinen 73 Jahren zäher als die meisten Jüngeren in seiner Umgebung. Konrad Adenauer, lange Jahre Oberbürgermeister seiner Heimatstadt Köln, als Zentrumspolitiker Verfolgter des NS-Regimes, duldet in seinem Kabinett selten Widerspruch. Er ist schlau, nicht zimperlich in der Wahl seiner Methoden und rücksichtslos, wenn sich jemand in den Weg stellt. Der Erste, der dies riskiert, ist Innenminister Gustav Heinemann, der als Präses der Synode der Evangelischen Kirche in Deutschland (EKD) Verbindungen nach Ostdeutschland pflegt. Adenauer sieht darin einen Akt der Anerkennung des *„ostzonalen Regimes“* und erteilt Heinemann eine schriftliche Rüge.

Bruch mit Heinemann

In der Kabinettssitzung am 31. August 1950 kommt es zum Bruch. Der Kanzler bestätigt eine sensationelle Nachricht, die die Minister schon am Morgen in den Zeitungen gelesen haben, dass Adenauer nämlich über ihre Köpfe hinweg den Westmächten 150 000 deutsche Soldaten als Teil einer Wiederaufrüstung angeboten habe. Heinemann protestiert: *„Das mache ich nicht mit!“* Adenauer: *„Was bedeutet das, Heinemann?“* Der Minister: *„Ich scheide aus!“*
Der Rücktritt Heinemanns hindert Adenauer nicht, seine Pläne einer Wiederbewaffnung und Westangliederung weiterzuverfolgen. Kurt Schumacher, SPD, nennt ihn im Bundestag den *„Bundeskanzler der Alliierten“*. Auch sonst geht Adenauer stur seinen Weg. Im Verhältnis zur Sowjetunion lehnt er zunächst jede Annäherung ab. Dennoch: Bei einer Reise im September 1955 nach Moskau vereinbart Adenauer die Aufnahme diplomatischer Beziehungen und erreicht die Heimkehr der noch nicht entlassenen deutschen Kriegsgefangenen. Trotz gegenteiliger Reden – die Einheit Deutschlands ist ihm offenkundig ziemlich gleichgültig.

Nachgiebig gegenüber NS-Tätern

Zugleich verhält der Kanzler sich gegenüber ehemaligen Amtsträgern des NS-Regimes äußerst nachgiebig. Wenn diese sich zur Demokratie bekennen, stehen ihnen alle Türen offen: Frühere Richter und Staatsanwälte, selbst wenn sie Widerstandskämpfer in den Tod geschickt haben, bleiben unbehelligt. Hans Globke, den Herausgeber des Kommentars der Nürnberger Rassegesetze, macht Adenauer zum Leiter des Kanzleramts. Gesetze aus der NS-Zeit, wie der Paragraf 175, der Homosexualität unter Strafe stellt, werden übernommen. Die KPD wird verboten.
Als Wahlkämpfer verhält Adenauer sich skrupellos. Nichts hindert den praktizierenden Katholiken daran, dem SPD-Politiker Willy Brandt dessen uneheliche Geburt vorzuwerfen und in der SPD-Politik den *„Untergang Deutschlands“* zu sehen.

1876 *Geburt in Köln*

1894–1901 *Jura- und VWL-Studium*

1917–1933 *Oberbürgermeister von Köln*

1946–1949 *CDU-Vorsitzender in der britischen Zone*

1949–1963 *Bundeskanzler (1951–1955 auch Außenminister)*

1950–1966 *CDU-Bundesvorsitzender*

1954 *Karlspreis*

1967 *Tod in Bad Honnef*

Deutsche Demokratische Republik

Die Gründung der DDR zieht sich über mehrere Tage hin. Und so sehr die SED sich um etwas Glanz für dieses Ereignis bemüht, die davon überlieferten Fotos und Berichte vermitteln eher ein karges, steifes Zeremoniell. Den Auftakt bildet am 7. Oktober 1949 eine Sitzung des Volksrats, der sich als Provisorische Volkskammer konstituiert und die Verfassung in Kraft setzt. Darin geht die DDR von ganz Deutschland als einer *„unmittelbaren Republik"* aus.

Pieck wird Präsident

Am 10. Oktober überträgt die Sowjetische Militäradministration (SMAD) ihre Vollmachten auf die Organe des neuen Staates. Die SMAD selbst wird durch die Sowjetische Kontrollkommission (SKK) ersetzt, was eher einer Umbenennung gleichkommt, denn die eigentlichen Entscheidungen liegen auch künftig bei den Sowjets. Tags darauf wählt die Volkskammer den *„bewährten Arbeiterführer"* Wilhelm Pieck zum Präsidenten der DDR. *„Wir stehen heute an der Wende der deutschen Geschichte"*, erklärt Pieck. Otto Grotewohl wird Ministerpräsident.

53 Wilhelm Pieck (Bildmitte) wird durch die Provisorische Volkskammer zum Staatspräsidenten der DDR gewählt. Links: Margot Feist (später Honecker), rechts: Johannes Diekmann

54 Die erste Sitzung der neugewählten Volkskammer (Berlin 1950)

55 Karte der DDR

53

Honeckers Treuegelöbnis

Am Abend des 11. Oktober versammeln sich zahlreiche Menschen auf dem August-Bebel-Platz, um die Gründung des *„Arbeiter- und Bauern-Staates"* zu feiern. *„Es lebe der Präsident unserer Republik!"* – Pieck nimmt die Huldigung dankend entgegen. Nicht zu übersehen in der Menschenmenge sind die 200 000 *FDJler*, deren Vorsitzender Honecker der DDR Treue gelobt, *„weil in ihr die Selbstbestimmung des deutschen Volkes zum erstenmal im ganzen Umfang hergestellt sein wird"*.

Dass die bürgerlichen Parteien in der Regierung am stärksten vertreten sind, sagt wenig über die Machtverhältnisse aus, denn die Blockparteien vertreten keine eigenständige Politik. Die drei wichtigsten Ministerien für Inneres, Justiz und Volksbildung liegen ohnehin bei der SED. Stellvertreter von Ministerpräsident Grotewohl werden Walter Ulbricht (SED), Otto Nuschke (CDU) und Hermann Kastner (LDP). Ulbricht, der starke Mann, bleibt weiter im Hintergrund.

Widerstand als Verpflichtung

In seiner ersten Regierungserklärung rechtfertigt Grotewohl die Staatsgründung als notwendigen Schritt, *„um die gesellschaftliche Umwälzung in der DDR und den Kampf um den Frieden …*

weiterführen zu können". Er würdigt das Bündnis der Blockparteien und Massenorganisationen und beruft sich auf den antifaschistischen Widerstand als eine *„verpflichtende Tradition"*.

Funktionäre schwärmen aus

SED-Funktionäre schwärmen aus, um in den Betrieben und auf Kundgebungen die Staatsgründung zu erläutern. Stets betonen sie, alles sei demokratisch und in Übereinstimmung mit dem Willen der Bevölkerung vor sich gegangen. Davon kann jedoch keine Rede sein. In der *„Volksvertretung"* der DDR hat sich die SED von Anfang an eine Zwei-Drittel-Mehrheit gesichert. Den Rest teilen sich die Blockparteien.
Die vielfach gepriesene neue Verfassung hält ebenfalls nicht das, was versprochen wird. Zwar werden die Freiheitsrechte, auch das Eigentumsrecht, formal gesichert, aber gleichzeitig massiv eingeschränkt, etwa durch den Artikel 6, der Straftatbestände wie *„Boykotthetze"* und *„Mordhetze"* einführt, die beliebig angewendet werden können.

Eine neue Diktatur

Darüber hinaus beansprucht die SED-Führung, die einzig richtige Antwort auf den Faschismus gefunden zu haben. *„Der Antifaschismus wurde zur Gründungslegende der DDR"*, schreibt der Historiker Heinrich August Winkler, *„er diente zur Rechtfertigung der Errichtung einer neuen Diktatur …"*
Vor freien, geheimen Wahlen schreckt die SED zurück. Die erste Volkskammerwahl wird auf Oktober 1950 verschoben und dann als *„Einheitswahl"* durchgeführt. Eine *Liste der Nationalen Front* unter Einschluss der Blockparteien garantiert der SED von vornherein den Sieg.
In der Bevölkerung, die den Schwindel schnell begreift, regt sich Protest. Der Oberschüler Hermann Flade aus Olbernhau im Erzgebirge bringt Flugblätter in Umlauf, wird gefasst und zum Tode verurteilt. Als dieses Urteil Empörung auslöst, wird die Todesstrafe in eine langjährige Freiheitsstrafe umgewandelt.

54

55

Alltag in der DDR

56

56 Zettel mit Verkaufsangeboten werden an Bäume geheftet (1947).

57 Rückkehr von der Hamsterfahrt (1948)

„Ich aß jedes mal drei Teller, für zehn Minuten war ich satt; wenn wir das Lokal verließen, fühlte ich mich so hungrig wie zuvor.“ In ihrem Buch *Der Geschmack des Ostens* beschreibt die Journalistin Jutta Voigt den Hunger der Nachkriegsjahre, den sie und ihre Eltern mit einer dünnen Kürbissuppe in einer Gaststätte im Osten Berlins zu stillen suchen. Der Speiseplan der Familie bewegt sich zwischen Plinsen aus Wasser und Mehl, Kohlrübeneintopf und Sellerieschnitzel. *„Oder Bouillonkartoffeln, eine klare Brühe mit Kartoffelstückchen, gekocht aus Knochen …“* Das Geräusch der Knochensäge im Hinterhof bleibt Jutta Voigt in Erinnerung. Wenn es auf Verwandtenbesuch geht, gibt ihr die Mutter einen leichten Klaps auf die Wange, damit sie etwas Farbe ins Gesicht bekommt.

Flöhe im Abteil

Um überhaupt an Kartoffeln heranzukommen, sind oft lange Hamsterfahrten notwendig. Eine Frau schildert in einem Brief an ihren Sohn, den es nach der englischen Kriegsgefangenschaft in den Westen verschlagen hat, eine solche Fahrt: *„Ich war auf dem Lande und bin bepackt wie ein Esel wiedergekommen. Ein Zentner Kartoffeln war auch dabei. Dabei habe ich, vermutlich in der ‚Eisenbahne‘, schöne lebende Tiere aufgefangen.“*
Flöhe tummeln sich an vielen Orten, auf der Bahn, in Schulen und auf Märkten. Da es an Seife und Seifenpulver fehlt, leidet die Hygiene. Aber es gibt Dinge, die wichtiger sind: Essen und ein Dach über den Kopf zum Beispiel.

Lebensmittelkarten

In der Zeit bis zur Währungsreform blüht der Schwarzhandel. Auch die Leipziger Medizinstudentin Margarete Schönherr, 1924 in Chemnitz geboren, entschließt sich, in das Tauschgeschäft einzusteigen. *„20 g Fleisch, 7 g Fett, 30 g Nährmittel, 300 g Brot pro Tag und Person, so steht es auf den Lebensmittelkarten“*, notiert sie in ihrem Tagebuch, *„aber was nützt die bunteste Lebensmittelkarte, wenn in den Läden nichts vorhanden ist?"*
Die junge Frau macht sich auf den Weg nach Norddeutschland. Manchmal dauert die Anreise zwei Tage. Aber der Handel klappt: *„Die Arbeitsteilung ergibt sich also von selbst: ich übernehme den Transport – Strümpfe, Trikotagen und Schnaps von Ost nach West – Brot, Butter und Speck von West nach Ost.“* Als mafia-

57

ähnliche Banden den Schwarzmarkt beherrschen, gibt die Studentin auf. Wer keine Tauschobjekte besitzt, ist schlecht dran. Viele haben nur noch das, was sie am Leib tragen. Zehntausende irren umher: Vertriebene, heimatlose Großbauern, Soldaten ohne ein Zuhause. Die Suche nach Angehörigen, die der Krieg in alle Himmelsrichtungen verschlagen hat, treibt die Menschen um. Vielerorts herrschen Angst, Chaos und Krankheiten, vor allem Typhus und Tuberkulose.

„Die HO – faul und herzlos"

Mit der 1948 gegründeten staatlichen Handels-Organisation (HO) und den Konsum-Genossenschaften will die SED-Führung den Schwarzmarkt austrocknen. Nach und nach übernimmt die HO den privaten Einzelhandel. Mit der Währungsumstellung bessert sich die Lage etwas. Seit der Bodenreform kommt die ostdeutsche Landwirtschaft jedoch nur ganz langsam in Gang. Auf Jahre hinaus bestehen Engpässe in der Versorgung, worunter der Ruf der HO von Anfang an leidet. *„Die HO war die Pechmarie der DDR-Wirtschaft, faul und herzlos"*, schreibt Jutta Voigt. *„Eine Handelskette, die sich 40 Jahre lang als unfähig erweisen sollte, das Gemüse frisch, den Fisch genießbar und das Brot knusprig in die Läden zu bringen. HO … bedeutete leere Regale, alte Schrippen, zerbrochene Flaschen, tropfende Milchtüten, stinkende Kartoffeln, pampige Verkäuferinnen."*
SED-Funktionäre sowie Künstler und Angehörige der Intelligenz genießen das Vorrecht auf sogenannte *„Stalin-Pakete"* mit Lebensmitteln und Wodka.

58

58 Vor dem Konsum in Berlin-Mitte warten viele Kunden (1953).

59 Kurz vor der bevorstehenden Währungsumstellung warten Ostberliner vor einem HO-Laden, um ihre Ostmark in Waren anzulegen (März 1949).

59

Die erste LPG

Als Margarete Müller 1946 als Gärtnerin in Salow bei Neubrandenburg arbeitet, ahnt sie nicht, dass ihr eine sozialistische Bilderbuchkarriere bevorsteht. Die gebürtige Oberschlesierin, Jahrgang 1931, wird 1948 Traktoristin und beginnt bald drauf an der Fachschule für Landwirtschaft in Demmin ein Studium, das sie in Leningrad fortsetzt. Anschließend stehen der studierten Agronomin viele Türen offen. Von der Vorsitzenden der *Landwirtschaftlichen Produktionsgenossenschaft (LPG)* im mecklenburgischen Kotelow steigt sie zum Mitglied des Staatsrats und des Zentralkomitees der SED auf und erhält besondere Auszeichnungen: den Karl-Marx-Orden und den Vaterländischen Verdienstorden in Gold. Mit der Auflösung der DDR 1990 ist ihre Karriere jedoch zu Ende.

Der berufliche Aufstieg von Margarete Müller ist eng verknüpft mit der Kollektivierung der Landwirtschaft in der DDR. Die erste LPG wird im Juni 1952 in dem thüringischen Dorf Merxleben bei Langensalza gegründet. 24 Neubauern tun sich zusammen und bringen ihr Hab und Gut in die Genossenschaft ein. Wie in Merxleben werden überall die im Zuge der Bodenreform gesetzten Grenzsteine bei der Gründung der LPG eingesammelt.

Am Anfang glaubt die Führung der DDR, die Landbevölkerung *„auf freiwilliger Basis"* von den Vorzügen der Kollektivierung überzeugen zu können. *„Vom Ich zum Wir"*, *„Durch den Eintritt aller Bauern in die LPG treten wir Adenauer auf den Zeh"*, *„Sozialismus auf dem Lande"* – an Parolen, die den Bauern eingehämmert werden, fehlt es nicht. Denn die Landwirtschaft soll zum Paradefeld des *„Sozialismus in den Farben der DDR"* werden.

60

60 Propagandaschild für Landwirtschaftliche Produktionsgenossenschaften (1960)

Leuchttürme auf dem Lande

Die ersten LPG werden als *„Leuchttürme auf dem Lande"* gefeiert, getreu dem Vorbild der sowjetischen Kolchosen. Bauern, die sich dem neuen Agrarkurs verweigern oder gar dagegen aufbegehren, sind wachsendem Druck ausgesetzt. Bei der Zuteilung von landwirtschaftlichen Maschinen und Baumaterial werden sie kurz gehalten oder ganz übergangen, bei den Zwangsablieferungen besonders scharf kontrolliert.

Viele Landwirte geraten in eine verzweifelte Lage. Ihnen bleibt nur die Wahl, dem staatlichen Druck nachzugeben oder in den Westen zu fliehen. Im Sommer 1953 kippt die Stimmung – in den Städten, aber auch auf dem Lande.

Frauen an der Werkbank

Arbeit zu haben und damit über ein eigenes Einkommen zu verfügen, das bedeutet in den Aufbaujahren den Menschen in beiden deutschen Staaten fast alles. In der DDR geht der Stellenwert der Arbeit noch darüber hinaus. Nach Ansicht marxistischer Klassiker verwirklicht sich die *„sozialistische Persönlichkeit"* in der Arbeit, und alle kulturellen und sozialen Verhältnisse werden auf Arbeitsbedingungen zurückgeführt.

„Mutti steht ihren Mann"

Dem entsprechend unternimmt die SED große Anstrengungen, vor allem den Frauen den Eintritt ins Erwerbsleben zu erleichtern. Und sie hat Erfolg damit. Im Laufe weniger Jahre erreicht die DDR die höchste Frauenerwerbsquote der Welt. Schon bald sind die Hälfte aller Erwerbstätigen, Lehrlinge, Abiturienten und Studenten weiblich. Nach der Devise Lenins *„Lernen, lernen, lernen!"* werden Frauen so gefördert, dass sie einen eigenen Beruf ausüben können. *„Mutti steht ihren Mann"*, heißt es gelegentlich mit einem gewissen naiven Stolz. Hinter dem Ziel, Frauen als Erwerbstätige einzusetzen, stecken handfeste Zwänge. Denn es herrscht akuter Mangel an Arbeitskräften.
Die Gleichstellung der Frau als Werktätige hat allerdings einen Haken. Wer kümmert sich um die Kinder? Der Staat richtet Krippen, Kindergärten und Kinderwochenendheime ein. Wo das nicht reicht, übernehmen Nachbarn, Rentner oder ältere Geschwister die Betreuung. *„Ich bin verantwortlich für den Haushalt bei uns zu Hause, denn meine Mutter ist Köchin und hat wenig Zeit"*, so schildert die 13-jährige Wilma Fröhlich ihren Tagesablauf. *„Zu meiner Schwester bin ich wie eine kleine Mutti …"*
Die Doppelbelastung berufstätiger Frauen wird auf diese Weise zwar gemildert, aber viele Arbeiterinnen fühlen sich überfordert. Nach der Schicht will die Familie versorgt werden. Dem versuchen die Planer durch längeren Urlaub und flexible Arbeitszeiten zu begegnen. Eine *„Gemeinschaft gleichberechtigter Werktätiger"*, die zu einer *„großen Staatsfamilie zusammenwachsen"*, davon träumt die DDR-Führung. Folge der Doppelbelastung ist aber häufig der Rückzug ins Private – ohne Parolen und Appelle.

61

62

61 In einer Kinderkrippe (1960)

62 Eine junge Frau an einer Werkbank beim Berufswettbewerb „Waggonbau Ammendorf" (1951)

Stalinallee

63

Im Januar 1953 sind die ersten 14 Gebäude an der Stalinallee in Berlin-Mitte fertiggestellt. In Akkord- und Sonderschichten haben Bauarbeiter den Anfang eines ehrgeizigen Projektes geschafft: Auf einer Länge von 2,3 Kilometern entsteht ein 90 Meter breiter Boulevard, flankiert von 100 bis 200 Meter langen Gebäuden, die zwischen sieben und neun Stockwerke hoch sind – ein Vorzeigeprojekt mit einem deutlichen Hang zum Monumentalen. Es soll der Bevölkerung eine Vision aufzeigen – nach dem Motto: So werdet ihr leben, wenn der *„Nationale Aufbau"* gelingt.

Eine Traumwohnung

Zu den ersten Mietern an der Stalinallee gehört der Maschinenschlosser Walter Moos. Als *„Aktivist der Sozialistischen Arbeit"* bekommt er für seine vierköpfige Familie 87,5 Quadratmeter zugewiesen: Drei Zimmer, Küche, Bad, Kammer und Balkon, Mietpreis 79 Mark warm – für Walter Moos ein Traum, denn Wohnungen sind äußerst knapp und bestehen nicht selten aus nur einem Zimmer. *„Arbeiterpaläste"* werden die mit Zentralheizung, Müllschlucker und Gegensprechanlage ausgestatteten Wohnungen genannt. Als die ersten mit Girlanden verzierten Möbelwagen vorfahren, kommen die Arbeiter von den benachbarten Baustellen, um den Mietern zum Einzug zu gratulieren.

Üppige Fassaden

Die Gebäude an der Stalinallee werden mit einem für damalige Verhältnisse kaum vorstellbaren Aufwand errichtet. Die Häuserblocks verfügen über Aufzüge. Die Fassaden sind üppig gestaltet – mit Säulen, Balustraden und Figuren aus Sandstein, dazwischen Meißner Keramikplatten. Das Berliner Großprojekt ist Teil des Plans für den *„Natio-*

63 Straßenarbeiten in der Stalinallee (1953)

64 Stalinallee, Berlin (1956)

64

nalen Aufbau". Ganze Städte werden aus dem Boden gestampft, z. B. „*Stalinstadt*" (später: Eisenhüttenstadt) und Halle-Neustadt.
Für den Städtebau gilt die Devise: „*National in der Form, sozialistisch im Inhalt.*" Konkret heißt das nichts anderes, als dass die Vorgaben wieder einmal aus Moskau stammen. Für den Architekten und Chefplaner der Stalinallee, Hermann Henselmann, liegt darin ein Problem.

Zuckerbäckerstil

Henselmann hat die ersten Pläne nach dem Bauhausstil mit seinen klaren Formen und Elementen entworfen. Doch damit stößt er auf heftige Kritik. Seine Gegner, voran Ulbricht, propagieren den von Stalin bevorzugten „*Zuckerbäckerstil*", der auf eine klassizistische Architektur zurückgeht und angeblich dem Volksgeschmack entspricht. Ratsuchend wendet der Architekt sich an den Dramatiker Brecht, der ihm ironisch antwortet, der Geschmack eines ganzen Volkes könne doch gar nicht falsch sein.
Nach einer Denkpause arbeitet Henselmann seine Entwürfe um. Ulbricht ist jetzt hochzufrieden. Allerdings kommt er dem Chefplaner auch bei den Details in die Quere. Selbst die Kücheneinrichtung will Ulbricht diktieren: „*Eine Küche muss so groß sein, dass eine Chaiselongue reinpasst, damit Vater Zeitung lesen kann, wenn Mutter kocht.*" Dieses Zitat Ulbrichts ist von Irene Henselmann, der Witwe des Architekten, überliefert. Sie arbeitet in der DDR an der Inneneinrichtung der Häuser. Noch aus großer zeitlicher Distanz kann sie sich über den Geschmack Ulbrichts ereifern: „*Darüber* (über der Chaiselongue) *hätte er am liebsten noch eine Wäscheleine für Kinderwindeln gespannt. Ulbricht wollte eine miefige Wohnküche.*"
Die Stalinallee ist Wohn- und Einkaufsmeile zugleich. Der Prachtboulevard wird zum Magnet für die ganze DDR, denn auch die Geschäfte sind mit begehrten Waren gut gefüllt. Die Menschen scheuen auch lange Anfahrtswege nicht, um endlich das zu kaufen, was es in den HO-Läden sonst nicht gibt.
Die „*Arbeiterpaläste*" bilden jedoch eher die Ausnahme. Denn die DDR verfügt nicht annähernd über die Wirtschaftskraft, um ihre Vision zu verwirklichen. Für die Masse der Bevölkerung bleiben die Plattenbauten als nüchterne Antwort auf ein viel zu hoch gestecktes Ziel.

65

65 Hier noch Kriegsruinen, dort schon die ersten Prachtbauten der Stalinallee

Hermann Henselmann

1905 *Geburt in Roßla/Harz*

1923–1926 *Studium des Kunstgewerbes*

1953–1972 *Chefarchitekt von Ostberlin*

1995 *Tod in Berlin*

Wie kein anderer Architekt drückt Hermann Henselmann der DDR seinen Stempel auf. Er baut den Berliner Fernsehturm, das *Haus des Lehrers*, die Stalinallee, das Universitäts-Hochhaus in Leipzig, das Zeiss-Hochhaus Jena und zahlreiche andere Gebäude.
Der 1905 in Roßla im Harz als Sohn eines Holzbildhauers geborene Henselmann ist ein Baumeister, der für seine Ideen öffentlich streitet. Er ist heftig im Angriff und geschmeidig in der Niederlage. Die Stalinallee im Zuckerbäckerstil entwerfen zu müssen, empfindet er als Verrat: *„Und da haben wir natürlich aufgebrüllt wie verwundete Stiere, ich besonders."* Dennoch gibt er nach, um das Projekt nicht zu verlieren.
Es dauert einige Jahre, bis der *„Chefarchitekt der DDR"* sich wieder modernen Bauformen zuwendet, mit denen er schon vor dem Krieg Aufsehen erregte, etwa 1930 mit einer Villa im schweizerischen Montreux, die von seinem Vorbild Le Corbusier gelobt wird.

Unter Druck

Wegen seiner jüdischen Abstammung darf Henselmann während der Nazi-Zeit nur eingeschränkt tätig sein. Er arbeitet an Industrie- und Rüstungsprojekten im besetzten Polen und in der Tschechoslowakei mit. Aus der Reichskulturkammer ist er bereits 1934 ausgeschlossen worden. Mit Mühe kann er sich und seine große Familie – Henselmann ist Vater von neun Kindern – über Wasser halten.

Chefarchitekt der DDR

1945 beginnt seine zweite Karriere. Nach einer Tätigkeit als Kreisbaurat von Gotha wird er in Weimar Direktor der Hochschule für Baukunst und Bildende Künste. Anfang der 1950er-Jahre wechselt der *„revolutionäre Architekt"*, der sich zum Sozialismus bekennt, nach Berlin. Henselmann wird zum Chefarchitekten der DDR.

Lehrer, Ideengeber, Planer

Überall wird er gebraucht, als Lehrer, Ideengeber und Planer. Seinen Arbeitsstil beschreibt er einmal so: *„Wer mit mir arbeitet, erlebt Abenteuer – des Rausschmisses oder des Sieges oder des Kampfes, und das macht mir Freude."*
Als die Schriftstellerin Brigitte Reimann, mit der er befreundet ist, nicht gleich auf das neu errichtete *„Haus des Lehrers"* reagiert, hakt er nach. Reimann äußert sich begeistert: *„Ich glaubte, überall Sie wiederzuerkennen, Ihr Auge, Ihren Geschmack … – vielleicht liest man Häuser wie Bücher mit höherem Vergnügen, wenn man den Autor kennt."*
Immer wieder hat der Stararchitekt mit Material-Engpässen zu kämpfen, auch mit Pannen. Zu seinen Aufgaben zählt, Staatsgästen die eigenen Projekte zu zeigen. Doch als der chinesische Außenminister Tschu En-Lai eines Tages das *Haus des Kindes* an der Stalinallee besucht, bleibt der Fahrstuhl stecken – eine halbe Stunde lang. Tschu En-Lai nimmt die Panne gelassen, aber Henselmann ist außer sich.

Volksaufstand

Aufbruch und Absturz

66

66 Die FDJ fordert zur Stimmabgabe für die Wahl zum 3. Deutschen Volkskongress auf (Berlin 1949).

Die frühen 1950er-Jahre der DDR gleichen – äußerlich gesehen – einem Siegeszug mit ständig neuen Erfolgsmeldungen. Ostdeutschland erlebt einen Bauboom. Eine eigene Chemie- und Schwerindustrie entsteht. Die Kollektivierung der Landwirtschaft greift tief in überkommene Strukturen ein. Ein von oben gesteuerter revolutionärer Prozess zeigt Wirkung.
Die SED-Führung sieht sich dabei auf der Siegerstraße der Geschichte und feiert sich selbst.
Nicht von ungefähr singen die Chöre der *FDJ*: *„Unser Tag ist voll fröhlicher Lieder und vom Rhythmus der Freude bestimmt.“* Und weiter: *„Aus Betrieben und Schulen hallt's wider, wenn das Marschlied der Jugend erklingt. Baut die Straßen der Zukunft zu Ende.“*

Aufbausparbuch

Überall ist von *„Aufbau“* die Rede. Es gibt ein *„Nationales Aufbauprogramm“*, ein Aufbaukomitee, einen *Aufbau Verlag* und ein Aufbausparbuch. Jeder soll drei Prozent seines Monatslohns einsetzen, bekommt drei Prozent Zinsen und nimmt an einer *„Aufbaulotterie“* teil, bei der Mietwohnungen zu gewinnen sind.
Die DDR-Führung steigert sich derart in das Aufbaufieber, dass sie blind wird, Warnsignale wahrzunehmen. Denn es gibt eine Kehrseite dieser künstlich erzeugten Aufbruchstimmung. Einem Teil der Bevölkerung ist überhaupt nicht nach Fest und Gesang zumute: Viele Bauern, die in die LPG gepresst wurden, geraten in existenzielle Nöte. Unter den Leuten am Bau wächst der Unmut über die Parteioberen, weil ihnen immer höhere Normen auferlegt werden. Die versprochenen Errungenschaften rücken in weite Ferne.

Sozialismus mit unmenschlichem Antlitz

Die SED selbst durchlebt massenhafte *„Säuberungen“*. Über 150 000 SED-Mitglieder werden als *„Parteifeinde“* ausgeschlossen. In der Sowjetunion waren die Säuberungen in den 1930er-Jahren verknüpft mit staatlichem Terror.
So ist es auch in der DDR. Im April 1950 beginnt in Waldheim an der Zschopau eine Serie von Gerichtsverfahren gegen Häftlinge aus den aufgelösten sowjetischen Speziallagern. 1950 ist zugleich Auftakt einer Welle von Unterdrückung mit Schikanen, Verhaftungen und Schauprozessen. Die Betroffenen erleben einen Sozialismus mit einem unmenschlichen Antlitz, der mit seiner Grausamkeit und Härte so gar nicht zur Propaganda passt.
Dass es etwa mit der stets bekundeten Friedensliebe der DDR nicht weit her ist, zeigt sich in den Vorbereitungen für die militärische Aufrüstung. In der DDR wird die kasernierte Polizei zur Vorläufertruppe der Nationalen Volksarmee. Gleichzeitig entsteht als weitere Massenorganisation die *Gesellschaft für Sport und Technik (GST)*, die Jugendliche auf den Waffendienst vorbereitet.

Der Absturz

Im Sommer 1953, kaum vier Jahre nach ihrer Gründung, erlebt die DDR den ersten Tiefpunkt ihrer Geschichte. Die Fortschrittseuphorie zerplatzt wie eine Seifenblase und führt vor Augen, wie es um die stets bekundete Friedensliebe in Wirklichkeit bestellt ist: Nur mithilfe sowjetischer Streitkräfte kann der Volksaufstand vom 17. Juni 1953 niedergeschlagen werden. Auch wenn die massive staatliche Gewalt sich durchsetzt – das SED-Regime erleidet seine schlimmste Niederlage: Denn es sind die Arbeiter, die gegen die SED aufbegehren – die angeblich wichtigste Säule der DDR.

Die Eiszeit dauert an

Der Aufstand trifft die DDR-Führung zu einem äußerst ungünstigen Zeitpunkt. Im März 1953 ist Josef Stalin gestorben. Der sowjetische Diktator schien unsterblich zu sein. Niemand wagte, gegen ihn aufzubegehren. Sein Tod und die ungeklärte Nachfolgefrage lösen Ratlosigkeit und Entsetzen aus. Noch mehr als zuvor klammern sich die vom Kremlherrscher eingesetzten Regime in Osteuropa an die Macht. Nie zuvor war die Unsicherheit so groß wie jetzt.

In dieser Situation wird die Führung der DDR durch einen Aufstand herausgefordert. Für das Regime geht es um Sein oder Nichtsein. Der Aufstand wird niedergewalzt – 1953 in der DDR, drei Jahre später auch in Ungarn.

Hoffnungen auf ein Ende des Stalinismus, die nach dem Tod des sowjetischen Diktators vielfach aufkeimten, sind damit zunichte gemacht. Die politische Eiszeit mit der Verfolgung und Unterdrückung von Reformkräften dauert an.

67 Demonstranten fordern freie Wahlen (1953).

68 Demonstrierende Arbeiter vor dem ehemaligen Luftfahrtministerium (1953)

67

68

Die harte Linie der Justiz

69

69 Strafanstalt Waldheim

Im Frühjahr 1950 reist Helmut Brandt, Staatssekretär im Justizministerium der DDR, nach Waldheim. Alarmiert durch Meldungen, wonach in der sächsischen Stadt im Schnellverfahren ehemalige Häftlinge des sowjetischen Geheimdienstes NKWD abgeurteilt werden, will Brandt sich ein eigenes Bild von den *Waldheimer Prozessen* machen. Was der promovierte Volkswirt und angesehene Spezialist in Völkerrechtsfragen vor Ort erfährt, empört ihn. Mit Rechtsstaatlichkeit haben die Prozesse nichts zu tun. Brandt erstattet seinem Parteivorsitzenden, dem stellvertretenden Ministerpräsidenten Otto Nuschke (CDU), einen Bericht, der in Berlin eine Regierungskrise auslöst.

56 000 Jahre Zuchthaus

Hintergrund der Prozess-Serie: Die Sowjetische Kontroll-Kommission hatte im Januar 1950 die letzten drei Sonderlager geschlossen und etwa 15 000 Personen freigelassen. Über 10 000 Häftlinge werden dem Innenministerium der DDR *„zur Verbüßung ihrer Strafen"* und weitere 3432 *„zur Untersuchung ihrer verbrecherischen Tätigkeit"* überstellt. Über Letztere sitzen von der SED ausgesuchte Richter in Waldheim zu Gericht. Innerhalb von drei Monaten verhängen sie insgesamt 56 000 Jahre Zuchthaus und 31 Todesurteile, von denen 24 vollstreckt werden. Verteidiger sind nicht zugelassen, auch keine Zeugen. Das Strafmaß steht vorher fest. Die *Waldheimer Prozesse* sind für die DDR-Justiz eine Art Generalprobe; sie will der sowjetischen Besatzungsmacht zeigen, wie sie mit politischen Gegnern umzugehen gedenkt. Auch der Westen soll wissen, dass die DDR bei NS-Verbrechern kein Pardon kennt. Dabei zählt nur ein Teil der Angeklagten zu diesem Kreis, die übrigen sind Mitläufer und SED-Gegner.
Als der stellvertretende Ministerpräsident Nuschke im Kabinett unter Verweis auf den Bericht von Staatssekretär Brandt verlangt, die Verfahren neu aufzurollen, reagiert Ulbricht heftig. Er brüllt Nuschke nieder und legt ihm nahe, sich richtig zu informieren.

Die Rache des Regimes

Danach dauert es nicht lange, bis Brandt die Rache des Regimes zu spüren bekommt. Der Staatssekretär wird im September 1950 verhaftet und sitzt vier Jahre in Untersuchungshaft. Seine Partei, die CDU, lässt ihn fallen. Zusammen mit Angehörigen der *„Verschwörergruppe Dertinger"* wird Brandt 1954 vom Obersten Gericht der DDR wegen *„schweren Verrats an den nationalen Interessen des deutschen Volkes"* zu zehn Jahren Zuchthaus verurteilt.

Georg Dertinger

Georg Dertinger, ehemaliger Generalsekretär der CDU in Ostdeutschland, gehört dem Kabinett Grotewohl als Außenminister an. Um ihn kaltzustellen, hat die SED gegen ihn Spionagevorwürfe in Umlauf gebracht. Wegen *„Verschwörung und Spionage"* erhält er 15 Jahre Zuchthaus. Fünf Mitangeklagte, darunter seine Frau und seine Sekretärin, werden ebenfalls verurteilt.

Über seine Mitarbeiterin heißt es später: „*Sie erlitt in der Haft einen Schädelbasisbruch, einen Nierenriss, eine doppelte Wirbelfraktur; alle Fußzehen wurden ihr gebrochen.*“

Wiedersehen in Bautzen

Manche der in Waldheim verurteilten Häftlinge, für die Helmut Brandt sich einsetzen wollte, trifft er in den folgenden Jahren in den Zuchthäusern Brandenburg-Görden und Bautzen wieder. Die in Waldheim verurteilten Frauen verbüßen ihre Strafen im Zuchthaus Hoheneck im Erzgebirge. Die meisten Häftlinge werden nach einigen Jahren freigelassen, auch Brandt. Doch das Regime findet bald einen neuen Grund, gegen ihn vorzugehen. Wegen „*Republikflucht*“ wird er zu zehn Jahren Zuchthaus verurteilt. 1964 kauft ihn die Bundesrepublik frei.

Todesstrafe

Die harte Linie der Justiz zeigt sich vor allem bei der Verhängung der Todesstrafe. Bis Mitte der 1950er-Jahre werden insgesamt etwa 100 Todesurteile vollstreckt, und zwar hauptsächlich wegen sogenannter „*Staatsverbrechen*“ und politischer Vergehen. Der ursprüngliche Ansatz, NS-Verbrecher zur Rechenschaft zu ziehen, rückt immer mehr in den Hintergrund. 1956 erklärt die damalige Justizministerin Hilde Benjamin: „*Wir können es uns nicht gestatten, auf die Todesstrafe zu verzichten.*“ Bis 1981 wird diese unmenschliche Form der Bestrafung in der DDR praktiziert.

70

70 Bautzen II, das ehemalige Gefängnis der Staatssicherheit

Hilde Benjamin

1902 *Geburt in Bernburg/Saale*

1921–1924 *Jurastudium*

1949–1953 *Vizepräsidentin des Obersten Gerichts der DDR*

1953–1967 *Justizministerin*

1989 *Tod in Ostberlin*

In den Anfangsjahren des Kalten Krieges passt kaum jemand so trefflich ins westliche Feindbild wie die Vizepräsidentin des Obersten Gerichts der DDR und spätere Justizministerin Hilde Benjamin. Mit ihrer gnadenlosen Härte, aber auch mit ihrer altmodisch-strengen Frisur – sie trägt einen um den Kopf geflochtenen Zopf – weckt sie fast zwangsläufig Abwehrreaktionen.

„Rote Hilde"

„Rote Hilde" wird sie genannt, auch *„Rote Guillotine"*. Und es stimmt: Ohne mit der Wimper zu zucken, schickt Hilde Benjamin Menschen, die als *„Staatsfeinde"* gelten, für lange Jahre ins Zuchthaus oder in den Tod.
Ihre Unerbittlichkeit wird gelegentlich mit ihrer Herkunft in Verbindung gebracht. Als Hilde Lange wird sie 1902 in Bernburg an der Saale geboren; sie wächst in einem liberalen Elternhaus auf, ist intelligent und musisch begabt. Vielleicht will sie beweisen, dass auch eine Frau mit einem bürgerlichen Hintergrund eine kämpferische Kommunistin sein kann.
Ihre Kälte hat jedoch vermutlich tiefere Ursachen. Ihr Mann Georg Benjamin, Jude, Kommunist, Arzt von Beruf, wird 1936 verhaftet und kommt sechs Jahre später im KZ Mauthausen um. Sein Tod dürfte ihre Radikalität noch verstärkt haben.
Sie selber gehört der KPD seit 1927 an. Nach ihrem Studium arbeitet Hilde Benjamin als Rechtsanwältin im *„roten Wedding"* in Berlin und verteidigt Parteifreunde vor Gericht.
Im Dritten Reich verliert sie ihre Zulassung als Anwältin. Es hilft ihr jedoch weiter, dass sie während des Studiums Russisch gelernt hat. Die Sowjetische Handelsgesellschaft in Berlin beschäftigt sie als juristische Beraterin. Nach Kriegsausbruch 1939 wird sie zur Fabrikarbeit verpflichtet.

Mit eisernem Besen

Ihre russischen Sprachkenntnisse kommen ihr 1945 erneut zugute. Mithilfe sowjetischer Stellen macht sie Karriere. Als Justizministerin kehrt sie mit eisernem Besen. Anhänger einer unabhängigen Justiz haben bei ihr keine Chance: *„Keiner darf Richter bleiben, der nicht Parteigänger des revolutionären Klassenkampfes ist."*

Justizterror

Ohne die *„Rote Hilde"* ist der Terror der 1950er-Jahre in der DDR-Justiz kaum denkbar. Nachdem sie jahrelang gewütet hat, wird es selbst Ulbricht zu viel, denn ihre Urteile schaden dem Ansehen der DDR-Justiz.
1967 wird die Ministerin *„aus gesundheitlichen Gründen"* und, wie es heißt, auf eigenen Wunsch entlassen. Dabei ist sie kerngesund und selber am meisten überrascht, als Ulbricht ihr den Stuhl vor die Tür setzt. Doch sie fügt sich und wird mit einer Rechtsprofessur abgefunden. Im Alter von 87 Jahren stirbt sie 1989 in Ostberlin.

Paul Merker

Die Drehbücher für die Schauprozesse, die Anfang der 1950er-Jahre in Budapest, Sofia und Prag stattfinden, werden in Moskau geschrieben. Stalin befürchtet, dass außer dem jugoslawischen Staatschef Josip Tito noch andere politische Führer in Osteuropa abtrünnig werden.
Deswegen werden Kommunisten vor Gericht gezerrt und zur Abschreckung mit Zuchthaus oder dem Tode bestraft. Auch die DDR plant ein solches Tribunal, und zwar gegen Paul Merker. Der gelernte Kellner kann eine mustergültige DDR-Laufbahn vorweisen: Er ist Kommunist der ersten Stunde, mutiger Widerstandskämpfer in der Zeit des Nationalsozialismus und Spitzenfunktionär der SED.
Doch er hat sich bei Ulbricht durch den Vorschlag unbeliebt gemacht, dass auch die DDR für das an den Juden begangene Unrecht Wiedergutmachung leisten müsse. Dies hat schwere Folgen für ihn.

Amerikaner als „Meisterspion"

Merker werden Kontakte zu dem Amerikaner Noel H. Field angekreidet, den er seit dem Exil in Frankreich und Mexiko kennt. Während der NS-Zeit hat Field mit Unterstützung protestantischer Hilfsorganisationen Antifaschisten zur Flucht verholfen und sie im Untergrund mit Geld versorgt. Doch im Kreml wird der Amerikaner als Meisterspion geführt, als Spinne im Netz *„imperialistischer Agenten"* in Osteuropa.
Wegen der Verbindung zu Field wird Merker 1950 aus der SED ausgeschlossen. In Luckenwalde darf er zunächst noch eine HO-Gaststätte leiten. Wie es heißt, hält Präsident Pieck seine schützende Hand über ihn. Außer Merker geraten noch andere deutsche Kommunisten, hauptsächlich West-Immigranten, in den Sog der künstlich geschürten Agentenhysterie. Einige fliehen, andere nehmen sich das Leben. Wiederum andere kommen im Gefängnis zu Tode, ein Schicksal, dem Paul Merker nur knapp entgeht.

Isolationshaft

Als bei einem Schauprozess in Prag sein Name fällt, schlägt die DDR-Justiz zu. Mit einer zweijährigen Isolationshaft in Hohenschönhausen beginnt für ihn die schrecklichste Zeit seines Lebens. Nächtliche Verhöre ohne Ende, der blanke Hass des Gefängnispersonals, die ständigen Drohungen – diesem Terror ist er nicht gewachsen. Merker unterschreibt ein Geständnis, das er später widerruft.
Der Prozess lässt jedoch auf sich warten. Der Volksaufstand 1953 in der DDR, vor allem aber der Tod Stalins bewahrt ihn vor dem Schlimmsten. 1955 wird Merker zu acht Jahren Zuchthaus verurteilt und bereits ein Jahr darauf von denselben Richtern freigesprochen und rehabilitiert. Er darf wieder arbeiten, und zwar als Verlagslektor. Bis zu seinem Tod 1969 bleibt er ein seelisch und körperlich gebrochener Mann.

1894 *Geburt in Oberlößnitz*

1931–1933 *Berater der „Kommunistischen Internationale" in den USA*

1942 *Flucht nach Mexiko*

1946–1950 *Parteivorstand der SED*

1952–1956 *Inhaftierung in der DDR*

ab **1957** *Lektor*

1969 *Tod in Ostberlin*

Hohenschönhausen

71

71 Gefängniszelle im ehemaligen Stasi-Gefängnis Berlin-Hohenschönhausen

72 Das ehemalige Stasi-Gefängnis Berlin-Hohenschönhausen

Die Genslerstraße im Berliner Stadtteil Lichtenberg führt zu einem mächtigen Eisentor, dem sich zu beiden Seiten eine gewaltige Mauer mit Stacheldraht und Wachturm anschließt. Schon der Eingang zum Gefängnis Hohenschönhausen wirkt bedrohlich. Die Haftanstalt selbst und die angrenzenden Straßenzüge sind DDR-Sperrgebiet und in keinem Stadtplan verzeichnet.

Ort der Finsternis

Hohenschönhausen prägt sich Tausenden von Häftlingen als ein Ort der Finsternis ein. Zunächst wissen sie gar nicht, wo sie sich befinden. Ein beinahe perfektes System von Ausgrenzung hält sie in Ungewissheit.
Im Dritten Reich hatte die NSDAP auf dem Gelände eine Großküche eingerichtet. Später ließ die Sowjetische Militäradministration den Gebäudekomplex in ein Speziallager für Nazis und SED-Gegner umbauen.

72

Workuta

Da die Zahl der Häftlinge ständig steigt, wird Hohenschönhausen zur Durchgangsstation. Die Inhaftierten werden ins ehemalige KZ Sachsenhausen verlegt oder nach Workuta in den äußersten Norden Russlands verbannt.
Workuta ist Teil des sowjetischen *Gulag* (russische Abkürzung für *Hauptverwaltung der Lager*). Die rohstoffreiche Region, in der Kohle, Gas und Öl gefördert werden, entwickelt sich zu einer riesigen Strafkolonie, in der Zehntausende von politischen Gefangenen aus Deutschland und anderen Nationen bei bitterster Kälte Zwangsarbeit leisten.
Im Herbst 1946 entschließt sich die sowjetische Besatzung, Hohenschönhausen in ein zentrales Untersuchungsgefängnis umzuwandeln. Die sowjetischen Verhörmethoden sind berüchtigt. Durch Schläge und Folter werden Geständnisse erpresst. Besonders gefürchtet ist das *„U-Boot“*, ein unterirdischer Zellen- und Vernehmungstrakt.
Anfang der 1950er-Jahre übernimmt das Ministerium für Staatssicherheit der DDR das berüchtigte Gefängnis und perfektioniert die Befragung von Gefangenen.

Deutsche Lubjanka

Hohenschönhausen wird zur *„deutschen Lubjanka“* – *Lubjanka* ist der Name der sowjetischen Geheimdienstzentrale in Moskau. Wie dort werden auch in Hohenschönhausen die Häftlinge psychisch gebrochen – durch Schlafentzug, Einzelhaft und Sprechverbot.

Bautzen

Als Bäckereiwagen getarnt, macht sich am Morgen des 5. Februar 1956 ein Gefangenentransporter auf den Weg von Berlin nach Bautzen. Einer der Häftlinge ist Gustav Just, bis zu seiner Verhaftung Chefredakteur der Wochenzeitung *Sonntag*. Das Fahrzeuginnere besteht aus winzigen, durch Blechwände getrennte Zellen. Just hat gerade Platz zum Sitzen. Seine Hände sind mit Ketten an die Knie gefesselt. *„Dass ich die stundenlange Fahrt im dünnen Drillich bei Februartemperatur ohne wesentliche gesundheitliche Schäden überstand, ist nur dem Zorn über diesen unbarmherzigen, unmenschlichen Transport zu verdanken …*“, berichtet er später.

Allein in der Zelle

In Bautzen erwarten Just zwei Jahre in strenger Einzelhaft. *„Das bedeutet: allein auf der Zelle, allein beim Hofgang, Arbeit ebenfalls auf der Zelle.*“ Außer den Wächtern sieht er niemanden, spricht mit niemandem. Zu seinen Mithäftlingen zählt der Schriftsteller Erich Loest, der sieben Jahre in Bautzen verbringt. Loest schreibt: *„Ein Jahr bestand aus 365 Tagen, zwölf Briefen, vier Besuchen und zwei bis drei Magengeschwüren.*“ *Bautzen II* wird das Zuchthaus zur Unterscheidung von *Bautzen I* genannt, dem berüchtigten *„Gelben Elend*“ am Stadtrand. *Bautzen II* ist ein Hochsicherheitsgefängnis, das formal dem Innenministerium untersteht, in Wirklichkeit jedoch von der Stasi kontrolliert wird. Bei den 2350 Häftlingen, die dort zwischen 1956 und 1989 eingesperrt werden, handelt es sich nach Darstellung des MfS um *„gefährliche Staatsfeinde*“, die *„operativ zu bearbeiten*“ sind. Die Stasi gebietet in der Haftanstalt über ein Netz von Spitzeln, die vor allem auf prominente Häftlinge angesetzt werden. Davon gibt es viele. Neben den Reformkommunisten Gustav Just, Walter Janka und Wolfgang Harich sind dies u.a. der aus Westberlin verschleppte Journalist Karl Wilhelm Fricke, der erste DDR-Außenminister Georg Dertinger und der Schriftsteller Walter Kempowski.

Symbol der Unterdrückung

Anfangs dringt wenig über das *„Prominenten-Zuchthaus*“ nach draußen. Die Bevölkerung hat nur eine vage Vorstellung von *„Mielkes Privatknast*“. Als die ersten Häftlinge von der Bundesrepublik freigekauft werden und über ihr Schicksal berichten, wird Bautzen zum Symbol der Unterdrückung in der DDR. Am schlimmsten sind die Folgen der Isolation. Manche zerbrechen daran.

73

74

73 Erich Loest

74 Gustav Just

75 Gedenkstätte Bautzen

75

Walter Janka

1914 *Geburt in Chemnitz*

1928 *Lehre als Schriftsetzer*

1928 *Eintritt in die kommunistische Jugend*

1933–1935 *Haft*

1950–1956 *Leitung des „Aufbau Verlags"*

1957–1960 *Stasi-Haft*

1962–1972 *Dramaturg der „DEFA"*

1994 *Tod in Potsdam*

Sein Glaube an die Idee des Sozialismus ist unerschütterlich. Auch vier Jahre Haft in Bautzen ändern nichts daran. Selbst als im Mai 1989 Egon Krenz, der letzte Generalsekretär der SED, ihm den *Vaterländischen Verdienstorden in Gold* anheftet, ohne ihn zu rehabilitieren, hält Walter Janka still, statt dem Genossen das Blech vor die Füße zu werfen.

Kampf um Leben und Tod

Diese unverbrüchliche Treue hängt wohl mit seinem aufrechten Charakter und seiner Lebensgeschichte zusammen. Janka, 1914 in Chemnitz geboren, entstammt einer proletarischen Familie. Der Vater ist Schlosser von Beruf und gehört der KPD an. Walter Janka wird Schriftsetzer. 1933, nach der Ernennung Hitlers zum Reichskanzler, geht er in den Untergrund. Die illegale Arbeit entwickelt sich zu einem Kampf um Leben und Tod. Sein Bruder Albert wird im KZ ermordet; wie sein Vater fällt auch er der Gestapo in die Hände. Er wird in Bautzen inhaftiert, wo er später die schwersten Jahre seines Lebens verbringen wird.
Nach der Entlassung schickt ihn die KPD 1935 für einen neuen Einsatz nach Ostpreußen. Janka folgt der Order, obwohl er die illegale Arbeit inzwischen für viel zu gefährlich hält.

Lungensteckschuss

Seit Oktober 1936 kämpft Janka im Spanischen Bürgerkrieg. In fast allen großen Schlachten steht er tapfer an vorderster Front und wird mehrfach verwundet, zweimal durch Lungensteckschuss. Nach der Niederlage der Republikaner geht für ihn der Überlebenskampf weiter: Internierung in Frankreich, Flucht nach Marseille, von dort Ausreise nach Mexiko-Stadt. Die mexikanische Hauptstadt ist für deutsche Kommunisten zum rettenden Pol geworden. Die Leitung des von ihnen gegründeten Verlags *El Libro Libre* wird Janka übertragen.
Bei Kriegsende steht fest, dass Janka in den kommunistischen Teil Deutschlands zurückkehrt. Viele Türen stehen ihm offen: Die Leitung des *Aufbau Verlags* sagt ihm am meisten zu. Die Autoren schätzen ihn, einige verehren ihn. Im Verlauf des Prozesses, der ihm 1956 wegen Bildung einer *„konterrevolutionären Gruppe"* gemacht wird, bedrückt den Verlagsleiter am meisten das Schweigen seiner Freunde, des Kulturministers Johannes R. Becher und der Schriftstellerin Anna Seghers. Obwohl die lange Haft in einer schmutzigen, ungeheizten Zelle seine Standhaftigkeit auf eine harte Probe stellt, lässt er sich keine Geständnisse abpressen. Von Krankheit gezeichnet, aber aufrecht kann Janka am 23. Dezember 1960 das Zuchthaus Bautzen verlassen. Der Druck aus dem Westen ist so stark, dass Ulbricht nichts anderes übrig bleibt, als den unbeugsamen Kommunisten freizulassen. Janka bleibt in der DDR. Zwei Jahre ist er arbeitslos, dann holt ihn die *DEFA* als Regisseur.

Anna Seghers

Der Spannungsbogen ihres Lebens liegt in einer einfachen Aufzählung, die von Christa Wolf stammt: *„Deutsche, Jüdin, Kommunistin, Schriftstellerin, Frau, Mutter.“* Christa Wolf hätte hinzufügen können: Kulturfunktionärin. Denn Anna Seghers ist von 1952 bis 1978 Präsidentin des Schriftstellerverbands.

Zielstrebig

Als Netty Reiling wird sie 1900 in Mainz als Tochter eines jüdischen Kunsthändlers geboren. Ein Tagebuch, das erst nach ihrem Tod bekannt wird, unterstreicht, wie zielstrebig sie ihren Weg gegangen ist. Das Studium der Geschichte, Kunstgeschichte und Sinologie beendet sie mit einer Dissertation über *Jude und Judentum im Werk Rembrandts.* Auch wenn die Eltern es nicht gern sehen – sie heiratet 1925 ihren ungarischen Studienkollegen László Radvány.

Eine ihrer ersten Erzählungen veröffentlicht sie unter dem Pseudonym *„Seghers“*. Das Buch *Aufstand der Fischer von St. Barbara,* das 1928 erscheint und den Kleistpreis erhält, trägt bereits die Autorenzeile Anna Seghers. Im selben Jahr tritt sie in die KPD ein, der sie über alle Höhen und Tiefen verbunden bleibt.

1933 flieht Anna Seghers mit ihrem Mann und den beiden Kindern Ruth und Pierre aus Deutschland. Über Paris, Marseille, New York und Veracruz gelangen sie nach Mexiko-Stadt. Als Meisterwerke der Exilliteratur gelten ihre Romane *Transit, Die Toten bleiben jung* und besonders *Das siebte Kreuz,* das von der Flucht des Häftlings Hans Beimler aus dem KZ und vom NS-Regime handelt und 1944 mit Spencer Tracy in der Hauptrolle verfilmt wird.

Weltgewandte Erzählerin

Anna Seghers gehört zu den Intellektuellen, die sich nach Kriegsende bewusst für die DDR entscheiden. Sie ist eine weltgewandte Erzählerin und gleichzeitig bekannt für ihre Parteitreue und Begeisterung für Stalin. Ihr Glaube an die SED wird auch durch den Volksaufstand am 17. Juni 1953 nicht erschüttert. Als andere Schriftsteller in Schauprozessen abgeurteilt werden, schweigt sie. Für manche Verfolgte setzt sie sich hinter den Kulissen ein, zumeist jedoch vergebens.

Das eindrucksvolle, schöne Gesicht der Anna Seghers bekommt in der DDR einige harte Züge. Aber die Verehrung überwiegt, auch wenn Romane wie *Die Entscheidung* (1959) und *Das Vertrauen* (1968) der von Ulbricht vorgegebenen stalinistischen Linie entsprechen. Bis ins hohe Alter widmet sie sich historischen Stoffen sowie Geschichten aus Weltregionen, die sie durch das Exil kennt. Die berühmte Dichterin pflegt engen Kontakt zu jungen Schriftstellern. Viele schätzen ihre Offenheit im Gespräch, von dem allerdings nichts nach draußen dringen durfte; und sie erinnern an das Rheinische in ihrem Tonfall.

1900 *Geburt in Mainz*

1933–1947 *Exil*

1947 *Georg-Büchner-Preis*

1952–1978 *Präsidentin des Schriftstellerverbandes der DDR*

1983 *Tod in Ostberlin*

Schüler im Widerstand

Die Entstehung einer neuen Diktatur nach 1945 in Ostdeutschland wird von der Bevölkerung nicht widerspruchslos hingenommen. Ob es die Bodenreform ist, die Kollektivierung der Landwirtschaft oder die Degradierung der bürgerlichen Parteien zu Marionetten – die Menschen wehren sich. Bauern, die enteignet werden, zünden ihre Höfe an, bevor sie in den Westen fliehen. Bei den *Waldheimer Prozessen* weigert sich einer der Richter, das von der SED vorgegebene Strafmaß umzusetzen. Er wird von weiteren Verfahren ausgeschlossen.

Die „Weiße Rose" als Vorbild

In der thüringischen Stadt Eisenberg bilden Schüler und Lehrlinge nach dem Vorbild der Münchener Widerstandsgruppe *Weiße Rose* den *Eisenberger Kreis*, der bald auch in Jena aktiv wird. Sie rufen zum Boykott der Volkskammerwahl 1950 auf, schreiben nachts Parolen wie *„Wir fordern Freiheit"* auf Wände und verteilen Flugblätter. Ein Spitzel des MfS verrät sie. 24 Schüler werden in Gera angeklagt und zu insgesamt 114 Jahren Zuchthaus verurteilt.

76 Hauswandparole

76

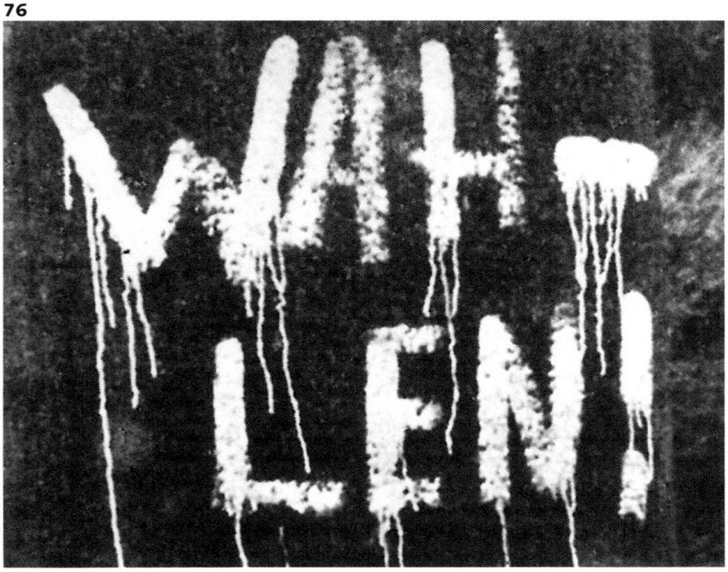

Widerstand in Werdau

Aufsehen erregt im Oktober 1951 ein Prozess vor dem Landgericht Zwickau gegen 19 Oberschüler, Lehrlinge und junge Arbeiter aus Werdau. Die Jugendlichen haben regimekritische Flugblätter verteilt. Insbesondere prangern sie ein zuvor verhängtes Todesurteil gegen den Schüler Hermann Flade aus Olbernhau in Sachsen an.
Achim Beyer, den die Richter in Zwickau für acht Jahre ins Zuchthaus schicken, berichtet über den Widerstand in Werdau: *„Wir hielten die Sicherheitsorgane mehrere Monate in Aufregung. Im Ort selbst wurde unter der Bevölkerung viel diskutiert, wir wurden beobachtet …"*
Bei einer nächtlichen Flugblattaktion werden zwei Schüler festgenommen. Einige aus dem Umkreis der Gruppe können fliehen, aber 19 Jugendliche kommen in Haft und werden zu Zuchthaus zwischen zwei und 15 Jahren verurteilt. Widerstand von Schülern gibt es vielerorts, auch im sächsischen Altenburg, wo Lehrer und Schüler gemeinsam protestieren. Im Herbst 1950 verurteilt ein sowjetisches Militärtribunal mehrere von ihnen zu Arbeitslager. Zwei Lehrer und zwei Schüler werden mit dem Tode bestraft und in Moskau hingerichtet: Siegfried Flack, Ludwig Hayne, Wolfgang Ostermann und Hans-Joachim Näther.

Nikita Chruschtschow

Seine bäuerliche Herkunft verleugnet er nicht. Die gedrungene massige Gestalt, der mächtige kahle Schädel, die listigen Augen – Nikita Chruschtschow ist keine graue Eminenz. Er kann lebhaft und leutselig sein, er geht auf Menschen zu, wird polternd und laut, wenn er aufbegehrt.

Kälber und Schafe gehütet

Seine Reden schmückt er gern mit Episoden aus seiner Kindheit in dem Dorf Kalinowka an der russisch-ukrainischen Grenze: *„Ich begann zu arbeiten, als ich gerade zu laufen anfing. Bis zum 15. Lebensjahr hütete ich Kälber und Schafe und dann Kühe bei Gutsbesitzern."* Als Jugendlicher ist er beinahe versessen auf Bildung. Seine Existenz als Viehhüter und Tagelöhner tauscht er bald gegen den Beruf des Schlossers im Bergbaurevier der Ostukraine ein. Die Oktoberrevolution von 1917 beschleunigt seinen Aufstieg. Zunächst kämpft der junge Bolschewist im Bürgerkrieg auf Seiten der Roten Armee, bevor er in Moskau seine Ausbildung als Ingenieur und Organisator der KPdSU absolviert. Stalin beauftragt ihn mit dem Bau des Moskau-Wolga-Kanals und der *Metro*, der Moskauer Untergrundbahn. Die *„Säuberungen"* Stalins trägt Chruschtschow mit. Im Zweiten Weltkrieg unterstützt er den Partisanenkampf in der Ukraine und sorgt als Politkommissar bei der Schlacht um Stalingrad dafür, dass die Reihen der Rotarmisten geschlossen bleiben.

Nach Stalins Tod

Nach Stalins Tod im März 1953 läuft die Nachfolge keineswegs automatisch auf Chruschtschow zu. Zunächst wird der mächtige Geheimdienstchef Berija aus dem Weg geräumt. Aber auch später muss Chruschtschow um die Führung kämpfen. Auf dem XX. Parteitag der KPdSU 1956 wagt er den Befreiungsschlag, indem er den Terror Stalins offenlegt: *„... die Hinrichtung Tausender war ein fürchterliches Verbrechen"*. Die eigene Rolle verschweigt er. Sein Verhalten danach bleibt widersprüchlich: Die Sowjetunion erlebt ein politisches Tauwetter, aber Aufstände in Polen und Ungarn lässt Chruschtschow 1956 niederschlagen. Im Kalten Krieg verfolgt er gegenüber dem Westen eine *„friedliche Koexistenz"*.

Raketen auf Kuba

Bei der 15. UNO-Vollversammlung in New York 1960 erregt er sich während einer Beratung über Kolonialismus und Unterdrückung derart, dass er seinen Schuh auszieht und drohend damit herumfuchtelt. Ein Vertreter der Philippinen hatte in der Diskussion auch die Sowjetunion kritisiert. Zwei Jahre später lässt der Kremlchef Atomraketen nach Kuba verschiffen und fordert damit die USA heraus. Um Haaresbreite schrammt die Welt an einem Atomkrieg vorbei. Chruschtschow neigt zur Selbstüberschätzung. Der Aufstieg der UdSSR zur Weltmacht macht ihn blind für Gefahren. 1964 wird er gestürzt – unblutig.

1894 *Geburt in Kalinowka*

1929–1932 *Studium an einer KP-Parteihochschule*

1945–1949 *Parteichef der KPdSU der Ukraine*

1953–1964 *Generalsekretär der KPdSU*

1971 *Tod in Moskau*

Nach Moskau zitiert

77

77 Lawrenti Pawlowitsch Berija

Im Vorfeld des Volksaufstands in der DDR sammelt sich politischer Sprengstoff, den die SED-Führung nicht zur Kenntnis nimmt. Noch im Juli 1952 hat Ulbricht *„den planmäßigen Aufbau des Sozialismus“* bekannt gegeben. Er fühlt sich stark genug, den Durchmarsch zur neuen Gesellschaftsform zu wagen – mit zunehmender Kollektivierung von Landwirtschaft und Handwerk und Zentralisierung des Staats- und Parteiapparats. Zu diesem Zweck werden die Länder aufgelöst und durch 14 Bezirke ersetzt. Die ideologische Begleitmusik dazu liefert Hermann Matern, Vorsitzender der Parteikommission: *„Der Klassenkampf wird schärfer, die Feindarbeit hinterhältiger und brutaler.“*

Der Hass auf Ulbricht

Mit seinen radikalen Plänen steuert Ulbricht die DDR in eine tiefe Krise. Überall fehlt es an Lebensmitteln und Konsumgütern. Die Flucht nach Westen nimmt bedrohliche Ausmaße an. Der überstürzte Ausbau der Schwer- und Grundstoffindustrien rächt sich bitter – die Produktion geht zurück.
Ulbricht will die Unzufriedenheit der Bevölkerung nicht wahrhaben. Stattdessen verschärft er im Mai 1953 die Situation durch eine Erhöhung der Arbeitsnormen um 10,3 Prozent. In Berlin, Karl-Marx-Stadt (Chemnitz), Nordhausen, Gotha und Finsterwalde kommt es deswegen noch im Mai zu ersten Streiks.

Berija diktiert Gegenmaßnahmen

Im Gegensatz zu Ulbricht weiß der Kreml durch seinen Geheimdienst um die Gefahr eines Volksaufstands und zitiert die SED-Spitze Anfang Juni kurzfristig nach Moskau. Dort trifft die Delegation auf Berija, den Geheimdienstchef, der seit dem Tod Stalins im März 1953 die Fäden zieht, bis er selber liquidiert wird. Berija überhäuft Ulbricht mit Kritik und diktiert Gegenmaßnahmen: Die Kollektivierung soll ausgesetzt, die Konsumgüterindustrie angekurbelt, die Ausgaben für Rüstung gedrosselt werden. Außerdem verlangt Berija, die Verfolgung der evangelischen *Jungen Gemeinden* einzustellen und in den Westen geflohene Bauern zur Rückkehr zu bewegen.
Am 9. Juni 1953 tritt Ulbricht den Rückzug an. Unter der Devise *„Der neue Kurs“* werden alle Forderungen Berijas umgesetzt, bis auf eine: Die Erhöhung der Arbeitsnormen bleibt bestehen und wird zum Zündfunken des Aufstands.

78

78 Arbeiter fordern eine Senkung der Arbeitsnormen (1953).

Der 17. Juni 1953

Am Samstag, dem 13. Juni 1953, unternehmen Bauarbeiter der Baustelle am Krankenhaus Friedrichshain einen Betriebsausflug an den Müggelsee in Berlin. Nach dem Willen der Betriebsleitung soll die Belegschaft kräftig feiern und sich entspannen. Der Ausflug endet jedoch ganz anders. Die Arbeiter haben heftig über die Erhöhung der Arbeitsnormen diskutiert und sind sich einig: Ab Montag wird gestreikt mit dem Ziel, dass die Normen zurückgenommen werden. In Windeseile macht ihr Entschluss die Runde und elektrisiert die Menschen nicht nur in Berlin, sondern bald in über 700 Orten und Städten der DDR. Aus den Arbeiterprotesten entwickelt sich spontan ein Volksaufstand gegen das SED-Regime, ein Aufstand, der inzwischen als eine der großen deutschen Freiheitsbewegungen in die Geschichte eingegangen ist.

Chronik der Ereignisse

- ***Montag, 15. Juni:*** Auf den Baustellen am Krankenhaus Friedrichshain und an der Stalinallee wird gestreikt. Viele andere Betriebe schließen sich an.

- ***Dienstag, 16. Juni:*** Über 700 Arbeiter ziehen zum Haus der Ministerien an der Leipziger Straße und fordern die Rücknahme der Normerhöhung, was ihnen schließlich zugestanden wird. Doch da ist es schon zu spät. Die Demonstranten kapern einen Lautsprecherwagen und rufen zum Generalstreik auf. Wladimir Semjonow, der Hohe Kommissar in der DDR, lässt die sowjetischen Truppen in Alarmbereitschaft versetzen. *T-34*-Panzer rollen auf Berlin zu. Seit Mittag berichtet der Westberliner Sender *RIAS (Radio Im Amerikanischen Sektor)* über die Unruhen.
- ***Mittwoch, 17. Juni:*** Etwa 150 000 Demonstranten ziehen durch Berlin und gehen gegen öffentliche Gebäude vor. Der Aufstand erfasst die gesamte DDR. Unter dem Ansturm der Demonstranten öffnen sich Gefängnisse, räumt die SED in Halle, Leipzig und Magdeburg ihre Parteigebäude. In Merseburg und Jena kapituliert die Stasi-Zentrale und in Bitterfeld und Görlitz sogar die Stadtverwaltung. Seit 13 Uhr herrscht der Ausnahmezustand. Rotarmisten feuern in die Menge. Sowjetische Panzer überrollen Demonstranten. Mit einer solchen Brutalität hat niemand gerechnet.

- ***Donnerstag, 18. Juni:*** Mit brachialer Gewalt beenden sowjetische Truppen den Aufstand. Allerdings dauert es noch Tage, bis sie die Lage überall unter Kontrolle haben.
- ***Freitag, 19. Juni:*** Sowjetische Standgerichte verhängen Todesurteile gegen 17 angebliche Rädelsführer, die sofort erschossen werden.

Schock mit Langzeitwirkung

79

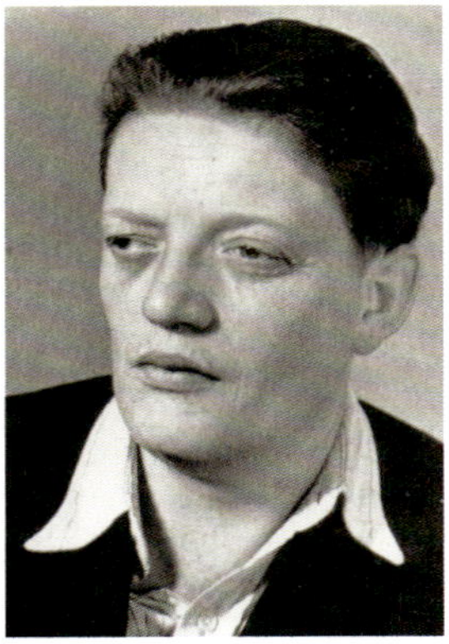

79 Kurt Barthel

80 Arbeiter aus Ostberlin marschieren am 17. Juni 1953 durch das Brandenburger Tor nach Westberlin.

Nach der Niederschlagung des Aufstands wundert sich Ulbricht, dass er noch an der Macht ist. Er hat damit gerechnet, entweder von den Demonstranten hinweggefegt oder vom Kreml abgesetzt zu werden. Er darf weiterregieren, doch alle Welt weiß jetzt, dass er einem Regime vorsteht, das sich nur mithilfe sowjetischer Panzer halten kann.

Ausgerechnet Arbeiter

Auch die Tatsache, dass ausgerechnet Arbeiter losmarschierten, wiegt schwer. Wie das Volk denkt, offenbarten Parolen wie „*Ulbricht, Pieck und Grotewohl machen uns den Magen hohl*“ und „*Spitzbart, Bauch und Brille – sind nicht des Volkes Wille*“.

80

Der Aufstand ist ein Schock, der noch lange nachwirkt. Die Forderungen der Demonstranten klingen ebenfalls nach, auch wenn ihre Erfüllung in weite Ferne rückt: Rücktritt der Regierung, freie Wahlen und Abzug der Besatzungsmächte, Freilassung aller politischen Häftlinge, Senkung der HO-Preise.

„Schämt ihr euch auch?“

Die ersten Reaktionen der SED nach der Erhebung deuten nicht auf einen Sinneswandel hin. So lässt das *Neue Deutschland* stramme Parteigänger aus Kunst und Literatur zu Wort kommen: „*Schämt ihr euch auch so wie ich*“, fragt der Sekretär des Schriftstellerverbands Kurt Barthel, auch *KuBa* genannt: „*Da werdet ihr sehr viel und sehr gut mauern und künftig sehr gut handeln müssen, ehe euch diese Schmach vergessen wird.*“ Bertolt Brecht hält ironisch dagegen: „*Wäre es da nicht doch einfacher, die Regierung löste das Volk auf und wählte ein anderes?*“
Mit der Volkserhebung beschäftigt sich auch Stephan Hermlin. In seinem Buch *Die Kommandeuse* greift er den Fall der Erna Dorn auf, die am 17. Juni in Halle aus dem Gefängnis befreit und fünf Tage später als angebliche Rädelsführerin hingerichtet wird. Die SED-Presse dichtet der offenbar geistig verwirrten Frau eine NS-Vergangenheit an – sie soll eine grausame KZ-Aufseherin gewesen sein, wofür es nicht den geringsten Nachweis gibt. Erna Dorn lebt in vielen Köpfen als die Person weiter, die in Halle „*den faschistischen Putsch*“ anführte – eine schäbige Inszenierung.

Rachefeldzug

Ende Juni 1953, also knapp zwei Wochen nach dem Volksaufstand, feiert Walter Ulbricht seinen 60. Geburtstag. Als wäre nichts geschehen, erklärt das ZK der SED: *„Dein Leben und Wirken ist erfüllt vom rastlosen Kampf für die Befreiung der Ausgebeuteten vom Joche des Kapitalismus.“* Ulbricht habe die Lehren von Marx, Engels, Lenin und Stalin stets zum Wohl der Arbeiter und Bauern angewandt.

Menschenjagd

Solche Sätze müssen in den Ohren derer, die zu diesem Zeitpunkt wegen ihrer Beteiligung am Aufstand bereits zu Tausenden hinter Gitter sitzen oder auf der Flucht sind, wie Hohn klingen. In der DDR hat eine Menschenjagd begonnen. Die Sicherheitskräfte, voran das MfS, haben es besonders auf die Streikkomitees abgesehen. Die Propaganda braucht *„Rädelsführer“*, um sie als Agenten westlicher Geheimdienste anprangern zu können. In den Betrieben wird massiver Druck ausgeübt; die Beschäftigen sollen Namen nennen. Die Angst vor Spitzeln und Verrätern ist groß.

Zugleich arbeitet die Justiz auf Hochtouren, um Anklage zu erheben. Mit einem fast ohnmächtigen Appell versucht Justizminister Max Fechner, einer Flut von Unrechtsurteilen entgegenzuwirken. Im Interview des *Neuen Deutschland* versichert er, alle Inhaftierten kämen vor ein ordentliches Gericht. Einen Rachefeldzug werde es nicht geben, verspricht Fechner. *„Das Streikrecht ist verfassungsmäßig garantiert.“*

Was Fechner nicht weiß – er selber steht auf der Abschussliste. Da die Verantwortlichen für die gescheiterte Wirtschafts- und Gesellschaftspolitik an der Macht bleiben, müssen Sündenböcke her; Wilhelm Zaisser, Minister für Staatssicherheit, wird wegen *„parteifeindl. fraktioneller Tätigkeit“* abgesetzt. Auch Rudolf Herrnstadt, Chefredakteur des *Neuen Deutschland*, verliert seinen Posten. Das prominenteste Opfer der Säuberungen ist Fechner. Der ehemalige Sozialdemokrat, im Dritten Reich im Untergrund aktiv, wird als *„Feind des Staates u. der Partei“* zu acht Jahren Zuchthaus verurteilt. Seine Nachfolge tritt Hilde Benjamin an. Im April 1954 legt sie ihre erste Bilanz vor. Danach wurden 1526 Angeklagte verurteilt: zwei zum Tode, viele zu hohen Zuchthausstrafen. In der Bevölkerung ist unterdessen die Hoffnung, das SED-Regime abschütteln zu können, tiefer Resignation gewichen.

81

81 Max Fechner

82 Schauprozess im Rahmen der „Säuberungen“

82

Der Westen sieht zu

83 Der stellvertretende Ministerpräsident der DDR, Otto Nuschke, wird von Westberliner Journalisten interviewt. Bei den Unruhen war sein Wagen über die Sektorengrenze abgedrängt worden.

84 Der Westberliner Journalist Karl Wilhelm Fricke kehrt 1959 aus vierjähriger Haft zurück.

85 Demonstration in Frankfurt/Main gegen die Entführung von Alexander Truschnowitsch aus Westberlin

Die Schuldigen für den Volksaufstand stehen für die SED-Führung von Anfang an fest: westliche Geheimdienste, der RIAS und die Ostbüros westdeutscher Parteien in Berlin, voran das SPD-Büro, das seit der Vereinigung von SPD und KPD zur SED im Jahr 1946 den Kontakt zu Sozialdemokraten in Ostdeutschland zu halten versucht.

Zweifelsohne sind westliche Agenten in der DDR aktiv, wie umgekehrt auch östliche Spione im Westen eingesetzt werden. Aber die Ursachen für den Aufstand liegen einzig und allein in der Politik der SED, die nur noch als Alleinherrschaft einer Kaste von Bonzen wahrgenommen wird. Das bestätigt im Übrigen die SED selbst, indem sie einen totalen Rückzieher macht: Die Arbeitsnormen werden gesenkt, die Fahrpreise ermäßigt, die Mindestrenten heraufgesetzt und das Wohnungsbauprogramm vorangetrieben. Außerdem sinken die Preise für Lebensmittel, Genussmittel und Verbrauchsgüter. Die Angst vor einem neuen Aufstand sitzt so tief, dass die SED die meisten dieser Maßnahmen auch in den folgenden Jahren nicht antastet, selbst dann nicht, als der Staatsbankrott droht.

83

Enttäuschte Hoffnung

Die Rundfunksender *RIAS* und *Deutschlandfunk* haben über den Streik und die Demonstrationen berichtet. Die Sendungen werden von vielen Menschen in Ostdeutschland gehört. Die Berichterstattung über den Volksaufstand hat bei ihnen die Hoffnung geweckt, der Westen werde den Streikenden zu Hilfe kommen und den sowjetischen Panzern Einhalt gebieten. Doch der Westen sieht dem Aufstand und seiner Niederschlagung tatenlos zu. Bundeskanzler Adenauer kommt der Aufschrei im Osten ungelegen, weil er seinen Kurs der Westintegration stört. Doch zumindest in seinen öffentlichen Erklärungen muss Adenauer künftig den starken Wunsch der DDR-Bevölkerung nach Einheit wieder mehr berücksichtigen. Ansonsten beschränkt sich die politische Führung in Bonn auf symbolische Gesten: Der 17. Juni wird zum *Tag der deutschen Einheit* erklärt, die doch gerade ihren schwersten Rückschlag seit Kriegsende erlebt hat. Den hohlen Sonntagsreden folgen keine Taten. Die Einheit Deutschlands rückt in weite Ferne.

Mord und Menschenraub

Für Stasi-Mitarbeiter, die „*Kämpfer an der unsichtbaren Front*“, rücken erneut zwei Westberliner Organisationen ins Visier, die auch vorher schon beobachtet wurden: die *Kampfgruppe gegen Unmenschlichkeit*, die Oppositionelle in Ostdeutschland unterstützt und Sabotageakte plant, ferner der *Untersuchungsausschuss Freiheitlicher Juristen*, der Menschenrechtsverletzungen in der DDR dokumentiert und mit US-Organisationen zusammenarbeitet.

Walter Linse

Ein Mitarbeiter des Ausschusses, der Jurist Walter Linse, wird im Juli 1952 in Berlin-Lichterfelde von vier Männern niedergeschlagen und in einem Auto verschleppt. Nach mehrwöchiger Untersuchungshaft in Hohenschönhausen übernimmt ein sowjetisches Militärgericht den Fall. Linse wird 1953 zum Tode verurteilt und anschließend in Moskau erschossen.

Karl Wilhelm Fricke

Opfer einer Entführung wird auch der Journalist Karl Wilhelm Fricke, der von Westberlin aus über die DDR berichtet. Im April 1955 überfallen ihn mehrere Agenten des MfS und bringen ihn mit Gewalt in den Osten. Im Juli 1956 verurteilt das Oberste Gericht der DDR Fricke zu vier Jahren Zuchthaus, die er in Einzelhaft verbringt. 1959 darf er in die Bundesrepublik ausreisen. Sein Vorsatz steht fest: Er will nun erst recht durch Information den „*Sozialismus in den Farben der DDR in seiner erbärmlichen Verlogenheit*“ bloßstellen. Fricke berichtet in den folgenden Jahren für den Deutschlandfunk weiter über die DDR. Als Autor mehrerer Bücher zählt er zu den besten Kennern der SED.

Aktion Blitz

In einer länger vorbereiteten Operation unter dem Decknamen *Aktion Blitz* holt die Stasi im Frühjahr 1955 zum großen Schlag aus. Über 500 Personen werden in der DDR als „*Agenten*“ festgenommen, darunter Gerhard Benkowitz, Russisch-Lehrer an der Pestalozzi-Schule in Weimar. Benkowitz hat einen Widerstandskreis gebildet. Die Gruppe versucht, Funktionäre mittels Drohbriefen einzuschüchtern und an Nachrichten aus Wirtschaft, Verwaltung und Militär heranzukommen. Benkowitz und sein Freund Hans-Dietrich Kogel, ein städtischer Angestellter, werden zum Tode verurteilt und in Dresden mit dem Fallbeil hingerichtet.

84

85

Wiederbewaffnung

Mit dem Einheitsgrau ihrer Uniformen orientiert sich die Nationale Volksarmee an der Deutschen Wehrmacht. Und das Modell für den Stahlhelm der NVA stammt ebenfalls aus dem Arsenal der untergegangenen Streitmacht. *„Deutsche tragen deutsche Uniformen“*, erklärt die SED-Presse trotzig und wirft der Bundeswehr vor, sich für den Stahlhelm der *„amerikanischen Atombomben-Abwerfer“* entschieden zu haben.

Zwei Staaten – zwei Armeen

Bei der Wiederbewaffnung ist die Bundesrepublik der DDR stets einen Schritt voraus. Bereits seit Oktober 1950 besteht in Bonn die *„Dienststelle Blank“*, die den Aufbau bundesdeutscher Streitkräfte vorbereitet. Im Mai 1955 wird die Bundesrepublik Mitglied des westlichen Verteidigungsbündnisses Nato. Kurz darauf gehört die DDR als Gründungsmitglied dem Warschauer Pakt an, zunächst ohne eigene Streitkräfte. Das ändert sich im Januar 1956, als die Volkskammer beschließt, die Nationale Volksarmee (NVA) aufzubauen.
Willi Stoph, seit 1952 als Innenminister auch zuständig für die Kasernierte Volkspolizei, die Kerntruppe der NVA, wird zum ersten Verteidigungsminister ernannt. Ende April 1956 nimmt Stoph in Oranienburg den Soldaten des *„1. Mechanisierten Regiments“* den Fahneneid ab. Das Regiment wird nach Hans Beimler benannt, dem Kommunisten und Spanienkämpfer, der Ende 1936 unweit von Madrid umgekommen ist. Der Dienst bei der NVA, die 120 000 Mann umfasst, ist zunächst freiwillig. Die allgemeine Wehrpflicht gilt ab 1962.

86 Ein Angehöriger des ersten Regiments der NVA wird von einem Offizier beglückwünscht (1956).

86

Militärische Vorbilder

Im Spanischen Bürgerkrieg sieht die NVA eines ihrer geschichtlichen Vorbilder; dazu kommen die Revolutionen von 1848 und 1918, die Befreiungskriege von 1813 sowie der deutsche Bauernkrieg von 1525. Mit diesem Rückgriff auf die Geschichte versucht die NVA, eine eigene militärische Tradition herzustellen. Auch das sonst verhasste Preußentum lebt in Teilen wieder auf. Gleichzeitig verstehen sich die Streitkräfte der DDR als *„Armee der Antifaschisten“* und als *„bewaffnetes Organ der Werktätigen“*. Und zumindest im Nachhinein sind manche ehemaligen NVA-Soldaten stolz darauf, nie an einem Krieg beteiligt gewesen zu sein.

Willi Stoph

Als im November 1989 das Jagdhaus von Willi Stoph im Naturschutzgebiet an der Müritz entdeckt wird, wundern sich die Besucher. Der stets korrekt und eher bescheiden auftretende Stoph verfügte in einer Region, in die schon NS-Größen wie Hermann Göring zur Jagd einluden, über ein beachtliches Anwesen mit Schwimmbad, Gewächshäusern und Keller, in dem in Plastik eingeschweißte Äpfel lagerten, genau sortiert und beschriftet. Einwohner aus der Umgebung halten ihn für einen Pedanten und sagen, manchmal sei ihnen der Strom gesperrt worden, damit Stoph seine Gewächshäuser heizen konnte.

Gelernter Maurer

Willi Stoph, der als Sohn einer Arbeiterfamilie in Berlin-Schöneberg aufwächst, ist gelernter Maurer. Schon als Jugendlicher steht er in Verbindung zu kommunistischen Gruppen. Sein Geld verdient er auf dem Bau. Nach Feierabend ist er für die KPD tätig. 1940 wird er zur Front eingezogen. Eine Verwundung führt ihn zurück nach Berlin, wo er Kontakt zu Widerstandskreisen sucht. Bei Kriegsende gerät Stoph in sowjetische Gefangenschaft, die nur wenige Wochen dauert. Mithilfe der Besatzungsmacht beginnt eine Karriere, die ihn bis ins höchste Staatsamt führen wird. Stoph bleibt jedoch stets im Hintergrund – zunächst unter Ulbricht, dann unter Honecker. Dennoch hat er gerade in den Anfangsjahren der DDR großen Einfluss. Als Innenminister unterstehen ihm alle bewaffneten Kräfte. Für die Niederschlagung des Aufstands von 1953 ist er mitverantwortlich. Im Krisenjahr 1956, als es in Polen und Ungarn zu Aufständen kommt, wird Stoph Minister für Nationale Verteidigung. Unter seiner Führung entwickelt sich die NVA zu einer schneidigen, gut ausgerüsteten Truppe. Ihr erklärter Hauptgegner ist die westdeutsche Bundeswehr. Auch als Ministerpräsident bleibt Willi Stoph Teil eines Unterdrückungsregimes. 1970 muss er beim Treffen mit Bundeskanzler Brandt in Erfurt miterleben, wie die Bevölkerung nicht ihm, sondern Brandt zujubelt.

„Erich, es geht nicht mehr"

Nach dem Tod Ulbrichts ist Stoph der Kandidat für das Amt des Staatsratsvorsitzenden. Doch Ulbrichts Nachfolger Erich Honecker will schon bald die ganze Macht: das höchste Staatsamt und die Führung der SED. Stoph, der *„rote Preuße"*, bleibt loyal und fügt sich. Im Oktober 1989 greift er noch einmal in die Geschicke der DDR ein. Mit dem Satz *„Erich, es geht nicht mehr. Du musst gehen"*, drängt er den schwerkranken Honecker zum Amtsverzicht. Bald muss auch Stoph abtreten. Auf ihn wartet eine Anklage wegen Amtsmissbrauchs und Korruption. Ferner soll er sich wegen der Toten an der Berliner Mauer verantworten. Doch weil Stoph gesundheitlich schwer angeschlagen ist, bleibt ihm der Prozess erspart.

1914 *Geburt in Berlin*

1952–1955 *Innenminister der DDR*

1956–1960 *Verteidigungsminister*

1973–1976 *Staatsoberhaupt*

1999 *Tod in Berlin*

Tauwetter

Das Jahr 1956 ist für die DDR und andere Staaten des Ostblocks mit tiefen Erschütterungen verbunden. Kaum hat Ulbricht die Nachwirkungen des Volksaufstands von 1953 überwunden – die Gründung der NVA und die Eingliederung von 120 000 deutschen Soldaten in den Warschauer Pakt stärken den Staats- und Parteichef –, da trifft ihn der nächste Schlag: Auf dem XX. Parteitag der KPdSU im Februar 1956 in Moskau stürzt Chruschtschow Stalin vom Sockel, indem er die Verbrechen seines Vorgängers anprangert. Die sensationelle Rede wird in 1000 Exemplaren gedruckt, an die Parteigliederungen der KPdSU verschickt und gelangt auch nach Berlin.

87 Der sowjetische Staatschef Chruschtschow bei einer Rede auf dem XX. Parteitag der KPdSU (1956)

Stalin stirbt zum zweiten Mal

Der Angriff auf den als Gott verehrten Stalin ist ein ungeheuerlicher Vorgang. Denn die vom Kreml-Herrscher vorgenommenen Säuberungen mit Millionen von Hungertoten und Zwangsarbeitern sind ein Tabuthema, erst recht für die aus Moskau heimgekehrten deutschen Kommunisten, die in der DDR das Sagen haben.

Mit der Abrechnung, die Chruschtschow offenbar auch zur Absicherung der eigenen Machtbasis unternimmt, stirbt Stalin in gewisser Weise zum zweiten Mal. Überall im Osten herrschen tiefe Bestürzung und völlige Ratlosigkeit, insbesondere in Ostberlin, wo Stalin kurz zuvor noch als der *„größte Genius aller Zeiten"* gefeiert worden war. Ulbricht hat sichtlich Mühe, die *„Entstalinisierung"* nachzuvollziehen. Mit einem Aufsatz im *Neuen Deutschland* versucht er, sich aus der Affäre zu ziehen – Wendigkeit und flinke Seitenwechsel gehören schließlich zu seinen Stärken. Nach dem Tod Lenins habe Stalin sich beim Aufbau des Sozialis-

89

mus bedeutende Verdienste erworben, schreibt Ulbricht. *„Als sich Stalin jedoch später über die Partei stellte und den Personenkult pflegte, erwuchsen der KPdSU und dem Sowjetstaat daraus bedeutende Schäden.“*

Häftlinge freigelassen

Vermutlich aus Sorge, der Paukenschlag aus Moskau könne in der DDR neue Proteste auslösen, entschließt sich die SED-Führung, politischen Druck abzulassen. Kurzfristig kommen 21 000 Häftlinge frei, darunter ehemalige SED-Spitzenfunktionäre wie Paul Merker, Anton Ackermann und der frühere Justizminister Max Fechner.
Viele begreifen die Demaskierung des grausamen Diktators als ein erlösendes Signal, endlich aus dem Kreislauf von Denkverboten und Tabus auszubrechen. Um den Philosophen Wolfgang Harich und den Leiter des *Aufbau Verlags,* Walter Janka, entsteht in Berlin ein loser Verbund von Intellektuellen, denen es ausdrücklich nicht darum geht, die Lehren des Marxismus-Leninismus über Bord zu werfen. Vielmehr wollen sie eine *„sozialistische Umgestaltung der DDR“* erreichen. Die Gruppe fordert Rechtssicherheit und Meinungsfreiheit sowie eine Kulturpolitik ohne staatliche Bevormundung.

Zuspruch vom Kulturminister

Am Anfang erhält die Reformgruppe Zuspruch von Kulturminister Johannes Becher: *„Macht weiter so. Ihr seid auf dem richtigen Weg.“* Später, als die Gruppe längst zerschlagen ist, wird der Minister erklären: *„Ich wurde zu einem Forum im Aufbau Verlag eingeladen, und es war unschwer zu spüren, dass ich hier eine Gruppe von Genossen vor mir hatte, die gekommen waren, um mir eine Falle zu stellen.“*

Konterrevolution

Im Herbst 1956 geht die Tauwetterperiode in der DDR schon wieder zu Ende. Chruschtschow lässt – ganz in der Tradition seines Vorgängers Stalin – einen Arbeiteraufstand in Posen und den Volksaufstand in Ungarn blutig niederschlagen. Auch in der DDR weht ein kalter Wind. Ulbricht kommt den Reformanhängern in der SED keinen Zentimeter mehr entgegen. Unter dem Vorwurf der *„Konterrevolution“* werden Harich, Janka und andere als Mitglieder einer *„staatsfeindlichen Gruppe“* verhaftet und in Schauprozessen zu hohen Zuchthausstrafen verurteilt.

88

89

88 Anton Ackermann

89 Wolfgang Harich (am Rednerpult)

Was in Ungarn geschah

90

90 Imre Nagy

91 Sowjetische Panzer in Budapest (1956)

92 Kopf des geschleiften Stalin-Denkmals in Budapest (1956)

Die Niederschlagung des Volksaufstandes in der DDR, die darauf folgende Tauwetter-Periode, die wiederum von einer Phase harter Unterdrückung abgelöst wird – nicht nur Ostdeutschland, sondern Osteuropa insgesamt gerät in Turbulenzen. In Polen kommt es 1956 zu einem Arbeiteraufstand, der gewaltsam beendet wird. Immerhin kehrt in Warschau mit Wladyslaw Gomulka ein Opfer des Stalinismus an die Macht zurück. Zudem gelingt es, in Polen eine selbstständige Landwirtschaft aufrechtzuerhalten und der Kultur Freiräume zu sichern.

Elf Tage Freiheit

Die Ungarn wollen es den Nachbarn gleichtun. Zunächst sind es Studenten, die rebellieren. Im Oktober und November 1956 steht das ganze Volk gegen das vom Kreml gestützte stalinistische Regime in Budapest auf, genießt für elf Tage die Früchte der Freiheit und Unabhängigkeit und wird dann von sowjetischen Panzern niedergekämpft. Über 1800 Menschen lassen dabei ihr Leben, werden überrollt, erschossen, gehängt.

Imre Nagy

Ein Altkommunist, Imre Nagy, rückt als Hoffnungsträger an die Spitze der Revolution und organisiert den Widerstand. Als Ministerpräsident proklamiert er die Neutralität Ungarns und kündigt die Mitgliedschaft des Landes im Warschauer Pakt auf. Zum Schein lässt sich die sowjetische Führung auf Verhandlungen ein; gleichzeitig steht sie in enger Verbindung zu János Kádár, dem künftigen Machthaber, der später behaupten wird, die sowjetischen Truppen seien offiziell um Hilfe gebeten worden. Kádár spielt ein Doppelspiel; er verrät die Revolution, die er anfangs unterstützt, und wird nach der Nieder-

91

92

schlagung des Aufstands vom Kreml mit dem Posten des Regierungschefs belohnt.

Verzweifelte Hilferufe

Die Ungarn leisten erbitterte Gegenwehr – mehrere Wochen lang. Und je länger ihr Freiheitskampf dauert, desto verzweifelter klingen ihre Hilferufe im Rundfunk. *Radio Budapest* wiederholt seinen Appell immer eindringlicher: „*Helft! Helft! Helft!*" – bis die Stimme verstummt und nur noch ein Rauschen zu hören ist.

In der DDR bangen viele mit. An der Oberschule in Storkow östlich von Berlin entschließt sich die Abiturklasse, aus Solidarität mit den Ungarn fünf Minuten im Unterricht zu schweigen. Dietrich Garstka, der später ein Buch mit dem Titel *Das schweigende Klassenzimmer* veröffentlicht, erinnert sich: „*Wir hatten Ende Oktober im RIAS von den blutigen Kämpfen der Ungarn gegen die sowjetische Besatzung gehört. Als mein Klassenkamerad Hans-Jürgen erzählte, dass der Sender zu 5 Schweigeminuten aufgerufen hatte, sagte ich sofort: ‚Das machen wir auch.'*" So geschieht es. Im Geschichtsunterricht versucht der Lehrer vergeblich, ein Wort aus den Schülern herauszubekommen. Zur Strafe wird die ganze Klasse von der Schule ausgeschlossen.

Der Westen verhält sich wie beim Volksaufstand 1953 in der DDR: Er hilft nicht, sondern schaut zu. Selbst die diplomatischen Proteste fallen eher lau aus. Was folgt, ist für Ungarn eine Jahrhundert-Tragödie, ein Aderlass sondergleichen. Hunderttausende werden deportiert oder fliehen panikartig in den Westen, vor allem nach Österreich.

Imre Nagy erhält zunächst Asyl in der jugoslawischen Botschaft in Budapest. Als ihm Ministerpräsident Kádár Straffreiheit zusichert, verlässt Nagy das Gebäude. Sofort wird er von sowjetischen Agenten festgenommen und nach Rumänien verschleppt. Wegen „*Konterrevolution*" steht er im Juni 1958 vor Gericht und wird zum Tode verurteilt. Um Gnade zu bitten, lehnt er ab. Imre Nagy wird gehängt. Für Millionen von Ungarn ist er ein Nationalheld.

In seinem Buch *1956 – Der Aufstand in Ungarn* schreibt György Dalos: „*Der Volksaufstand existierte in der nationalen Erinnerung während der Ära Kádár wie ein unterirdischer Bach. Man konnte ihn weder völlig vergessen noch exakt aus dem Gedächtnis abrufen.*" Nur im Exil habe man darüber frei reden können.

93

93 János Kádár

94 Ungarn auf der Flucht nach Österreich (November 1956)

94

Fest im Sattel

95

Im ersten Jahrzehnt ihres Bestehens erlebt die DDR ein ständiges Auf und Ab: Phasen der Öffnung im Inneren werden von Perioden stalinistischer Unterdrückung abgelöst. Auch die Wirtschaft fasst Fuß, um bald darauf in die nächste Krise zu schliddern. Dann steht für Wochen die politische Führung kurz vor dem Scheitern – so beim Volksaufstand 1953 und nach Chruschtschows *Geheimrede* 1956. Aber plötzlich bedient die SED-Spitze wieder alle Hebel der Macht, als sei nichts geschehen.

Kritiker kaltgestellt

Die Niederschlagung des Volksaufstands in Ungarn ist für SED-Chef Ulbricht ein „Glücksfall": Zwar wird die „*Entstalinisierung*" mit symbolischen Gesten fortgesetzt – zum Beispiel wird die Stalinallee in Ostberlin in Karl-Marx-Allee und Stalinstadt in Eisenhüttenstadt umbenannt – doch Ulbricht kehrt schon kurz nach dem blutigen Herbst in Ungarn zu seinem alten Stil zurück. Er entledigt sich einiger Kritiker, die weiter nach dem „*dritten Weg*" zwischen Kommunismus und dem Kapitalismus suchen. Karl Schirdewan, Mitglied im Politbüro, und der Minister für Staatssicherheit, Ernst Wollenweber, werden beschuldigt, eine „*fraktionelle Gruppe*" gebildet zu haben, und kaltgestellt. Chef der Stasi wird Erich Mielke. Auch der Wirtschaftsfachmann Fred Oelßner verliert seinen Sitz im Politbüro. Ein weiterer Kritiker, der ebenfalls gemaßregelte ZK-Sekretär für Wirtschaft, Gerhard Ziller, verübt Selbstmord. Die Gefängnisse füllen sich erneut mit politischen Häftlingen. Allein 1957 werden etwa 4000 „*Staatsverbrecher*" verhaftet.

95 Karl Schirdewan

96 Kulturpalast in Bitterfeld (2004)

96

Bitterfelder Weg

Fester denn je sitzt Ulbricht im Sattel. Wohl auch deswegen entschließt er sich zu einer Kulturrevolution à la DDR. Das Treiben der Schriftsteller, die sich so manche Freiheiten herausnehmen, missfällt ihm schon lange. Deswegen werden sie in die Betriebe geschickt, um das „*Heldentum der Arbeit*" zu erleben. Auf einer Tagung im Kulturpalast von Bitterfeld im April 1959 beschließen die Autoren den „*Bitterfelder Weg*". Die Trennung zwischen Kultur und Arbeitswelt soll überwunden werden. Es gilt der Appell: „*Greif zur Feder, Kumpel!*" Begabte Arbeiter sollen ihre Erfahrungen an der Werkbank aufschreiben. „*Sozialistischer Realismus*" – nach dieser Formel haben sich Kulturschaffende zu richten.

Christa Wolf

Außer Anna Seghers erreicht keine Schriftstellerin im geteilten Deutschland einen solchen Zuspruch wie Christa Wolf. In der DDR gewinnt sie über die Jahre einen Leserstamm, der ihren Weg von einer strammen Sozialistin zu einer regimekritischen Dichterin dankbar nachvollzieht. Im Westen wird sie nicht zuletzt auch deshalb gelesen, weil sie sich mit ihren Büchern Freiräume erkämpft und gegen die SED stellt.

Mit Preisen überhäuft

Beide Staaten überhäufen sie mit Preisen. Die Bewunderung bekommt einen Dämpfer, als 1990 ihre Erzählung *Was bleibt* erscheint. Dieser Versuch, ihre sich über Jahre hinziehende Bespitzelung durch die Stasi zu thematisieren, wird von westdeutschen Medien zurückgewiesen. Wolf wolle sich in die Reihen der Verfolgten einschleichen; in Wirklichkeit sei sie *„Staatsdichterin"* des SED-Regimes gewesen, heißt es. Als Anfang 1993 ihre eigene Stasi-Verstrickung bekannt wird, machen einige Zeitungen regelrecht Stimmung gegen sie. Der Anlass: 1959 hat sich die aufstrebende Literaturredakteurin unter dem Decknamen *„Margarete"* auf eine Mitarbeit eingelassen. Weil sie aber nicht liefert, was erwartet wird, ist die Stasi nicht mehr an ihr interessiert.
Den Vorgang haben die Schriftstellerin und ihr Mann Gerhard Wolf selbst in den Stasi-Akten entdeckt und öffentlich gemacht. Christa Wolf spricht von einem Schock. Offenbar hat sie diesen dunklen Punkt völlig verdrängt: *„Ein fremder Mensch tritt mir da gegenüber. Das bin nicht ich."*

„Kindheitsmuster"

Auf ähnliche Weise hat sie schon einmal reagiert, und zwar in den 1970er-Jahren, als sie ihre eigene Kindheit in Landsberg an der Warthe erkundet, wo sie bis Kriegsende die Schule besucht und in der *Hitler-Jugend* aktiv gewesen ist. Sie habe nicht das Gefühl, *„dass ich das war, die das gedacht, gesagt oder getan hat"*, bekennt sie.
Kindheitsmuster – vor allem dieses Buch hilft ihr, sich aus der ideologischen Umklammerung zu lösen und sich selbst zu finden. Die Anerkennung durch die SED, in der sie zur *„Kandidatin des Zentralkomitees"* aufsteigt, ist ihr nicht mehr wichtig. 1965, beim Auftritt vor dem ZK-Plenum, greift sie die Kulturpolitik der Partei an. 1976 gehört sie zu den Unterzeichnern eines Protestbriefs gegen die Ausbürgerung des Liedermachers Wolf Biermann. Christa Wolf, die sich auf die Stasi einließ, wird nun selbst zum Objekt der Staatssicherheit, wird bespitzelt und abgehört.
Als 1993 ihr eigener Stasi-Fall publik wird, unterwirft sie sich noch einmal einer radikalen Rückbesinnung: Sie veröffentlicht ihre komplette *„Täter-Akte"* – ein Befreiungsschlag, der ihre Kritiker zum Verstummen bringt.
Die Auseinandersetzung lässt ihre Leserschaft weitgehend unberührt. Ihr Wort hat weiter Gewicht.

1929 *Geburt in Landsberg/Warthe*

1949–1953 *Germanistikstudium*

ab **1962** *freischaffende Schriftstellerin*

1980 *Georg-Büchner-Preis*

2002 *Deutscher Bücherpreis*

Jugendweihe

An seine Jugendweihe kann sich Mario Röllig noch gut erinnern. Zusammen mit anderen Schülern der nach Dr. Arvid Harnack, dem Kopf der Widerstandsgruppe *Rote Kapelle* benannten Oberschule in Berlin-Köpenick, wird er in das Filmtheater *Kosmos* eingeladen. Die Feier folgt einem genauen Plan: Einzug der Jugendlichen, Festansprache eines Spitzenfunktionärs des FDGB, dann das feierliche Gelöbnis: *„Seid Ihr bereit, als junge Bürger unserer Deutschen Demokratischen Republik mit uns gemeinsam, getreu der Verfassung, für die große und edle Sache des Sozialismus zu arbeiten und zu kämpfen …, so antwortet: Ja, das geloben wir!"*

„Der Sozialismus – Deine Welt"

Nach dem Singen der Hymne der DDR werden Urkunden und ein Buchgeschenk ausgehändigt: *Weltall-Erde-Mensch.* Mario Röllig besitzt sein Exemplar noch, obwohl er mit dem SED-Regime längst gebrochen hat – wegen eines Fluchtversuchs geriet er in die Fänge der DDR-Justiz. Im Februar 1955 findet die erste staatliche Jugendweihe statt. Die Idee zu einem weltlichen Gelöbnis stammt aus der Freidenker-Bewegung des 19. Jahrhunderts. In der Weimarer Republik pflegten vor allem Anhänger von SPD und KPD diese Form der Schulentlassung. Die SED verfolgt mit der Einführung der Jugendweihe ein politisches Ziel: Anstelle der protestantischen Konfirmation und der katholischen Firmung will sie eine Feier, die Jugendliche auf den SED-Staat verpflichtet.

Eltern, Pfarrer und Bischöfe laufen Sturm gegen die Jugendweihe. Doch die SED hält daran fest, denn die Jugendweihe ist Teil ihrer Kirchenpolitik. Ab 1956 gibt es dafür einen Staatssekretär für Kirchenfragen. Die Partei will allein bestimmen, was Kirche im Sozialismus heißt.

Die Jugendweihe selbst wird organisatorisch mit dem Schulablauf so verzahnt, dass Lehrer und Eltern sich dem Festakt kaum entziehen können. Wer sich dennoch wehrt, gerät unter Druck und wird benachteiligt, etwa bei der Vergabe von Studienplätzen. Spätestens in den 1970er-Jahren ist die Jugendweihe fest etabliert und bei den Jugendlichen durchaus beliebt. Denn es gibt viele Geschenke, häufig sogar das erste Moped.

97

97 Jugendweihe 1957

Den Westen überholen

Walter Ulbricht sieht sich offenkundig in der Rolle des sozialistischen Heilsbringers. Auf dem V. Parteitag der SED im Juli 1958 verkündet er die *„Zehn Gebote der Sozialistischen Moral"*; das vierte lautet: *„Du sollst gute Taten für den Sozialismus vollbringen, denn der Sozialismus führt zu einem besseren Leben …"*

„Sputnik"

Die *Zehn Gebote* sind Ausdruck eines neuen Selbstbewusstseins. Dazu dürften auch die Weltraumerfolge der Sowjetunion beigetragen haben. Ende August 1957 meldet der Kreml den erfolgreichen Test mit einer mehrstufigen Interkontinentalrakete. Kurz darauf schießt die UdSSR den *Sputnik*, den ersten künstlichen Satelliten, in eine Erdumlaufbahn. Im Westen löst dieser sowjetische Vorstoß ins All einen Schock aus. Im Osten sind dagegen die KP-Größen mehr denn je von der Überlegenheit des Sozialismus überzeugt.

Polikliniken

Auch erste Erfolge beim wirtschaftlichen Aufbau der DDR beflügeln Ulbricht. Die eigene Automobil- und Motorrad-Produktion kommt in Gang. Im Mai 1958 werden die Lebensmittelkarten abgeschafft. Das Angebot in den HO-Läden fällt reichhaltiger aus als zuvor. Polikliniken, in denen Ärzte verschiedener Fachrichtungen praktizieren, sorgen für eine bessere medizinische Versorgung. Die Bevölkerung weiß auch die Kulturhäuser und Erholungsheime zu schätzen.

Angespornt durch solche Erfolge, verkündet Ulbricht auf dem V. SED-Parteitag die *„Vollendung des sozialistischen Aufbaus"*. Für die Menschen kann dies nur noch mehr staatlichen Aktionismus mit dem Ziel der Leistungssteigerung bedeuten.

1959 wird der laufende Fünf-Jahres-Plan durch einen Sieben-Jahres-Plan ersetzt. Ulbricht verfolgt das Ziel, *„Westdeutschland im Pro-Kopf-Verbrauch bei den meisten industriellen Konsumgütern und Lebensmitteln bis Ende 1961 einzuholen und zu überholen"*. Auf diese Weise soll die Überlegenheit der DDR *„gegenüber der Herrschaft der imperialistischen Kräfte im Bonner Staat eindeutig bewiesen werden"*.

Die Devise wird später etwas abgeändert durch den Vorsatz, die DDR wolle den Westen überholen, ohne ihn *„einzuholen"*, was missverständlich klingt und bespöttelt wird. Gemeint ist: Die DDR soll die Fehler des Westens vermeiden.

98

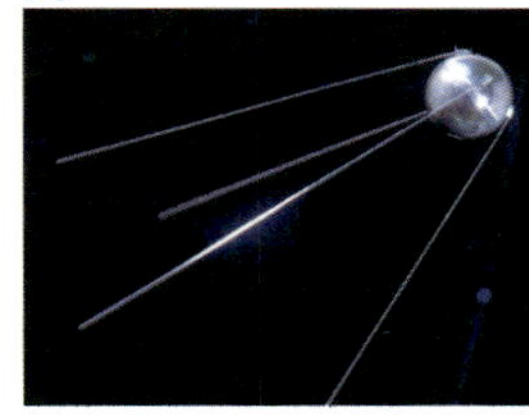

98 Der sowjetische Satellit „Sputnik 1" wird am 4. Oktober 1957 in die Erdumlaufbahn gebracht.

99

99 Jugendtreff mit Mopeds

Schweinsköpfe und Bückwaren

„Grobe Leberwurst 98 Pfennig, Teewurst 62 Pfennig, Brot 95 Pfennig“ – Die Älteren kennen die Preise noch auswendig; zum Beispiel die Berlinerin Gerda Rückert, die in einem Konsum-Laden arbeitete. Sie erinnert sich, wie schwierig es war, ein Stück Filet zu bekommen. Stattdessen *„kam eine Schwemme von Schweinsköpfen. Kein Mensch wollte die, aber sie mussten weg“*.

Der Mangel

Der Mangel bestimmt von Beginn an den Alltag der Menschen. Auf der einen Seite sorgt die DDR-Regierung, insbesondere nach dem 17. Juni 1953, dafür, dass Grundnahrungsmittel in ausreichendem Maße vorhanden sind und dass das Angebot an Kleidung und Konsumgütern besser wird. Dennoch gibt es immer wieder Engpässe in der Versorgung, weil die Produktion nicht nachkommt oder die Verteilung nicht klappt. Daher bedarf es wochenlanger Vorbereitungen, etwa zur Jugendweihe oder zur Hochzeit ein Festmahl auf den Tisch zu bringen.

100 DDR-Propaganda mit gut gefüllten Regalen

100

Würfelzucker

Zum Beispiel herrscht Mangel an Würfelzucker, dessen Ursachen die Autorin Jutta Voigt nachgegangen ist. Im Sommer 1960 findet ein SED-Funktionär beim Gang durch die Innenstadt von Dresden heraus, dass es nirgendwo Würfelzucker zu kaufen gibt, und meldet dies nach oben. Als Antwort erfährt er, es fehle an Maschinen zur Zuckerherstellung.
Eine Sendung des *Deutschen Fernsehfunks* im November 1960 bringt das heikle Thema erneut zur Sprache. Der Conférencier Heinz Quermann füttert auf der Bühne mehrfach ein Pferd mit Würfelzucker, worauf sich eine Zuschauerin aus Karl-Marx-Stadt erkundigt, wieso es für Pferde Würfelzucker gebe, nicht aber für die Menschen. Schließlich nimmt sich das Politbüro der Sache an. Am Ende besteht die auf höchster Ebene gefundene Lösung darin, die Zuckerströme vom Norden in den Süden der DDR umzulenken. Damit kehrt Ruhe ein, wenn auch nur für kurze Zeit.

Seltsame Blüten

Die Mangelversorgung treibt seltsame Blüten, wobei das Schlange stehen und Warten eher zu den banalen Folgen gehört. Das Konsumverhalten wird von einer Art Frühwarnsystem gelenkt. Wer irgendwo eine Mangelware entdeckt, alarmiert Verwandte, Freunde und

Nachbarn, und im Nu ist der betreffende Laden von einer Menschenkette eingekreist.
Weil es an so vielem fehlt – die Beschaffung einer Pinzette beispielsweise kann Wochen dauern –, steht *„Vitamin B“* (Beziehungen) hoch im Kurs. Wer einem privaten Netzwerk oder einer bestimmten Berufsgruppe angehört, darf auf *„Sonderkontingente, Sonderzuteilungen“* und *„Sondergenehmigungen“* hoffen, und zwar auch für Autos, Wohnungen und Ferienplätze. Der Mangel führt zu Beziehungen, die in der sozialistischen Ideologie gar nicht vorgesehen sind. Der Lastwagenfahrer eines Baukombinats in Hoyerswerda etwa ist zwangsläufig ein kleiner König, weil er viel herumkommt und somit manches besorgen kann – für seinen privaten Kreis, wie auch für seine Vorgesetzten im Betrieb. Alle wissen: Sie sind aufeinander angewiesen und helfen sich gegenseitig. So entsteht ein Beziehungsgeflecht der besonderen Art.

„Diktatur der Kellner“

Der *„Diktatur der Kellner“* sind bis auf Funktionäre fast alle ausgeliefert. Da *„Zwangsplatzierung“* herrscht, kann die Bedienung in den Restaurants und Gasthäusern ihre ganze Macht ausspielen: *„Reserviert“*, *„Geschlossen“* oder *„Bitte warten, Sie werden platziert“* – solche Anweisungen können die gute Laune schnell auf den Nullpunkt bringen.
Zu den Auswüchsen der Mangelwirtschaft zählen auch die *„Bückwaren“*, die unter dem Ladentisch hervorgeholt und nur bestimmten Kunden verkauft werden. Oft kommen *„Bückwaren“* gar nicht oder nur in geringer Stückzahl in die Regale und werden dann als vorbestellt deklariert. Nicht selten handelt es sich um Gefälligkeiten auf Gegenseitigkeit. Die Verkäuferin in einem Textilgeschäft legt ein besonderes Kleid oder eine Jeans zurück und bekommt dafür beim Schlachter einen Braten fürs Wochenende. Niemand hungert, die meisten haben Arbeit. Und dennoch bedrücken die Mühen des Alltags fast jeden.

101 Warten …

101

Bitterfeld

Der Ruf der Stadt hat über die Jahre schwer gelitten. In ihrem Roman *Flugasche* nennt die Schriftstellerin Monika Maron Bitterfeld „*die dreckigste Stadt Europas*". Tatsächlich häufen Bitterfeld und das benachbarte Wolfen gleich in der ersten Phase des industriellen Aufbaus der DDR enorme Umweltlasten an.

Umweltkatastrophe

Das *Chemie-Kombinat Bitterfeld*, die *Filmfabrik Wolfen* und die *Anhaltinischen Kohlenwerke* verwandeln ein traditionelles mitteldeutsches Industrierevier in eine giftige Vulkanlandschaft: mit Schornsteinen, die übel riechende Dämpfe verströmen. Aus einem Gewirr von Rohrleitungen tropft es; der feine Braunkohlenstaub dringt durch die Ritzen, wenn der Wind den Sand aus der Goitsche, dem größten Tagebaugebiet der DDR, aufwirbelt. Über das Ausmaß der Umweltkatastrophe darf nichts nach draußen dringen. Und dennoch spricht sich der schlimme Zustand herum: Bitterfeld wird zum Sinnbild einer rücksichtslosen Industriepolitik.

Die DDR hat die im Krieg kaum beschädigten Chemieanlagen mit dem Vorsatz übernommen, an die Erfolgsgeschichte von Bitterfeld und Wolfen aus den 1930er-Jahren anzuknüpfen. Früher stand der Name Bitterfeld für Fortschritt: der erste Farbfilm wurde dort erfunden, synthetische Edelsteine, bruchsichere Schultafeln, Kunststoffe und Kunstseide. Die DDR schafft es nicht, den Chemiekomplex gründlich zu modernisieren. Vielmehr werden bestehende Anlagen notdürftig repariert und ansonsten bis zum Anschlag ausgefahren.

102 Braunkohlenkraftwerk bei Bitterfeld

102

Silbersee

Ähnliches gilt für den Braunkohlentagebau, der ganze Dörfer verschlingt, auch Teile der Dübener Heide. Einige der Gruben dienen als Deponien für hochgiftige Chemikalien: Die Grube *Antonie* wird mit Chlorabfällen gefüllt. In der Grube *Johannes* mischen sich die Abwässer der *Filmfabrik Wolfen* und Asche aus Kraftwerken. Als 1990 erstmals westliche Besucher die silbrige Brühe sehen, sind sie schockiert. Als „*Silbersee*" macht die Grube *Johannes* Schlagzeilen, bis der Chemiepark Bitterfeld entsteht und die meisten Umweltsünden behoben werden.

Mauer, Stacheldraht und Minenfelder

Ein schwarzer Tag

103

Der Gedanke, die DDR von Westberlin und der Bundesrepublik abzuschotten, um den ersten sozialistischen Staat auf deutschem Boden ungehindert verwirklichen zu können, treibt Ulbricht schon seit Langem um. Mehrfach hat er Chruschtschow bedrängt, seiner Idee zum Bau einer Mauer zuzustimmen, doch dieser hat bisher gezögert. Aber dann ist es Chruschtschow selber, der eine neue Berlin-Krise heraufbeschwört und damit Ulbrichts Plan Vorschub leistet: Beim ersten Gipfeltreffen mit US-Präsident John F. Kennedy Anfang Juni 1961 in Wien verlangt er, die Westmächte sollten ihre Truppen innerhalb von sechs Monaten aus Westberlin abziehen. Andernfalls werde die Sowjetunion einen separaten Friedensvertrag mit der DDR schließen und ihr die Kontrolle über die Verkehrswege zu einer *„Freien Stadt"* Westberlin übertragen.

Die Angst vor einem neuen Krieg

Auf diese Drohung reagiert Kennedy im Juli mit seinen *„three essentials"*, den drei unverrückbaren Positionen: das Recht der Westmächte auf Anwesenheit in Berlin, das Recht auf freien Zugang zu Berlin und das Recht der Einwohner Westberlins auf Selbstbestimmung. Gleichzeitig kündigt Kennedy eine Verstärkung der US-Streitkräfte in der Bundesrepublik an.

Die Planung für den Bau der Mauer läuft in der Zwischenzeit auf Hochtouren. Chruschtschow hat dazu inzwischen endgültig grünes Licht gegeben und gleichzeitig die Verlegung weiterer Truppen in die DDR veranlasst. Auf beiden Seiten des *Eisernen Vorhangs* wächst die Angst vor einem neuen Krieg, zumal Chruschtschow mehrfach mit dem Einsatz von Atomwaffen droht.

Die Beteuerung Ulbrichts, niemand habe die Absicht, eine Mauer zu bauen, die er Mitte Juni 1961 auf einer Pressekonferenz gibt, wirkt keineswegs beruhigend. Hinter den Kulissen treibt er seine engsten Mitarbeiter an, *„die größten Anstrengungen zu machen, um störungsfrei von den Machenschaften der westdeutschen reaktionären Kreise zu werden"*.

104

NEUES DEUTSCHLAND

„Ich verstehe Ihre Frage so, daß es in Westdeutschland Menschen gibt, die wünschen, daß wir die Bauarbeiter der Hauptstadt der DDR dazu mobilisieren, eine Mauer aufzurichten. Mir ist nicht bekannt, daß eine solche Absicht besteht. Die Bauarbeiter unserer Hauptstadt beschäftigen sich hauptsächlich mit Wohnungsbau, und ihre Arbeitskraft wird dafür voll eingesetzt.

Niemand hat die Absicht, eine Mauer zu errichten!"

Ulbricht am 15. Juni 1961

Teufelskreis

Für die Absicht, Westberlin abzuriegeln, sind vor allem wirtschaftliche Gründe ausschlaggebend. Die DDR ist nach einer kurzen Phase der Erholung 1958/59 mit ihrer Planwirtschaft in einen Teufelskreis geraten. Die Flucht in den Westen, die 1960 dramatische Formen annimmt, trifft die Wirtschaft der DDR im Kern. Der Mangel an Arbeitskräften führt dazu, dass die Betriebe mit der Produktion hinterher hinken. Qualifizierte Facharbeiter lassen sich nicht über Nacht ersetzen. Das Warenangebot geht daraufhin wieder deutlich zurück. Anfang 1960 fehlt es an Fleisch, Wurst, Butter, Käse, aber auch an Textilien, Schuhen und Waschmitteln. Getrieben von Hoffnungslosigkeit und Kriegsängsten fliehen die Menschen fast panikartig. Die DDR steuert auf einen Abgrund zu, falls die Abwanderung nicht gestoppt wird. Der SED bleibt nur noch die Alternative, das Schlupfloch Westberlin zu schließen oder zu kapitulieren.
Viel zu lange hat die Einheitspartei der Abwanderung hilflos zugesehen. Ursprünglich lag der SED sogar daran, bestimmte Schichten wie Großgrundbesitzer, Kapitaleigner und Wissenschaftler, die sich dem Neuanfang verweigerten, loszuwerden. Und manchmal kehrten Flüchtlinge sogar zurück. So berichtete das *Neue Deutschland* Anfang 1953: *„Republikflüchtige bitten die Regierung der DDR um Wiederaufnahme."* Doch davon kann acht Jahre später keine Rede mehr sein.

Kriegsverlierer

Der Bau der Mauer im Sommer 1961 ist der eigentliche Tiefpunkt in der Geschichte der DDR, ein Einschnitt, der die Menschen in Ostdeutschland endgültig zu Kriegsverlierern abstempelt. *„... erst seitdem sie die DDR nicht mehr verlassen durften, wurde ihre Unfreiheit zu einem Schicksal, dem sie nicht mehr entrinnen konnten"*, schreibt der Historiker Heinrich August Winkler.
Die Fluchtbewegung geht zwar schlagartig zurück, aber der Einfluss des Westens auf die DDR wirkt fort. Dafür sorgt nicht zuletzt das Westfernsehen. Das SED-Regime kann die *„Abstimmung mit den Füßen"* zwar unterbinden, die Köpfe aber nicht gewinnen.

105

103 Nikita Chruschtschow und John F. Kennedy in Wien (1961)

104 „Niemand hat die Absicht, eine Mauer zu errichten!" (Neues Deutschland 1961)

105 Nach dem Bau der Mauer konnten sich viele auseinandergerissene Familien nur noch zuwinken.

Republikflucht

Am 13. August 1961 spielt *Radio DDR* ein eigens für diesen Tag komponiertes Lied: „*Unser schönes Berlin wird sauberer sein, denn wir haben den kalten Kriegern am Rhein ihre Menschenfalle verriegelt und mit rotem Wachs versiegelt.*"
Bis zum Mauerbau sind schätzungsweise 2,7 Millionen Menschen gegangen – am Ende der DDR werden es sogar vier Millionen sein: eine wahre Völkerwanderung innerhalb eines Volkes. Insgesamt spiegelt der Strom der Flüchtlinge wie ein Seismograf den inneren Zustand der DDR. „*Monatlich, täglich kamen Tausende von Menschen – nicht allein die offenkundigen Gegner des Systems, die Widerstandskämpfer und Dissidenten, sondern bis dahin oftmals unpolitische Menschen, Junge und Alte, allein oder mit Familie, aus den unterschiedlichsten Schichten der Bevölkerung*", heißt es in einem Bericht über das Notaufnahmelager Marienfelde in Westberlin.
Seit Jahren versucht die SED-Führung, die Fluchtbewegung zu stoppen, um ein Ausbluten der Wirtschaft zu verhindern. Der kleine Grenzverkehr wird 1952 eingestellt, die Westgrenze der DDR durch eine fünf Kilometer breite Sperrzone und durch einen von Grenztruppen gesicherten Schutzstreifen erweitert.

106

106 Mit diesem Zug fliehen im Dezember 1961 ein Lokführer, ein Heizer und 25 ihrer Verwandten nach dem Mauerbau nach Westberlin.

Verwerflich und kriminell

Ab Sommer 1953 verlangt die Regierung in Ostberlin von den Vorsitzenden der Kreis- und Bezirksräte Monatsberichte über das Ausmaß der Republikflucht. Gleichzeitig unternimmt die Führung alles, um insbesondere Facharbeiter, Ingenieure und Wissenschaftler von der Flucht in den Westen abzuhalten. Massenorganisationen und Medien geißeln die Republikflucht als verwerflich und kriminell. Sogenannte „*Abwerber*", die Leute zur Flucht ermuntern, werden demonstrativ vor Gericht gestellt und abgeurteilt. Die staatliche Propaganda beschuldigt den Westen, die Flüchtlinge durch falsche Versprechungen gezielt anzulocken.

Berufliche und private Gründe

Doch alle Bemühungen, die Abwanderung zu unterbinden, laufen ins Leere. Denn fast jeder, der sich entschließt, die angestammte Heimat, Verwandte, Freunde und Kollegen zu verlassen, um im Westen einen Neuanfang zu wagen, hat Gründe dafür, berufliche, politische und private. So zum Beispiel die Mecklenburger Landwirtin Charlotte Behncke, die im Sommer 1950 vor Gericht kommt. Ein Unwetter hat ihre Ernte fast vollständig vernichtet. Deshalb kann sie das Ablieferungssoll nicht erfüllen. Das Landgericht Güstrow lässt die Bäuerin unter der Auflage frei, 1951 die doppelte Menge an Getreide und Früchten abzuliefern, was der Betrieb auf keinen Fall hergibt. In dieser ausweglosen Situation setzt Charlotte Behncke sich in den Westen ab.

„Politische Phrasen im Kopf"

Ein anderer Bauer, der seinen Hof aufgeben musste, erklärt nach seiner Flucht im Lager Marienfelde, er hätte seinen LPG-Vorsitzenden umbringen können: *„Ein junger Schnösel war das, ... nicht die geringste Ahnung, nur dauernd politische Phrasen im Kopf. Das Transparent an der Scheunentür wurde wichtiger als die Arbeit im Stall."*

Der Student Wilfried Seiring wird im Herbst 1956 für ein Jahr von der Universität Greifswald verbannt und zur Bewährung in eine Fabrik geschickt; er hat einen Aufruf zugunsten des Freiheitskampfes in Ungarn verfasst und an die Hochschulgruppen der *FDJ* weitergeleitet. Seiring, aktiver und mehrfach ausgezeichneter *FDJler*, flüchtet nach Westberlin.

Mit dem Bau der Mauer geht der Massenansturm im Notaufnahmelager Marienfelde schlagartig zurück. Aus der Flucht der Vielen wird in den folgenden Jahren die Flucht von Einzelnen, wobei das Risiko eines illegalen Grenzübertritts immer größer wird. Scheitert der Fluchtversuch, drohen mehrjährige Haftstrafen.

107

107 Das „Chemnitzer Tanzorchester", hier bei einem Konzert vor der Glienicker Brücke, flüchtete 1955 geschlossen in den Westen.

Der 13. August 1961

108

108 Der Grenzübergang „Checkpoint Charlie“ in Berlin

109

109 Flucht im letzten Moment mit einem Sprung aus dem Fenster

Das Unfassbare beginnt eine Stunde nach Mitternacht und gleicht einem Überfall auf die ganze Stadt: Pioniereinheiten, von Volkspolizisten und NVA-Trupps bewacht, reißen an zahlreichen Stellen Berlins das Pflaster auf und blockieren die Durchfahrt zu den Westsektoren mit Stacheldraht und Spanischen Reitern, den Straßensperren aus Eisen. An der Friedrich-Ebert-Straße dröhnen Presslufthämmer; bewaffnete Kampfgruppen errichten Barrikaden.

Eine belagerte Stadt

Ostberlin verwandelt sich in eine belagerte Stadt. Panzer fahren auf und beziehen Stellung am Alexanderplatz, am Brandenburger Tor, an der Oberbaumbrücke und anderswo. Seit 2 Uhr ruht der S- und U-Bahn-Betrieb. Als der Morgen graut, ist Westberlin bereits von einem Sperrgürtel umgeben, der allerdings noch Lücken aufweist. Aufgeschreckt vom Lärm der Baumaschinen, der Armeelastwagen und Panzerketten schalten die Menschen am frühen Morgen das Radio ein. Viele laufen zur Sektorengrenze: Wo sonst reger Durchgangsverkehr herrscht, versperren schwer bewaffnete Trupps den Weg. Bis zu einer halben Million Berliner passierten täglich die Grenze; über 50 000 Ostberliner waren im Westteil der Stadt beschäftigt, 12 000 Westberliner im Ostteil. Mit einem Schlag sind alle Verbindungen gekappt. Berlin wird geteilt. Ulbricht hat sich durchgesetzt. Sein treuester Gefolgsmann Honecker dirigiert vom Polizeipräsidium am Alex aus das Geschehen.

Das Lagezentrum am „Alex" meldet

- ***03.40 Uhr:*** Ein sowjetischer Posten in Saalow bei Zossen wird beschossen. Täter und Waffenart unbekannt.
- ***04.25 Uhr:*** Am sowjetischen Ehrenmal Treptow fallen Schüsse. Später wird gemeldet, ein Förster habe Kaninchen gejagt. Jagd wurde eingestellt.
- ***07.15 Uhr:*** In Berlin-Grünau weigert sich ein Tankwart, Benzin auszugeben. Er äußert die Absicht zu streiken.
- ***10.30 Uhr:*** Der überwiegende Teil der Bevölkerung unterstützt die Maßnahmen, heißt es in dieser Meldung. Allerdings gebe es Angst davor, dass die Maßnahmen einen Krieg auslösen könnten.
- ***11.20 Uhr:*** Im Bereich Treptow flüchtet eine Familie über den Heidekamp-Graben. In der Nähe der Lohmühlenstraße durchschwimmt ein junges Mädchen nach Ablage ihrer Kleider den Flutgraben und wird auf Westberliner Seite johlend empfangen.

- ***12.00 Uhr:*** *„Seit den Morgenstunden verstärkt der Gegner an den Sektorengrenzen seine Provokationstätigkeit."* Es komme zur Zusammenrottung von Menschen und zu Grenzdurchbrüchen.

- ***12.30 Uhr:*** Die bewaffneten Organe seien Herr der Lage, wird gemeldet. An einigen Stellen gibt es jedoch offenkundig Probleme. Denn es heißt weiter, Wasserwerfer und Nebelkerzen würden gegen Demonstranten eingesetzt. Am Brandenburger Tor fahren Panzer der NVA auf.
- ***16.25 Uhr:*** Die Lage am Brandenburger Tor wird immer kritischer. Etwa 5000 Menschen haben sich dort versammelt. Im Bereich Swinemünder Straße gelingt es 700 Personen, die Grenzsperren zu durchbrechen … Rowdy-Gruppen werfen Steine.
- ***17.15 Uhr:*** In Gaststätten in Prenzlauer Berg und Köpenick kommt es zu Schlägereien zwischen Kampfgruppenangehörigen und Provokateuren. In Prenzlauer Berg werden alle Gaststätten geschlossen.
- ***19.00 Uhr:*** Die Betriebskampfgruppen sind offensichtlich nur unvollständig ausgerückt. Einige Werksangehörige machen Urlaub, andere verweigern den Einsatz, z.B. in Potsdam und Ludwigsfelde. Generell sei die Stimmung aber gut, wird versichert.
- ***20.15 Uhr:*** In Berlin wird ein Mitarbeiter der SED-Kreisleitung festgenommen. Er hat seinen Nachbarn zugerufen: *„Seht, das ist die Freiheit."*
- ***20.25 Uhr:*** An der Chausseestraße durchbricht ein heller Trabant mit großer Geschwindigkeit die Kontrollstelle in Richtung Westberlin.

Conrad Schumann

1942 *Geburt in Leutewitz*

Anfang der **1960er-Jahre** *Volkspolizist in der DDR*

1961 *Flucht nach Westberlin*

1998 *Tod in Oberemmendorf*

Berlin, 15. August 1961, Ecke Bernauer Straße – Ruppiner Straße: Der Grenzpolizist Conrad Schumann sichert die Stacheldrahtsperre. Der 19-Jährige wirkt angespannt; verstohlen blickt er auf seine Kameraden, die etwas entfernt von ihm patrouillieren.

„Komm rüber!"

„Los! Komm rüber!", hallt es aus einer Gruppe von Schaulustigen von der anderen Straßenseite. Schumann tut so, als würde er nichts hören. Unweit der Menge steht der Fotograf Peter Leibing: *„Ich hatte ihn schon mehr als eine Stunde im Visier"*, berichtet er später. Leibing arbeitet als Volontär bei einer Hamburger Fotoagentur. Mit seiner Kamera, Marke *Exacta,* also ein DDR-Produkt, nimmt er den Grenzsoldaten immer wieder in den Blick. Leibing: *„Er rauchte eine Zigarette nach der anderen."* Plötzlich wirft der Grenzpolizist die Kippe weg, nimmt kurz Anlauf und springt über den Stacheldraht in den Westen. In dieser Sekunde drückt der Fotograf ab und macht das Foto, das schon wenige Stunden später um die Welt gehen wird. Noch im Sprung lässt Schumann die *MP 41* fallen. Ein bereitstehender Wagen der Westberliner Polizei bringt ihn in Sicherheit.

Angst und Heimweh

Das Bild vom Sprung in die Freiheit wird abends in der ARD-*Tagesschau* gezeigt. Im Westen ist Conrad Schumann der Held des Tages und für einige Wochen der Vorzeigeflüchtling. In dieser Rolle fühlt er sich jedoch sichtlich unwohl. Schon bald wird ihm die Tragweite seiner Flucht bewusst; er denkt an Eltern und Geschwister in der sächsischen Heimat, wo er zunächst als Schäfer auf einem Staatsgut gearbeitet hat. Im November 1961 lernt Schumann seine Frau Gunda kennen. Im folgenden Jahr wird ihr Sohn geboren. Schumann zieht mit seiner Familie nach Süddeutschland und jobbt in verschiedenen Betrieben, bis er als Maschineneinrichter eingestellt wird.

Für die Medien bleibt er der Held. Aber ihn selber bedrücken weiter Selbstzweifel und Heimweh. Außerdem sieht er sich von der Stasi verfolgt und traut sich auch nach dem Fall der Mauer 1989 nicht in den Osten. Am meisten belastet ihn, dass die Verbindung zu den Verwandten gestört bleibt. Im Juni 1998 erhängt Schumann sich im Garten seines Wohnhauses.

Hagen Koch, damals Gefreiter im Stasi-Wachregiment, hat in den 1990er-Jahren Schumann nach seinen Motiven für die Flucht gefragt. Koch berichtet: *„Schumann sieht, wie die Leute an der Bernauer Straße zum Fenster herausspringen. Er denkt, wenn der DDR und dem Sozialismus die Zukunft gehören, müssten die Menschen doch zu uns kommen. Er erinnert sich an den Satz Ulbrichts, die Grenze werde gegen einen neuen Krieg gebaut. Aber das stimmt alles nicht. Deshalb entschließt Schumann sich spontan zur Flucht."*

Hagen Koch

Am 15. August 1961 steht Hagen Koch auf der Friedrichstraße am Grenzübergang Checkpoint Charlie. *„Den einen Fuß hatte ich im Westen, den anderen im Osten"*, erinnert sich der gelernte Kartograf. *„Und dann habe ich eine weiße Linie gezogen, um dem Westen zu zeigen: Bis hierhin und nicht weiter!"*
Der 21 Jahre alte Gefreite gehört zum Wachregiment *Feliks Dzierzynski*, einer Elitetruppe der Staatssicherheit.
Am Vortag hat Stasichef Mielke ihn beauftragt, anhand topografischer Karten den exakten Verlauf der Mauer festzulegen. An der Seite von Mielke und zeitweise auch von Honecker markiert Koch den Grenzverlauf.

Star am Stasi-Himmel

Seit einer Rede im April 1960 vor einer SED-Delegiertenkonferenz in Berlin gilt Koch als aufsteigender Stern am Stasi-Himmel. *„Lieber Tausend Tropfen Schweiß im Frieden als ein einziger Tropfen Blut im Krieg"*, ruft er den Genossen zu. Mielke hat mit dem 1940 in Dessau geborenen Sohn eines Lehrers Großes vor. Mit seinen topografischen Kenntnissen darf Koch bei Staatsbesuchen ein Wort mitreden. In seinen Karten sind geheime Militäranlagen für den Fall eines Atomkriegs eingezeichnet.
Seine Karriere bricht ein, als Koch ein 17-jähriges Mädchen kennenlernt, das er gegen den Willen seiner Vorgesetzten heiratet. Die Stasi übt jahrelang Druck aus, bis sie sich scheiden lassen. Ein Jahr später heiraten sie erneut.
Seine Vorgesetzten toben, drohen damit, ihn aus dem Weg zu schaffen, und geben ihm dennoch eine zweite Chance: Koch wird Kulturoffizier der Staatssicherheit. Doch die Schwierigkeiten reißen nicht ab. Deswegen betreibt er seine Entlassung. Aber erst 1985 lässt Mielke ihn gehen. Im Zentrum für Kunstausstellungen der DDR findet der Hauptmann a. D. eine neue Beschäftigung.

Mauer-Experte

Die Mauer holt Koch im November 1989 wieder ein – er arbeitet inzwischen im Institut für Denkmalspflege. Als die Grenze geöffnet wird, rückt er zum Mauer-Experten auf. Der letzte Ministerpräsident der DDR, Lothar de Maizière, ernennt ihn gar zum Sonderbeauftragten für den Mauerabriss. Auch am Verkauf der weltweit begehrten Mauerteile wirkt er mit. Bei einer Versteigerung der Betonwände in Monte Carlo trifft er auf eine Journalistin, die in ihrem Fernsehbeitrag seine Stasi-Vergangenheit herausstellt. Koch verliert seine Stelle. Aber die Mauer lässt ihn nicht mehr los. Er hält Vorträge, richtet ein privates Mauer-Museum ein und hilft mit, die Erinnerung an dieses Monument des Scheiterns einer Idee wachzuhalten.
Bei seinen Auftritten betont Hagen Koch stets: *„Die Mauer wurde in allererster Linie gegen die Menschen in der DDR gebaut. Daran müssen wir erinnern. Das darf nicht in Vergessenheit geraten."*

1940 *Geburt in Dessau*

1961 *Kartograf für den Mauerbau*

bis **1985** *Stasi-Mitarbeiter*

1989 *Sonderbeauftragter für den Mauerabriss*

seit **1994** *Betreiber des „Berliner Mauerarchivs"*

Tödliche Schüsse

110

110 Gedenkstein für das erste Maueropfer Günter Litfin (1961)

111 Der bei seinem Fluchtversuch schwer verletzte Peter Fechter liegt dicht hinter der Mauer (1962).

Mit der Berliner Mauer setzt die DDR-Führung sich selber ins Unrecht. Und mit jedem tödlichen Zwischenfall an der Grenze verliert das Regime mehr an Ansehen. Anfangs dürfen die Grenzer noch nicht von der Schusswaffe Gebrauch machen. Weil aber die Fluchtversuche andauern und auch DDR-Grenzpolizisten sich absetzen, verfügt Erich Honecker: *„Gegen Verräter und Grenzverletzer ist die Schusswaffe anzuwenden.“*

Günter Litfin

Am 24. August 1961 versucht der 24-jährige Schneider Günter Litfin, an der S-Bahn-Brücke am Humboldthafen nach Westberlin zu entkommen. Ein Posten entdeckt Litfin unterhalb der Bahngleise, fordert ihn auf, stehen zu bleiben, und feuert Warnschüsse ab. Der Flüchtling springt in den Humboldthafen und schwimmt auf das westliche Ufer zu. Der Soldat gibt weitere Warnschüsse ab, dann schießt er gezielt auf den Flüchtling, der um sein Leben schwimmt. Litfin wird tödlich getroffen und versinkt im Hafenbecken. Zwei Stunden später bergen Volkspolizisten seine Leiche aus der Spree. Günter Litfin ist der erste Mauer-Tote.

Peter Fechter

Am Nachmittag des 17. August 1962 wird der 18 Jahre alte Maurer Peter Fechter bei einem Fluchtversuch unweit des Grenzübergangs Checkpoint Charlie erschossen. Fechter hat zusammen mit einem Kollegen die Sperranlagen auf östlicher Seite überwunden und will gerade die Mauer erklettern, als Grenzposten auf sie schießen. Sein Kollege kommt durch. Fechter wird in Bauch und Rücken getroffen und fällt schwer verletzt und blutend auf den Grenzstreifen zurück. Immer wieder ruft er um Hilfe, doch niemand rührt sich. Vor laufenden Kameras und unter den Augen von DDR-Polizisten, einer US-Militärstreife und einer Menschenmenge, die ohnmächtig protestiert, verblutet Fechter.
Kaum ein anderer tödlicher Grenzzwischenfall hat die Menschen derartig aufgebracht wie das langsame Sterben Peter Fechters. Es hagelt Proteste, die jedoch wirkungslos verhallen.

111

Die DDR-Führung begleitet den Mauerbau mit einer Breitseite scharfer Angriffe gegen den Westen. Die Schließung der Grenze sei eine Antwort auf die *„Verschärfung der Revanchepolitik"* Westdeutschlands, heißt es in einer Erklärung des Ministerrats. Von einer *„systematischen Abwerbung"* und einem *„regelrechten Menschenhandel"* ist die Rede. Zur Enttäuschung vieler Westberliner reagiert der Westen eher zurückhaltend auf den Mauerbau. Erst am 17. August 1961 übergeben die Botschafter der drei Westmächte in Moskau ihre Protestnoten. Da Chruschtschow die *„drei Punkte"* Kennedys nicht antastet, hält sich der US-Präsident bedeckt. Um die Empörung der Westberliner zu dämpfen, schickt Kennedy einen Konvoi mit 1500 Soldaten über die Autobahn nach Berlin; er selbst bricht zu einer Segeltour auf. Ähnlich verhält sich der britische Premierminister Harold MacMillan, der es vorzieht, Enten zu jagen.

Panzer am Checkpoint Charlie

Überraschend kommt es Ende Oktober 1961 am Checkpoint Charlie zu einer gefährlichen Konfrontation – diesen Übergang dürfen alliierte Militärs und Diplomaten unkontrolliert passieren. Als Allan Lightner von der US-Mission in Westberlin am Abend des 22. Oktober nach Ostberlin fahren will, verlangen DDR-Grenzer seinen Ausweis. Lightner verweigert dies und verlässt die Kontrollstelle. Bald darauf kehrt er zurück, eskortiert von Militärpolizisten, und darf passieren.

Am 25. Oktober lässt US-Stadtkommandant Lucius Clay einige Panzer vor dem Checkpoint Charlie auffahren. Am nächsten Tag gehen auf östlicher Seite sowjetische Panzer in Stellung. Jetzt wird die Lage bedrohlich. Präsident Kennedy teilt Chruschtschow mit, er wolle auf keinen Fall eine Verschärfung der Situation. Ähnlich denkt der Kremlchef. Chruschtschow erklärt, er wolle *„nicht durch die Dummheit eines nervös gewordenen Hauptmanns in einen Krieg hineingezogen werden"*. Nach den sowjetischen Panzern ziehen sich die US-Panzer zurück.

Schießbefehl

Einen einheitlichen Schießbefehl gegen *„Grenzverletzer"* gibt es nicht. Die SED versucht, die Lage an der Grenze als völkerrechtlich normal darzustellen. In Wirklichkeit existieren mehrere Dokumente, die das Gegenteil belegen: *„Zögern Sie nicht mit der Anwendung der Schusswaffe, auch dann nicht, wenn Grenzdurchbrüche mit Frauen und Kindern erfolgen …"*, heißt es z. B. im *„Auftrag vom 3. Dezember 1974 der Hauptabteilung I, Äußere Abwehr …"* an einen *„Oberfeldwebel S."*. Hinzu kommt, dass tatsächlich auf der Grundlage eines Schießbefehls getötet wird und Grenzsoldaten dafür ausgezeichnet werden. Wie viele Flüchtlinge erschossen wurden, darüber schwanken die Angaben erheblich, und zwar zwischen 270 (Staatsanwaltschaft Berlin) und 1135 (Arbeitsgemeinschaft 13. August).

112

112 Panzer am „Checkpoint Charlie" (1961)

Leben hinter der Mauer

113

113 An der Sektorengrenze (1961)

114 Mauer an der Berliner Sonnenallee mit dem Staatsemblem der DDR und Propagandaplakaten (1962)

Gleichsam über Nacht greift der Mauerbau in das Leben von Millionen von Menschen ein. Das Bollwerk reißt Familien auseinander. So werden etwa 4000 Kinder in der DDR von ihren Eltern getrennt, die sich gerade im Westen aufhalten und nicht zurückkönnen. Oft dauert es Jahre, bis die „*Mauerwaisen*" ihre Eltern wiedersehen. Durch die Mauer werden Freundschaften und verwandtschaftliche Bindungen zerstört. Mehr denn je ist die Bevölkerung der DDR auf sich gestellt. Der Dichter Günter Kunert, der später in den Westen geht, schreibt: „*Durfte vorher jedermann seines Unglückes Schmied sein, so war ihm diese Mühe nun abgenommen. Die Mauer zog sich durch das Seelenleben aller, die sich ab dem Datum in eine gesellschaftliche Nische zurückgezogen …*"

Weil das öffentliche Interesse vor allem auf Berlin gerichtet ist, gerät die seit 1952 gesperrte „*grüne Grenze*" zeitweise aus dem Blickfeld. Auch dort wird auf Flüchtlinge geschossen. Auch dort werden die Grenzanlagen perfektioniert – mit Bunkern, Beobachtungstürmen, Minenfeldern, Sperrgräben, Hundelaufanlagen, Grenzmeldenetz und einem Kontrollstreifen, der stets geharkt ist, um Spuren sichtbar zu machen. Die Ostseeküste, selbst der Himmel über Deutschland wird scharf abgegrenzt. Viele Grenzgebiete, darunter die Region um den Harzer Brocken, werden militärische Sperrzonen, also Niemandsland.

„Aktion Kornblume"

An die Ausweitung der Sperrgebiete denkt die betroffene Bevölkerung mit Schrecken zurück. Auf den Mauerbau

114

folgt am 3. Oktober 1961 die *„Aktion Kornblume"*: Tausende Menschen werden umgesiedelt. Im Grenzort Ellrich bei Nordhausen sind es Waltraud und Gerhard Tänzer mit ihren acht und zehn Jahre alten Kindern.
Morgens in aller Frühe wird Gerhard Tänzer auf dem Weg zur Arbeit festgenommen. Kurz darauf klopfen vier Männer seine Frau aus dem Bett und fordern sie auf, die Möbel auszuräumen und den Hausrat zu packen. *„Ich habe gedroht, mit einem Knüppel auf sie loszugehen, falls sie auch nur ein Stück anrühren"*, berichtet Waltraut Tänzer. Sie will zunächst ihren Mann sprechen. Bald müssen die beiden einsehen, dass jedes Aufbegehren zwecklos ist. Zwei Lastwagen werden beladen und verlassen Ellrich mit unbekanntem Ziel. An diesem Tag der Vertreibung sind viele Lkw unterwegs. Die Familie Tänzer landet in Arnstadt südlich von Erfurt. In einer heruntergekommenen Wohnung eines früheren Gutshofes, ohne Wasser und Toilette, sollen sie sich neu einrichten. Noch einmal stellen sie sich quer und bekommen eine etwas bessere Unterkunft zugewiesen.

Stunde der Scharfmacher

Mit dem Mauerbau sehen die Scharfmacher ihre Stunde gekommen. Dogmatiker und Ideologen verlangen, gegen *„Nörgler"* und *„Staatsfeinde"* müsse jetzt hart vorgegangen werden. Das SED-Regime lässt sich nicht lange bitten. Im zweiten Halbjahr 1961 vervierfachen sich die politischen Strafsachen. Neben einer verschärften ideologischen Gangart sieht Ulbricht allerdings auch die Notwendigkeit, die schlechte Versorgungslage zu verbessern.

Westpakete

Immerhin schnuppert ein Teil der Bevölkerung gelegentlich am „Konsumparadies" des Westens, insbesondere zu Weihnachten, wenn die Westpakete eintreffen. Der Inhalt entspricht ziemlich genau der Mängelliste der HO- und Konsum-Läden: Butter, Kekse, Öl, Tee, Kaffee, Kakao, Reis, Zigaretten, Datteln, Feigen, Mandarinen, Äpfel usw. *„Westpakete"*, von den Verwandten im Westen oft liebevoll gepackt, dort steuerlich absetzbar, werden in der DDR zum geflügelten Wort. Wenn ein junger Mann ausdrücken will, dass ihm ein Mädchen besonders gut gefällt, sagt er: *„Die reiß ick uff wie 'n Westpaket."*

115

115 Leben an der Grenze: Der Grenzzaun mit dem Wachturm führt genau um das Privathaus herum.

Die Jugend steht auf Rock 'n' Roll

116

116 Elvis Presley

117 Rock 'n' Roll in Ostberlin

Als Elvis Presley am 1. Oktober 1958 in Bremerhaven von Bord geht, um als amerikanischer GI seinen Militärdienst in der Bundesrepublik anzutreten, geraten Jugendliche außer Rand und Band. *„Mister Rock 'n' Roll"* in Deutschland – Hunderttausende Halbwüchsiger überschlagen sich vor Begeisterung: im Westen wie im Osten.
Auch in der DDR werden Elvis Presley, Ted Herold und Bill Haley verehrt und nachgeahmt. Unter dem Einfluss ihrer Musik wendet sich ein Teil der Jugendlichen von der staatlich gelenkten Jugendkultur ab. *„Die wollten uns diktieren, was gut für uns ist"*, erinnert sich ein früherer Maurerlehrling.

117

Niethosen

Der Rock 'n' Roll weckt ein neues Lebensgefühl. Lange Haare kommen in Mode, vor allem die *„Niethosen"*. Wer Jeans trägt, dazu eine speckige, abgewetzte Lederjacke und grellbunte Hemden, sich ansonsten locker und unangepasst gibt, der gehört dazu. In West und Ost reagiert die ältere Generation ablehnend bis aggressiv. Die einen sorgen sich um den Untergang des Abendlandes und seiner Kultur, die anderen fürchten um die *„sozialistischen Errungenschaften"*. In der DDR wie in der Bundesrepublik werden die Langhaarigen mit ihrer *„Urwaldmusik"* zum Bürgerschreck. Zu den bekanntesten Rockgruppen im Osten gehören das 1957 gegründete *Renft-Quartett*, die *Puhdys*, die im November 1969 erstmals in Freiberg in Sachsen spielen, und die *Stern Combo Meißen*.

Strauß und Haley

Die SED-Führung ist wie immer, wenn von außen etwas Neues kommt, verunsichert. Es hagelt Verbote. Stasi-Leute schwärmen aus, um den *„westlich-dekadenten"* Einfluss aufzuhalten. Außerdem werden Schuldige gesucht. Der CSU-Politiker Franz-Josef Strauß gerät dabei ins Visier. In der Zeitung *Junge Welt* vom 31. Oktober 1958 heißt es unter der Überschrift *„Strauß befahl: jazzt und rockt! Das ist der Atomkriegsstratege Strauß: Er ist einer der Hintermänner der Veitstanzkrawalle in Westdeutschland und Westberlin – und US-Schreihals Bill Haley arbeitet ihm in die Hand."*

Karl Eduard von Schnitzler

Ein adeliger Herr mit feinen Manieren ist Karl-Eduard von Schnitzler nicht. Eher das Gegenteil. Den *Schwarzen Kanal*, der ihn zum Frontmann des Kalten Krieges werden lässt, versteht er als „*Kläranlage*". Der Chefkommentator des DDR-Fernsehens filtert Ausschnitte aus dem Westfernsehen, schneidet sie neu zusammen und schickt sie – ideologisch „*gereinigt*" – abends zur besten Sendezeit in den Westen zurück.

„Sudel-Ede"

Seine Botschaft: Die Zustände in der „*B-R-D*" – voller Abscheu zieht er bestimmte Wörter in die Länge – sind grauenhaft, jedenfalls ganz anders, als die Westmedien sie darstellen. „*Sudel-Ede*" wird der Mann genannt, der nur eine Wahrheit kennt, und zwar seine eigene. „*Sudel-Ede*" – dieses Wort wird er nicht wieder los. Er nimmt es in seine Autobiografie *Meine Schlösser oder wie ich mein Vaterland fand* auf, in der er unter anderem mit seinen Frauengeschichten kokettiert.
Der Titel des Buches spielt ironisch auf seine Herkunft an. Der Mann mit dem runden Gesicht und den unruhigen Augen unter der hohen Stirn entstammt einer begüterten Bankiers- und Adelsfamilie. Von Schnitzler behauptet, seine Urgroßmutter sei vom Kronprinzen Friedrich Wilhelm geschwängert worden. Jedenfalls wächst er in einer erlauchten Gesellschaft auf. Als Kind soll er auf den Knien des Kölner Oberbürgermeisters und späteren Bundeskanzlers Konrad Adenauer geschaukelt haben, wenn dieser in Berlin zu tun hatte. Der adelige Kommunist ist mächtig stolz darauf, diese „*Sippschaft*" abgeschüttelt und schon als Jugendlicher der KPD gedient zu haben. 1939 wird er zur Wehrmacht eingezogen. Im Sommer 1944 gerät von Schnitzler in britische Gefangenschaft.
Nach dem Zweiten Weltkrieg wäre er fast im Westen geblieben. Die Briten, die ihn zunächst zur BBC holen, machen ihn 1946 zum Intendanten des *Nordwestdeutschen Rundfunks.*

„Schnitzler in die Muppet-Show!"

Einem fanatischen Kommunisten wie ihm bietet seine Heimatstadt Berlin bald eine bessere Bühne. In der DDR rückt er schnell zum SED-Propagandisten auf. 1960 – ein Jahr vor dem Mauerbau – überträgt Ulbricht ihm die Leitung des *Schwarzen Kanals.* In seinen Sendungen überzieht der Chefkommentator seine Attacken derart, dass er letztlich nur noch von den Stützen des SED-Regimes ernst genommen wird. Ansonsten wendet sich die DDR-Bevölkerung eher angewidert ab. Als es in den 1980er-Jahren mit der DDR zu Ende geht, rufen Demonstranten: „*Schnitzler in den Tagebau – Schnitzler in die Muppet-Show!*" Seine 1519. Sendung ist die letzte und zugleich kürzeste. Pathetisch verschreibt er sich noch einmal seinem „*sozialistischen Vaterland*", bevor dieses sang- und klanglos untergeht.

1918 *Geburt in Berlin*

1932 *Eintritt in die SAJ*

1939–1944 *Kriegsdienst*

1948 *Eintritt in die SED*

1960–1989 *Moderation von „Der schwarze Kanal"*

1978 *Verleihung des Vaterländischen Verdienstordens in Gold*

2001 *Tod in Zeuthen bei Berlin*

„Tal der Ahnungslosen"

Mauer und Grenzanlagen versperren zwar den Menschen in der DDR den Weg nach Westen, aber den Empfang des *„Westfernsehens"* können sie nicht verhindern; ungewollt befördern sie ihn sogar. Die *Tagesschau* und andere Sendungen werden seit dem Mauerbau noch häufiger gesehen.
In einigen Gebieten können ARD und ZDF sowie RIAS und Deutschlandfunk nicht empfangen werden: im Elbtal bei Dresden etwa, dem *„Tal der Ahnungslosen"*, in der Oberlausitz, im Bezirk Rostock mit der Insel Usedom und einem Teil der Insel Rügen. Die betroffenen Menschen – etwa 500 000 – unternehmen die verrücktesten Anstrengungen, diesem Mangel abzuhelfen.

Das erste Kabelfernsehen

Manche Familien räumen ihre Wohn- und Schlafzimmer komplett um, damit das ersehnte Signal zu ihnen gelangt. Andere schließen sich zu einer Dorfgemeinschaft zusammen, errichten am höchsten Punkt des Ortes einen weithin sichtbaren Antennenmast und graben kilometerlange Kabelschächte zu ihren Häusern. Andere wiederum schaffen auf krummen Wegen kostspielige Satellitenanlagen in die DDR.
Tüftler finden immer raffiniertere Lösungen für den offiziell nicht erwünschten Fernseh- und Radio-Empfang. Sie basteln Empfänger für einzelne Kanäle und setzen Entstörer gegen den Funkverkehr der Roten Armee ein: einen Metallbecher mit Kupferspirale, auch *„Russentod"* genannt. Einzelteile sind Marke Eigenbau oder stammen aus Forschungsinstituten und Elektronik-Arsenalen der NVA. Die Umstände im *„Tal der Ahnungslosen"* fördern nicht nur Erfindergeist und Gemeinschaftssinn, sondern offenkundig auch einen gewissen schwarzen Humor, etwa wenn man sich gegenseitig *„ein atombombenfreies Wochenende und ein gutes Westbild"* wünscht. Abhilfe auf Zeit kann ein Wohnungstausch bringen: Eine Familie verbringt einen Urlaub in der Sächsischen Schweiz; die andere genießt in Berlin das Westfernsehen und die besseren Einkaufsmöglichkeiten.
Den wachsenden Einfluss westlicher Medien verfolgt die SED-Führung natürlich mit äußerstem Argwohn. Während Fernsehen und Hörfunk der DDR ungehindert den Westen erreichen, wird gegen die *„Nato-Sender"* massiv vorgegangen. Staatsbedienstete müssen versprechen, keine Westprogramme zu sehen. Doch jeder weiß: Auch SED-Funktionäre schalten gerne um.

120 Moderner Lebensstandard in der DDR

120

Schädliche Tendenzen

Seit dem Bau der Mauer hat die DDR sich verändert. Nach einer kurzen Phase der Unterdrückung gewinnen jene Kräfte die Oberhand, die etwas gegen das weitverbreitete Gefühl der Einkerkerung tun wollen. Vor allem der Jugend soll mehr geboten werden.
Die Rock- und Beat-Musik wird freigegeben. Außerdem lockert der DDR-Sozialismus die Sitten. Über Sex und Liebe wird offen diskutiert. Die Mädchen tragen Mini-Röcke. Die Atmosphäre wird offener und freier.
Wie so oft in der Geschichte der DDR ist diese Phase nicht von langer Dauer. Der Umschwung beginnt mit dem Sturz Chruschtschows im Oktober 1964. Chruschtschow darf noch die Kosmonauten des Raumschiffs *Woschod 1* verabschieden, dann wird er abgesetzt. Neuer Parteichef der KPdSU wird Leonid Breschnew, der sich in Anlehnung an Stalin „*Generalsekretär*" nennt und die Phase der Entstalinisierung kurzerhand für beendet erklärt.
Dieser Schritt gibt den Stalinisten in der DDR Auftrieb. Ihnen geht die Öffnung in Richtung Westen ohnehin schon viel zu weit. So entdeckt gleichsam über Nacht die staatlich gelenkte Presse überall „*schädliche Tendenzen*". Einige Blätter attackieren „*Gammler*", „*Herumtreiber*" und „*Verwahrloste*". Es kommt vor, dass Polizisten langmähnigen Jugendlichen die Haare abschneiden. Von einer „*Gefährdung der Ordnung*" ist die Rede; solche Jugendliche müssten in „*Arbeitslager*" gesteckt werden. Die Kampagne gipfelt in einem Verbot zahlreicher Rockgruppen.

Kahlschlag

Auf dem 11. ZK-Plenum im Dezember 1965, der als „Parteitag des Kahlschlags" in die DDR-Geschichte eingeht, setzt sich Erich Honecker an die Spitze der Gegenbewegung. Er geißelt „*Erscheinungen der amerikanischen Unmoral und Dekadenz*" und greift den populären Jugendsender *DT 64* an. Dem Dichter und Liedermacher Wolf Biermann wirft er vor, mit seinen „zynischen Versen den Staat" zu verraten. In dieselbe Kerbe schlägt Ulbricht: „*Ich bin der Meinung, Genossen, mit der Monotonie des Yeah, Yeah, Yeah und wie das alles heißt, sollte man doch Schluss machen.*" Im Gefolge des Parteitages kommen Filme, Bücher und Bühnenstücke auf die Verbotsliste. Die kleine Freiheit, von der kritische Künstler geträumt haben, ist vorbei.

121

121 Die offizielle Jugendmode 1978 …

122 … hat wenig mit dem Geschmack der Jugendlichen zu tun.

122

Leonid Breschnew

1906 *Geburt in Kamenskoje*

1960–1964 *Vorsitzender des Obersten Sowjets*

ab **1964** *Generalsekretär der KPdSU*

ab **1977** *auch Staatsoberhaupt der UdSSR*

1982 *Tod in Moskau*

Den nachhaltigsten Eindruck hinterlässt der sowjetische Staats- und Parteichef Breschnew in seinen letzten Lebensjahren. Von Schlaganfällen und Herzinfarkten gezeichnet, bewegt er sich bei seinen wenigen öffentlichen Auftritten nur noch mühsam auf dem diplomatischen Parkett. Seine Sätze sind unverständlich, seine Bewegungen fahrig – ein Bild zum Erbarmen. Unklar bleibt, ob Breschnew die Geschehnisse um sich herum überhaupt noch verfolgen kann. Dennoch denkt der 1906 geborene Sohn eines Hüttenarbeiters nicht daran abzutreten. Er stirbt 1982 im Amt.

Handkuss

Nichts mehr ist geblieben von dem Charme früherer Jahre, als Breschnew etwa bei seinem Bonn-Besuch 1973 formvollendet Rut Brandt, der Frau von Bundeskanzler Willy Brandt, die Hand küsst. Gegenüber dem Westen gibt Breschnew sich verbindlich und gesprächsbereit. Er lässt sich auf den Prozess der Entspannung und Abrüstung ein, unterzeichnet Abkommen mit der Bundesrepublik zur Normalisierung der Beziehungen und handelt Abrüstungsverträge mit den USA aus, die allerdings durch den sowjetischen Einmarsch in Afghanistan im Jahr 1979 wieder infrage gestellt werden.

Bei Abweichlern kein Pardon

Gegenüber Verbündeten und auch im Inneren der Sowjetunion erweist Breschnew sich jedoch als unerbittlicher, brutaler Alleinherrscher. Indem er die Phase der Entstalinisierung beendet, verhindert er, dass die Sowjetunion sich mit dem Terrorregime Stalins auseinandersetzt. Bei Dissidenten, etwa dem Physiker Andrej Sacharow, kennt Breschnew kein Pardon: Verfolgung und Verbannung heißt seine Antwort. Manche seiner Landsleute halten ihm allerdings zugute, dass die UdSSR nach Revolution, Stalinismus und Entstalinisierung unter ihm eine vergleichsweise ruhige Phase erlebt. Gleichzeitig erstarrt jedoch der bürokratische Apparat, der die Menschen drangsaliert.
Breschnew ist ein Apparatschik, kein Intellektueller und kein Reformer. In seinem persönlichen Umfeld entwickelt er einen gewissen Hang zum Luxus, ansonsten haftet seiner Lebensgeschichte wenig Dramatisches an. Er wächst in ärmlichen Verhältnissen auf, erlernt den Beruf eines Landvermessers und arbeitet nach dem Studium als Ingenieur. Während des Zweiten Weltkriegs ist er als politischer Kommissar dem Kampfgeschehen weitgehend entrückt. Trotzdem lässt er sich 1978 den *„Siegesorden"* umhängen, der eigentlich jenen Feldherren vorbehalten ist, *„die einen bedeutenden Beitrag zum Sieg im Großen Vaterländischen Krieg geleistet haben"*.
In der Hierarchie der KPdSU macht Breschnew nach dem Krieg beharrlich seinen Weg nach oben. Doch ohne die Unterstützung seines Vorgängers Chruschtschow wäre er vermutlich nicht an die Spitze gelangt. Ob Bresch-

new zu dessen Sturz beigetragen hat, ist nicht ganz geklärt. Aber es könnte zu einem System passen, dem Dankbarkeit und Mitmenschlichkeit fremd sind.

Breschnew-Doktrin

Die brutale Seite seines Wesens offenbart der Kremlherrscher der Welt im August 1968, als er sich durch den *Prager Frühling* herausgefordert sieht. In der Tschechoslowakei unternimmt Alexander Dubček den Versuch, einen menschlichen Sozialismus zu verwirklichen. Doch Breschnew schickt Panzer in die ČSSR. Unter ihren Ketten werden die Hoffnungen und Sehnsüchte von Millionen von Menschen begraben – nicht nur in der Tschechoslowakei. Die Rechtfertigung für die blutige Unterdrückung ist die *Breschnew-Doktrin:* Den Staaten im sowjetischen Herrschaftsbereich wird, wenn überhaupt, nur eine begrenzte Souveränität zubilligt.
Auch in der DDR achtet der sowjetische Staats- und Parteichef auf strikte Linientreue. So trägt er dazu bei, dass in Ostdeutschland alles beim Alten bleibt.

Die Repräsentanten der UdSSR und der DDR gleichen sich auch äußerlich an: Unter Breschnew erreicht die Kreml-Führung ein Durchschnittsalter von über 70 Jahren. Das gilt auch für die SED-Spitze. Am Ende sind es kranke Greise, die meinen, sie könnten ewig regieren.

Bruderkuss mit Erich Honecker

Revolution durch Bildung

Die DDR sieht sich in einem doppelten Wettlauf mit ihren Nachbarn: Gegenüber den *„sozialistischen Bruderstaaten“* im Osten will die SED als führendes Wirtschaftsland glänzen – und im Westen soll die Bundesrepublik in Punkto Lebensstandard überholt werden.
Diese ehrgeizigen Ziele versucht man, durch Bildung zu erreichen. Zweimal wird das Schulwesen grundlegend verändert. 1965 legt ein Gesetz fest, *„allseitig entwickelte sozialistische Persönlichkeiten“* heranzubilden.

„Garant unserer Zukunft“

Im Zentrum steht die *Polytechnische Oberschule (POS)*. Schon früh werden Kinder und Jugendliche mit der Arbeitswelt vertraut gemacht durch Einsätze in der Landwirtschaft, in Industrie- und Handwerksbetrieben. Ein weiterer Schwerpunkt ist die vormilitärische Ausbildung: *„Die Jugend ist der Garant unserer Zukunft.“* Eine breite Intelligenzschicht ist dazu ausersehen, die *„wissenschaftlich-technische Revolution“* voranzutreiben. Nebenbei erlernen die jungen Menschen auch ganz praktische Dinge, wie ein Zimmer zu tapezieren. Die Zuständigkeit für das Bildungssystem, und zwar von der Kinderkrippe bis zur Universität, liegt beim Ministerium für Volksbildung, dem Margot Honecker vorsteht.

123 Schulunterricht 1962

123

Politisches Wohlverhalten

Die *Erweiterte Oberschule (EOS)* führt nach zwölf Schuljahren zum Abitur. Daran sind jedoch Bedingungen geknüpft. Neben den schulischen Leistungen und dem Berufswunsch spielen politische Zuverlässigkeit und der Beruf der Eltern eine wichtige Rolle. Kinder von Arbeitern und Bauern werden bevorzugt.
Die Zulassung zum Studium hängt wiederum weitgehend vom politischen Wohlverhalten ab. Abiturienten, die sich der NVA verweigern, können sich zu den Bausoldaten melden. Verweigern sie auch dies, dann haben sie die Chance auf einen Studienplatz verwirkt. Ähnliches gilt für Jugendliche, die in regimekritischen Gruppen aktiv sind.
Das Bildungssystem erzwingt Anpassung – mit der Folge, dass sich die Lebensläufe mehr und mehr angleichen. Kreativität und Spontaneität sind ausdrücklich nicht erwünscht. Davon abgesehen, gelingt es der DDR durchaus, Bildungsreserven zu mobilisieren.

Margot Honecker

Die *„First Lady“* der DDR ist sie nicht. Ohnehin hätte es ihr nicht genügt, nur die Frau des Partei- und Staatsratsvorsitzenden Erich Honecker zu sein. Dafür ist Margot Honecker, geborene Feist, viel zu ehrgeizig und intelligent. Eher hätte sie sich selber zugetraut, die Staatsführung zu übernehmen. Aber so weit geht die Gleichberechtigung in der DDR nicht.
Immerhin übt Margot Honecker in der Regierung eines der wichtigsten Ämter aus: Als Ministerin für Volksbildung von 1963 bis 1989 drückt sie der Bildung ihren Stempel auf, und zwar resolut und zugleich rücksichtslos, worunter ihr Ansehen leidet. Margot Honecker gilt vielen als arrogante, linientreue Aufsteigerin.

Telefonistin, Stenotypistin

Am Anfang dürfte die Verbindung mit Erich Honecker ihrer Karriere nützlich gewesen sein. Später wird die Beziehung der beiden als distanziert beschrieben. Die Politikerin wird 1927 in Halle als Tochter einer Fabrikarbeiterin und eines Schuhmachers geboren. Margot Feist arbeitet als kaufmännische Angestellte und Telefonistin. Der FDGB Sachsen-Anhalt beschäftigt sie als Stenotypistin, bevor sie in der *FDJ* aktiv wird und den Vorsitz der Pionierorganisation *Ernst Thälmann* übernimmt. Das Studium in Moskau rundet ihre Ausbildung ab. 1950 ist sie mit 22 Jahren jüngste Abgeordnete der Volkskammer.

Erich Honecker lernt die attraktive Hallenserin durch die *FDJ* kennen. Im Dezember 1952 wird ihre Tochter Sonja geboren. Da Honecker noch verheiratet ist, drängt Ulbricht auf Scheidung. Die Trennung wird 1953 vollzogen.

Spießrutenlaufen

In ihrer politischen Laufbahn bleibt Margot Honecker eine glühende, kompromisslose Kommunistin. Gegen den Widerstand der Kirchen setzt sie 1978 den Wehrkundeunterricht in den Klassen 11 und 12 der Erweiterten Oberschulen durch. 1988 verfügt die *„eiserne Margot“* die Entlassung von vier Schülern der Carl-von-Ossietzky-Schule in Berlin-Pankow, die gefragt hatten, weshalb bei Staatsfeiern in der DDR stets das Militär aufmarschieren müsse.
1989 steht sie vor den Trümmern ihres Lebens. Das Ende der DDR zwingt sie wieder eng an die Seite ihres von Krebs gezeichneten Mannes. Für beide beginnt ein Spießrutenlaufen: Untersuchungshaft, Flucht nach Moskau, Ausweisung aus Russland, Asyl in der chilenischen Botschaft in Ostberlin, Auslieferung Erich Honeckers an die Bundesrepublik. Margot Honecker reist zu ihrer Tochter Sonja nach Chile. Bald folgt ihr Mann, der 1994 stirbt.
Die Umwälzungen im Privaten wie im Politischen ändern jedoch nichts an ihren Überzeugungen. Ihr Kommentar zur deutschen Einheit: *„An die Stelle von menschlichen Beziehungen hat sich jetzt das Monster Geld gesetzt.“*

1927 *Geburt in Halle/Saale*

1948 *Vorsitzende der Pionierorganisation*

1963–1989 *Ministerin für Volksbildung*

1991 *Flucht nach Moskau*

1992 *Übersiedelung nach Chile*

Made in GDR

Die Wirtschaft der DDR profitiert zunächst von der Abschottung durch die Mauer. In den Belegschaften der Staatsbetriebe werden die nach der Massenflucht von Facharbeitern, Ingenieuren, Ärzten und Wissenschaftlern entstandenen Lücken so gut wie möglich geschlossen. Nach einer langen Talfahrt geht es langsam wieder aufwärts. Um diese Entwicklung zu fördern, unternimmt Ulbricht 1963 den Versuch, die starre Planwirtschaft aufzulockern. Im Juni verkündet der Ministerrat das *Neue Ökonomische System der Planung und Leitung (NÖSPL)*. Danach sollen sich die großen volkseigenen Unternehmen selbstständiger als bisher auf den Märkten bewegen, etwa bei der Material- und Kreditbeschaffung, im Vertrieb, im Außen- und Binnenhandel.

Gewinne erwünscht

Ulbricht selbst scheut sich nicht, bis dahin als „*kapitalistisch*" verschriene Begriffe zu verwenden: „*In der Diskussion wurde vielfach gefordert*", erklärt er auf dem VI. Parteitag 1963, „*dem Gewinn im System der sozialistischen Wirtschaftsführung und bei der materiellen Interessiertheit eine größere Bedeutung beizumessen, als dies bisher der Fall war. Das ist richtig.*"

124

124 Begehrt, aber unerschwinglich: Der „Trabant"

Erich Apel, Vorsitzender der Staatlichen Planungskommission, setzt sich dafür ein, die Menschen mit der neuen Wirtschaftspolitik vertraut zu machen, um sie dafür zu gewinnen. Ein solches Werben ist sonst eher unüblich. Tatsächlich beginnen die Reformen bald zu greifen. Die Arbeitsproduktivität steigt wieder, die wirtschaftliche Entwicklung stabilisiert sich. Das Angebot an Fernsehgeräten, Kühlschränken, Waschmaschinen, Motorrädern und Autos „*made in GDR*" nimmt zu. Endlich können die Leute für ihr Geld dringend benötigte Konsumgüter kaufen.

„Zwickauer Pappe"

Der seit 1963 in Zwickau hergestellte *Trabant P 601* wird dabei zum Symbol eines bescheidenen Wohlstands, wenngleich seine Anschaffung Jahre dauern kann. Gerade weil der Ankauf so langwierig ist, entwickeln die Besitzer zu dem wegen seiner Kunststoff-Karosserie auch „*Zwickauer Pappe*" genannten Wagen ein besonderes Verhältnis. Der „*Trabi*" wird gehegt und gepflegt und selbstverständlich eigenhändig repariert. Da auch die Ersatzteile nur schwer zu beschaffen sind, werden diese auf Vorrat angelegt. In manch einer Garage stapelt sich so ein in seine Einzelteile zerlegter zweiter Trabi.
Im thüringischen Schleiz bei Plauen werden mit dem Zweitakter sogar regelmäßig Wettrennen ausgetragen. Die Wagen, die unter einem ohrenbetäubenden Lärm über die sieben Kilometer lange Piste rasen, sind – ganz im Stil westlicher Autoralleys – mit greller Reklame bemalt. Da wird für Produkte geworben, die eigentlich gar keine Werbung brauchen, weil sie in der DDR konkurrenzlos sind: für *Narwa*-Glühbirnen etwa, für *Praktica*-Kameras, *Orwo*-Filme und *Isolator*-Zündkerzen. Sogar ein Saatgut-Hersteller macht auf sich aufmerksam.

Kein Wirtschaftswunder

Etwa zwei Jahre dauert der Aufschwung, der einhergeht mit einer Arbeitszeitverkürzung und anderen sozialen Verbesserungen. Dann platzt der Traum vom kleinen Wirtschaftswunder. Die Ursachen dafür sind vielfältig. Mit einer Lockerung allein sind die Grenzen und Widersprüche der Planwirtschaft eben nicht aufgehoben. Die Länder im Einflussbereich der Sowjetunion sind außerdem wirtschaftlich eng miteinander verflochten. Es gibt langfristige Lieferverpflichtungen und eine große Abhängigkeit vom sowjetischen Öl.
Als im Sommer 1965 die Rohstofftransporte aus der UdSSR verringert werden, macht Ulbricht den Chefplaner Apel für Mängel in der Produktion verantwortlich. Dabei ist es Ulbricht selbst, der bei den Verhandlungen mit Moskau über einen langfristigen Handelsvertrag Zugeständnisse macht und, wie vom Kreml gefordert, auf seine Wirtschaftsreformen weitgehend verzichtet.
Der Kurswechsel fordert ein prominentes Opfer. Erich Apel wird Anfang Dezember 1965 in seinem Büro erschossen aufgefunden. Vermutlich hat er sich das Leben genommen. Die Umstände seines Todes bleiben ungeklärt.

125

125 Erich Apel

„Prager Frühling“

126

126 Studenten demonstrieren 1968 in Prag.

127 Ein brennender Panzer wird mit Pflastersteinen beworfen.

Auslöser für den *Prager Frühling* sind die Wirtschaftskrisen, die in den 1960er-Jahren die Tschechoslowakei heimsuchen. Deswegen beginnen Reformkräfte damit, nach Alternativen zu suchen. *„Sozialistische Marktwirtschaft“* heißt das Modell, das eng mit dem Namen des Prager Wirtschaftsprofessors Ota Sik verbunden ist. Sik will die Wirtschaft von der Bevormundung durch den Staat befreien und in die Selbstständigkeit entlassen – mit Privatbetrieben, freien Gewerkschaften und westlichen Investitionen.

Die Vision eines *„dritten Weges“* zwischen Kapitalismus und Kommunismus spaltet die KPČ, die Kommunistische Partei der ČSSR. Die Stalinisten geraten ins Hintertreffen, die Reformer dagegen verzeichnen rasanten Zuspruch. Studenten, Künstler und Intellektuelle verlangen Meinungs- und Informationsfreiheit und ein Ende des Machtmonopols der KPČ.

Den Machtkampf im Inneren können die Reformkräfte Anfang 1968 für sich entscheiden. Alexander Dubček, KP-Vorsitzender aus Bratislawa, wird Erster Sekretär der KPČ und in dieser Funktion bald zur Galionsfigur eines *„Sozialismus mit menschlichem Antlitz“*.

Ein Land blüht auf

In wenigen Monaten vollzieht die ČSSR einen radikalen Wandel. Die Presse, der Kunst- und Kulturbetrieb erleben eine nie da gewesene Blüte. Der *Prager Frühling* erfasst das ganze Volk, sodass die alten Kräfte ins Abseits geraten.

In Moskau und Ostberlin jedoch gilt der Umbruch in der ČSSR als Konterrevolution. In mehreren Konferenzen verschärfen die Hardliner aus den Nachbarstaaten den Druck auf Prag. Während sie mit Dubček verhandeln, bereiten die Sowjetunion, Polen, Ungarn, Bulgarien und die DDR einen Einmarsch vor.

In der Nacht zum 21. August 1968 nimmt das Drama seinen Lauf. Truppen der Warschauer-Pakt-Staaten marschieren in die ČSSR ein. Die Menschen leisten Widerstand. Doch ohne Hilfe von außen sind sie machtlos. Wie 1953 in der DDR und 1956 in Ungarn sind es Panzer, die den Freiheitskampf der Tschechen und Slowaken unter sich begraben.

127

Alexander Dubček

Zur Sowjetunion hat Alexander Dubček von Kind an ein geradezu inniges Verhältnis. Sein Vater, Tischler von Beruf, folgt als überzeugter Kommunist 1925 einem Aufruf der *Internationalen Arbeiterhilfe* und siedelt mit der Familie nach Moskau über, um beim Aufbau der UdSSR zu helfen. Sohn Alexander ist gerade mal vier Jahre alt. Etwa 13 Jahre später kehrt dieser als ausgebildeter Maschinenschlosser in seine slowakische Heimat zurück. Dort schließt er sich der verbotenen KP an, kämpft gegen die deutsche Besatzung und steht 1944 beim Aufstand in der Slowakei in vorderster Reihe.

Studium in Moskau

1955 beginnt Dubček ein dreijähriges Studium in Moskau. In der Tschechoslowakei übernimmt er 1963 den KP-Vorsitz. Dubček, der äußerlich eher dem Bild eines farblosen Funktionärs entspricht, schlägt sich 1967 im Streit um den Kurs der KPČ auf die Seite der Reformer. Im Januar 1968 rückt er zum KPČ-Vorsitzenden auf. Von dieser Position aus geht er daran, die unter der kommunistischen Diktatur erstarrte ČSSR zu erneuern. Dubček verspricht, *„in unserer Heimat eine sozialistische Gesellschaft mit menschlichem Antlitz aufzubauen, die zutiefst demokratisch, sozial gerecht und modern orientiert sein soll"*. Für Tschechen und Slowaken klingen solche Sätze wie eine erlösende Botschaft; sie sind von dem Reformer Dubček begeistert.

Tragische Figur

Dass ihn ausgerechnet die UdSSR daran hindert, den Weg in die Demokratie zu Ende zu gehen, muss ihn tief getroffen haben. Nach dem Einmarsch der Warschauer-Pakt-Truppen in die ČSSR wird Dubček zur tragischen Figur. In Moskau zwingt Breschnew ihn, das sogenannte *Moskauer Protokoll* zu unterschreiben, was einer persönlichen Kapitulation gleichkommt. Als gebrochener Mann kehrt er nach Prag zurück. Dort bleibt ihm nur noch die bittere Aufgabe, das Ende der Reformen zu verkünden. Dann gerät er mehr und mehr ins Abseits, während der Traum vom *Prager Frühling* einer Neuauflage der stalinistischen Diktatur Platz machen muss – mit weitreichenden Folgen für die DDR und ganz Osteuropa.
Die neuen Machthaber schieben Dubček auf unbedeutende Posten ab und schicken ihn schließlich nach Bratislawa, wo er in einem Forstbetrieb Waldarbeiter beaufsichtigt.
Als der Ostblock 1989/90 zusammenbricht, kehrt der große Reformer noch einmal ins Rampenlicht zurück. Der Sieg der Opposition ist ein später Triumph für ihn. Allerdings, vom *„dritten Weg"* oder *„Sozialismus mit menschlichem Antlitz"* will jetzt keiner mehr etwas wissen. 1992 endet sein Leben auf tragische Weise. Dubček verunglückt bei einem schweren Autounfall. Ob der Unfall absichtlich herbeigeführt wurde, bleibt ungewiss. Denkbar ist, dass sein Fahrer zu schnell fuhr.

1921 *Geburt in Uhroveã*

1955–1958 *Studium an einer KPdSU-Parteihochschule*

1968–1969 *Parteichef der KPČ*

1970 *Ausschluss aus der Partei*

ab **1989** *Parlamentspräsident*

1992 *Tod in Prag*

Feindbilder der NVA

128

128 Armeegeneral Heinz Hoffmann

129 Soldaten der NVA werden in grenznahen Gebieten zur ČSSR als Reserve bereitgestellt (1968).

In der Nacht zum 21. August 1968 werden auch Einheiten der Nationalen Volksarmee der DDR gegen die ČSSR in Marsch gesetzt. Die Truppen dürfen die Grenze zum Nachbarland jedoch nicht überqueren. Offenbar hat Breschnew den Einsatz in letzter Minute gestoppt, um keine unguten Erinnerungen an den Einmarsch der Wehrmacht in die ČSSR 30 Jahre zuvor zu wecken.
Die SED-Führung ist enttäuscht, denn vor allem sie hat darauf bestanden, die „*Konterrevolution*" in Prag gewaltsam niederzuschlagen. In der Tschechoslowakei halten sich allerdings Verbindungsoffiziere der NVA auf, ferner Spezialisten, die der Militäraufklärung der NVA zuarbeiten, sowie „*Kundschafter*" des MfS.

129

„Instrument der Arbeiterklasse"

Nur zu gern hätte Verteidigungsminister Heinz Hoffmann einen Beweis für die Schlagkraft der NVA geliefert, die in den Jahren zuvor zu einer Mustertruppe gedrillt wurde. Die NVA versteht sich als „*Machtinstrument der Arbeiterklasse*", dazu ausersehen, „*sozialistische Errungenschaften*" gegen Angriffe von außen zu schützen. Die Feindbilder der NVA ergeben sich aus dieser Sicht der Weltlage: Der Warschauer Pakt sichert den Frieden – die Nato-Staaten gelten als Kriegstreiber. Ein solches Schwarz-Weiß-Denken, das es in umgekehrter Form auch im Westen gibt, muss propagandistisch ständig nachgeladen werden, sonst funktioniert es nicht.

„Rotlichtbestrahlung"

In der NVA sind es vor allem der harte Drill und die ideologische Berieselung – im Soldatenjargon „*Rotlichtbestrahlung*" genannt –, die den Wehrpflichtigen zu schaffen machen. Trotz des Drucks von oben gibt es eine breite Palette widerständigen Verhaltens, von Ungehorsam bis Fahnenflucht. Die Strafen sind drakonisch: Ausgangs- und Urlaubssperre, Dienst in Strafkompanien, unehrenhafte Entlassung und bei Fahnenflucht sogar Hinrichtung.
Auf Drängen der Kirchen erlaubt die DDR seit 1964 als einziges Land des Warschauer Pakts, den Dienst an der Waffe abzulehnen. Doch die Verweigerer verbleiben als „*Bausoldaten*" innerhalb der NVA. Sie tragen Uniformen mit einem Spaten als Erkennungszeichen.

Rainer Eppelmann

Rainer Eppelmann wird 1943 in Berlin geboren und wächst im Osten der Stadt auf. Eine behütete Kindheit, umsorgt von liebevollen Eltern – das hätte er sich gewünscht, aber die Umstände sind nicht so. Sein Vater, ehemaliger SS-Unterscharführer und Aufseher im KZ Buchenwald, arbeitet im Westen und bleibt nach dem Mauerbau dort. Er selber lebt mit seiner Mutter und den drei Geschwistern weiter in Ostberlin. Der Weg zum Gymnasium jenseits der Mauer ist versperrt. Eppelmann möchte Pilot oder Architekt werden. Aber erst muss er Geld verdienen. Er arbeitet als Dachdecker und Maurer.

Als Bausoldat Gelöbnis verweigert

Fünf Jahre später greift die Politik erneut in sein Leben ein. Eppelmann lehnt den Wehrdienst ab und kommt als einer der ersten Bausoldaten nach Stralsund, um für die NVA Lagerhallen und Schießanlagen zu errichten. Gleich zu Beginn soll er ein Gelöbnis auf den Staat ablegen. Er weigert sich, wird verhaftet und zu acht Monaten Gefängnis verurteilt. Danach ist er wieder Bausoldat. Über seine Zukunft hat er inzwischen intensiv nachgedacht: Um sich vom Regime abzusetzen, hat er sich entschlossen, Pfarrer zu werden. Die Fachhochschule für Theologie in Berlin ermöglicht ihm ein Studium auch ohne Abitur. Mittlere Reife und eine abgeschlossene Berufsausbildung reichen als Voraussetzung.

„Bleibe im Lande und wehre dich täglich!"

Nach dem Studium hält er sich als Pfarrer der Samaritergemeinde in Berlin an die Devise: *„Bleibe im Lande und wehre dich täglich!"* Gezielt holt er Schriftsteller und Künstler in seine Kirche, die sonst Auftrittsverbot haben, *„nur nicht bei uns"*. Die Stasi schleust Spitzel in seine Gemeinde und versteckt Wanzen in seiner Wohnung.
Als Eppelmann *„Bluesmessen"* organisiert und seine Kirche zum Treffpunkt für Jugendliche aus der ganzen DDR wird, startet der Spitzelapparat den *„Operativen Vorgang Blues"*. Dutzende von Agenten verfolgen ihn, lancieren anonyme Briefe und versuchen, seine Ehe zu zerstören. Letzteres gelingt ihnen.
Zeitweise muss der Pfarrer um sein Leben fürchten. Doch Eppelmann mit seinem trockenen Humor und seinem Hang zum Berlinern ist nicht klein zu kriegen; er schreibt an Honecker, veröffentlicht Aufrufe gegen die Atomrüstung, schafft Videobänder mit regimekritischen Inhalten über die Grenze.
Mit dem Ende der DDR wechselt er noch einmal seinen Beruf und wird Politiker. Höhepunkt seiner Karriere ist das Amt des Ministers für Abrüstung und Verteidigung in der letzten DDR-Regierung. Der ehemalige Bausoldat löst die DDR aus dem Warschauer Pakt und trägt dazu bei, dass die Eingliederung der NVA in die Bundeswehr friedlich verläuft.

1943 *Geburt in Berlin*

1969–1975 *Theologiestudium*

1975–1989 *Pfarrer*

1989 *Gründungsmitglied des „Demokratischen Aufbruchs"*

1990 *Minister für Abrüstung und Verteidigung der DDR*

1990–2005 *Mitglied des Bundestags (CDU)*

Die „Achtundsechziger“

Die Ereignisse in der ČSSR wirken sich unmittelbar auf die DDR aus. Insbesondere junge Menschen werden davon geprägt. Sie erleben die Hasstiraden der SED-Führung gegen die tschechoslowakischen Reformer; sie erfahren über die Westmedien, was in der ČSSR alles möglich ist, unter anderem Meinungs- und Pressefreiheit. Und dann sehen sie, wie Panzer alles vernichten, was mit so vielen Erwartungen begonnen hat.

Protestwelle

Die Akten des Innenministeriums und des Ministeriums für Staatssicherheit vermitteln nur ein unvollständiges Bild der Wut, die nach dem blutigen Ende des *Prager Frühlings* die DDR erfasst. Der Protest schlägt sich in Parolen nieder, die nachts an Hauswände gemalt werden, ferner in Flugblättern und langen Listen mit den Unterschriften derer, die ihrem Zorn Luft machen. Nach dem 21. August 1968 registriert das Innenministerium innerhalb einer Woche über 1000 Fälle von „*Staatsverleumdung*“ und „*staatsgefährdender Hetze*“. Das MfS verzeichnet 2000 „*feindliche Handlungen*“. Einzelne Schulklassen, die Flugblätter verteilt haben, müssen die Schule verlassen. Selbst innerhalb der SED gerät die Disziplin ins Wanken. Es hagelt Verwarnungen und Parteiausschlüsse.

Die Bereitschaft zum Widerstand

Die Protestwelle ändert jedoch nichts daran, dass mit der Niederschlagung des *Prager Frühlings* auch in der DDR Reformen auf absehbare Zeit undenkbar geworden sind. Denn die SED-Diktatur reagiert wie immer: Aus Furcht, die Macht zu verlieren, werden die Proteste massiv unterdrückt. Die schweigende Mehrheit der Bevölkerung fügt sich, aber in Teilen der jüngeren Generation ist die Bereitschaft, Widerstand zu leisten, ungebrochen.
Während die „*Achtundsechziger*“ in der DDR für ihre Grundrechte kämpfen, protestieren in der Bundesrepublik die „*Achtundsechziger*“ an Hochschulen gegen den Reformstau und das politische System. In der DDR riskieren Oppositionelle Verfolgung und Gefängnis. In der Bundesrepublik stößt die studentische Revolte zum Teil auf Verständnis bei der Bevölkerung, allerdings nur so lange, bis einzelne Wortführer in den Untergrund gehen und Mordanschläge verüben.

130 Straßenprotest

130

Honecker stürzt Ulbricht

Geräuschlose Ablösung

131

131 Walter Ulbricht (links) und Erich Honecker (1971)

132 Von links: Erich Honecker, Lotte und Walter Ulbricht bei einer Maiparade (1971)

Die Entmachtung Walter Ulbrichts trägt Züge eines politischen Krimis. Zwei Vertraute Erich Honeckers, das Politbüromitglied Werner Lamberz und der sowjetische Offizier Juri Bassistow, fädeln die Ablösung unter strenger Geheimhaltung ein. Ende April 1971 holt der Offizier den SED-Funktionär vom ZK in Berlin ab und bringt ihn zum Hauptquartier der sowjetischen Streitkräfte nach Wünsdorf. Angeblich soll Lamberz im Gebiet Magdeburg einen Vortrag vor sowjetischen Militärs halten. So ist es mit seinem Büro und dem Stasi-Begleitschutz besprochen. Statt nach Magdeburg zu fahren, fliegt Lamberz aber an Bord einer zweimotorigen *Antonow 24* von Sperenberg nach Moskau, um Parteichef Leonid Breschnew für den Machtwechsel in Ostberlin zu gewinnen.

Frohe Botschaft

Der Generalsekretär der KPdSU hat lange gezögert, Ulbricht abzulösen. Zwar steht seit Sommer 1970 fest, dass Honecker neuer Erster Sekretär der SED werden soll. Breschnew erwartet jedoch, dass dieser das Politbüro hinter sich bringt und für den 77-jährigen Ulbricht eine Regelung findet, die ihn nicht völlig demontiert. Ende April 1971 ist es dann so weit. Der Kremlchef gibt grünes Licht, sodass der Abgesandte Lamberz von seiner Mission in Moskau mit einer für die Ulbricht-Gegner frohen Botschaft zurückkehrt. Am 3. Mai 1971 heißt es offiziell: *„Das Zentralkomitee der SED beschloss einstimmig, der Bitte des Genossen Walter Ulbricht zu entsprechen und ihn aus Altersgründen von der Funktion des Ersten Sekretärs des Zentralkomitees zu entbinden …“* Von

132

einer *„Bitte"* kann natürlich keine Rede sein. Vielmehr lenkt Ulbricht ein, da er weiß, dass eine vom Kreml getroffene Entscheidung endgültig ist. Für ihn wird der Posten des SED-Ehrenvorsitzenden geschaffen. Das politisch unbedeutende Amt des Staatsratsvorsitzenden darf er behalten.

Modell DDR

Die Entmachtung des 77-Jährigen kommt nicht von ungefähr. Ulbricht, der treue Vasall Stalins und Chruschtschows, der die DDR 25 Jahre lang beherrschte, hat Breschnew durch Eigensinn und Alleingänge herausgefordert.
Auf dem Höhepunkt seiner Macht sucht der SED-Chef die Umklammerung durch den Kreml zu lockern und beansprucht für die DDR Modellcharakter. Der Ostpolitik von Bundeskanzler Brandt, der seit Herbst 1969 in Bonn eine sozialliberale Regierung anführt, kann Ulbricht positive Seiten abgewinnen – sehr zum Missfallen von Breschnew. *„Es gibt, es kann und es darf zu keinem Prozess der Annäherung zwischen der DDR und der Bundesrepublik kommen"*, kontert der sowjetische Generalsekretär. Eine Begegnung mit Ulbricht schildert Breschnew so: *„... er presst mich in ein kleines Zimmer und redet auf mich ein, was alles falsch ist bei uns. Es war heiß. Ich habe geschwitzt. Er nahm keine Rücksicht. Ich merkte nur, er will mir Vorschriften machen, wie wir zu arbeiten, zu regieren haben."*

Der Weg zur Macht

Um den alten Mann in Ostberlin loszuwerden, muss der Kremlchef nicht zum großen Schlag ausholen; er bedient sich lediglich einer Figur wie Honecker, der sich im Staatsapparat längst auskennt und dem am Ende ein geräuschloser, unspektakulärer Machtwechsel gelingt. Unter Honecker wird die DDR wieder fest an das sowjetische System gekoppelt. Zug um Zug sichert der Nachfolger seinen Machtbereich ab – nicht zuletzt mithilfe des Ministers für Staatssicherheit, Erich Mielke, dem Honecker den Weg ins Politbüro ebnet. Die Modernisierung der Wirtschaft wird zurückgestellt, die Verstaatlichung der letzten Privatbetriebe abgeschlossen und das Warenangebot mithilfe westlicher Kredite erweitert. Im Inneren lässt Honecker manches zu, was seinem Vorgänger noch ein Gräuel war: lange Haare, Beatmusik und Westfernsehen. Trotz mancher Lockerung – die Verfolgung von Abweichlern, Kritikern und Bürgerrechtlern wird unter Honecker noch verschärft.
Nach Ansicht des Historikers Hermann Weber bedeutet die Ablösung Ulbrichts *„einen tiefen Einschnitt in der Entwicklung der DDR"*. Unter Honecker sei der Arbeitsstil sachlicher und die sozialen Belange der Bevölkerung stärker berücksichtigt worden. Die SED habe ihre führende Rolle jedoch keineswegs eingeschränkt: *„Die Partei baute ihre dominierende Stellung in Politik, Gesellschaft und Wirtschaft weiter aus."*

Erich Honecker

1912 *Geburt in Neunkirchen*

1935–1945 *Inhaftierung*

ab **1946** *Gründungsmitglied der FDJ*

1971–1989 *Vorsitzender der SED und Staatsoberhaupt der DDR*

1992–1993 *Inhaftierung in der Bundesrepublik*

1994 *Tod in Santiago de Chile*

Mit der Sowjetunion, dem *„Lande Lenins"*, fühlt Erich Honecker sich Zeit seines Lebens aufs Engste verbunden. Dass ausgerechnet die Sowjetunion ihn zum Ende seiner Amtszeit als Generalsekretär und Staatsratsvorsitzender mit Forderungen nach inneren Reformen konfrontiert, ist einer der Widersprüche in der langen Laufbahn des gebürtigen Saarländers.

Buchhaltertyp mit Kassenbrille

Ein anderer Widerspruch betrifft seinen Aufstieg überhaupt. Der 1912 in Neunkirchen als Sohn eines Bergmanns geborene und in Wiebelskirchen aufgewachsene Honecker ist mittelmäßig begabt. Als Politiker verfügt er über keinerlei Ausstrahlung und als Redner ist er noch schlechter als Ulbricht. Seine Auftritte wirken hölzern. Dass dieser *„unauffällige Buchhaltertyp mit der schief sitzenden Kassenbrille"*, wie der Historiker Stefan Wolle ihn kennzeichnet, dennoch Karriere macht, hat vor allem mit den Zeitumständen und den Mechanismen von Machtapparaten zu tun.
Seit frühester Jugend ist Honecker in der kommunistischen Bewegung aktiv. Eine Lehre als Dachdecker bricht er ab, zumal sich 1930 die Gelegenheit zur Ausbildung an der Leninschule in Moskau bietet. Im Frühjahr 1933 geht er wie viele seiner Parteigenossen in den Untergrund. Als die Gestapo ihn zwei Jahre später in Berlin festnimmt, wartet auf den Widerstandskämpfer eine lange Haftzeit.

Zehn Jahre Zuchthaus

Der Volksgerichtshof verurteilt ihn 1937 wegen Vorbereitung zum Hochverrat zu zehn Jahren Zuchthaus, die er in Brandenburg-Görden verbüßt. Bei Instandsetzungsarbeiten an einem Frauengefängnis in Berlin gelingt ihm mithilfe einer Aufseherin im März 1945 die Flucht. Diese Frau, in die er sich verliebt, nimmt ihn bei sich auf. Aus Furcht, standrechtlich erschossen zu werden, kehrt er jedoch freiwillig ins Gefängnis zurück. Es heißt, Honecker habe mit der Frau aus Dankbarkeit zwei Jahre gelebt. 1947 stirbt sie. Die Umstände seiner Flucht, die mit der KPD nicht abgestimmt war, sowie die Beziehung zu der Aufseherin betrachtet Honecker offenbar als schwarzen Fleck in seiner Laufbahn; jedenfalls werden sie offiziell verschwiegen.

Der kommende starke Mann

Beim Neubeginn in der SBZ ist Honecker von Anfang an dabei, und zwar als treuer Gefolgsmann Ulbrichts. Eine eigene Hausmacht wächst ihm beim Aufbau der *FDJ* zu, die er auf das SED-Regime einschwört: *„Es lebe unsere starke, freie deutsche Jugend, sie lebe hoch, hoch, hoch"* – mit seiner schwachen Stimme dringt er allerdings kaum durch.
Spätestens seit dem Bau der Berliner Mauer 1961 gilt Honecker als der kommende starke Mann. Geschickt nutzt er die Chance, Einfluss auf die Sicherheitskräfte zu nehmen.

Obwohl der neue Erste Sekretär der SED die Bonner Entspannungspolitik anfangs heftig bekämpft, lässt er sich – unsicher zwischen Öffnung und Abgrenzung schwankend – auf Abmachungen ein: *Grundlagenvertrag* mit der Bundesrepublik, *Berlin-Abkommen,* Unterzeichnung der *Schlussakte von Helsinki,* die die Menschenrechte stärken soll, und die Mitgliedschaft in der UNO sind Meilensteine auf dem Weg zur Anerkennung der DDR. Auch im Inneren bemüht Honecker sich um Entspannung.

Er sucht nach einer Verständigung mit den Kirchen, schafft kulturelle Freiräume und verbessert die Rechtssicherheit – allerdings zu seinen Bedingungen. Sobald die Opposition organisiert auftritt, schlägt die Stasi zu.
Auch mit seinem Lebensstil entfernt Honecker sich von der Bevölkerung: die abgeschottete Wohnsiedlung in Wandlitz, die Staatsjacht *Ostseeland,* Feriendomizile auf der Insel Vilm bei Rügen und anderswo, die aufwendigen Staatsjagden – eigentlich passt das alles gar nicht zu ihm.

Erich Honecker in Chile (3. April 1993)

Weder Ochs noch Esel

Gegen Ende der 1980er-Jahre bekommt die Öffentlichkeit nur noch einen alten Mann mit Hut zu sehen, von Leberkrebs gezeichnet, mit kantigen Zügen und unsicheren Bewegungen. Die Zeichen der Zeit will der SED-Generalsekretär nicht wahrnehmen. *„Den Sozialismus in seinem Lauf halten weder Ochs noch Esel auf"* – mit dieser trotzigen Formel begegnet Honecker den gewaltigen Veränderungen im kommunistischen Machtbereich. Der Starrsinnige wird schließlich von den Ereignissen überrollt: der erzwungene Rücktritt und der Ausschluss aus der SED, die Flucht nach Moskau, die Haft in Berlin, schließlich das Exil in Santiago de Chile, wo er sein Sozialistenleben noch einmal verteidigt: *„Ich bin meiner Sache, die zu der menschlichsten Sache der Welt gehört, stets treu geblieben."*

Jeans und Westfernsehen

133

133 Fernsehgeräte im Warenhaus am Alexanderplatz (1970)

134 Keine Chance für „Niethosen"

In manchen Fragen handelt Honecker pragmatischer als sein Vorgänger Ulbricht. So gibt er den Kampf gegen das Westfernsehen, den das SED-Regime ohnehin nicht mehr gewinnen kann, fast beiläufig auf. Jeder könne nach Belieben westliche Medien ein- oder ausschalten, erklärt der Erste Sekretär 1973. Damit ist das Thema allerdings noch nicht erledigt. Weil die DDR sich 1969 bei der Einführung des Farbfernsehens für das französische Secam-System entschied, können die Programme von ARD und ZDF nur in Schwarz-Weiß empfangen werden.

Die Stimme des Gegners

Erst im November 1977 kommen *Zwei-System-Farbfernsehgeräte* in den Handel. Die Apparate sind allerdings für DDR-Verhältnisse sehr teuer. Der beim ZK für Agitation und Propaganda zuständige Werner Lamberz fügt sich zwar ins Unvermeidliche, macht aber nochmals auf die Gefahren aufmerksam: „*Was aus den Westmedien zu uns dringt, ist die Stimme des politischen Gegners, der mit seinen Sendungen Ziele und Absichten verfolgt, die unseren Lebensinteressen, unseren Wünschen und unserer Politik feindlich sind.*" Solche Mahnungen bleiben ebenso wirkungslos wie die Anordnung, dass in den Verkaufsstellen für die neuen Geräte nur Programme des DDR-Fernsehens eingeschaltet werden sollen – ein letzter Versuch des Regimes gegenzusteuern. Was die Leute später in ihren Wohnzimmern mit den Apparaten machen, bleibt ihnen überlassen.

Schluss mit dem Mode-Diktat!

Auch an anderer Stelle zeigt sich die SED-Führung flexibel und kommt damit vor allem der Jugend entgegen: Blue Jeans werden nicht mehr verteufelt, sondern zum Verkauf zugelassen. Lange waren die „*Niethosen*" verpönt; sie galten als Ausdruck „*kapitalistischer Erscheinungsformen*". Wer in Jeans zur Schule kam, musste sich umziehen. Mit diesem Mode-Diktat ist jetzt Schluss. Nur noch selten heißt es bei Tanzveranstaltungen: „*Mit Niethosen kein Einlass.*" Einzelne DDR-Betriebe steigen sogar in die Jeans-Herstellung ein. Ihre Produkte bleiben jedoch weit hinter den westlichen Originalen zurück, die heiß begehrt sind. Es gibt sie gegen teure Devisen in den *Intershops*, manchmal auch in Polen und Ungarn und als Geschenk aus der Bundesrepublik.

134

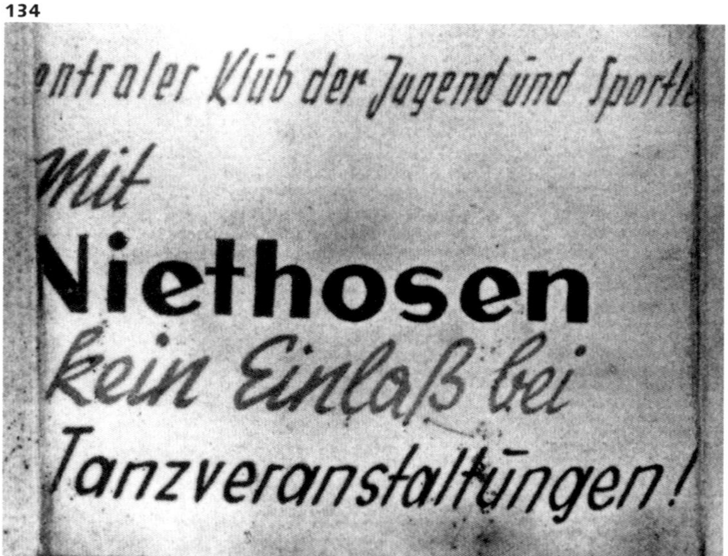

Selten passiert es auch, dass echte Jeans plötzlich in Berlin oder anderswo in der DDR zum Verkauf angeboten werden, wie der Schriftsteller Ulrich Plenzdorf sich erinnerte: „*Keine Ahnung, warum. Aber es gab sie. Es sprach sich natürlich sofort rum, jedenfalls in gewissen Kreisen. Sie verkauften sie in einem Hinterhaus, weil sie wussten, dass kein Kaufhaus Berlins die Massen fassen konnte, die wegen der Jeans kamen.*"

Kollektionen und Trends

Die SED-Führung müht sich redlich, Jugendliche vom Sog der westlichen Modeindustrie fernzuhalten. Der Zentrale Handels- und Entwicklungsbetrieb Jugendbekleidung bringt seit 1968 eigene Kollektionen heraus, die in den Jugendmodezentren ausgestellt und in Zeitungen und Zeitschriften beworben werden. Der Einfluss von außen auf Kleiderwünsche junger Menschen, etwa durch das Westfernsehen oder Besucher aus der Bundesrepublik, ist jedoch so stark, dass die Nachfrage nach modischer Kleidung das Angebot bei weitem übertrifft. Auch der schnelle Wechsel modischer Trends überfordert die Textilindustrie der DDR.

In dem Hang nach individueller Kleidung, eigener Frisur und besonderem Schmuck drückt sich auch ein gewachsenes Selbstbewusstsein aus. Die jungen Leute wissen, dass sie gebraucht werden. Denn überall fehlt es an Arbeitskräften. Mit einem Frauenanteil am Erwerbsleben von 86 Prozent liegt die DDR weltweit an der Spitze.

Da die politische Führung Spannungen vermeiden will, bleibt ihr nichts anderes übrig, als auf Konsumwünsche einzugehen. Auch wenn sie nicht zur Bundesrepublik aufschließen kann – innerhalb des Ostblocks hat die DDR den höchsten Lebensstandard.

135

136

135 Im Jugendclub (1982)

136 Präsentation der neuen Mode (1969)

Flächendeckende Überwachung

137

137 Ministerium für Staatssicherheit (1989)

138 Verhörzimmer im Stasi-Gefängnis Berlin-Hohenschönhausen

Zugeständnisse bei Mode und Musik bedeuten aber nicht, dass die SED ihren Anspruch auf Führung und Kontrolle zurücknehmen würde. Das Gegenteil ist der Fall. Unter der Herrschaft Honeckers reicht der Arm des Staates bald bis in jede Stadt, jedes Dorf, jeden Betrieb: letztlich bis in alle Bereiche der Gesellschaft. In der DDR entsteht ein flächendeckendes Netz der Überwachung. Es soll jede oppositionelle Regung im Keim ersticken bzw. durch planvolles *„Eindringen in die Gedankengänge anderer"* sie so frühzeitig erkennen, dass Widerstand erst gar nicht möglich wird.

Maßlos und wahnhaft

Der gegen die eigene Bevölkerung gerichtete staatliche Sicherheitsapparat wächst ins Maßlose und Wahnhafte. Am Ende der DDR verfügt er über 91 000 hauptamtliche und 170 000 *„Inoffizielle Mitarbeiter"(IM)*. Bei den IM handelt es sich um Spitzel und Zuträger, die in Abstimmung mit einem Führungsoffizier Mitbürger ausforschen und ihre Berichte bei Treffen in *„konspirativen Wohnungen"* abliefern. Allein in Karl-Marx-Stadt (heute wieder Chemnitz) existieren in den 1970er-Jahren über 1500 solcher Wohnungen.
Der Phase des Beobachtens folgt nicht selten ein *„operativer Vorgang (OV)"*, bei dem die Stasi direkt eingreift. So werden zum Beispiel Gerüchte in Umlauf gebracht, perverse sexuelle Vorlieben erfunden oder Unfälle herbeigeführt. Ziel ist die *„Zersetzung"* des Einzelnen oder einer Gruppe, deren Steuerung die Stasi mithilfe der IM anstrebt.
Der Spitzeldienst schreckt nicht davor zurück, berufliche Existenzen zu vernichten, Ehen zu zerstören und Menschen in den Selbstmord zu treiben.

138

Die „Firma Horch und Guck"

In diesem System treten an die Stelle von Bürger- und Menschenrechten Verfolgung und totale Kontrolle. So werden Republikflüchtigen und Oppositionellen im Achsel- und Genitalbereich Geruchsproben entnommen, die in luftdicht verschlossenen Gläsern aufbewahrt werden. Hunde können so im Fall einer Flucht Witterung aufnehmen. Niemandem, außer der SED-Führung, ist die Stasi Rechenschaft schuldig.
Wie ein Krake breitet sie sich aus, schürt Angst und Misstrauen. Keiner kann sicher sein, ob die hilfsbereite Kollegin oder der freundliche Nachbar nicht für die *„Firma Horch und Guck"*, wie das MfS auch genannt wird, arbeitet.

Die Stasi ist sehr viel mehr als Nachrichtendienst und geheime Staatspolizei. Mit der *Hauptverwaltung Aufklärung (HVA)* verfügt sie über eine Spionageabwehr; sie unterhält eigene Gefängnisse und stellt strafrechtliche Ermittlungen an. Darüber hinaus sichert das MfS den Personenschutz führender SED-Funktionäre und überwacht den Telefon- und Grenzverkehr.
Nach innen gleicht der Dienst mit seiner straffen militärischen Organisation und dem strikten Ehrenkodex einem Geheimbund. Von einem Mitarbeiter erwarten Vorgesetzte „*Ehrlichkeit, Verschwiegenheit, Rückgrat und einen klaren Klassenstandpunkt*". Eine „*Entpflichtung*" aus dem Dienst ist nicht vorgesehen. Niemand kann sich bei der Stasi bewerben, denn sie sucht sich ihren Nachwuchs selber aus. Manchmal rekrutiert sie ganze Familien. Mit Vorliebe werden Jugendliche angeworben, nachdem ihr Hintergrund – Begabung, Neigung, soziales Verhalten – ausgeforscht wurde. Wer sich verpflichtet, ist nicht mehr frei in der Wahl seines Partners, seines Berufs und sozialen Umfelds.

„Operative Psychologie"

Der Apparat bedient sich wissenschaftlicher Methoden. In Potsdam verfügt die Stasi über eine juristische Hochschule mit einer Abteilung für „*Operative Psychologie*". Führungsoffiziere lernen, auf Jugendliche einzugehen und ihr Vertrauen zu gewinnen. Der Berliner Jugendpfarrer Rudi Pahnke, dessen Gemeinde durch einen jugendlichen IM ausspioniert wird, kommt im Nachhinein zu dem Schluss: „*Jugendliche, die einen Führungsoffizier hatten, sind an Führung, Geführtwerden, an Führer gewöhnt … Ich bin mir sicher, dass all das nicht ohne Folgen ist.*"

139

139 Mitarbeiter der Stasi observieren die Zionskirche in Ostberlin (1987).

140 In Weckgläsern konserviert die „Stasi Geruchsproben".

141 Die Akten der hauptamtlichen Stasi-Mitarbeiter in der Außenstelle Dresden

140

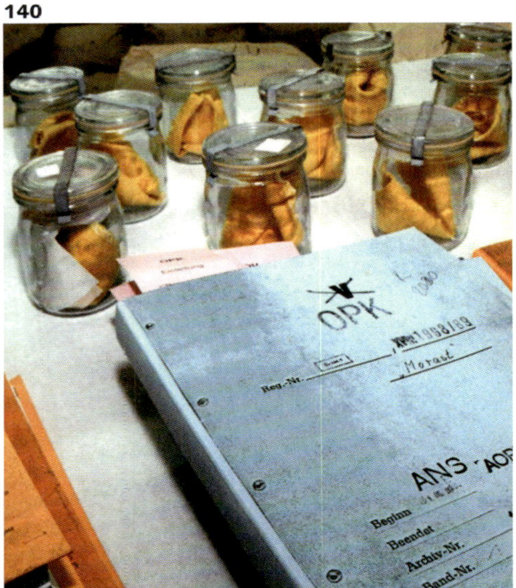

141

Erich Mielke

1907 *Geburt in Berlin*
1931–1945 *Exil*
1957–1989 *Stasi-Chef*
1990–1995 *Inhaftierung*
2000 *Tod in Berlin*

Am 13. November 1989, vier Tage nach dem Fall der Berliner Mauer, richtet der Minister für Staatssicherheit noch einmal das Wort an die Abgeordneten der Volkskammer. „*Wir haben einen außerordentlich hohen Kontakt zu allen Menschen*", sagt Mielke, der in Zivil auftritt, nicht in der von Orden übersäten Uniform des Armeegenerals. Die Doppeldeutigkeit seines Satzes begreift er ebenso wenig wie das bevorstehende Ende der DDR. Der „*hohe Kontakt zu allen Menschen*", das heißt die massenhafte Bespitzelung, gehört schließlich bald der Vergangenheit an. Die Abgeordneten reagieren mit höhnischem Gelächter. Einige fassen sich entsetzt an den Kopf. Aber Mielke gibt nicht auf: „*Ich liebe doch alle – alle Menschen.*" Zutiefst verunsichert verlässt der 82-Jährige das Rednerpult, als das Plenum erneut um Fassung ringt.

Hassprediger

Vor seinen Geheimpolizisten spricht Mielke eine ganz andere Sprache. DDR-Flüchtlinge, die im Herbst 1989 die westdeutschen Botschaften in Prag und Budapest stürmen, beschimpft er als „*miese Säcke*" und „*Banditen*". Mielke ist nicht nur ein Hassprediger, er scheut auch vor Gewalt nicht zurück. Heimlich lässt er Pläne für Internierungslager ausarbeiten. Ginge es nach ihm, würde mit den „*feindlich-negativen Elementen*" kurzer Prozess gemacht. „*Das ganze Geschwafel von wegen nicht Hinrichtung und nicht Todesurteil – alles Käse, Genossen. Hinrichten, wenn notwendig auch ohne Gerichtsurteil.*" So äußert Mielke sich 1982.

In den Kategorien von Gewalt hat der Sohn eines Stellmachers und gelernte Speditionskaufmann schon immer gedacht und gehandelt. Mielke, Jahrgang 1907, wächst im „*Roten Wedding*" auf, einer Hochburg der Kommunisten in Berlin. Die Eltern sind in der KPD. Er selber schließt sich 1921 dem *Kommunistischen Jugendverband* an und tritt vier Jahre später in die Partei ein. Als die KPD sich in der Weimarer Republik blutige Schlachten mit der Polizei und Hitlers SA liefert, gehört der klein gewachsene, sportlich durchtrainierte Mielke dem Parteiselbstschutz an. Bei einer Demonstration im August 1931 auf dem Bülowplatz (später Rosa-Luxemburg-Platz) im Zentrum Berlins erschießt er aus dem Hinterhalt zwei Polizisten. Bevor er sich mit falschen Papieren absetzt, prahlt er in seiner Stammkneipe mit dem Doppelmord. In Moskau, wo er Parteigenossen als angebliche Verräter denunziert, bleibt Mielke von Stalins Säuberungen verschont. Als Kämpfer im Spanischen Bürgerkrieg soll er ebenfalls angeblich abtrünnige Genossen verraten haben. Während des Zweiten Weltkriegs unternimmt er in Belgien und Frankreich riskante Untergrundaktionen.

Nach 1945 schlägt Mielke sich auf die Seite Ulbrichts, übersteht wiederum alle Machtkämpfe und beteiligt sich an den Säuberungen. Kurt Müller, ein überzeugter Kommunist und aufrechter Antifaschist, der 1950 in die Fänge der Stasi gerät, erlebt ihn beim Verhör: *„Mielke ergötzte sich daran, mir alle möglichen verabscheuungswürdigen Methoden der Liquidierung von Menschen zu erläutern."*

Ab 1957 steigt Mielke als Minister für Staatssicherheit zu einem der mächtigsten und meistgehassten Männer der DDR auf. Die flächendeckende Bespitzelung ist sein Werk. Regimegegner lässt er bis nach Westberlin und in die Bundesrepublik verfolgen und entführen.

Leutselig und jovial

Im Kreis seiner Untergebenen gibt sich Mielke leutselig und jovial. Der *„Genosse Minister"* liebt gesellige Runden, bei denen gesungen und getanzt wird, und betätigt sich sportlich. Legendär sind auch seine Jagdgesellschaften, in deren Mittelpunkt wiederum nur eine Person steht, er, der allmächtige, eitle Minister. Umso tiefer ist Mielkes Sturz 1989. Dabei holt ihn die Vergangenheit wieder ein. Er wird im wiedervereinigten Deutschland wegen der Ermordung der beiden Polizisten im Jahr 1931 angeklagt und 1993 zu einer Freiheitsstrafe von sechs Jahren verurteilt. Wegen seines schlechten Gesundheitszustands darf er das Gefängnis bereits zwei Jahre später wieder verlassen. Weitere Festnahmen und Anklagen folgen. Aber Mielke kann strafrechtlich nicht mehr belangt werden. Seit dem Machtverlust verfällt er körperlich und geistig. Die letzten Monate seines Lebens ist er auf einen Rollstuhl angewiesen. Viele fragen sich, wie von dieser armseligen Figur jahrzehntelang so viel Angst und Schrecken ausgehen konnten.

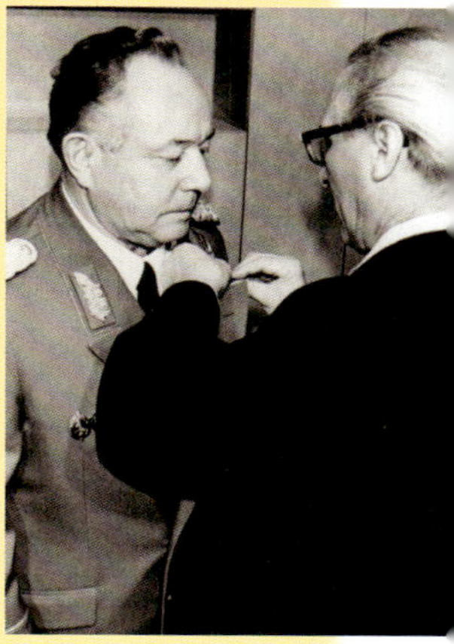

Verleihung des Ehrentitels „Held der Deutschen Demokratischen Republik"

Telefonanlage von Erich Mielke in der Normannenstraße

Hauptverwaltung Aufklärung

142

142 Gabriele Gast, 1943 in Remscheid geboren, Regierungsdirektorin im Sowjetunion-Referat des Bundesnachrichtendienstes (Pullach), arbeitet seit 1968 als deutsch-deutsche Spionin für die Hauptverwaltung Aufklärung des Ministeriums für Staatssicherheit der DDR. 1990 wird sie enttarnt und 1991 zu einer mehrjährigen Gefängnisstrafe und dem Verlust der bürgerlichen Ehrenrechte verurteilt.

Innerhalb des Ministeriums für Staatssicherheit gilt die HVA, die *Hauptverwaltung Aufklärung*, als Eliteformation. In einem Hochhauskomplex auf dem Gelände der Stasi-Zentrale in Berlin-Lichtenberg gehen die HVA-Mitarbeiter ihrer geheimnisumwitterten Tätigkeit nach, die sich gegen Westberlin, die Bundesrepublik und das westliche Ausland generell richtet. Ihre Aufgabe: Spionage auf den Feldern Politik, Militär, Wirtschaft und Technologie; ferner Gegenspionage, d. h. Eindringen in westliche Geheimdienste, und operative Steuerung politischer Vorgänge in der Bundesrepublik.

Die HVA wird als einer der erfolgreichsten Geheimdienste angesehen – ein Ruf, den sie vor allem Markus Wolf verdankt. Wolf leitet die „*Auslandsaufklärung*" des MfS mit 3800 hauptamtlichen und über 10 000 „*Inoffiziellen Mitarbeitern*" 33 Jahre lang. Das riesige Netz von Agenten, Zuträgern, Kurieren und Instrukteuren verursacht jährliche Kosten in zweistelliger Millionenhöhe.

Erotische Lockvögel

Nicht nur Wolf und sein Nachfolger Werner Grossmann wirken fleißig am Mythos HVA mit, indem sie ihre Erfolge herausstellen. Auch der Westen ist beeindruckt. Als der frühere Präsident des Bundesamtes für Verfassungsschutz, Heribert Hellenbroich, auf DDR-Agenten angesprochen wird, die als „*Romeos*", als erotische Lockvögel, auf westdeutsche Frauen in Schlüsselfunktionen angesetzt wurden, meint er, man sei im Westen nicht auf diese Idee gekommen. „*(Ich) sage … vom Beruflichen her über diese Methode: Okay, ganz prima.*"

Moralische Bedenken lassen Geheimdienste bekanntlich für sich nicht gelten, weder im Osten noch im Westen.

Es gelingt der HVA, Spione in fast alle gesellschaftlich wichtigen Bereiche der Bundesrepublik einzuschleusen und Bundesbürger an den Schaltstellen von Politik, Wirtschaft, Wissenschaft und Medien zur Mitarbeit zu verpflichten. Westdeutsche Universitäten sind vorrangiges Terrain zur Rekrutierung von DDR-Spionen. Wolfgang Hartmann, 26 Jahre Stasi-Mitarbeiter, berichtet, er habe vor allem nach Juristen gesucht, „*nach guten Juristen wohlgemerkt, die eines Tages Spitzenpositionen im westdeutschen Staatsapparat einnehmen würden*".

Die HVA sammelt nicht nur geheime Informationen, sondern greift auch direkt in das politische Geschehen der Bundesrepublik ein. Einer der Agenten im Dienst der HVA ist der FDP-Bundestagsabgeordnete William Borm (1895–1987), den Markus Wolf persönlich betreut. Wolf überarbeitet sogar Redetexte von Borm, z. B. die Ansprache, die der Abgeordnete im Oktober 1969 als Alterspräsident des Bundestages hält. Der Spionagechef schreibt über den ehemaligen DDR-Häftling Borm, der wegen „*Kriegs- und Boykotthetze*" mehrere Jahre in Bautzen einsaß, bevor er als FDP-Politiker zum Spitzel wurde: „*William … half uns, die Wandlung Willy Brandts vom kalten Krieger und Frontstadtpolitiker … hin zum Verfechter einer neuen Ostpolitik der Verständigung besser zu verstehen.“*

Ein anderer Fall betrifft das Misstrauensvotum der CDU/CSU-Opposition gegen Bundeskanzler Brandt im Jahr 1972. Nachdem mehrere Abgeordnete der Regierungskoalition zur Opposition übergelaufen sind, fühlt diese sich stark genug, den Kanzler zu stürzen. Um das zu verhindern, lässt Spionagechef Wolf dem CDU-Bundestagsabgeordneten Julius Steiner 50 000 DM zukommen, damit dieser für Brandt stimmt. Denn die DDR ist daran interessiert, dass der Kanzler seine auf Ausgleich gerichtete Ostpolitik fortsetzen kann.

Agent im Kanzleramt

Die HVA schafft es sogar, mit Günter Guillaume einen Agenten ins Kanzleramt zu schleusen. Seine Enttarnung führt zum Rücktritt Brandts und versetzt der Entspannungspolitik einen schweren Schlag.

Markus Wolf schreibt in seinem Buch *Spionagechef im geheimen Krieg*: *„Brandts Rücktritt war keineswegs von mir gewollt gewesen; selbst aus damaliger Sicht konnte das nur ein politisches Eigentor für die DDR sein.“*

Ein weiteres Beispiel für den Einfluss, den Wolf auf die Bundesrepublik ausübt: Adolf Josef Kanter, dienstältester Spion der HVA, hält die DDR über illegale Spenden westdeutscher Unternehmen an die CDU und andere Interna auf dem Laufenden. Nach Angaben von Wolf hat Kanter daran mitgewirkt, *„den Weg für die Karriere von Helmut Kohl“* freizumachen.

Der Arm der HVA reicht weit über Bonn hinaus. In Brüssel kann der Geheimdienst Agenten im Nato-Hauptquartier und in den Büros der Europäischen Union platzieren.

Auf ihre Spionageerfolge ist die DDR, die ansonsten dem Westen nicht Paroli bieten kann, besonders stolz. Wenigstens auf diesem Gebiet fühlt sie sich überlegen. Am Ende erweist sich der enorme Aufwand jedoch als sinnlos. *„Abertausende waren bereit, sich mit ganzer Kraft dem Gedeihen der sozialistischen Gesellschaft zu widmen“*, heißt es in dem Buch *Freunde sterben nicht* von Markus Wolf. *„Vergeblich, denn die Gebrechen der Gesellschaft waren tödlich, weil sich das herrschende System unendlich weit von den Idealen des Sozialismus entfernt hatte …“*

143

143 Im Vordergrund Willy Brandt, hinter ihm sein persönlicher Referent Günter Guillaume (mit Brille) (1974)

Markus Wolf

1923 *Geburt in Hechingen*

1933–1945 *Exil*

1949–1951 *Diplomat der DDR*

1956–1986 *Stellvertretender Stasi-Chef*

ab **1986** *Schriftsteller*

2006 *Tod in Berlin*

Als Leiter der Auslandsaufklärung ist Markus Wolf Stellvertreter von Erich Mielke. Aber die beiden ranghöchsten Geheimdienstler der DDR können nicht miteinander. Mielke versteht sich als *„Berufsrevolutionär"*, als Haudegen und Kumpel. Wolf dagegen, der Sohn des jüdischen Arztes und Schriftstellers Friedrich Wolf, ist ein Intellektueller, den schönen Künsten ebenso zugetan wie den angenehmen Seiten des Lebens. Außerdem ist er Stratege, der über den Tag hinaus denkt. Wie Schachfiguren setzt er seine Spione und Agenten ein, kalt und berechnend.

Russland als zweite Heimat

Unterschiedlich sind vor allem die Lebensläufe der beiden. Markus Wolf, von seinen Freunden *„Mischa"* genannt, wird 1923 im schwäbischen Hechingen geboren, wo er zusammen mit seinem Bruder Konrad, dem späteren Filmregisseur, aufwächst. Spätestens 1933 weiß der Vater, dass er als Jude und Kommunist in Deutschland keine Zukunft hat. Über die Schweiz und Frankreich emigriert die Familie in die Sowjetunion. In Moskau verbringt Markus Wolf seine Jugend; er lernt Russisch, studiert Flugzeugbau und arbeitet zwei Jahre als Redakteur beim Moskauer *Deutschen Volkssender*. Die UdSSR wird ihm zur zweiten Heimat, die kommunistischen Ideale werden zu seiner Lebensmaxime.

Dass der hochgewachsene, gut aussehende und intelligente *„Mischa"*, der zudem über einen beträchtlichen Charme verfügt, im Nachkriegsdeutschland Karriere macht, daran zweifelt kaum jemand. Zunächst ist Wolf für den *Berliner Rundfunk* tätig und berichtet u.a. über den Nürnberger Kriegsverbrecherprozess. Nach einem Abstecher als Diplomat an der DDR-Botschaft in Moskau wechselt er 1952 zum *Außenpolitischen Nachrichtendienst (APN)*, dem Vorläufer des MfS und der HVA. Wolf perfektioniert die Auslandsspionage derart, dass er für Ulbricht wie auch für Honecker unentbehrlich wird. Mit seinen Spitzenagenten pflegt er über die Jahre einen intensiven persönlichen Kontakt; es sind dies vor allem Gabriele Gast vom Bundesnachrichtendienst, Klaus Kuron vom Bundesamt für Verfassungsschutz und Rainer Rupp, der die Nato in Brüssel ausspioniert. Das Einschleusen von Günter Guillaume ins Kanzleramt nennt er sein *„Meisterstück"*. Die Folgen bedauert er allerdings, denn sie *„standen völlig im Widerspruch zu unserer damaligen politischen Orientierung …"*

Mann ohne Gesicht

In der Bundesrepublik gilt Markus Wolf derweil als *„Mann ohne Gesicht"*. Bis 1978 existiert keine Aufnahme von ihm in Westdeutschland. Erst der zum BND übergelaufene HVA-Offizier Werner Stiller identifiziert den Spionagechef anhand eines Fotos des schwedischen Nachrichtendienstes, der ihn beim Einkaufen in Stockholm entdeckt hat.

Die Hintergründe seines Rücktritts als Leiter der HVA im Jahr 1986 sind unklar. Wolf selber sagt, er habe den Chefposten *„auf eigenen Wunsch"* abgegeben, weil er als Schriftsteller arbeiten wolle. Einen Mann mit seinem Wissen und Können lässt SED-Generalsekretär Honecker aber vermutlich nicht ohne wichtigen Grund gehen. Vielleicht ist Wolf als Spionagechef nicht mehr tragbar, denn er hat sich inzwischen von seiner zweiten Frau Christel getrennt, die wiederum in Kontakt zu einem BND-Agenten stehen soll. Denkbar ist auch, dass Wolf mit Blick auf die Veränderungen in Moskau sich rechtzeitig von der starren SED-Politik absetzen will, um eine politische Karriere einzuschlagen.
Solche Träume platzen spätestens am 4. November 1989, als Wolf zusammen mit Bürgerrechtlern auf dem Berliner Alexanderplatz vor Hunderttausenden von Menschen auftritt, sich als Reformer anbietet und zugleich seine früheren Agenten in Schutz nimmt. Ein gellendes Pfeifkonzert schlägt ihm entgegen. Danach setzt er sich in mehreren Veröffentlichungen verstärkt mit der eigenen Vergangenheit auseinander. In seinem Buch *Im eigenen Auftrag – Bekenntnisse und Einsichten* (1991) sieht er sich *„in unmittelbarer Nähe zu den Hauptverantwortlichen für das mannigfach begangene Unrecht"*. Und er fragt sich, *„was wir, unsere Generation und die unserer Väter, versäumt oder falsch gemacht haben …"*

„Die Troika"

Einige Antworten hat der Schriftsteller Wolf bereits drei Jahre zuvor gegeben, und zwar in dem Buch *Die Troika*, das offen die Erfahrungen der Emigration analysiert. Der selbstkritische Rückblick bewahrt ihn nicht vor Strafverfolgung. 1997 wird er als ehemaliger Geheimdienstchef wegen Freiheitsberaubung, Körperverletzung und Nötigung zu zwei Jahren Haft mit Bewährung verurteilt. Die Prozesse verstärken sein Bedürfnis, sich zu rechtfertigen. Wolf schreibt weitere Bücher, hält Vorträge und gibt Interviews.
Eines macht ihm offenkundig zu schaffen, und zwar, dass er selber die *„guten und edlen Ideale"*, unter denen er, wie andere Kommunisten, 1945 angetreten ist, mit zugrunde gerichtet hat.

Enttarnt (1976)

Sozialismus auf dem Vormarsch

144

145

146

144 Salvador Allende

145 Ernesto Che Guevara

146 Ho Chi Minh

Mag der Alltag der Menschen noch so beschwerlich und der Anblick der Dörfer und Städte noch so grau sein, in den 1970er-Jahren und zum Teil schon vorher erfährt die DDR eine wachsende internationale Anerkennung. Das hat weniger mit dem Bemühen der SED zu tun, die außenpolitische Isolation zu überwinden, als mit weltpolitischen Umwälzungen. Die ehemaligen Kolonialreiche in Asien und Afrika brechen zusammen. Es entstehen Staaten wie zum Beispiel Vietnam und Angola, die ihre Freiheit oft blutig erkämpfen und sich den Sozialismus auf ihre Fahnen schreiben.

Kuba und Chile

Auch in Mittel- und Südamerika, also im *„Hinterhof"* der USA, brodelt es. Auf Kuba hat Fidel Castro bereits 1958 ein korruptes Regime gestürzt. Castro bedeutet eine ständige Herausforderung für die US-Regierung, die ihn durch ihre Blockade-Politik in die Arme Moskaus treibt. In Chile kommt 1970 mit Salvador Allende der erste freigewählte sozialistische Präsident an die Macht. Allendes Sturz drei Jahre später wird in Washington geplant und mit US-Hilfe umgesetzt.
Schon vor dem Putsch in Chile führt der Vietnamkrieg zu weltweiten Protesten gegen Washington und heizt die revolutionäre Stimmung noch weiter an. Der kubanische Arzt und Revolutionär Ernesto Che Guevara, der als Guerillaführer in Bolivien erschossen wird, und Nordvietnams Staatschef Ho Chi Minh, der sich im Vietnamkrieg gegen die USA behauptet, werden zu Idolen einer neuen Zeit, die im Zeichen des Sozialismus steht und das Ende von Armut und Unterdrückung verheißt.

„Weltfriedenslager"

Während die westliche Führungsmacht USA wegen des Vietnamkriegs und weiterer Eingriffe in die Politik anderer Staaten weltweit in der Kritik steht und ehemalige Kolonialmächte wie Großbritannien und Frankreich nach dem Verlust ihrer Überseegebiete in die Defensive geraten, sieht es so aus, als sei der Vormarsch des Sozialismus nicht mehr zu stoppen. Von diesen Umwälzungen profitiert nicht zuletzt auch die DDR. Nach eigenem Verständnis gehört der SED-Staat dem *„Weltfriedenslager"* an. Schließlich praktiziert er *„internationale Solidarität"*: Verfolgte aus Chile sowie Verwundete und Kriegswaisen aus Namibia, Angola und Mosambik werden aufgenommen. Die DDR hilft diesen Staaten nach der Erlangung der Unabhängigkeit beim Aufbau eines eigenen Sicherheitsapparates.
In enger Zusammenarbeit mit dem sowjetischen KGB operiert das MfS in vielen Ländern der Dritten Welt, handelt mit Waffen und bietet international gesuchten Terroristen Unterschlupf in der DDR. Auch westdeutschen Aktivisten der *Rote Armee Fraktion (RAF)* ist das MfS zu Diensten. Zehn RAF-Anhänger, die aussteigen wollen, erhalten eine neue Identität und verbringen ihr weiteres Leben im *„real existierenden Sozialismus"* der DDR, was erst 1989 bekannt wird.

Auf gute Nachbarschaft

„Wandel durch Annäherung"

147

147 Ständige Vertretung der Bundesrepublik Deutschland in Ost-berlin

148 Hauptquartier der Westgruppe der russischen Streitkräfte in Wünsdorf

149 Grenzübergang Chausseestraße nach Berlin-Mitte

Mit dem Regierungswechsel in Bonn im September 1969 beginnt für beide deutsche Staaten gewissermaßen eine neue Zeitrechnung. Auch wenn manche den Einschnitt nicht sehen oder ihn verhindern wollen – die Veränderungen sind schon bald zu spüren. Denn in einer Rekordzeit von nur zweieinhalb Jahren entsteht ein umfangreiches Vertragswerk zwischen der Bundesrepublik und ihren östlichen Nachbarn.

Der ewige Zankapfel Berlin

Die politische Lage ist zunächst von Stillstand geprägt: Der Kalte Krieg hat in Europa seinen Höhepunkt überschritten. Ein Teil des globalen Kräftemessens verlagert sich auf die Dritte Welt, wo Ost und West heftig um Einfluss konkurrieren. In Europa verläuft der Gegensatz noch in den alten Bahnen – mit dem ewigen Zankapfel Berlin im Mittelpunkt, der die Kontrahenten sichtlich ermüdet und bei den Menschen nur noch Überdruss erzeugt, weil sich nichts bewegt.

Die Notwendigkeit, die Deutschlandpolitik radikal zu ändern, spürt kaum jemand so deutlich wie Bundeskanzler Brandt, der bereits als Regierender Bürgermeister von Berlin die Tragik der Teilung hautnah miterlebt hat. Brandt hat sich viel vorgenommen: Unter dem Motto *„Auf gute Nachbarschaft!"* will er das Gegeneinander der Blöcke aufbrechen und das verkrampfte Verhältnis zur DDR und zu Osteuropa normalisieren. *„Wandel durch Annäherung"* – so lautet sein Ziel, das vor allem Verbesserungen im Umgang miteinander bringen soll.

Honecker und die Betonfraktion

Allerdings trifft sein Vorstoß die SED-Führung zu einem denkbar ungünstigen Zeitpunkt: Der Machtkampf zwischen

148

149

Ulbricht und Honecker ist voll entbrannt, und dabei entsteht eine überraschende Konstellation: Der als starrsinnig angesehene Ulbricht kann sich durchaus mit der Entspannungspolitik anfreunden. Vor allem sieht der SED-Chef die Chance, die wirtschaftlich lahmende DDR an das westliche Tempo anzukoppeln. *„Am Ende seiner Amtszeit bewies er eine Weitsicht, die ihm kaum jemand zugetraut hatte“*, schreibt Markus Wolf.

Ausgebremst

Doch bevor Ulbricht einen seiner gefürchteten Alleingänge unternimmt, wird er von seinem Herausforderer ausgebremst. Honecker schart im Politbüro die Betonköpfe um sich, die getreu den Anweisungen des Kreml jede Veränderung im deutsch-deutschen Verhältnis scharf ablehnen. Der sowjetische Generalsekretär verweist auch Honecker in die Schranken. Denn Breschnew will den Kurs gegenüber Bonn allein bestimmen: *„Wir haben doch Truppen bei euch, Erich, vergiss das nie, ohne uns gibt es keine DDR.“*

Auf östlicher Seite gibt es noch einen weiteren Mitspieler, der relativ unabhängig agiert und mehrmals direkt in die Politik eingreift: die Hauptverwaltung Aufklärung von Markus Wolf. *„Wir konnten uns rechtzeitig auf den Regierungswechsel vorbereiten“*, versichert der Spionagechef. Früher als andere weiß Wolf, was auf die DDR zukommt. Als Anhänger der Ostpolitik Brandts übernimmt er hinter den Kulissen eine Steuerungsfunktion, die selbst aus dem Abstand von Jahrzehnten noch unheimlich wirkt. Was er in seinem Buch *Spionagechef im geheimen Krieg* dazu schreibt, klingt eitel und überheblich und dürfte dennoch der Wahrheit ziemlich nahe kommen. Danach verfügt Wolf über so viele strategisch wichtige Quellen, dass er, noch bevor Entscheidungen fallen, über alle Einzelheiten Bescheid weiß. Somit kann er rechtzeitig seine Maßnahmen treffen.

Am Ende ein Fiasko

Die Erfolgsserie, die er im Buch auflistet, endet allerdings im Fiasko: Nach der Enttarnung von Guillaume als Spion im Kanzleramt tritt Brandt, dem Wolf neun Monate zuvor durch Bestechung über das Misstrauensvotum der Opposition mit hinweggeholfen hat, zurück.

150

151

150 Ewald Moldt, Leiter der Ständigen Vertretung der DDR in der Bundesrepublik Deutschland (1987)

151 Die Ständige Vertretung der DDR in der Bundesrepublik Deutschland in Bonn

Willy Brandt

1913 *Geburt in Lübeck*

1933–1947 *Exil*

1957–1966 *Regierender Bürgermeister von Berlin*

1964–1987 *SPD-Bundesvorsitzender*

1966–1969 *Außenminister*

1969–1974 *Bundeskanzler*

1992 *Tod in Unkel/Rhein*

Sein Weg vom Lübecker Vorort St. Lorenz, wo er 1913 als unehelicher Sohn der Verkäuferin Martha Frahm geboren wird, bis zum Palais Schaumburg, dem Sitz des Bundeskanzlers in Bonn, ist gepflastert mit tiefen Enttäuschungen und bitteren Niederlagen. Sein norddeutsches Naturell hilft ihm und erweist sich zugleich als Hindernis. Stur verfolgt Herbert Frahm, der sich als Emigrant in Skandinavien aus Schutz vor der Verfolgung durch das NS-Regime Willy Brandt nennt und diesen Namen später in Deutschland beibehält, seine Ziele. Brandt wird Regierender Bürgermeister von Berlin, Bundesaußenminister und schließlich Bundeskanzler.

Dazwischen gibt es immer wieder Phasen, in denen er sich verschließt und selbst für Vertraute und Angehörige nicht erreichbar ist. Sein Sohn Lars beschreibt einen verregneten Urlaub in Norwegen, in dem der Vater missmutig in den Tag hinein lebt: *„In Ferien wie diesen sah das Leben im Ganzen trostlos für ihn aus. Zur Strafe nahm er es grollend hin und sprach statt wenig gar nicht mehr."*

Dass derselbe Mann verbindlich, charmant, sentimental und witzig sein kann und überdies eine große Ausstrahlung besitzt, gerade auch auf Frauen, wissen seine Weggefährten. Die schwierige Kindheit – Herbert Frahm wächst bei seinem Großvater auf – mag seine politische Einstellung geprägt haben. Schon als Gymnasiast verfasst er Artikel für den *Lübecker Volksboten*, schließt sich sozialistischen Jugendgruppen an und gründet links von der SPD die *Sozialistische Arbeiterpartei (SAP)*.

Flucht an Bord eines Fischkutters

Als Hitler 1933 an die Macht kommt, ergreift Frahm die Flucht. Ein Fischkutter bringt den 19-Jährigen nach Dänemark. Von dort geht es weiter nach Oslo, in die Stadt, die ihm zur zweiten Heimat wird. Bald spricht er fließend Norwegisch und Englisch. Im Exil schreibt Brandt Artikel und Bücher, reist quer durch Westeuropa und riskiert mehrfach sein Leben – als Reporter im Spanischen Bürgerkrieg und als Kontaktmann zu Untergruppen in Berlin, wo er sich 1936 fast ein halbes Jahr lang aufhält. Brandt ist Antifaschist und Weltbürger zugleich. Nach dem deutschen Überfall auf Norwegen im April 1940 schließt er sich der norwegischen Armee an, was ihm später zynischerweise als Verrat ausgelegt wird. Bald gerät er in deutsche Gefangenschaft, wird entlassen und kann vor der deutschen Besatzung nach Stockholm fliehen. Seine erste Frau Carlotta Thorkildsen folgt ihm mit der Tochter Ninja nach Schweden.

Der deutsche Kennedy

Im Exil schwankt Brandts politische Einstellung zwischen Reform und Revolution, wobei er sich vom dogmatischen Kommunismus, wie Stalin ihn prägte, klar abgrenzt. 1945 kehrt er nach Berlin zurück. Dort ist er zunächst als Presse-

attaché der norwegischen Militärmission tätig. In Stockholm hat er die Norwegerin Rut Hansen kennen gelernt; sie wird seine zweite Frau. Spektakuläre Wahlerfolge in Berlin ebnen ihm den Weg nach Bonn. Gelegentlich wird Brandt mit US-Präsidenten John F. Kennedy verglichen, der ihm früh geraten hat, sich aus den eingefahrenen Denkmustern des Kalten Krieges zu lösen.
1961 tritt Brandt erstmals als Kanzlerkandidat der SPD gegen Adenauer an und unterliegt. Vier Jahre später eine neuer Anlauf, jetzt gegen Ludwig Erhard: Brandt scheitert erneut und will aufgeben. 1969 schafft er es ins Kanzleramt. Die CDU/CSU verdächtigt ihn weiterhin, Handlanger der SED zu sein, bringt seine uneheliche Geburt und seine Emigration ins Spiel. Dass ihm sein Widerstand vorgehalten wird, während ehemalige Stützen des NS-Regimes in Amt und Würden bleiben, kann er nicht begreifen.

Friedensnobelpreis

Der Friedensnobelpreis, den Brandt im November 1971 in Oslo für seine Politik des Ausgleichs und der Entspannung gegenüber Osteuropa entgegennimmt, hilft ihm nur vorübergehend. Denn die Schlammschlacht geht weiter. Obwohl er die Bundestagswahl 1972 klar gewinnt und wieder zum Bundeskanzler gewählt wird, gerät Brandt danach in seine tiefste Krise. Ein Dickicht aus Verrat und Intrigen, verbunden mit Gerüchten über Frauengeschichten, führt 1974 zum Rücktritt. Doch Brandt fängt sich wieder und bleibt politisch aktiv – jetzt als Vorsitzender der SPD und Anwalt der Dritten Welt. Den Fall der Berliner Mauer am 9. November 1989 darf er noch miterleben. Tief bewegt vom historischen Moment, spricht er den denkwürdigen Satz: *„Jetzt wächst zusammen, was zusammengehört.“*

Willy Brandt vor dem Mahnmal des Gettoaufstands (Warschau, 1970)

Politisches Minenfeld

152

152 Staatssekretär Egon Bahr (links) und Bundeskanzler Willy Brandt bei der ersten Lesung der „Ostverträge" im Bundesrat (1972)

153 Erfurter Treffen am 19. März 1970. Links: Willy Brandt, Egon Franke, rechts: Willi Stoph, Otto Winzer

Die Akteure der Bonner Ostpolitik, voran Bundeskanzler Brandt und sein Staatssekretär Egon Bahr, bewegen sich mit ihrer *„neuen Ostpolitik"* in einem politischen Minenfeld. Dabei tun sie genau das, was sowohl der Westen als auch der Osten seit Jahren verlangen, und zwar, die seit Kriegsende bestehende Spaltung Deutschlands mit den entsprechenden Grenzen als gegeben hinzunehmen. Dennoch stößt die Bundesregierung bei beiden Supermächten auf Misstrauen. Wenn es im abflauenden Kalten Krieg um Entspannung geht, dann wollen die USA die Richtung selbst bestimmen und diese sich nicht von Bonn vorschreiben lassen. Generalsekretär Breschnew verlangt von Ulbricht, die Annäherungsversuche Bonns zurückzuweisen.

Aggression auf Filzlatschen

Der SED-Chef pocht auf die Souveränität der DDR; sie sei ein *„echter deutscher Staat"*, erwidert Ulbricht und fügt hinzu: *„Wir sind nicht Bjelorussland* (Weißrussland), *wir sind kein Sowjetstaat. Also echte Kooperation."* Ulbricht will der Bonner Ostpolitik mit einer *„offensiven Westpolitik"* begegnen. Seine Gegner im Politbüro, voran Erich Honecker, sehen die Chance, dem Kreml gefällig zu sein und gleichzeitig den SED-Chef zu isolieren. So spricht DDR-Außenminister Otto Winzer im Zusammenhang mit der Bonner Ostpolitik ganz im Sinne Breschnews von einer *„Aggression auf Filzlatschen"*. Anfang 1972, als er längst Erster Sekretär der SED ist, bezeichnet Honecker die Bundesrepublik als *„imperialistisches Ausland"*. Diese scharfe Abgrenzung hindert ihn jedoch nicht daran, Vereinbarungen mit der Bundesrepublik zu schließen, sobald der Kreml den Rahmen dafür abgesteckt hat.

Auch in Westdeutschland trifft die Ostpolitik auf große Widerstände. Die CDU/CSU, flankiert von Vertriebenen-Verbänden, lässt nichts unversucht, die Annäherung an die DDR zu torpedieren. Selbst auf die eigene Koalition kann Brandt sich nicht verlassen. FDP-Abgeordnete laufen ins Lager der Opposition über.

153

Diplomatisches Meisterstück

Trotz aller Widerstände gelingt den Unterhändlern beider Seiten ein diplomatisches Meisterstück. Am Anfang steht eine Begegnung, die politisch zwar ohne Ertrag bleibt, jedoch einen hohen Symbolwert besitzt. Am 19. März 1970 treffen sich Ministerpräsident Willi Stoph und Bundeskanzler Willy Brandt

in Erfurt. Aus der Menge hallt es: „*Willy! Willy!*" Die Rufe gelten erkennbar Brandt, der darauf zurückhaltend reagiert. Er will die Situation keinesfalls anheizen.
Bereits am 12. August 1970 kommt es zur Unterzeichnung des *Moskauer Vertrags*. Darin vereinbaren beide Seiten die „*Unverletzlichkeit der Grenzen*" in Europa und verzichten bei Konfliktfällen ausdrücklich auf die Androhung und Anwendung von Gewalt.
Der *Warschauer Vertrag* folgt am 7. Dezember. Auch darin betonen Polen und die Bundesrepublik die „*Unverletzlichkeit ihrer Grenzen jetzt und in Zukunft*" und versichern, dass sie gegeneinander keinerlei Gebietsansprüche hätten. Anlässlich der Unterzeichnung des Vertrags in Warschau entschließt Brandt sich zu einer Geste, die weltweit Aufsehen erregt: Der Antifaschist kniet am Mahnmal für die Opfer des Warschauer Gettoaufstands nieder und bittet die Polen um Vergebung.
Schwierig gestalten sich die Vereinbarungen zwischen Ostberlin und Bonn. Voraussetzung für eine neue Beziehung ist ein *Vier-Mächte-Abkommen* über Berlin, das im September 1971 ausgehandelt ist. Darin geht es um die Zuständigkeit der Siegermächte des Zweiten Weltkriegs für Berlin. Durch einen simplen Trick gelingt es den vier Botschaftern, die komplizierten Statusfragen auszuklammern; sie einigen sich auf ein „*agree to disagree*", d. h. sie stimmen überein, dass sie nicht übereinstimmen, und schaffen zugleich einen Rahmen für Verträge, die anschließend zwischen der DDR und der Bundesrepublik auszuhandeln sind. Bis Mai 1972 verständigen sich die Unterhändler Bahr und Michael Kohl, Staatssekretär im DDR-Außenministerium, über einen *Verkehrsvertrag*, der wiederum ein halbes Jahr später zum *Grundlagenvertrag* führt. Beide deutsche Staaten regeln den Post-, Telefon- und Grenzverkehr, vereinbaren neue Grenzübergänge und die Akkreditierung westdeutscher Korrespondenten in der DDR.
Die hartnäckigen Versuche der SED-Führung, eine volle völkerrechtliche Anerkennung durch die Bundesrepublik durchzusetzen, scheitern. Anstelle von Botschaften gibt es *Ständige Vertretungen* in Berlin und Bonn. Beide Staaten sichern sich gegenseitig ihre Unabhängigkeit zu und ebnen so den Weg für die Mitgliedschaft von zwei deutschen Staaten in den Vereinten Nationen.
Neben den Ostverträgen mit der UdSSR, Polen und der ČSSR kommt ein Vertragswerk mit der DDR zustande, das umfassend, kompliziert und höchst umstritten ist.

Politdrama

Am 27. April 1972 erreicht ein bis dahin noch nicht da gewesenes politisches Drama seinen Höhepunkt: Oppositionsführer Rainer Barzel hat einen Misstrauensantrag gestellt, um Brandt zu stürzen und dessen Ostpolitik zu stoppen. Rein rechnerisch verfügt er über die Mehrheit. Doch Barzel verliert; ihm fehlen zwei Stimmen. Mindestens eine davon hat DDR-Spionagechef Wolf gekauft.

154

154 Oppositionsführer Rainer Barzel gratuliert Willy Brandt nach der Ablehnung des konstruktiven Misstrauensvotums der CDU/CSU durch den Bundestag am 27. April 1972.

Der Sturz

155

156 Kanzleramtsminister Egon Bahr (links) verbirgt seine Erschütterung.

155 Die handschriftliche Rücktrittserklärung von Willy Brandt (1974)

Am Abend des 5. Mai 1974 zeigt Willy Brandt seinem ältesten Sohn Lars ein Blatt Papier mit einer handschriftlichen Erklärung: „*Ich übernehme die politische Verantwortung für Fahrlässigkeiten im Zusammenhang mit der Agentenaffäre Guillaume und erkläre meinen Rücktritt vom Amt des Bundeskanzlers.*" Der 22-Jährige sieht den Vater an und sagt: „*Bitte tu's nicht.*"

„Ich werde zurücktreten"

Am nächsten Morgen geht Brandt zu seiner Frau, um sich zu verabschieden. „*Ich werde heute zurücktreten*", erklärt er. Rut Brandt erwidert: „*Das finde ich richtig. Einer muss die Verantwortung auf sich nehmen.*" Es gibt aber noch andere, die für die größte deutsche Spionageaffäre Verantwortung tragen: etwa Günter Nollau, Präsident des Bundesamts für Verfassungsschutz, der im Mai 1973 von einem Verdacht gegen Guillaume

156

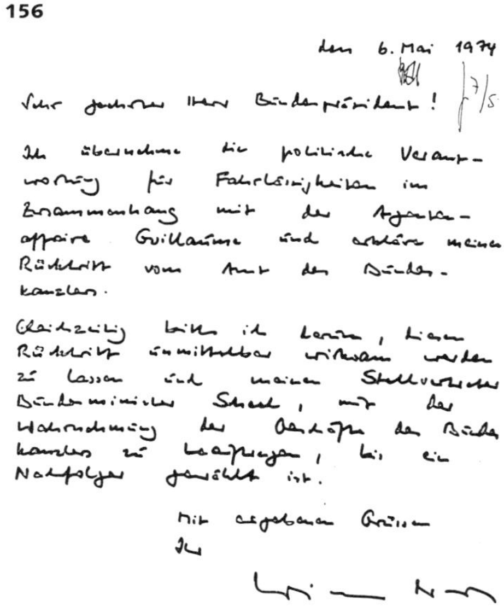

den 6. Mai 1974

7/5

Sehr geehrter Herr Bundespräsident!

Ich übernehme die politische Verantwortung für Fahrlässigkeiten im Zusammenhang mit der Agenten-affaire Guillaume und erkläre meinen Rücktritt vom Amt des Bundeskanzlers.

Gleichzeitig bitte ich darum, diesen Rücktritt unmittelbar wirksam werden zu lassen und meinen Stellvertreter, Bundesminister Scheel, mit der Wahrnehmung der Geschäfte des Bundeskanzlers zu beauftragen, bis ein Nachfolger gewählt ist.

Mit ergebenen Grüßen
Ihr
Willy Brandt

erfährt und den Agenten dennoch fast ein Jahr lang an der Seite des Kanzlers belässt. Nollau informiert zwar Innenminister Hans-Dietrich Genscher, aber nur sehr allgemein, wie später behauptet wird. Genscher unterrichtet seinerseits den Kanzler, jedoch nicht so, dass dieser alarmiert wäre. Vielmehr nimmt Brandt seinen Referenten im Sommer 1973 noch mit in den Urlaub nach Norwegen. Fernsehbilder zeigen Guillaume am Chiffriergerät. Alle für den Kanzler bestimmten Geheimpapiere gehen zuerst durch seine Hände.

Es gibt noch einen Dritten, der um den Spionageverdacht weiß: Herbert Wehner, der mächtige SPD-Fraktionschef. Bei seinen Gesprächen mit Honecker fällt er Brandt mehrfach in den Rücken. Auf einer Moskau-Reise im Herbst 1973 demontiert Wehner den Kanzler. Vor Reportern sagt er, die „*Nummer eins*" sei „*entrückt*" und bade gern lau, „*so in einem Schaumbad*".

Im Mai 1973 sind es frühere Geburtstags-Glückwünsche des MfS an Christel und Günter Guillaume, die Verfassungsschützer auf die Spur des Ehepaares bringen. Erst ein Jahr später werden sie verhaftet. Die Enttarnung des Topagenten ist der Auslöser, aber nicht der einzige Grund für Brandts Sturz. Die Ölkrise, ein Streik der Fluglotsen und andere Konflikte haben Brandt zugesetzt. Zudem kursiert eine Liste mit Aussagen seiner Leibwächter über angebliche Treffen mit Frauen. Brandt gibt auf. Am 7. Mai 1974 gibt er vor der SPD-Fraktion seine Entscheidung bekannt.

Günter Guillaume

Als Günter Guillaume am 24. April 1974 den Sicherheitsbeamten die Haustür öffnet, begeht er aus der Sicht des MfS einen Kardinalfehler, als er sich selbst enttarnt. *„Ich bin Offizier des Ministeriums für Staatssicherheit – respektieren Sie das!"*

„Offizier im besonderen Einsatz"

Wer ist dieser Mann, der bei der HVA als *„Offizier im besonderen Einsatz"* geführt wird, der die längste Zeit seines Lebens als Agent in Westdeutschland verbringt, den Bundeskanzler stürzt und jahrelang im Gefängnis sitzt? Die äußeren Daten geben wenig Aufschluss über ihn. Zwischen 1950 und 1956 lässt er sich vom MfS anwerben und für einen Einsatz im Westen ausbilden. Guillaume – Jahrgang 1927, im Krieg Flakhelfer, danach Fotograf – arbeitet inzwischen als Redakteur beim Verlag *Volk und Welt.*

Der perfekte Spion

Im großen Räderwerk des MfS ist er nahezu der perfekte Spion: 1951 heiratet er die Sekretärin Christel Boom, ebenfalls Agentin. 1956 siedeln die beiden als DDR-Flüchtlinge nach Frankfurt über. Dort beginnt ein gut getarntes Doppelleben. Das Ehepaar betreibt *Boom am Dom,* einen Kaffee- und Tabakladen. 1957 treten sie in die SPD ein und engagieren sich auf dem rechten Parteiflügel. In der SPD gilt Günter Guillaume als fleißig und zuverlässig. Nie ist ihm etwas zu viel. Wegen seiner Beflissenheit mag ihn aber keiner so richtig. Aber viele halten ihn für unentbehrlich, zumal er organisieren kann. Für Bundesverkehrsminister Georg Leber leitet er 1969 den Wahlkampf so erfolgreich, dass dieser ihn ins Kanzleramt empfiehlt. Mühelos übersteht der Agent die Überprüfung durch westdeutsche Sicherheitsdienste. Auch in Bonn erweist er sich als effizient.
Willy Brandt schätzt seinen Referenten allerdings nicht sonderlich; er nennt ihn einen *„klein karierten Parteifunktionär"*. Im Frühjahr 1974 bemerken die Guillaumes, dass sie beobachtet werden. Mit Rücksicht auf ihren Sohn Pierre schieben sie aber jeden Gedanken an Flucht von sich, bis es zu spät ist.

Wie Helden gefeiert

Wegen Landesverrats wird Guillaume 1975 zu dreizehn Jahren, seine Frau zu acht Jahren Haft verurteilt. Im Zuge eines Agentenaustauschs kommen beide 1981 vorzeitig frei und kehren in die DDR zurück. Dort werden sie wie Helden gefeiert. Noch im selben Jahr lässt sich das berühmte Paar scheiden. Günter Guillaume heiratet die Krankenschwester Elke Bröhl, deren Namen er annimmt. Sein Sohn, der sich nach dem Geburtsnamen seiner Mutter Pierre Boom nennt, hat vom Doppelleben seiner Eltern erst nach ihrer Festnahme erfahren. 30 Jahre später schreibt er ein Buch mit dem Titel *Der fremde Vater*, in dem er seine Beziehung zu den Eltern aufzuarbeiten versucht.

1927 *Geburt in Berlin*

ab **1956** *Stasi-Mitarbeiter in der Bundesrepublik*

ab **1972** *Referent des Bundeskanzlers Willy Brandt*

ab **1981** *Ausbilder für Stasi-Mitarbeiter*

1995 *Tod in Berlin*

25 Jahre DDR

157

Die DDR hat einen großen Bedarf an Losungen. Frauentag, Gedenktage, Maifeiern, Wahlkämpfe – stets wird die Bevölkerung mit aufmunternden, dröhnenden oder auch mahnenden Appellen angespornt.
Ausgerechnet am 25. Jahrestag der Gründung der DDR zeigen die Agitatoren Symptome der Erschöpfung beim Sammeln zündender Aufrufe. In einem Aktenvermerk des ZK, der für Honecker bestimmt ist, heißt es, für die Losungen hätten sich keine prinzipiell neuen Gesichtspunkte ergeben. Aber ein Vorschlag wird dann doch gemacht: *„Mit allseitiger Erfüllung und zielgerichteter Übererfüllung des Volkswirtschaftsplanes zum 25. Jahrestag der DDR"*.
Dieser Appell klingt nicht gerade aufrüttelnd. Im Gegensatz zum 20. Jahrestag 1969, als der Volksmund noch die Losung *„Keine Kohlen im Keller, keine Kartoffeln im Sack – es lebe der 20. Jahrestag"* verbreitete, hat die DDR fünf Jahre später, also am 7. Oktober 1974, wirklich etwas zu feiern. Der SED-Staat erlebt als Folge der Ostpolitik Brandts eine neue Welle internationaler Anerkennung. Sogar die USA nehmen als letzte Siegermacht des Zweiten Weltkriegs Beziehungen zu Ostberlin auf. Die SED-Führung ist jedem Land, das diesen Schritt vollzieht, richtig dankbar. Das gilt selbst für damalige Diktaturen wie Indonesien und Spanien. Das SED-Zentralorgan *Neues Deutschland* bringt aus diesem Anlass einen wohlwollenden Bericht über Spanien mit einem Foto von Staatschef Francesco Franco. Dass der spanische Führer jeden Kommunisten brutal verfolgt, wird nicht erwähnt. Ähnliches trifft auf den indonesischen

158

Alleinherrscher Suharto zu, der für seine Massaker an Kommunisten berüchtigt ist.
Die außenpolitischen Erfolge bringen es mit sich, dass Erich Honecker im Jubiläumsjahr 1974 auch im Westen als Staatsgast willkommen ist. Das *Neue Deutschland* berauscht sich geradezu an Honeckers Staatsbesuchen. Das Blatt vermeldet, dass der SED-Chef im Ausland mit *„Exzellenz"* angeredet werde, und zählt manchmal sogar die Zahl der Motorräder auf, die Honecker durch fremde Hauptstädte eskortieren.

Bruderküsse

Zu den Feiern anlässlich des 25-jährigen Bestehens der DDR am 7. Oktober 1974 kommt Breschnew nach Ostberlin, um Bruderküsse mit Honecker auszutauschen und ihm zu gratulieren. Honecker selber nutzt sein neues Ansehen für einen Stimmungsumschwung in der DDR. Die Menschen sollen die Ära Ulbricht schnell vergessen und sich ihm zuwenden. Tatsächlich tut er einiges, um die Bevölkerung bei Laune zu halten. Renten und Mindestlöhne werden erhöht. Die Leute haben also mehr Geld zur Verfügung. Die Zahl der Intershops und Delikat-Läden steigt und damit das Angebot an hochwertigen Konsumgütern. In Berlin, in der Messestadt Leipzig und einigen anderen Städten sowie in bestimmten Grenzregionen gibt es für Westgeld oder zu überhöhten Preisen besonderen Schmuck, ein gutes Parfum, ausländische Spirituosen und modische Handtaschen zu kaufen. Dazu kommen soziale Reformen.

Neues Lebensgefühl

Unter dem Eindruck solcher Wohltaten entsteht in der DDR ein neues Lebensgefühl. Das Hier und Jetzt zählt, nicht mehr die vage Hoffnung auf eine bessere Zukunft. Nach dem Motto *„Ich leiste was, ich leiste mir was"* sind materielle und kulturelle Dinge gefragt. Zum Beispiel wird die häusliche Speisekarte bunter und breiter. Hochprozentiges ist gefragt wie nie zuvor. Trinkgelage mit Bier, Korn und Wodka sind keine Seltenheit.

Mangel und Verschwendung

Da die Preise für Grundnahrungsmittel extrem niedrig bleiben – ein Kilo Vollkornbrot kostet beispielsweise 24, ein Brötchen nur fünf Pfennige, wird das Brot manchmal an Schweine, Kaninchen und Hühner verfüttert. In einem System, das die Verteilung der Waren nicht regeln kann, liegen Mangel und Verschwendung dicht beieinander.

160

159

157 Schaufensterdekoration einer Metzgerei anlässlich des 25. Jahrestags der DDR (1974)

158 In einem Staatsakt wird der 25. Jahrestag der Staatsgründung am 7. Oktober 1974 feierlich begangen. Erste Reihe, Dritter von links: Leonid Breschnew, rechts neben ihm Erich Honecker und Willi Stoph

159 Delikat-Laden „Havanna" (1969)

160 Auf der Leipziger Messe wird ein Mercedes 350 SL bestaunt (1973).

Frank Schöbel

1942 *Geburt in Leipzig*

ab **1962** *Schlagersängerkarriere in der DDR*

Auch Fernsehmoderator und Filmschauspieler; nach der Wiedervereinigung weiter erfolgreich

Der Wunsch, dem Alltag mithilfe der leichten Muse zu entfliehen, ist keineswegs auf die DDR beschränkt, aber dort besonders ausgeprägt. Kaum ein Unterhaltungskünstler kommt diesem Bedürfnis so nachhaltig entgegen wie Frank Schöbel. Unermüdlich besingt der 1942 in Leipzig geborene Schlagersänger die Liebe, das Fernweh, den Himmel und die weite Welt.

Darling der DDR

Schöbel – Sänger, Komponist, Texter und Schauspieler – wird zum Darling der DDR, geliebt von der Bevölkerung ebenso wie vom Regime, dem er nicht auf die Füße tritt und das ihn zum Dank in den Westen reisen lässt. *Einmal Himmel und zurück*, so heißt einer seiner etwa 500 Titel, von denen er fast die Hälfte selber komponiert hat. Schon in den 1960er-Jahren, als die Unterhaltungsindustrie aufblüht, landet Schöbel einen Hit nach dem anderen: *Ich geh vom Nordpol zum Südpol zu Fuß* ist einer der Schlager, die das Fernweh bedienen. Mit *Wie ein Stern* schafft es der Himmelstürmer auch in westliche Charts.

Statt Bach Rock und Pop

Ursprünglich drängt es Frank Schöbel in den Leipziger Thomanerchor. Als Sohn einer Opernsängerin durchläuft er eine gediegene musikalische Ausbildung mit Klavier- und Gitarrenunterricht. Doch fesseln ihn Bach und Mendelssohn-Bartholdy weniger als Rock und Pop. Nachdem er die Hitparaden im DDR-Rundfunk erobert hat, dauert es nicht lange, bis auch das Fernsehen den sympathischen jungen Mann entdeckt. Beim *Treffen junger Talente* der TV-Sendung *Herzklopfen kostenlos* setzt Schöbel sich 1971 gegen zahlreiche Mitbewerber durch und startet eine steile Fernsehkarriere. Mit Shows wie *Frank und Freunde* und DEFA-Filmen wie *Heißer Sommer* erlangt er große Beliebtheit. Manche nennen ihn sogar „*Franky-Boy*", da er stets den netten jungen Mann herauskehrt.

„Der Fußball ist rund"

Für die Fußballweltmeisterschaft 1974 im Frankfurter Waldstadion, wo die DDR die Bundesrepublik durch das berühmte Tor von Jürgen Sparwasser besiegt, hat Schöbel das Lied *Ja, der Fußball ist rund wie die Welt* komponiert; er darf es jedoch nicht vortragen, weil es der SED-Führung zu wild vorkommt. Der Sänger muss sich mit dem sanfteren *Freunde gibt es überall* begnügen.

In seinem Repertoire gibt es auch nachdenkliche und persönliche Stücke, z.B. *Mensch, wach auf* und *Vater und Sohn*. Um die Politik macht Schöbel jedoch zumeist einen großen Bogen. Erst 1989, als Honecker & Co. ins Abseits geraten, singt er: *Wir brauchen keine Lügen mehr.* Er schließt sich einer Resolution von Unterhaltungskünstlern an, in der die SED zum Umdenken aufgefordert wird.

Gisela May

Als Gisela May 1957 im *Deutschen Theater* Berlin für eine erkrankte Kollegin einspringt und Brecht-Songs vorträgt, will es der Zufall, dass der Komponist Hanns Eisler mit im Zuschauerraum sitzt. Nach der Aufführung besucht Eisler die Schauspielerin in ihrer Garderobe und ermuntert sie: *„Das sollten Sie weitermachen!"*

Sängerin und Sozialistin

Der Rat von Eisler eröffnet ihr eine neue Perspektive: Gisela May wird eine der gefragtesten Vortragskünstlerinnen und damit zu einem kulturellen Aushängeschild der DDR. Dass sie sich als Sozialistin versteht und schon früh der SED beitritt, hat zunächst mit ihrem Elternhaus in Wetzlar zu tun, wo sie 1924 geboren wird. Der Vater ist Schriftsteller von Beruf und SPD-Mitglied, die Mutter Schauspielerin; sie gehört der KPD an. Antifaschismus und künstlerischer Ehrgeiz gehören zu den Triebfedern ihrer Entwicklung: *„Meine Grunderlebnisse sind der Krieg, die Nazizeit, der Verlust meines Bruders, das Hungern, die Trümmer."* Prägend ist auch das Schicksal ihres Jugendfreundes, der als Widerstandskämpfer hingerichtet wird.

Der Weltstar aus Ostberlin

Von Kind an sind ihr die *Dreigroschenoper* und andere Brecht-Stücke vertraut. Schon mit 13 Jahren weiß Gisela May, dass sie Schauspielerin wird. Zehn Jahre *Deutsches Theater* Berlin, fast 30 Jahre *Berliner Ensemble:* Das berühmte Brecht-Theater am Schiffbauerdamm wird zu ihrer künstlerischen Heimat. Dort spielt sie 13 Spielzeiten lang die *Mutter Courage.*

Die SED-Führung überhäuft sie mit Preisen. Für Gisela May existiert die Mauer nicht. Als *„First Lady des politischen Songs"* darf sie um die Welt reisen und wird als Interpretin der von Eisler, Weill und Dessau vertonten Brecht-Texte gefeiert. Viele Langspielplatten und CDs sind der Ertrag ihrer langen Laufbahn.

Eine Liebesaffäre während einer Italien-Tournee führt zum Scheitern ihrer Ehe mit dem Journalisten Georg Honigmann. Von 1964 bis 1973 lebt die Sängerin mit dem Philosophen Wolfgang Harich zusammen, der wegen *„Verschwörung"* acht Jahre im Zuchthaus verbracht hat. Über ihn sagt sie später: *„Er hat sich eine andere DDR gewünscht. Darum hat er ja auch gelitten."*

Ihr eigenes Verhältnis zum SED-Staat bleibt nach außen ungebrochen. Anlässlich der Aufnahme der DDR in die Vereinten Nationen gibt Gisela May in New York ein Kulturprogramm.

Mit dem Ende der DDR droht auch ihre Karriere auszulaufen. Doch schon bald steht *„die May"* wieder auf der Bühne und singt – eindringlich, leidenschaftlich und unverwechselbar wie eh und je Brecht-Songs und Chansons von Jacques Brel, dem großen französischen Liedermacher, den sie ebenfalls sehr verehrt.

1924 *Geburt in Wetzlar*

1951–1962 *Schauspielerin am Deutschen Theater Berlin*

1962–1992 *Mitglied des Berliner Ensembles*

1991 *Deutscher Filmpreis*

2004 *Bundesverdienstkreuz*

Das „Weiße Haus" in Berlin-Mitte

161

161 Günter Gaus vor der Ständigen Vertretung der Bundesrepulik Deutschland in der DDR

Das lang gezogene Gebäude mit dem hellen Farbanstrich an der Hannoverschen Straße 30 in Berlin-Mitte, von der Bevölkerung ehrfürchtig *„Das Weiße Haus"* genannt, hat für die Beziehungen der beiden deutschen Staaten eine besondere Bedeutung. Von 1974 bis 1990 ist dort die Ständige Vertretung untergebracht – eine Art Botschaft der Bundesrepublik, die aber nicht so genannt wird, weil die DDR zwar als Staat, nicht aber als Ausland anerkannt werden soll. Entsprechend unterhält die DDR an der Godesbergerallee 18 in Bonn ebenfalls eine Ständige Vertretung.
In der westdeutschen Vertretung werden zahlreiche Vereinbarungen zwischen der Bundesrepublik und der DDR vorbereitet bzw. ausgehandelt. In der Amtszeit des ersten Ständigen Vertreters Günter Gaus sind es allein 17 Verträge, darunter das *Verkehrsabkommen* mit der für die Westberliner Wirtschaft wichtigen Öffnung des Teltowkanals; ferner das *Abkommen über die Transitpauschale,* also die Gebühr für die Benutzung der Straßen und Autobahnen zwischen Westberlin und der Bundesrepublik.

Diplomat und Chefunterhändler

Der Freikauf von DDR-Häftlingen, Schikanen gegen westliche Korrespondenten, alles landet auf seinem Schreibtisch. Er hat, so sagt er, den *„interessantesten Posten in einem anderen Staat, den ein Westdeutscher zu der Zeit haben konnte"*.
Wenn es um die wirtschaftliche Zusammenarbeit geht, ist der Devisenbeschaffer Schalck-Golodkowski sein Gesprächspartner. Bei humanitären Fragen verhandelt Rechtsanwalt Wolfgang Vogel als Bevollmächtigter der DDR mit dem Ständigen Vertreter.

„Objekt 499"

Ausreisewillige, deren Übersiedlung in die Bundesrepublik abgelehnt wurde, sehen in der Vertretung vielfach ihre letzte Chance, doch noch zum Ziel zu kommen. Zeitweise halten sich Dutzende von Flüchtlingen in dem Gebäude auf. Und manchmal dauert es Wochen, bis für sie eine Lösung gefunden wird. Nicht immer erreichen die zur Ausreise Entschlossenen das rettende Haus mit dem Bundesadler am Eingang. Das Gebäude – von der Staatssicherheit als *„Objekt 499"* geführt – wird, wie bei Botschaften üblich, rund um die Uhr überwacht. Immer wieder kommt es zu Verhaftungen wegen *„unerlaubter Kontaktaufnahme"*.

Ort der Hoffnung

Freien Zugang haben allerdings Schriftsteller und Künstler, die von der Vertretung zu Diskussionen und Empfängen eingeladen werden. Die Kulturschaffenden schätzen den freien Gedankenaustausch.
Von einem *„Ort der Hoffnung"* sprechen die einen. Andere Besucher erinnern an *„eine Art geistiger Tankstelle, eine Informationsbörse und Kontaktstelle"*.
Die Ständige Vertretung ist in jedem Fall ein schicksalsträchtiger Ort, auf den sich bis zum Ende der DDR viele Hoffnungen richten.

Kein einig Vaterland mehr

Die Politik der Öffnung und Entspannung, die der DDR so viel Anerkennung einbringt, hat für die SED eine Kehrseite. Immer mehr Menschen aus dem Westen besuchen die DDR, sodass die Feindbilder verflachen und das Verlangen nach einem Ende der Unterdrückung und Abriegelung stärker wird. Von 1969 bis 1975 verdreifacht sich der Reiseverkehr auf 3,5 Millionen. Über 40 000 DDR-Einwohner dürfen 1975 in dringenden Familienangelegenheiten in die Bundesrepublik reisen. Rentnern steht die Grenze ohnehin offen.

Deutsche kommen sich näher

Die Begegnungen sind nicht auf die DDR begrenzt. Familien aus beiden Staaten treffen sich auch in Prag, Budapest, am Plattensee und an der Schwarzmeerküste. Erstmals seit langer Zeit kommen die Deutschen sich wieder näher – eine gute Gelegenheit, die Kenntnisse über den jeweils anderen Teil Deutschlands aufzufrischen. DDR-Einwohner wissen über den Westen oft besser Bescheid als umgekehrt Bundesbürger über den Osten. Vor allem aber verstärken die Treffen bei ihnen den Wunsch nach mehr Freiheit.
Solchen Tendenzen begegnet die politische Führung mit den üblichen Methoden der Abgrenzung. *„Gesamtdeutsche Illusionen"* werden bekämpft, die Wörter *„deutsch"* und *„Deutschland"* mit deutscher Gründlichkeit aus dem Sprachgebrauch verbannt. Das Leipziger *Hotel Deutschland* nennt sich *Hotel am Ring*. Außerdem wird die Verfassung geändert. Die DDR ist kein *„sozialistischer Staat deutscher Nation"* mehr, sondern ein *„sozialistischer Staat der Arbeiter und Bauern"*.

DDR-Hymne ohne Gesang

Die DDR-Hymne ist ebenfalls betroffen; sie darf nur noch gespielt, nicht mehr gesungen werden. *„Deutschland, einig Vaterland"* entfällt also. Nur die Bahn darf als *„Deutsche Reichsbahn"* weiter fahren. Auch die *„Deutsche Demokratische Republik"* bleibt unangetastet.
Am Ende ist es die DDR-Führung selber, die sicherlich ungewollt den Druck von unten noch erhöht, und zwar mit ihrer Teilnahme an der *Konferenz für Sicherheit und Zusammenarbeit in Europa (KSZE)* und der Unterzeichnung der *Schlussakte von Helsinki* im August 1975. Nun können sich Regimegegner erstmals auf international verbriefte Menschenrechte berufen, die Honecker mit unterschrieben hat.

162

162 Autokolonne am Grenzübergang Bebra (1965)

163

163 Vor den Ostberliner Besucherbüros in Westberlin bilden sich lange Warteschlangen.

Zwangsadoption

164

164 Michael Kohl

165 Der deutsche Bundeskanzler Helmut Schmidt und Erich Honecker bei der Unterzeichnung der KSZE-Schlussakte (1. August 1975)

165

Im Sommer 1974 hat das Ehepaar Bärbel und Otto Grübel alles für die Flucht vorbereitet. In einem Waldgebiet an der Grenze zwischen der Tschechoslowakei und Bayern wollen sie mit ihren beiden Kindern ihr Glück versuchen. Ein Tscheche half ihnen, das Gelände zu erkunden. Dieser ist es wohl auch, der sie am Ende verrät. Denn bevor die Familie westdeutsches Gebiet erreicht, schlägt die Grenzpolizei zu. Die Eheleute werden festgenommen und nach Ostberlin gebracht. Dort müssen sie ins Gefängnis. Ihre Kinder, der vierjährige Ota und seine ein Jahr ältere Schwester Jeanette, kommen ins Heim. Später werden sie von einem staatstreuen Ehepaar in Eisenhüttenstadt adoptiert.
Zwangsadoption – das ist die bitterste Strafe, die DDR-Gerichte gegen Eltern verhängen, die einen Fluchtversuch unternommen haben. Der *Spiegel* berichtet Ende 1975 über einen solchen Fall. Daraufhin muss sein Korrespondent Jörg Mettke die DDR verlassen. Die Veröffentlichung löst heftige Reaktionen aus: Michael Kohl, der Ständige Vertreter der DDR in der Bundesrepublik, der Bayern besuchen will, wird vom bayerischen Ministerpräsidenten Alfons Goppel ausgeladen.
Wie viele Zwangsadoptionen es in der DDR gegeben hat, ist nicht bekannt. Sieben Fälle sind durch einen Aktenfund 1991 im Keller des ehemaligen Bezirksamts Berlin-Mitte belegt. Die Dunkelziffer dürfte deutlich höher liegen. Nach Angaben des damaligen Bundesministeriums für innerdeutsche Fragen warteten 1975 etwa 2000 in der DDR festgehaltene Minderjährige auf die Ausreise zu ihren Angehörigen.

„Sie haben uns nicht erkannt"

Seit dem Bau der Mauer 1961 sind viele Familien auseinandergerissen. Jahrelang bemühen sich die Eltern, ihre in der DDR verbliebenen Kinder wiederzusehen, oft vergeblich. Denn die Familienzusammenführung kommt erst später in Gang. Anlässlich der *KSZE-Konferenz* 1975 in Helsinki verspricht Honecker, so zügig wie möglich die Gesuche von Personen zu behandeln, die *„mit Angehörigen ihrer Familie zusammengebracht werden möchten"*. Das Ehepaar Grübel darf 1975 ausreisen – Bonn zahlt dafür 80 000 D-Mark. Ihre Kinder müssen zurückbleiben. Sie sehen sie erst wieder, als diese bereits erwachsen sind. *„Sie haben uns nicht erkannt"*, berichtet Otto Grübel.

Der Drang nach oben

Im November 1973 legt Honecker am Spreeufer in Berlin an der Stelle, an der einst das Stadtschloss der Hohenzollern stand, den Grundstein für den *Palast der Republik*. Das lang gezogene Gebäude mit seinen vielen Nutzungsmöglichkeiten als Parlamentssitz, Kongresshalle und Freizeitzentrum soll zum Symbol einer modernen sozialistischen Republik werden. Nach knapp zweieinhalbjähriger Bauzeit wird der Palast der Republik im Rahmen des IX. SED-Parteitages seiner Bestimmung übergeben. Dabei wählen die Delegierten Honecker zum Generalsekretär der Partei. Bald darauf übernimmt dieser auch den Vorsitz des Staatsrats.
Honecker ist auf dem Gipfel seiner Macht angekommen und möchte aller Welt die Errungenschaften der DDR vor Augen führen. Der *Palast der Republik* ist nur ein Beispiel für das neue Selbstbewusstsein des Staats- und Parteichefs.

„Harakiri-Zentrum"

Ein weiteres Prestige- und Vorzeige-Projekt der DDR nimmt seit Januar 1975 an der Friedrichstraße Gestalt an. Unweit des Brandenburger Tores entsteht mithilfe eines Kredits, den Japan zur Verfügung stellt, das *Internationale Handelszentrum*, ein mächtiges Gebäude, das weit in den Westen ragt. In dem Hochhaus – von der Bevölkerung *„Harakiri-Zentrum"* genannt – richten ausländische Unternehmen ihre Büros ein. Das Handelszentrum soll die Wirtschaftskraft der DDR unterstreichen.

Spitzensport

Auch auf anderen Feldern drängt der SED-Staat mit Macht an die Spitze. Das gilt insbesondere für den Sport, der vom Staat mit Nachdruck gefördert wird. Fast jedes Mittel ist recht, möglichst früh sportliche Talente zu entdecken und dann über die Jahre auf Erfolgskurs zu trimmen. Der Ertrag bleibt nicht aus. In den 1970er-Jahren erobern Wettkämpfer der DDR reihenweise Weltmeistertitel und erste Ränge. Sportmediziner gehen dazu über, Spitzensportler mithilfe leistungssteigernder Medikamente heranzuzüchten. Was später Doping genannt wird, hat in den Chemieküchen der DDR frühe Vorläufer. Unverkennbar ist das Bemühen des Staates, mit sportlichen sowie architektonischen und kulturellen Höchstleistungen einen gleichwertigen Platz neben der Bundesrepublik einzunehmen und gleichzeitig das Ausland in Staunen zu versetzen.

166

166 Richtfest beim Bau des Berliner „Palast der Republik" (1974)

167 Palast der Republik, Fernsehturm und Berliner Dom

167

Im „Leseland DDR"

168 Brigitte Reimann

169 Stephan Hermlin

170 Franz Fühmann

171 Irmtraud Morgner

172 Erwin Strittmater

Die DDR-Führung hat offensichtlich Angst vor der schreibenden Zunft, vor ihrer Fantasie, vor neuen Gedanken und Ideen. Wäre es anders, gäbe es keine Zensur. Dann lägen Manuskripte nicht jahrelang auf Eis. Dann blieben Autoren und Dichter im häufig propagierten *„Leseland DDR"*, statt sich dem Westen zuzuwenden, wo ihre Bücher zum Teil hohe Auflagen erreichen.
Die Geschichte der DDR-Literatur ist geprägt von Unterdrückung und Maßregelung. Der Staat versucht von Anfang an, die Geisteselite in den Dienst der Sache des Kommunismus zu stellen. Die Kulturschaffenden sollen den neuen sozialistischen Menschen mitformen. Wer dieser Vorgabe Folge leistet, darf mit Anerkennung und Vergünstigungen rechnen. Staatstreue Dichter wie Anna Seghers und Hermann Kant werden von der SED-Führung hofiert.
Dagegen geraten Schriftsteller, für die Freiheit ein unverzichtbarer Bestandteil des Sozialismus ist, schnell ins Abseits. Manche müssen lange warten, bis ihre Bücher endlich erscheinen. Einige erkämpfen sich im Laufe der Zeit gewisse Freiräume; das gilt z. B. für Brigitte Reimann. Andere wiederum, die – wie Erich Loest – sich der Parteilinie widersetzen, werden mit Zuchthaus bestraft. Ein beachtlicher Teil der Geisteselite fühlt sich vom SED-Regime abgestoßen und wechselt in den Westen über. Schon Ende der 1940er- und Anfang der 1950er-Jahre kehren Ricarda Huch, Theodor Plievier und Rudolf Hagelstange der DDR den Rücken. Bis zum Bau der Mauer 1961 verlassen u. a. Uwe Johnson, Horst Bienek und Heinar Kipphardt den ostdeutschen Staat. Der Exodus dauert in den 1970er-Jahren an. Der Dichter Reiner Kunze entschließt sich 1977, *„die Heimat zu verlassen und dennoch im eigenen Land und in der eigenen Sprache zu bleiben"*. Den gleichen Weg geht 1979 der Schriftsteller Günter Kunert.
Diejenigen, die in der DDR ausharren, weil sie an die Reformierbarkeit der SED glauben, werden oft bitter enttäuscht, nicht selten verfolgt und bespitzelt. Das gilt vor allem für Christa Wolf. Ihre Bücher spiegeln das Spannungsfeld einer Literatur, die sich unter den Bedingungen des SED-Regimes behauptet.

168

169

170

171

172

Krisenjahr 1976

Das Regime wird herausgefordert

In den 1970er-Jahren wird das SED-Regime entschiedener als zuvor herausgefordert – nicht wie 1953 durch einen Volksaufstand, sondern durch einzelne Kritiker. Diese fühlen sich nach der Entschärfung des Kalten Krieges zu neuem Protest ermutigt. Gezielt setzen die Oppositionellen die westliche Presse ein, um ihre Gegnerschaft öffentlich zu machen.

Opposition im Gartenhaus

Der wichtigste Dissident ist der Physiker Robert Havemann (1910–1982), der die SED als überzeugter Marxist angreift. Bis 1976 versammelt Havemann in seinem Gartenhaus in Grünheide südöstlich von Berlin einen großen Freundeskreis um sich: Studenten, Künstler und Schriftsteller, die ebenfalls marxistisch geprägt sind, das System der DDR jedoch für einen Irrweg halten. Havemann wird zur Leitfigur dieser Gegenkräfte. Er vertritt seinen Standpunkt unbeirrt, setzt sich für einen Verbleib in der DDR ein und verlangt die Einhaltung der Menschenrechte: „*Punkt 1 der Tagesordnung der Geschichte*“, wie er sich ausdrückt.

Havemann kritisiert den atomaren Rüstungswettlauf der Supermächte USA und Sowjetunion. In dem 1978 in der Bundesrepublik erschienenen Buch *Robert Havemann – Ein deutscher Kommunist* schreibt er, in der Geschichte habe es noch nie eine Situation gegeben, „*dass sich die Bewohner dieses Planeten in der perfektesten Weise darauf vorbereitet haben, sich selbst den totalen Garaus zu machen*“.

173 Robert Havemann

174 Rudolf Bahro

173

174

Der SED-Führung wirft er vor, unfähige Wissenschaftler – darunter *„ehemalige Nazis“* – in Schlüsselstellungen von Industrie und Wirtschaft gebracht zu haben. *„Es gibt so viele Beispiele in der DDR von bedeutenden Fachleuten und Wissenschaftlern, die von irgendwelchen Scharlatanen und Nichtskönnern an die Wand gedrückt und herausgeekelt worden sind und die wir verloren haben …“*

Die Alternative

Die Friedens- und Umweltbewegung der DDR erhält von Havemann sowie von einem anderen prominenten Dissidenten, dem Ökologen Rudolf Bahro (1935–1997), ihre stärksten Impulse. Bahro, der ebenfalls das erstarrte SED-System aufbrechen will, beendet 1976 sein Buch *Die Alternative.* Darin unterzieht er die Verhältnisse in der DDR einer vernichtenden Kritik und versucht, einen Ausweg aus der Krise aufzuzeigen.

An ein Erscheinen des Buches in der DDR ist nicht zu denken. Als das Hamburger Magazin *Spiegel* Auszüge daraus veröffentlicht und *Die Alternative* schließlich in voller Länge in der Bundesrepublik erscheint, wird Bahro vor Gericht gestellt und zu acht Jahren Zuchthaus verurteilt. Dieses schändliche Urteil löst heftige Proteste in Ost und West aus. In der DDR bilden sich spontan Bahro-Lesezirkel. Viele erklären sich solidarisch mit dem in Bautzen einsitzenden Häftling.

Erzwungenes Exil

Ein weiterer Paukenschlag im Krisenjahr 1976 ist die Ausbürgerung des Liedermachers Wolf Biermann. Als Biermann im September 1976 in der Nikolaikirche in Prenzlau ein Konzert gibt, liegen bereits elf Jahre Berufsverbot hinter ihm. Nur eine evangelische Kirche wagt es noch, ihn einzuladen. Nach dem Auftritt in Prenzlau macht er sich in einem Bericht des *Spiegel* stark für eine *„rote Kirche, eine Kirche, die sich auf die kommunistische Dimension des Evangeliums besinnt, und so eine christlich-kommunistische Kritik an den Verhältnissen übt“*. Sein Eintreten für ein Zusammengehen von Christen und Kommunisten hilft ihm nicht, denn das SED-Regime will Biermann loswerden. Während eines Konzerts in der Kölner Sporthalle wird er ausgebürgert; er darf nicht in die DDR zurückkehren.

Selbstverbrennung

Noch ein weiteres Ereignis in dieser Zeit erregt großes Aufsehen: Die Selbstverbrennung des evangelischen Pfarrers Oskar Brüsewitz in Zeitz. Dieser Akt der Verzweiflung und des ohnmächtigen Protestes gegen die SED kommt einem grellen Warnzeichen gleich. Auch die evangelische Amtskirche ist davon betroffen. Einige Gemeinden bieten Gruppen zwar ein schützendes Dach; in den Augen vieler Christen pflegt die Amtskirche jedoch eine zu große Nähe zum Regime.

175

175 Wolf Biermann beim Konzert in Köln (1976)

Robert Havemann

1910 *Geburt in München*

1929–1933 *Chemiestudium*

1942–1943 *Leiter einer Widerstandsgruppe*

1943–1945 *Zuchthaus*

1950–1963 *Chemieprofessor in Ostberlin*

bis **1963** *Mitarbeiter des KGB und der Stasi*

ab **1966** *Berufsverbot*

1982 *Tod in Grünheide*

Ein ganzes Jahrhundert spiegelt sich im Leben von Robert Havemann, ein Jahrhundert mit zwei Weltkriegen und zwei Diktaturen auf deutschem Boden. Havemann, 1910 in München geboren, erlebt beide Diktaturen: Zunächst das Dritte Reich, das den Widerstandskämpfer 1943 zum Tode verurteilt, die Vollstreckung jedoch hinauszögert, damit der Physiker seine militärischen Forschungen fortsetzen kann. Dann nach dem Krieg die Herrschaft der SED, die den gefeierten Wissenschaftler zum Dissidenten macht, ihn mit Berufsverbot belegt und durch Hausarrest zu isolieren versucht.

Von keinem Kritiker fühlt die SED sich derart herausgefordert wie von Havemann, dem Kommunisten und Antifaschisten, der die Fehlentwicklung der Partei am klarsten benennt. Das Regime hätte ihn am liebsten in einem Zuchthaus verschwinden lassen. Aber Havemann ist im Ausland viel zu bekannt. Also wird alles getan, ihm das Leben so unerträglich wie möglich zu machen, damit er von sich aus das Feld räumt. *„Ich denke ja gar nicht daran"*, schreibt der Verfemte an einer Stelle, *„die DDR zu verlassen, wo man wirklich auf Schritt und Tritt beobachten kann, wie das Regime allen Kredit verliert …"*

Mut und Furchtlosigkeit bestimmen seinen Weg von Beginn an. Havemann wächst in einem bürgerlichen Elternhaus in München auf. Der Vater ist Lehrer, später Redakteur, die Mutter Malerin. Roberts Begeisterung für Naturkunde kennt kaum Grenzen. Der hochbegabte Schüler bastelt und experimentiert. Später wundert er sich, dass seine Versuche mit Chemikalien ohne Katastrophen geendet sind. Politisch wird er durch die Eltern wenig geprägt. Allerdings lehnt die Familie Judenfeindlichkeit strikt ab. Juden gehören zu Havemanns Freundeskreis stets selbstverständlich dazu.

Als Student lernt er durch eine Freundin Schriften des sozialistischen Theoretikers Friedrich Engels kennen – für ihn eine Offenbarung. Er schließt sich der KPD an und geht nach dem Machtantritt Hitlers im Januar 1933 in den Untergrund. Havemann ist zunächst in der Widerstandsgruppe *Neu Beginnen* aktiv, die erreichen will, dass Sozialdemokraten und Kommunisten gemeinsam Hitler bekämpfen. 1938 gründet er mit Gleichgesinnten die *Europäische Union*, ein Verbund der NS-Gegner vor Verfolgung schützt und Juden mit neuen Papieren ausstattet.

Labor im Zuchthaus

Seine berufliche Laufbahn verläuft derweil reibungslos. Havemann arbeitet an einem Giftgas-Projekt der Wehrmacht. Er erwirbt den Doktor-Titel und wird 1943 sogar Professor, kurz bevor die Gestapo die Gruppe *Europäische Union* entdeckt. Wegen Hochverrats werden er und seine Mitstreiter vom Volksgerichtshof zum Tode verurteilt. Freunde retten ihm das Leben, indem sie seine Forschungen für *„kriegswichtig"* erklären. Im Zuchthaus Brandenburg darf der Häftling ein Labor einrichten. Dort stellt er u. a. Sprengstoff her. Damit wollen die Häftlinge sich notfalls selbst befreien. Gleichzeitig bastelt er einen Kurzwellensender, mit dem er ausländische Programme empfangen kann. Somit sind die Gefangenen über den Fortgang des Krieges bestens informiert.

Der Stalinist Havemann

Nach der Befreiung des Zuchthauses durch die Rote Armee im April 1945 deutet alles auf eine steile Karriere hin. Havemann ist zunächst Direktor am Kaiser-Wilhelm-Institut für Physikalische Chemie in Berlin-Dahlem. Als er aber die USA wegen der Entwicklung der Wasserstoff-Bombe scharf angreift, wird er fristlos entlassen. Die DDR nimmt ihn 1950 mit offenen Armen auf. Er wird Institutsdirektor an der Humboldt-Universität und SED-Abgeordneter der Volkskammer. Mit dem KGB und MfS arbeitet er eng zusammen. Anhänger der evangelischen *Jungen Gemeinde* drängt er aus der Hochschule. Dort ist, so denkt er, nur für Marxisten Platz. Sein stalinistisches Weltbild bekommt nach dem XX. Parteitag der sowjetischen Kommunisten 1956 einen tiefen Riss. Erstmals wird ihm das Ausmaß der Verbrechen Stalins bewusst. Die Abkehr von der Einparteien-Diktatur hat für ihn weitreichende Folgen. Ab 1963 verliert Havemann alle Ämter: Ausschluss aus der SED, Entzug der Lehrerlaubnis, Ausschluss aus der Akademie der Wissenschaften. Nach der Ausbürgerung seines Freundes Wolf Biermann 1976 aus der DDR richtet Havemann einen Protestbrief an SED-Chef Honecker, der zugleich im Westen veröffentlicht wird. Die Antwort der SED heißt Hausarrest. Bis Mai 1979 dauert die Isolation an. Den Fall der Mauer und den Untergang der DDR, die er trotz aller Kritik stets für den besseren Teil Deutschlands hielt, erlebt er nicht mehr.

Havemanns letzte Vorlesung an der Humboldt-Universität in Berlin (1964)

Wolf Biermann

1936 *Geburt in Hamburg*

1955–1963 *Studium der politischen Ökonomie, Philosophie und Mathematik in Berlin*

1976 *Ausbürgerung aus der DDR*

1991 *Georg-Büchner-Preis*

2006 *Bundesverdienstkreuz*

2007 *Ehrenbürgerwürde der Stadt Berlin*

Kaum 17 Jahre alt, geht Wolf Biermann 1953 aus freien Stücken von Hamburg nach Ostberlin. Der Sohn eines Werftarbeiters und kommunistischen Widerstandskämpfers, der zehn Jahre zuvor im KZ Auschwitz ermordet wurde, brennt darauf, dort zu leben, wo er die Ideale des Vaters verwirklicht sieht.
Es dauert nicht lange, bis Biermann mit der SED-Diktatur konfrontiert wird. Nach einem Anlauf zum Studium der politischen Ökonomie und einer zweijährigen Zwischenstation als Regieassistent am *Berliner Ensemble* gründet er 1961 seine eigene Bühne, das *Arbeiter- und Studententheater.* Als er sich an das Thema Mauerbau wagt, wird das Stück kurzerhand abgesetzt und das Theater geschlossen. Die SED verweigert ihm sogar die Mitgliedschaft in der Partei.

„Kettenhund der Reaktion"

Auch seine Karriere als Dichter und Sänger kommt nicht in Gang. Deshalb richtet Biermann den Blick zurück nach Westdeutschland. Auf die ersten Auftritte dort und die Veröffentlichung seines Lyrikbandes *Die Drahtharfe* im Westen reagiert die SED heftig. Honecker selbst greift ihn massiv an. Zeitungen beschimpfen ihn als *„Kettenhund der Reaktion"*, also als Feind des Fortschritts – es ist das Vorspiel für ein Auftritts- und Publikationsverbot, das 1965 erfolgt. Wer den Sänger erleben will, muss ihn in seiner Berliner Wohnung besuchen. Dort greift er gern zur Gitarre. Der schnauzbärtige Liedermacher dichtet und komponiert, als würde das Verbot ihn erst richtig anspornen.
Überdies tun die SED-Angriffe seinem Ansehen eher gut. Biermann wird zum Geheimtipp. Seine Songs und Gedichte kursieren unter der Hand, vor allem bei jungen Leuten, denen er mit seinen Attacken auf Parteibonzen aus der Seele spricht. Die SED schmiedet Pläne, ihn loszuwerden.

Konzert in Köln

Am 13. November 1976 singt der Liedermacher zum Auftakt einer Deutschlandtournee in Köln. Wiederum greift er die SED scharf an; zugleich lobt er die DDR als das bessere Deutschland: *„So oder so, die Erde wird rot."* In Ostberlin ist seine Ausbürgerung beschlossene Sache. Am 16. November – Biermann ist gerade im Ruhrgebiet unterwegs – hört er im Autoradio, dass ihm die Staatsbürgerschaft der DDR aberkannt wurde. Sein Kommentar: *„Vom Regen in die Jauche."*
Dreizehn Jahre später, im Dezember 1989, reist Biermann wieder von West nach Ost, und zwar zu einem Konzert in Leipzig. In einer ungeheizten Messehalle besingt er den Untergang des SED-Regimes. Das Publikum ist vom Heimkehrer begeistert. Im wiedervereinigten Deutschland bleibt er ein Unbequemer – mit seinen Liedern und seinen politischen Ansichten, etwa zum Irak-Krieg der USA, den er 2003 zum Entsetzen mancher Anhänger ausdrücklich begrüßt.

Protestwelle

Die Ausbürgerung Biermanns löst eine Protestwelle aus, wie sie die DDR seit Langem nicht mehr erlebt hat. Vor allem junge Leute solidarisieren sich mit dem Liedermacher. Sie verteilen Flugblätter und übermalen Wände mit „*Hetzlosungen*", wie es im Stasi-Jargon heißt. Die Ausbürgerung markiert einen tiefen Einschnitt. Reihenweise verlassen daraufhin Künstler und Schriftsteller die DDR.

„Das Ausbürgern könnte sich einbürgern"

Für die Kritiker ist das Maß voll. Stephan Heym warnt mit Blick auf die NS-Zeit, als viele Intellektuelle Deutschland verlassen mussten: „*Das Ausbürgern könnte sich einbürgern.*" Er entwirft einen Protestbrief, der von zwölf namhaften Schriftstellern unterschrieben wird, darunter Christa und Gerhard Wolf, Stephan Hermlin, Sarah Kirsch, Günter Kunert und Heiner Müller.
In Jena und anderswo sammeln Oppositionelle weitere Unterschriften.
Statt nachzugeben, schwärmen SED-Funktionäre und Stasi-Mitarbeiter aus, um die Protestwelle zu stoppen. Ende November 1976 treffen sich in der Wohnung des Schauspielers und Sängers Manfred Krug einige der Unterzeichner mit dem für Propaganda zuständigen ZK-Sekretär Werner Lamberz. Heimlich läuft ein Tonband mit. Lamberz will seine Gesprächspartner bewegen, ihre Unterschriften zurückzuziehen – vergeblich.
Mit Samthandschuhen werden nur die Prominenten angefasst. Andere sehen sich einem massiven Druck ausgesetzt, werden gemaßregelt, aus der Partei und dem Schriftstellerverband ausgeschlossen oder verhaftet. Es hagelt Auftrittsverbote.
Zugleich sehen sich regimetreue Schriftsteller genötigt, das Vorgehen der SED öffentlich gutzuheißen. „*Überwältigende Zustimmung der Kulturschaffenden der DDR zur Politik von Partei und Regierung*" – unter dieser Überschrift bringt das *Neue Deutschland* eine ganze Seite mit entsprechenden Erklärungen, angeführt von der Dichterin Anna Seghers; sie schreibt, die DDR sei das Land, in dem sie leben und arbeiten wolle.

176

177

176 Stephan Heym

177 Protest gegen die Ausweisung Wolf Biermanns

Manfred Krug

1937 *Geburt in Duisburg*

1955 *Schüler am Berliner Ensemble*

1956–1976 *Musik- und Filmkarriere in der DDR*

1977 *Übersiedelung nach Westberlin*

ab **1978** *Filmkarriere in der Bundesrepublik*

1990 *Bayerischer Fernsehpreis*

Seiner Ausreise aus der DDR gehen quälende Wochen voraus. Seitdem Manfred Krug den Protestbrief gegen die Ausbürgerung Biermanns unterschrieben hat, ist er praktisch arbeitslos. Plötzlich bekommt er verlockende Angebote: Filmrollen, Konzerte, Plattenaufnahmen. Propagandachef Lamberz bemüht sich noch einmal persönlich, den populären Sänger und Schauspieler zu bewegen, den Ausreiseantrag zurückzuziehen und in der DDR zu bleiben. Doch Krug bleibt hart: „*An meinem Entschluss hat sich nichts geändert*", erklärt er dem SED-Funktionär tapfer. In Wirklichkeit ist ihm zum Heulen zumute. Doch es gibt kein Zurück mehr. Denn, so Krug: „*Krieche ich zu Kreuze, bin ich kaputt. Krieche ich nicht zu Kreuze, macht ihr mich kaputt.*" Krug darf legal ausreisen. Am 20. Juni 1977 passiert er mit seiner Frau, den drei Kindern, einer Haushaltshilfe und zwei vollbepackten Wagen – der eine mit Anhänger – die Grenze.

„Spur der Steine"

Die Ausreise beschließt eine beispiellose Karriere im Osten. In der DDR hat Krug als Schauspieler und Jazzsänger seine größten Triumphe gefeiert. Fast jeder kennt ihn aus den vielen Rollen, die er unverwechselbar gespielt hat. *Fünf Patronenhülsen* – eine packende Geschichte aus dem Spanischen Bürgerkrieg – entsteht 1960. Der Film *Spur der Steine* wird 1966 verboten. Als raubeiniger Baubrigadier beschimpft Krug den Parteisekretär und wettert gegen Bürokraten, die ständig Sand ins Getriebe werfen – zu viel Realismus im Sozialismus.

Was erwartet den DDR-Star im Westen, der ihm aus seinen ersten dreizehn Lebensjahren noch vertraut ist? Nach der Scheidung der Eltern hat er bei der Großmutter in Duisburg gelebt, bis er 1949 dem Vater nach Eisenhüttenstadt folgt. Dort lernt er zunächst den Beruf des Stahlkochers, bevor er in Berlin die Schauspielschule besucht.

Sympathischer Proletarier

Überraschend schnell kann er als Künstler in der Bundesrepublik Fuß fassen. Mit der Fernsehserie *Auf Achse* knüpft er nahtlos an das Image des sympathischen Proletariers an. In einer Rolle, die sein Freund Jurek Becker für die TV-Reihe *Liebling Kreuzberg* schreibt, gewinnt Krug große Popularität. Darin spielt er einen Anwalt, der seine Macken auslebt und ein großes Herz für arme Schlucker hat. Ähnlich erfolgreich verläuft sein Einsatz als Kommissar in der ARD-Krimireihe *Tatort*. Anfangs darf er noch das eine oder andere Lied schmettern. Aber auch ohne Gesang bleibt er der etwas tapsige Ermittler, der jeden Fall löst. Im Westen verengt sich sein Image auf das Kumpelhafte und Treuherzige. Das Freche kommt eindeutig zu kurz. Dennoch blickt Krug auf eine große zweite Karriere zurück, was auch im Titel seiner Biografie zum Ausdruck kommt: *Mein schönes Leben*.

Rudolf Bahro

Vielleicht ist es dieses traumatische Kindheitserlebnis gegen Ende des Krieges, das zur Triebfeder seines Lebens wird und ihn zum Reformator, zum Weltverbesserer macht: Bei der Flucht aus seiner niederschlesischen Heimat verliert Rudolf Bahro 1944 als Neunjähriger seine Mutter und zwei Geschwister. Über die ČSSR, Österreich und Westdeutschland schlägt er sich bis zum Oderbruch durch, wo er 1946 seinen Vater wieder trifft.
Früh bindet Bahro sich an die *FDJ* und SED. An der Berliner Humboldt-Universität studiert er Philosophie. Er schreibt Gedichte und betätigt sich als Redakteur einer Studenten-Zeitschrift. Beruflich landet er in einem Gummikombinat in Berlin, wo er als Partei-Organisator tätig ist.

Bruch mit der SED

Sein politisches Weltbild gerät 1968 ins Wanken, als der *Prager Frühling* mit seinen großen Hoffnungen auf einen sozialistischen Neubeginn blutig niedergeschlagen wird. Systematisch bereitet Bahro den Bruch mit der SED vor. Nach außen bleibt er der linientreue Genosse. Doch insgeheim arbeitet er über mehrere Jahre an seinem Buch *Die Alternative*. Es soll ein großer Wurf werden und das SED-System grundsätzlich infrage stellen. Da an ein Erscheinen in der DDR nicht zu denken ist, lässt Bahro das fertige Manuskript 1977 in den Westen schmuggeln. Im Selbstinterview bespricht er Tonbänder, die ebenfalls über die Grenze gehen. Als Vorabdruck erhält *Der Spiegel* eine Kurzfassung. Der Coup gelingt. Noch bevor *Die Alternative* als Buch vorliegt, wird Bahro über Nacht berühmt. Die überrumpelte SED zerrt den Autor vor Gericht. Acht Jahre Haft lautet das Urteil, das europaweit Proteste auslöst. Eine breite Solidarisierung zwingt das Regime schließlich, den in Bautzen einsitzenden Häftling 1979 freizulassen und in die Bundesrepublik abzuschieben.

Ein Suchender

Im Westen bleibt Bahro ein Suchender. 1980 gehört er zu den Mitbegründern der Partei der Grünen. Jetzt geht es ihm um Auswege aus der Menschheitskrise angesichts globaler Umweltzerstörung und Hochrüstung. Dass Bahro sich 1983 von der aus Indien vertriebenen Bhagwan-Sekte, die im US-Bundesstaat Oregon eine Kommune errichtet hat, inspirieren lässt, verstehen viele seiner Anhänger nicht.

Die Rettung?

1987 erscheint sein Buch *Logik der Rettung. Wer kann die Apokalypse aufhalten?* Dieses Mal ist das Echo weit weniger dramatisch als zehn Jahre zuvor. Der Vordenker hat zwar noch eine beträchtliche Anhängerschaft, aber auf dem Weg in die Landkommunen mit naturnahem Ackerbau und spiritueller Bereicherung, die er in den 1990er-Jahren propagiert, folgen ihm nur wenige.

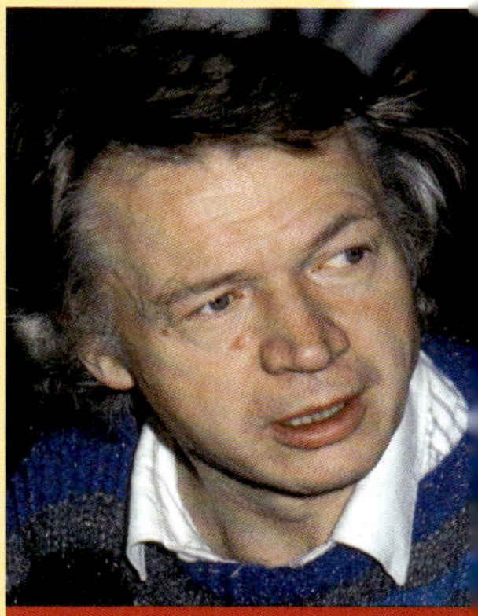

1935 *Geburt in Bad Flinsberg*

1954–1959 *Philosophiestudium*

ab **1959** *Redakteur*

1979 *Entlassung in die Bundesrepublik nach Inhaftierung*

1980–1985 *Gründungsmitglied der „Grünen"*

1997 *Tod in Berlin*

„Kirche im Sozialismus"

Neben der SED und den auf sie zugeschnittenen Massenorganisationen existiert in der DDR nur eine große gesellschaftliche Gruppe, die vergleichsweise selbstständig handeln kann: die Kirche. Von Anfang an kommt ihr eine Sonderrolle zu. So bleibt der Kirchenbesitz von der Verstaatlichung verschont. Gleichzeitig unternimmt die Einheitspartei alles, um den kirchlichen Einfluss einzudämmen und Christen das Leben so schwer wie möglich zu machen. Letztlich will sie damit die Kirchen ins Abseits drängen und die christliche Religion – die evangelische wie die katholische Lehre – durch die kommunistische Ideologie ersetzen.
Ende der 1960er-Jahre ändert die Regierung ihre Taktik. Jetzt versucht sie, die Protestanten für ihre Ziele einzuspannen – die katholische Kirche spielt in der DDR kaum eine Rolle, da sie sich weitgehend abschottet und nur in wenigen Regionen mit einer nennenswerten Zahl von Gläubigen verbreitet ist.

178 Erich Honecker (rechts) mit Bischof Gerhard Schaffran (1981)

178

Abspaltung von der EKD

Die evangelische Kirche soll nach dem Willen der SED mäßigend auf oppositionelle Gruppen einwirken und die außen- und deutschland-politischen Ziele der DDR unterstützen. Dazu gehört vor allem die organisatorische Trennung von der *Evangelischen Kirche in Deutschland (EKD)*, die 1969 unter einem massiven politischen Druck vollzogen wird. Die acht ostdeutschen Landeskirchen lösen sich von der EKD und gründen den *Bund der Evangelischen Kirchen (BEK)* in der DDR. Die letzte institutionelle Bindung zwischen beiden Staaten wird damit gekappt.
Auf der Synode 1971 in Eisenach geht der Kirchenbund noch einen Schritt weiter. Dort wird eine neue Sprachregelung verabredet, die einem Balanceakt gleichkommt. Die Rede ist von der *„Kirche in der sozialistischen Gesellschaft, nicht neben ihr, nicht gegen sie"*. Daraus entsteht die Formel *„Kirche im Sozialismus"*, die bald in aller Munde ist. Als ihr geistiger Vater gilt Bischof Albrecht Schönherr, der erste Vorsitzende des Kirchenbunds. Als energischer Verfechter tritt der Sekretär des Kirchenbunds, der spätere Ministerpräsident von Brandenburg, Manfred Stolpe, auf.

Eingebettet

„Kirche im Sozialismus" sei geografisch gemeint, als Ortsbestimmung, betonen die Befürworter. Tatsächlich wird die Formel jedoch so verstanden, als sei die Kirche im Sozialismus eingebettet, also ein Teil von ihr. Für viele Christen schließt der Begriff eine Nähe zum

Regime ein. Bischof Schönherr hofft, dass die SED der Kirche entgegenkommt, etwa beim Umgang mit Kriegsdienstverweigerern und der Chancengleichheit für Christen in Schule und Beruf.

Gnadenakte Honeckers

Zunächst ändert sich wenig. Die SED lässt sich höchstens auf die Erörterung einzelner Konfliktfälle ein, die Honecker gern direkt an sich zieht. Dann kann er den Fall großmütig per Gnadenakt entscheiden. Mit der erstrebten Rechtssicherheit hat das allerdings nichts zu tun.

Was die Kirchenleitung mit ihrer Formel „*Kirche im Sozialismus*" als Kompromiss ansieht, stößt bei den Gemeinden zum Teil auf scharfe Ablehnung. Es sind vor allem junge Theologen, die der Amtskirche vorwerfen, sie lasse sich vom Regime benutzen und stabilisiere die SED-Herrschaft. Nach der Selbstverbrennung von Pfarrer Brüsewitz im Sommer 1976, die auch als Kritik an der Amtskirche verstanden wird, nehmen die Spannungen unter den Protestanten noch zu.

Die SED diffamiert Brüsewitz als Geisteskranken; sie kommt jedoch nicht umhin, der evangelischen Kirche größere Freiräume zuzubilligen. Im März 1978 folgt die Leitung des Kirchenbundes einer Einladung Honeckers zum Gespräch. Beide Seiten verabreden eine Art „*Burgfrieden*". Alle strittigen Fragen sollen künftig einvernehmlich geregelt werden.

Die SED-Führung verspricht, den Bau neuer Kirchen, die Renovierung des Berliner Doms sowie kirchliche Sendungen in Rundfunk und Fernsehen zuzulassen. Fotos im *Neuen Deutschland* zeigen Honecker im besten Einvernehmen mit den Bischöfen. Nicht gezeigt wird, wie die Kirchenleute von ihm Orden entgegennehmen.

179

179 Restaurierung des Berliner Doms (1977)

180

180 Erich Honecker (zweiter von rechts) empfängt den Vorstand des Bundes der Evangelischen Kirchen in der DDR (1978).

Oskar Brüsewitz

1929 *Geburt in Willkischken*

1964–1969 *Studium am Predigerseminar in Erfurt*

ab **1970** *Pfarrer*

1976 *Öffentliche Selbstverbrennung*

Am Morgen des 18. August 1976 ist der Frühstückstisch der Familie Brüsewitz in dem Ort Rippicha bei Zeitz mit Rosen geschmückt. Draußen kündigt die Sonne einen schönen Sommertag an. Pfarrer Brüsewitz bittet seine Tochter Esther, ihm *So nimm denn meine Hände* auf dem Klavier vorzuspielen. Dann macht er sich auf den Weg nach Zeitz. In der Nähe der Michaeliskirche postiert er auf dem Dach seines Wartburg Plakate: „*Funkspruch an alle*", heißt es dort. „*Die Kirche in der DDR klagt den Kommunismus an! Wegen Unterdrückung in Schulen an Kindern und Jugendlichen.*"

Flammentod

Als die Kirchenglocken zu läuten beginnen, übergießt der Pfarrer sich blitzschnell mit Benzin und zündet sich an. Innerhalb von Sekunden steht er in Flammen. Schreiend rennt Brüsewitz auf die Kirche zu, bis er zusammenbricht. Am 22. August 1976 erliegt er den schweren Brandverletzungen. Zunächst versucht die zuständige Magdeburger Kirchenleitung zusammen mit der SED, das entsetzliche Geschehen zu vertuschen, jedoch ohne Erfolg. Brüsewitz ist kein Unbekannter. Und es handelt sich auch nicht um die erste Aktion des frommen Mannes, der von Kirchendiplomatie nichts versteht. Brüsewitz stammt aus dem Memelgebiet, dem heutigen Litauen, wo er 1929 geboren wird. Er hat den Beruf des Schuhmachers erlernt und in Markkleeberg bei Leipzig und Weißensee (nördlich von Erfurt) einen eigenen Meisterbetrieb geführt, bis dieser verstaatlicht wurde. Rippicha ist seine erste Pfarrstelle. Seine Arbeit mit Kindern und Jugendlichen gilt als vorbildlich. Kritisiert wird die rabiate Art, in der er gegen die religionsfeindliche SED-Politik vorgeht.
Auf der Kirchturmspitze hat Brüsewitz ein drei Meter hohes Neonkreuz montieren lassen, das weit ins Land leuchtet. Mit einem Pferdewagen kutschiert er nach Zeitz und verkündet auf einer Tafel: „*Ohne Regen, ohne Gott geht die ganze Welt bankrott.*" Die offizielle Losung lautet: „*Ohne Gott und Sonnenschein bringen wir die Ernte ein.*"
Weder in Magdeburg noch in Berlin werden solche Aktionen gern gesehen; sie stören das mühsam erreichte Einvernehmen zwischen Kirche und Staat. Die Kirchenleitung versucht, den Unruhestifter zu versetzen, vergebens. Brüsewitz spürt, dass es für ihn eng wird, dass er mit seiner Botschaft nicht durchdringt. Er hasst die Leisetreterei seiner Vorgesetzten und entschließt sich zu einem letzten verzweifelten Protest.

Ein politischer Märtyrer

Der Freitod des 47-Jährigen löst allseits Bestürzung aus. Kirchenleitung und SED bemühen sich um Schadensbegrenzung. Nichts beunruhigt sie mehr als der Gedanke, Brüsewitz könnte zum politischen Märtyrer werden. Stasi-Mitarbeiter begeben sich zum Tatort, um Spuren zu tilgen. Zunächst gilt es, bei der Beerdigung von Brüsewitz jede Demonstration zu verhindern. Trotz aller Absperrmaßnahmen strömen Hunderte von Menschen nach Rippicha. Die Grabstelle wird mit Unkrautvernichtungsmittel eingesprüht. Blumen sollen dort nicht wachsen.

Als die Unruhe über den Flammentod anhält, unternimmt das *Neue Deutschland* den Versuch, Brüsewitz als Psychopathen hinzustellen. Unter der Überschrift *„Du sollst nicht falsch Zeugnis reden"* heißt es, die Selbstverbrennung sei die Tat eines krankhaft veranlagten Menschen, der nicht alle fünf Sinne beisammen habe. Auch nach solch infamen Angriffen springt die Kirche ihrem toten Glaubensbruder nur halbherzig bei. *„Es war offensichtlich"*, schreibt der Theologe und Bürgerrechtler Ehrhart Neubert, *„dass die Kirchenleitung mehr zur Beruhigung der Lage tat, als das berechtigte Anliegen von Brüsewitz aufzunehmen."*

Was die Kirchenfunktionäre nicht zustande bringen, schaffen junge Marxisten. Sie klagen in einem Brief an Honecker die *„Praxis des Rufmordes"* an. Einige müssen dafür jedoch büßen – mit Haftstrafen, in einem Fall mit einer Zwangseinweisung in eine psychiatrische Klinik.

Oskar Brüsewitz auf dem Gelände seiner Kirche

Ein breiter Fächer der Opposition

In den 1970er-Jahren lassen sich die Gegner des SED-Regimes nicht mehr so leicht einschüchtern. Dass prominente Dissidenten wie Robert Havemann kaltgestellt werden, dass Wolf Biermann nach seinem Konzert in Köln nicht in die DDR zurückkehren darf – solche Maßnahmen werden nicht einfach hingenommen. Die Selbstverbrennung von Pfarrer Brüsewitz und das unkritische Verhalten des *Bundes der Evangelischen Kirchen* dem Regime gegenüber, aber auch die wachsende Militarisierung der Gesellschaft – all das mobilisiert einen breiten Fächer der Opposition.

181 Mitglieder der Jungen Gemeinde Jena

182 Bettina Wegner

183 „Die Puhdys" gehören zu den populärsten Bands in der DDR.

Offene Arbeit

Die rasante wirtschaftliche Entwicklung der DDR hat viele Jugendliche stranden lassen: Konflikte am Arbeitsplatz, Verrohung, Verwahrlosung, auch die Verfolgung durch Polizei und Stasi drängen immer mehr junge Menschen an den Rand der Gesellschaft. Um sie kümmert sich die *Offene Arbeit*, die eigene Einrichtungen, oft als Werkstätten in Jena, Rudolstadt, Halle-Neustadt und anderswo unterhält. Leitfigur der *Offenen Arbeit* ist der Braunsdorfer Pfarrer Walter Schilling.

Friedensseminare

Die Initiative für ein Friedensseminar geht häufig von ehemaligen Bausoldaten aus. Sie treffen sich mit Gleichgesinnten und unterstützen vor allem Totalverweigerer des Wehrdienstes, die der staatlichen Willkür schutzlos ausgeliefert sind. Darüber hinaus bekämpfen die Friedensaktivisten die *„sozialistische Wehrerziehung"* und prangern Menschenrechtsverletzungen an. Friedensseminare gibt es etwa in Leipzig, Naumburg, Karl-Marx-Stadt (heute Chemnitz), Berlin und Meißen. Als besonders erfolgreich gilt das *Königswalder Friedensseminar*, das sich bis zum Ende der DDR behaupten kann.

181

Kulturopposition

Abseits vom staatlichen Kulturbetrieb organisieren kritische Intellektuelle und Künstler eigene Veranstaltungen. Vielfach handelt es sich um lose Zirkel, die später unter dem Begriff *„Kulturopposition"* zusammengefasst werden. Sie treffen sich in Kneipen, auch in *FDJ*-Heimen und Kulturhäusern, lesen verbotene Texte und organisieren die Herausgabe eigener Schriften, die dann von Hand zu Hand gehen. So entstehen jenseits der staatlichen Zensur im Untergrund Informationsblätter und literarische Hefte.

Szenetreffpunkte

Szenetreffpunkte sind gerade für den Zusammenhalt von Jugendlichen und Studenten wichtig, die das SED-Regime ablehnen. In mehreren großen Städten gibt es sie: In Berlin sind es das *Café Burger*, der *Arbeiter- und Studenten-Club* und das *Haus der jungen Talente* um die Liedermacherin Bettina Wegner. In Potsdam ist es das *Café Heider*, in Erfurt das *Anger-Eck*, in Jena die alternative Szene um die Dissidenten Jürgen Fuchs, Lutz Rathenow und Bernd Markowski. In Leipzig schließlich das *Corso* und der *Klub der Jugend Arthur Becker.*

Landhausbewegung

Ökologisch motivierte junge Leute erwerben auf dem Land verlassene Bauernhöfe und pflegen dort ihren eigenen Lebensstil, etwa in Sachsen, Thüringen und Mecklenburg. Sie wollen ein Zeichen setzen gegen die wachsende Umweltzerstörung. Manche dieser Experimente werden schon im Ansatz erstickt. Die Behörden beschlagnahmen die Gebäude und vertreiben die Bewohner.

Galerien und Mail-Art

Junge kritische Künstler setzen sich vom „*Sozialistischen Realismus*" in der Kunst ab und gehen neue Wege. Sie gründen private Galerien und zeigen dort ihre Werke. Diese Galerien entwickeln sich zu Treffpunkten von Malern und Bildhauern. Bei der „*Mail-Art*" werden Postkarten, Drucke und Collagen verschickt, ausgetauscht, manchmal ergänzt und dann weiterverbreitet, um neue Kunstrichtungen vorzustellen.

Musikgruppen

Zum breiten Fächer der Opposition zählen auch Musikgruppen, die sich nicht um das Liedgut der *FDJ* scheren, sondern andere Richtungen ausprobieren, etwa Beat, Pop und Folklore. In Erfurt gehören dazu die *Brummtöpfe*, in Sachsen die *Folkländer* und die *Klaus Renft Combo. DT 64*, das Jugendradio des DDR-Rundfunks, fördert die neue Musikrichtung und begeistert Millionen von Jugendlichen mit Sendungen wie *Morgenrock* und *Beatkiste.* Zu den beliebtesten Moderatoren zählen Andreas Ulrich, Jörg Wagner, Lutz Bertram, Marion Brasch, Petra Schwarz und Cornelia Thomas.

182

183

Walter Schilling

1930 *Geburt in Sonneberg (Thüringen)*

1950–1955 *Theologiestudium*

ab **1955** *Gemeindepfarrer, Begründer der Offenen Jugendarbeit*

ab den **1970er-Jahren** *oppositionelle Arbeitstreffen*

Selbst die Stasi zollt Walter Schilling einen gewissen Respekt. Der Pfarrer sehe sein Hauptbetätigungsfeld in der Jugendarbeit und begründe dies *„teilweise mit akzeptablen und stichhaltigen Gründen"*, heißt es 1974 im Bericht eines MfS-Offiziers über den Pfarrer der thüringischen Gemeinde Braunsdorf, der zum Motor der *Offenen Arbeit* in der DDR geworden ist. Der Stasi-Mann bescheinigt Schilling eine hohe Intelligenz, mokiert sich aber über dessen Auftreten: *„Auffallend nach dem liederlichen Äußeren des S. ist seine Sprache, die mit zahlreichen vulgären Begriffen gespickt ist (Ostzone nach 1945, Bonzen, Bullen, Knast, Scheiße, Mist und ähnliches)."*

Sich nicht anpassen

Über solche Sätze kann Schilling sich im Nachhinein nur amüsieren. Natürlich wollte er sich nicht anpassen. Aber anders als Pfarrer Brüsewitz sucht er nicht die direkte Konfrontation; vielmehr will er praktisch helfen. So hat er es von Jugend an gelernt. Schilling wird am 28. Februar 1930 als Sohn eines Pfarrers in Sonneberg in Thüringen geboren. Beide Eltern gehören der *Bekennenden Kirche* an, die das NS-Regime bekämpft.
Seinen Jugendtraum, Jagdflieger zu werden, lässt Schilling schnell hinter sich. Schon mit 17 Jahren weiß er, dass er in die Fußstapfen des Vaters treten wird. Bevor er zwischen 1950 und 1955 in Münster, Heidelberg und Jena Theologie studiert, arbeitet er in Westfalen in der Landwirtschaft und im Ruhrgebiet als Bergmann. Das Handfeste liegt ihm. Kaum hat Schilling die Pfarrstelle in Braunsdorf übernommen, baut er ein früheres Stallgebäude zu einer Anlaufstelle für gestrandete Jugendliche um. Es spricht sich schnell herum, dass dort jeder willkommen ist.

Gottesdienst der anderen Art

Wer will, kann einen Gottesdienst besuchen. Zum Abendmahl wird Wein aus Flaschen gereicht. Bei Blues-Musik darf in enger Umarmung getanzt werden. Die *Offene Arbeit*, wie Schilling sie praktiziert, findet schnell Nachahmer. Bald gehören Werkstätten dazu, ferner jährliche Treffen im großen Kreis zum Mutmachen.
Der Pfarrer tut einiges, was den Zorn der Stasi erregt. So versteckt er 1973 einen Deserteur bei sich. Offen spricht er sich gegen die Teilnahme an Wahlen aus und mahnt die Jugendlichen, sich nicht vom MfS anheuern zu lassen. 1980 tritt ein, was seit langem befürchtet wird: Das Jugendheim wird geschlossen. Offizieller Grund: Baumängel. Der Pfarrer verlegt sich jetzt darauf, Verstöße gegen die Menschenrechte in der DDR zu dokumentieren. Außerdem organisiert er die Bewegung *Kirche von Unten*, die auf eine Reform des Protestantismus zielt. Die Kirche soll sich nicht länger mit dem Regime einlassen, sondern den Menschen dienen.

Sozialismus auf Pump

Jagd nach Devisen

Von außen betrachtet, präsentiert sich die Wirtschaft der DDR 1979 in bester Verfassung. Für die Weltbank, eine Kreditanstalt zur Finanzierung von Aufbau- und Entwicklungsprojekten, gehört der ostdeutsche Staat zu den führenden Wirtschaftsnationen. Tatsächlich hat die DDR 30 Jahre nach ihrer Gründung innerhalb des Ostblocks nicht nur den höchsten Lebensstandard. Bei der Ausstattung mit Konsumgütern übertrifft sie sogar manche westeuropäischen Länder. Auch das Angebot an preiswerten Wohnungen ist deutlich besser geworden. Plattenbausiedlungen am Rande der Industriestädte entlasten den angespannten Wohnungsmarkt.

184 Der bayerische Ministerpräsident Franz-Josef Strauß (links) und Alexander Schalck-Golodkowski, der Leiter der Gesellschaft KoKo (Kommerzielle Koordinierung)

Künstliche Preise

Für Grundnahrungsmittel, Kleidung, für Bus und Bahn sowie Dienstleistungen wie Haare schneiden geben die Menschen in der DDR erheblich weniger Geld aus als ihre westdeutschen Landsleute. Der Staat hält die Preise mit seinen Zuschüssen künstlich niedrig und plant dafür jährlich Beträge im Haushalt ein. Allein im Jahr 1980 sind es 17 Milliarden Mark. Gesundheit, Bildung und die vorschulische Betreuung von Kleinkindern werden ebenfalls gefördert. Junge Ehepaare erhalten zinsgünstige Kredite, um sich eine eigene Existenz aufbauen zu können.

184

Gefährliche Schuldenspirale

Die auf den ersten Blick beeindruckende wirtschaftliche Entwicklung hat allerdings eine Kehrseite. Viele Aufgaben werden durch Kredite finanziert. Das tun westliche Länder auch, allerdings mit dem Unterschied, dass die DDR ihr Konto weitaus stärker überzieht und somit spätestens seit Anfang der 1980er-Jahre auf eine gefährliche Schuldenspirale zusteuert.

Sozialismus auf Pump – der Sog zum Schuldenmachen wird immer stärker. Damit lebt die DDR eindeutig über ihre Verhältnisse. Dennoch wagt es die SED-Führung nicht, der Bevölkerung einen strengen Sparkurs abzuverlangen. Denn die Angst vor einem Aufstand wie im Jahr 1953 sitzt immer noch sehr tief. Somit steuert der SED-Staat fast sehenden Auges auf einen finanziellen Abgrund zu.

Die Zuschüsse zu den Lebenshaltungskosten sind es nicht allein, die den Staat finanziell überfordern. Die Einfuhr von Konsumgütern aus dem Westen, stei-

gende Rohstoffpreise, die Militärhilfe für Länder der Dritten Welt und nicht zuletzt die ins Uferlose wachsenden Ausgaben für den Sicherheitsapparat aus Polizei, MfS und Volksarmee – all das verschlingt riesige Summen an Geld, das nicht vorhanden ist.
Was den Import von Erdgas, Rohöl und Holz angeht, so ist die DDR fast zu 100 Prozent von Lieferungen aus der Sowjetunion abhängig. Seit der Ölkrise 1973 und den steigenden Energiepreisen muss aber auch die UdSSR neu rechnen und kommt nicht umhin, Ostberlin die höheren Öl- und Gaspreise in Rechnung zu stellen bzw. die Lieferungen zu drosseln.

Immer neue Finanzquellen

Um der Schuldenfalle zu entkommen, versucht die SED, durch Auslandsgeschäfte mehr Devisen, also Geld in ausländischer Währung, zu erwirtschaften. Im Außenhandelsministerium besteht seit 1966 ein Bereich, der sich *Kommerzielle Koordinierung* nennt und eng mit dem Ministerium für Staatssicherheit verbunden ist.
An seiner Spitze steht ein Mann, der sich beim Aufspüren neuer Finanzquellen zu einer Art Genie entwickelt: Alexander Schalck-Golodkowski, „*Devisenbeschaffer*" genannt. Ein Jahrzehnt lang trägt er dazu bei, die DDR über Wasser zu halten, das heißt, sie vor dem Staatsbankrott zu bewahren. Ein Milliardenkredit, den der damalige bayerische Ministerpräsident Franz-Josef Strauß vermittelt, gehört zu den Überraschungscoups von Schalck-Golodkowski. Zu seinen Aufgaben zählt auch, dafür zu sorgen, dass die Regale in der Prominentensiedlung Wandlitz stets gut gefüllt sind.

Im Schattenreich

Im Schattenreich der *Kommerziellen Koordinierung* wird fast alles zu Geld gemacht: Aus dem Westen importierter Müll ebenso wie Antiquitäten, die aus privater Hand erworben und vom Staat mit Gewinn weiterverkauft werden. Selbst politische Häftlinge werden zur „Handelsware", die von der Bundesregierung „gekauft" und teuer bezahlt wird.

185

185 In der Waldsiedlung Wandlitz wohnen die Spitzenfunktionäre der DDR. Hier gibt es die begehrten Waren aus dem Westen.

Alles für den Export

186

186 Bau eines russischen Schiffs auf der Werft in Wismar (1972)

187 LKW der Spedition „Deutrans“

Der Lebensstandard der Bevölkerung verbessert sich von Jahr zu Jahr, und dennoch nimmt die Unzufriedenheit zu. Diese widersprüchliche Entwicklung hat Ursachen. Denn die Menschen vergleichen sich nicht mit Ländern wie Polen, der Sowjetunion, Irland oder Portugal, sondern mit der Bundesrepublik, die allabendlich als Konsumparadies auf den Fernsehschirmen erscheint.

Politisches Kauderwelsch

Wenn Honecker im April 1981 auf dem X. Parteitag der SED in Berlin erklärt: „*Die ständige Erhöhung der führenden Rolle der Partei in allen Sphären der Gesellschaft ist eine objektive Notwendigkeit*“ – dann handelt es sich um politisches Kauderwelsch, das letztlich nichts anderes bedeutet als: Wir wollen an der Macht bleiben.
Dazu kommt das Gefühl, eingesperrt zu sein und ständig mit politischen Parolen berieselt zu werden, die inzwischen selbst manchen Funktionären öde und inhaltsleer vorkommen, was weiteren Unmut schafft. Für Kritik sorgt auch, dass die Wirtschaft mehr und mehr auf den Export von Gütern in den Westen getrimmt wird – als weiteres Mittel gegen den Mangel an Devisen. Uhren, Textilien, Schreibmaschinen, *MZ*-Motorräder und Mopeds, Möbel, Spiegelreflexkameras der Marke *Praktica*, Waschmaschinen und Kühlschränke werden ins Ausland geliefert, zum Teil unter Preis und unter anderen Markennamen. Darunter sind Produkte, die von Einwohnern der DDR manchmal per Katalog im Westen bestellt werden und als Versandware wieder in die DDR zurückkehren.

Spitzenqualität

Einerseits sind die Beschäftigten in den staatseigenen Betrieben durchaus stolz darauf, Geräte in einer Spitzenqualität herstellen zu können. Aber das wiegt keineswegs den Ärger darüber auf, dass für den eigenen Bedarf vielfach nur noch Ware minderer Qualität übrig bleibt, auf die sie dann auch noch Monate warten müssen. Diese Form der Missachtung durch den Staat fördert nicht gerade die Bereitschaft, die Export-Offensive nach Kräften zu unterstützen. Ohnehin produzieren die Betriebe nach ihren eigenen Gesetzen jenseits der lautstark vorgegebenen Planzahlen. Häufig stehen die Bänder still, weil Teile nicht rechtzeitig geliefert werden oder die Stromversorgung ausfällt.

187

Geldnot macht erfinderisch

Der Mangel an Devisen ist extrem. Deswegen wird ständig nach Ideen gesucht, Geldquellen zu erschließen. Zentrum aller Überlegungen ist die *Kommerzielle Koordinierung*, kurz KoKo genannt, die sich zu einer kapitalistischen Insel im Meer des Sozialismus entwickelt. Die Bezeichnung für Geld erlebt dabei eine wahre Inflation: „*Mark der DDR*", „*Verrechnungseinheit im Handel zwischen beiden deutschen Staaten (1 VE = 1 DM)*", „*Rubel*", „*Valuta*", „*Valutamark*" usw. Da Erich Honecker sich nicht zu einem radikalen Eingriff in die Wirtschaft durchringen kann, bleibt es bei einer Vielzahl von Einzelmaßnahmen.

Handel mit dem Westen

Der Handel mit dem Westen hat Vorrang. Immer mehr Produkte werden ausgeführt. Nähmaschinen aus Wittenberge kommen dazu, ebenso Staubsauger aus Altenburg. Ein preiswerter Haarföhn, in der DDR hergestellt, hat beste Absatzchancen in westdeutschen Kaufhäusern. Selbst Blutkonserven werden zum Exportartikel.
Intershops und Exquisit-Läden sind eine wachsende Einnahmequelle für den Staat. Allerdings müssen die DDR-Bürger ihre D-Mark-Beträge bei der Staatsbank abliefern. Sie erhalten dafür Wertgutscheine zum Einkaufen – eine weitere Gelegenheit, Westgeld abzuschöpfen.

Geschenkdienst

Die *Genex* – die *Geschenkdienst GmbH* – zeigt, wozu die DDR fähig ist. Denn die *Genex* liefert alles, von der teuren Armbanduhr bis zum *Wartburg*-Pkw, und zwar ohne Verzug, sofern der Kunde mit DM zahlt.

Kunsthandel

Kunsthändler, Leiter von Museen und Kunstsammler werden notfalls durch Druck veranlasst, sich von wertvollen Stücken zu trennen und sie dem Staat zu überlassen. Dieser bietet sie Interessenten im Westen zum Kauf an. Ganze Container-Ladungen mit Kunstschätzen gehen ohne Formalitäten über die Grenze und finden im Westen reißenden Absatz.

Müllimport

Die DDR nimmt sogar Müll aus Westberlin, Schleswig-Holstein und Hamburg gegen Gebühren entgegen. Der Abfall wird auf besonderen Halden gelagert, vor allem auf der Großdeponie Schönberg östlich von Lübeck.

188

188 In Exquisit-Läden können Westwaren gekauft werden.

189

189 Im Intershop gibt es sogar die heiß begehrten „Levi's Jeans" – wenn man das notwendige Westgeld dafür hat.

Alexander Schalck-Golodkowski

1932 *Geburt in Berlin*

1954–1957 *Studium der Ökonomie*

1967 *Chef der Kommerziellen Koordinierung (KoKo)*

1975–1989 *Staatssekretär im Außenhandelsministerium*

1989 *Ausschluss aus Zentralkomitee und SED, Flucht nach Westberlin*

1993–1996 *Sechs Anklagen und über 50 Ermittlungsverfahren*

1996 *Verurteilung zu einer Bewährungsstrafe wegen illegaler Waffengeschäfte*

Im Westen wäre Alexander Schalck-Golodkowski wahrscheinlich ein erfolgreicher Unternehmer geworden. Mit seiner stattlichen Figur und der glatten, fast eleganten Erscheinung vermutet man ihn ohnehin eher in der Chefetage eines Konzerns als in der Führungsriege der DDR, deren Hauptfiguren er mit seinen Ein-Meter-Neunzig körperlich und auch intellektuell überragt. Tatsächlich hat Schalck-Golodkowski die Marktwirtschaft wie kaum ein anderer DDR-Politiker durchschaut und der SED zunutze gemacht. Als Leiter der *Kommerziellen Koordinierung (KoKo)* und als Unterhändler in den deutsch-deutschen Gesprächen hilft *„Schalck"*, wie sie ihn nennen, den Fortbestand der DDR zu sichern. Zugleich schafft er es bis in die höchste Funktionärsebene.

Filmreife Züge

Eine solche Karriere hat er sich wohl nie erträumt. 1932 in Berlin geboren, wächst er in schwierigen Verhältnissen auf. Seine Eltern sind staatenlos. Die Vorfahren seines Vaters Peter Golodkowski stammen aus Russland. Um die deutsche Staatsbürgerschaft zu erlangen, lässt sich die Familie 1940 von Verwandten namens Schalck adoptieren. Alexander wächst bei seiner Mutter auf; der Vater gilt seit Kriegsende als verschollen.
Als Jugendlicher macht Alexander eine Lehre als Feinmechaniker, schließt sich der *FDJ* an und wechselt bereits als Zwanzigjähriger ins Ministerium für Außenhandel und Innerdeutsche Beziehungen. Das ist der Ausgangspunkt eines Aufstiegs, der durch ein dreijähriges Studium der Ökonomie unterbrochen wird und gelegentlich filmreife Züge trägt. Seine Doktorarbeit hat mit der *KoKo* zu tun: *Zur Vermeidung ökonomischer Verluste und zur Erwirtschaftung zusätzlicher Devisen im Bereich ‚Kommerzielle Koordinierung'.*

Schattenreich

Als Förderer des aufstrebenden Ökonomen wirkt Erich Mielke, dem Schalck als *MfS-Offizier im besonderen Einsatz* untersteht. Seine Abhandlung über die *KoKo* bleibt streng geheim; auch er selber tritt zunächst nicht in Erscheinung. Bei den wenigen Auftritten trägt er zumeist eine moderne Sonnenbrille, ähnlich übrigens wie Spionagechef Markus Wolf, dem Schalck das Geld für die kostspielige Agententätigkeit im Ausland verschafft. Die *KoKo* entwickelt sich zu einem Schattenreich, von dem bis auf einen kleinen eingeweihten Kreis niemand weiß. 1976 wird der Bereich dem für Wirtschaft zuständigen ZK-Mitglied Günter Mittag unterstellt. In Fragen der Sicherheit ist Schalck allerdings weiter Mielke Rechenschaft schuldig.
Die *KoKo* handelt wie ein kapitalistisches Unternehmen in Reinkultur. Die Milliarden fließen, und Schalck-Golodkowski wird immer mächtiger. Auch für westdeutsche Politiker ist er unentbehrlich.

Mit dem bayerischen Ministerpräsidenten Franz-Josef Strauß, für die SED der Inbegriff des *„Kalten Kriegers"*, handelt Schalck-Golodkowski 1983 einen Aufsehen erregenden Kredit in Milliardenhöhe für die DDR aus. Seitdem beschenken sich die beiden regelmäßig und tauschen warmherzige Briefe aus. Zu seinen Gesprächspartnern zählen fast alle Spitzenpolitiker der CDU/CSU: Lothar Späth, Theo Waigel und Wolfgang Schäuble, mit dem er sich 21-mal trifft.

Schalck-Golodkowski bei der Vernehmung vor dem Bundestag

In München untergetaucht

Als es mit der DDR zu Ende geht, können sich manche bundesdeutschen Politiker allerdings nur noch schwach an ihre Verbindung zu Schalck erinnern. Dieser gerät jetzt ins Visier der Justiz, die in den folgenden Jahren über 50 Verfahren gegen ihn anstrengt. Seit dem Sturz Honeckers am 18. Oktober 1989 fühlt Schalck sich bedroht. Nach einer kurzen Untersuchungshaft in Berlin-Moabit setzt er sich aus Berlin ab und taucht im Januar 1990 mit seiner Frau Sigrid, geborene Gutmann, in der Kellerwohnung eines Pfarrhauses in München unter. Die 72-jährige Pastorenwitwe, die noch andere Mieter im Hause hat, stellt die beiden als *„Pastorenehepaar Gutmann"* vor, mit dem sie eifrig betet. Doch ihren Kindern kann die alte Dame nichts vormachen. Ihr Schwiegersohn, der den ungewöhnlichen Gast im Wohnzimmer erkennt, fragt verdutzt: *„Was macht denn der Schalck bei der Oma auf dem Sofa?"* Bald darauf verlässt das Ehepaar das Pfarrhaus. In langen Sitzungen auf einer Skihütte offenbart sich Schalck dem Bundesnachrichtendienst. Danach stellt er sich der Justiz. Bei den Prozessen wirkt er recht entspannt. Der BND hat vorgesorgt. Von zwei Haftstrafen mit Bewährung abgesehen, bleibt Schalck-Golodkowski, einer der einflussreichsten Männer der DDR, unbehelligt.

Kapitalismus im Sozialismus

190

190 1988 wird mit dem „Vertrag über einen Stromverbund zwischen der Bundesrepublik und der DDR" der Bau einer Hochspannungsleitung von Helmstedt über Magdeburg nach Berlin vereinbart.

191 Waldsiedlung Wandlitz; Gartenansicht des ehemaligen Hauses von Erich Honecker (1990)

Kommerzielle Koordinierung – hinter diesem Begriff verbirgt sich ein Geflecht von über 170 Unternehmen, die nach den Regeln der westlichen Markwirtschaft Gewinne abwerfen sollen. Erstaunlicherweise funktioniert das. Insgesamt erwirtschaftet die *KoKo* mit 3100 Mitarbeitern zwischen 1966 und 1989 etwa 25 Milliarden DM. Dazu kommen noch Erlöse von 23 Milliarden DM, die von der Bundesregierung für bestimmte Leistungen der DDR direkt überwiesen werden und dem Finanzministerium der DDR zugutekommen.

Geschäfte im rechtsfreien Raum

Die *KoKo* arbeitet unter Bedingungen, von denen westliche Unternehmer nur träumen können. Sie operiert in einem rechtsfreien Raum. Von ihrem Geschäftsgebaren dringt nichts nach draußen. Den Löwenanteil an Devisen erwirtschaften die großen Außenhandelsbetriebe: Die *Intrac* z.B., die mit chemischen Produkten und Buntmetallen handelt, die *Transinter*, die im Ausland den Absatz von DDR-Maschinen besorgt, und weitere Unternehmen, die im internationalen Finanzgeschäft tätig sind, Maschinen und Elektronik-Bauteile importieren und Waffen verkaufen. Das von der *KoKo* erwirtschaftete Geld fließt in viele Kanäle. In erster Linie profitieren SED und MfS davon. Die Einheitspartei verfügt über eine ständige Reserve von 100 Millionen DM. Die Stasi hat ebenfalls einen Zugriff auf die Devisen. Zu den Nutznießern zählt auch die *Deutsche Kommunistische Partei (DKP)* in Westdeutschland.

191

Raffiniert und rabiat

Da der Bedarf an Devisen ständig steigt, geht die *KoKo* immer raffinierter und rabiater vor. Textilien aus Thailand und Nordkorea erhalten in Strafanstalten neue Etiketten und gelangen als DDR-Ware auf westliche Märkte. Selbst gegenüber Moskau verhält sich die *KoKo* vertragswidrig. So werden sowjetische Öllieferungen, die für den Eigenbedarf der DDR bestimmt sind, veredelt und gegen harte Devisen an den Westen weiterverkauft.
Um die große Geldmaschine in Fluss zu halten, gebietet die *KoKo* über Konten und Beteiligungen in der Schweiz, Liechtenstein und in den Benelux-Ländern. Sie nutzt Oasen und Steuerparadiese zur Kapitalanlage und verhält sich wie westliche Geldanleger, also wie die viel gescholtenen Kapitalisten und Ausbeuter.

Menschenhandel

Unter den Methoden, mit denen die DDR an westliches Geld heranzukommen versucht, hat der Verkauf von politischen Häftlingen an die Bundesrepublik den bittersten Beigeschmack. Bis 1989 sind es 33 755 Gefangene, die im Gegenwert von über 3,4 Milliarden DM ausgelöst werden. Bezahlt wird in bar oder mit Gütern, die von der Regierung in Ostberlin angefordert werden. Die ersten Häftlinge kommen 1962 auf Initiative der evangelischen Kirche in Westdeutschland frei, die dafür drei Waggonladungen Kalisalz liefert. Das Diakonische Werk der EKD in Stuttgart wickelt in Abstimmung mit der Bundesregierung den Häftlingsfreikauf ab.

Diskret und korrekt

Bevollmächtigter auf DDR-Seite ist von Anfang an Wolfgang Vogel, ein auf Diskretion und Korrektheit bedachter Anwalt. Um die Jahreswende 1962/63 bietet Vogel der Bundesregierung an, politische Gefangene gegen Geld freizulassen. Seit dem Mauerbau 1961 sind die Gefängnisse überfüllt. Zunächst ist von 1000 Personen die Rede. Übrig bleiben acht, die freikommen.
Der Preis pro Häftling liegt zunächst bei 40 000 DM. Er steigt jedoch bald auf mehr als das Doppelte. Die DDR berechnet neben dem „*Schaden*", den ein Gefangener angerichtet hat, auch den Grad seiner Ausbildung. Der damalige Bundesminister für Gesamtdeutsche Fragen, Rainer Barzel, meint später: „*Widerlich! Das Kopfgeld richtete sich nach dem menschlichen und politischen Gewicht.*" Doch Barzel zahlt, wie die nachfolgenden Regierungen auch, und zwar selbst dann noch, als der Freikauf als Mittel zur Ausreise aus der DDR genutzt wird.

Parkplatz an der Autobahn

Seit 1966 ist die *Kommerzielle Koordinierung* für den geschäftlichen Teil zuständig. Bei der Übergabe der Gefangenen führt das MfS Regie. Zunächst wird der Menschenhandel auf einem Parkplatz an der Autobahn zwischen Hermsdorfer Kreuz und Jena-Lobeda vollzogen, später in einem Wäldchen an der Transitstrecke nach Herleshausen. Schließlich dürfen Westbusse direkt zum Abschiebegefängnis fahren und die Gefangenen dort abholen. Keineswegs alle Häftlinge wollen ihre DDR-Gefangenschaft mit der Freiheit im Westen tauschen. So sträubt sich der Schriftsteller Jürgen Fuchs 1977 bis zuletzt. Ihm ist bewusst: Jeder Regimegegner, der die DDR verlässt, schwächt die Opposition.

192

192 Jürgen Fuchs

193

193 In Reisebussen werden freigekaufte politische Häftlinge aus der DDR in die Bundesrepublik gebracht.

Wolfgang Vogel

1925 *Geburt in Wilhelmsthal (Schlesien)*

1945–1949 *Jurastudium*

1950er *Inoffizieller Mitarbeiter des MfS*

1961–1989 *Beauftragter für Agentenhandel und ausreisewillige DDR-Bürger*

1989–1990 *Verteidiger Erich Honeckers*

Die Bezeichnung „*Menschenhändler*" weist Wolfgang Vogel empört von sich. Der Rechtsanwalt legt Wert auf die Feststellung, als Bevollmächtigter der DDR-Regierung in humanitären Fragen stets korrekt gehandelt zu haben. Das bescheinigen ihm auch die Unterhändler der Bundesregierung. Sie schätzen ihn als einen Verhandlungspartner, auf den Verlass ist. Tatsächlich kann die Justiz nach der Wiedervereinigung dem Anwalt nichts anhaben. Der Bundesgerichtshof spricht ihn im Mai 1998 vom Vorwurf der Erpressung ausreisewilliger DDR-Einwohner frei. Auch die Nähe zum MfS, die seine Vermittlerdienste mit sich bringt, wird ihm nicht zum Verhängnis.

Im Graubereich

Vogel wirkt im Graubereich, der sich offiziellen Verhandlungen zwischen Ost und West entzieht. Dafür bringt der 1925 im niederschlesischen Wilhelmsthal geborene Sohn katholischer Eltern offenbar besondere Voraussetzungen mit: Verhandlungsgeschick, Menschenkenntnis und Verschwiegenheit – ohne solche Eigenschaften ist der Erfolg seiner Vermittlerdienste fast vier Jahrzehnte hindurch nicht denkbar. Vogel fädelt den Freikauf von Zehntausenden von Häftlingen ein. Über 215 000 Menschen in der DDR ebnet er im Zuge der Familienzusammenführung den Weg in die Bundesrepublik. Außerdem wirkt er an der Freilassung von 150 Agenten mit.

Glienicker Brücke

Der erste Agentenaustausch begründet zugleich die ungewöhnliche Karriere des Anwalts: Am Morgen des 10. Februar 1962 wird auf der Glienicker Brücke bei Potsdam der über der Sowjetunion abgeschossene US-Spionagepilot Francis G. Powers gegen den im Westen enttarnten Oberst des sowjetischen Geheimdienstes Rudolf I. Abel ausgetauscht. Die legendäre Brücke mit der weißen Trennungslinie in der Mitte ist auch in den folgenden Jahren Schauplatz spektakulärer Austauschaktionen zwischen Ost und West. Und fast immer hat Rechtsanwalt Vogel geholfen, die Verbindungen anzubahnen. Dass er mit von der Partie ist, erkennen die Beteiligten an seinem goldmetallicfarbenen Mercedes der S-Klasse, der zwischen den grauen Militär- und Stasi-Fahrzeugen nicht zu übersehen ist. Diese Extravaganz gönnt er sich.
Ansonsten ist Vogel der öffentlichkeitsscheue Vermittler zwischen zwei verfeindeten Welten, der bei den Mächtigen in Bonn fast ebenso häufig ein- und ausgeht wie in Ostberlin.
Der Austausch von Agenten, an dem Vogel beteiligt ist, beflügelt die Fantasie westlicher Krimiautoren. Zahlreiche Spionage-Thriller der 1960er- und 1970er-Jahre handeln von der Schattenwelt des Kalten Krieges. Der bekannteste erscheint 1963 unter dem Titel *Der Spion, der aus der Kälte kam.* Der Autor, John le Carré, kennt sich aus: Er war selber britischer Agent.

Schwerter zu Pflugscharen

Wettrüsten ohne Ende

194

Bevor die 1970er-Jahre zu Ende gehen, steuert der Kalte Krieg zwischen Ost und West erneut auf eine gefährliche Konfrontation zu. Im Dezember 1979 beschließt die NATO, ihre Atomwaffen in Westeuropa um Mittelstreckenraketen und Marschflugkörper aufzustocken. So soll eine angebliche Lücke im *„Gleichgewicht des Schreckens“* der beiden Blöcke geschlossen werden. Durch den NATO-Doppelbeschluss wird festgelegt, dass diese Waffen erst dann aufgestellt werden dürfen, wenn mit Moskau bis Ende 1983 keine Einigung über den Abbau der sowjetischen SS-20-Raketen in der DDR und Osteuropa erzielt wird.

194 Eine Mittelstreckenrakete vom Typ „Pershing II“ im Depot Mutlangen (1988)

195 Raketenwaffe der UdSSR vom Typ „SS-20“

Angst vor einem Atomkrieg

In der Bundesrepublik ruft der Nato-Beschluss eine breite Protestbewegung hervor. Auch in der DDR mobilisiert das Wettrüsten die vielen Friedens- und Umweltgruppen. Denn die Sorge vor einem militärischen Zusammenprall der Supermächte USA und Sowjetunion mit ungeahnten Folgen für die Menschheit wächst.

Diese Angst wird durch weitere Krisenherde noch verschärft. Die Sowjetunion ist kurz nach dem Nato-Doppelbeschluss mit mehreren Divisionen in Afghanistan einmarschiert, um die aufständischen Islamisten dort zu vertreiben und in der Hauptstadt Kabul auf Dauer ein Kreml-freundliches Regime zu errichten. Die islamischen Taliban werden im Gegenzug von den USA mit Waffen unterstützt. In Afghanistan wird so einer der sogenannten Stellvertreter-Kriege zwischen den Supermächten ausgetragen. Da sie den direkten Schlagabtausch vermeiden wollen – ein Atomkrieg könnte die ganze Erde zerstören –, fechten sie ihre Gegensätze in Ländern der Dritten Welt aus.

195

Der „polnische Bazillus“

Ein weiterer Krisenherd liegt in Polen, wo die unabhängige Gewerkschaftsbewegung *Solidarność* durch Streiks versucht, das kommunistische Regime abzuschütteln. Bevor die Nachbarstaaten – ähnlich wie 1968 in Prag – mit ihren Truppen eingreifen, rufen die Machthaber in Warschau 1981 das Kriegsrecht aus. Nicht zu Unrecht befürchtet das SED-Regime, der *„polnische Bazillus“* könnte auf die Arbeiter in der DDR übergreifen. Denn oppositionelle Gruppen stehen in Kontakt zu den Werftarbeitern in Danzig, die den Aufstand anführen.

Für Staats- und Parteichef Honecker beginnen die 1980er-Jahre also mit vielen Problemen. Den Nato-Doppelbeschluss nimmt er zum Anlass, den Westen scharf anzugreifen.
Je größer die wirtschaftliche Abhängigkeit von der Bundesrepublik wird, desto stärker versucht Honecker, sich abzugrenzen und die Militarisierung der DDR voranzutreiben. Er sieht seine These *„Sozialismus ist gleich Frieden – Kapitalismus ist gleich Krieg“* erneut bestätigt. Dieser Logik verweigern sich jedoch die Friedensgruppen. Sie können keinen Unterschied sehen zwischen den sowjetischen Vernichtungswaffen in der DDR und denen der USA in Westdeutschland.

Friedensaktivisten

Entschlossener als je zuvor gehen die Friedensaktivisten in die Offensive. *„Schwerter zu Pflugscharen“* – so lautet das Motto: Die todbringenden Waffen sind durch friedliche Dinge zu ersetzen. Zugleich melden sich – alarmiert durch die katastrophalen Folgen einer rücksichtslosen Wirtschafts- und Agrarpolitik – die Umweltschützer zu Wort. Die Gründung einer Partei der *Grünen,* wie 1980 in der Bundesrepublik, ist in der DDR wegen der staatlichen Unterdrückung nicht möglich. Aber die Stasi schafft es nicht, die Natur- und Umweltschützer mundtot zu machen. Diese fühlen sich ermutigt durch die Anti-Atombewegung in der Bundesrepublik, wo zum Beispiel im Februar 1981 über 100 000 Demonstranten gegen das Atomkraftwerk im schleswig-holsteinischen Brokdorf losmarschieren.

Ein unruhiges Jahrzehnt

Am Anfang dieses unruhigen Jahrzehnts, das 1989 mit dem Scheitern der DDR endet, hat es die Entspannungspolitik besonders schwer, sich zu behaupten. Bundeskanzler Helmut Schmidt, der Nachfolger von Willy Brandt, trifft sich im Dezember 1981 mit Honecker in der DDR – eine von vielen Krisen überschattete Begegnung, die beide deutsche Staaten einander nicht näher bringt.

196

196 Warnstreik im Hüttenwerk in Warschau (1980)

Friedensdekade

197

197 Evangelischer Kirchentag in Ostberlin (1987): Mitglieder der Bewegung „Kirche von unten“ fordern die Möglichkeit des Zivildienstes für junge Männer.

198 „Schwerter zu Pflugscharen“ (Plakat 1988/1989)

Es sind die Landesjugendpfarrer, die 1980 die erste „*Friedensdekade*“ ausrufen: Ein Jahrzehnt lang wollen sie sich für die Abrüstung einsetzen. Zuvor hat die SED Katholiken wie Protestanten mehrfach gedrängt, die Friedenspolitik der DDR stärker zu unterstützen. Als die Christen jetzt ernst machen und sich alljährlich zu Bittgottesdiensten und Friedensforen versammeln, ist es auch nicht recht. Vor allem stört die SED sich an dem Symbol „*Schwerter zu Pflugscharen*“, das die jungen Leute auf Jacken und Mänteln tragen. Vorbild dafür ist die Plastik eines russischen Bildhauers, die der sowjetische Parteichef Nikita Chruschtschow den Vereinten Nationen gewidmet hatte.

Ein Schwert wird umgeschmiedet

„*Schwerter zu Pflugscharen*“ – mit diesem Appell ist auch die SED-Führung gemeint, die stets ihre Friedensliebe betont, aber Friedenssymbole verbietet und zugleich die Bischöfe auffordert, die Friedensaktivisten zu bremsen. Sie erreicht damit das Gegenteil: Beim Kirchentag 1983 in Wittenberg wird demonstrativ ein Schwert zu einer Pflugschar umgeschmiedet. Die Idee dazu stammt von Pfarrer Friedrich Schorlemmer, einem der Vorkämpfer gegen Militarisierung und für Abrüstung.

198

Frauen wehren sich

Als die Volkskammer im März 1982 wie aus heiterem Himmel ein Gesetz beschließt, das Frauen im Fall einer Mobilmachung zum Dienst an der Waffe zwingt, wenden sich viele Frauen empört an das Zentralkomitee der SED. Darunter ist die Malerin Bärbel Bohley: „*Ich weiß, dass mein Platz nicht in der Armee ist*“, schreibt sie und erklärt weiter, „*dass ich mich weigere, einer militärischen Instanz die Verantwortung für mein Handeln abzutreten.*“

Mit dem neuen Wehrgesetz ist für viele das Maß voll. Spontan entstehen Gruppen, die sich *Frauen für den Frieden* nennen und mit ihren Aktionen von sich reden machen. Im Jahr 1983 sind allein innerhalb der evangelischen Kirche bis zu 100 Friedensgruppen aktiv. Berlin, Halle, Jena, Leipzig und andere Städte werden zu Zentren des Widerstands.

Dieser richtet sich gegen eine Politik, bei der schon im Kindergarten Propaganda für die Armee gemacht wird. Die Wehrerziehung reicht bis in die Betriebe, wo sogenannte „*Betriebskampftruppen*“ derart gedrillt werden, als stünde der Angriff des „*Klassenfeindes*“ unmittelbar bevor.

Friedrich Schorlemmer

Den Gedanken, die DDR zu verlassen – egal, ob freiwillig oder unter Zwang –, weist Pfarrer Friedrich Schorlemmer stets von sich. Vielmehr drängt der Theologe die Menschen, sich ihren Platz in der Gesellschaft zu erkämpfen, statt an Flucht zu denken. Ihm bedeutet die DDR als *„Ort unserer Träume und Enttäuschungen, unserer Freuden und Verwundungen"* zugleich auch Heimat. In ihr wolle er *„Stachel im Fleisch"* sein.

Aufstiegschancen verbaut

Die Oppositionsrolle wird ihm sozusagen mit in die Wiege gelegt. 1944 als Sohn eines Pfarrers in Wittenberg geboren, sind ihm Aufstiegschancen fast ganz verbaut. Von 1962 bis 1967 studiert Schorlemmer in Halle Theologie und ist dort anschließend als Vikar und Studieninspektor tätig. 1978 beginnt seine Lehrtätigkeit am Evangelischen Predigerseminar in Wittenberg. Mit seinen regimekritischen Reden und Aktionen erregt er immer wieder großes Aufsehen, etwa 1968 gegen die neue Verfassung der DDR und gegen den Einmarsch in die Tschechoslowakei.
1983 lässt der Pfarrer im Lutherhof in Wittenberg ein Schwert zur Pflugschar umschmieden. Fünf Jahre später legt er in seiner Heimatstadt dem Evangelischen Kirchentag *20 Wittenberger Thesen* zur Demokratisierung der DDR vor.
Nicht nur mit der SED-Politik setzt Schorlemmer sich kritisch auseinander; auch die eigene Kirchenleitung greift er scharf an, etwa 1987 auf der Synode des Bundes der Evangelischen Kirchen in Görlitz: *„Ich sehe uns zuerst vor den Trümmern des Konzepts ‚Kirche im Sozialismus', die es nicht vermocht hat, Tausenden Mitchristen Mut zu machen, hier in diesem Lande zu leben …"*
Schorlemmer liegt der Schutz der Umwelt ebenso am Herzen wie die Wahrung des Friedens. Mehrfach stößt er Debatten an, denen die SED sich stellen muss. So verlangt er im Juni 1988, *„die Preise für Grundnahrungsmittel, Wohnungen und Energie so zu gestalten, dass nicht weiter achtlos damit umgegangen wird."*

Revolutionäres Umdenken

Auftrieb verspürt er seit Mitte der 1980er-Jahre durch die Reformpolitik des sowjetischen Generalsekretärs Michail Gorbatschow, bei dem er ein *„revolutionäres Umdenken"* sieht. Schorlemmer zählt zu den Rednern der Großkundgebung am 4. November 1989 auf dem Alexanderplatz in Berlin.
Bis zuletzt hofft der Theologe auf einen radikalen demokratischen Neuanfang in der DDR. Er wirkt an der Gründung der Partei *Demokratischer Aufbruch* mit, trennt sich jedoch von ihr, als diese eine konservative Richtung einschlägt. Der Pfarrer schließt sich der SPD an. Sein Glaube an die Reformierbarkeit der DDR und damit an einen dritten Weg zwischen Kommunismus und Kapitalismus wird von den Ereignissen, die zur deutschen Einheit führen, überrollt.

1944 *Geburt in Wittenberg*

1971–1978 *Studentenpfarrer*

1989 *Gründungsmitglied des „Demokratischen Aufbruchs"*

1993 *Friedenspreis des Deutschen Buchhandels*

Von Krisen überschattet

199

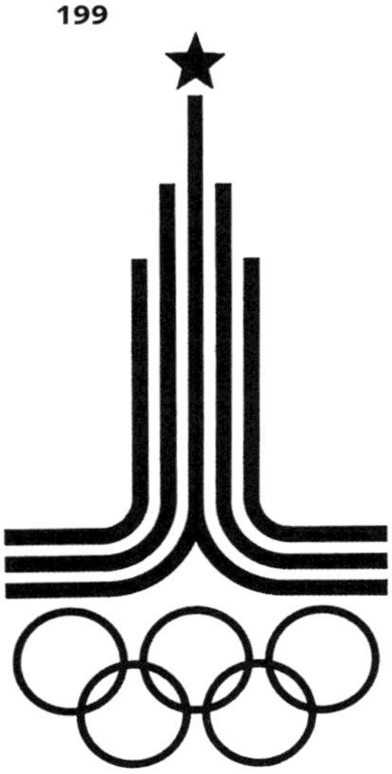

199 Offizielles Emblem der Olympischen Sommerspiele in Moskau (1980)

200 Besuch von Bundeskanzler Helmut Schmidt in Güstrow (1981)

Als der Staatsratsvorsitzende Erich Honecker und Bundeskanzler Helmut Schmidt sich am 11. Dezember 1981 im Jagdschloss Hubertusstock am Werbellinsee in der Uckermark treffen, sind beide politisch angeschlagen. Die DDR ist finanziell und wirtschaftlich so sehr von der Bundesrepublik abhängig, dass sich in der SED Widerspruch regt. Ministerpräsident Stoph lässt den Kreml wissen, Honecker wolle im Zuge neuer Verkehrsprojekte weitere 500 Millionen DM in die DDR holen und damit die Bindung an Bonn noch verstärken. Auch Stasi-Chef Mielke wird nervös. Im Gespräch mit Stoph meint er, Honecker *„verschaukelt uns und die sowjetischen Freunde“*.

Boykott der Olympischen Spiele

Für Bundeskanzler Schmidt ist die Lage ebenfalls kompliziert. Der Beschluss der Nato über die Stationierung zusätzlicher Raketen in Westeuropa und der Boykott der Olympischen Sommerspiele in Moskau überschatten seine Reise. Die USA begründeten ihre Absage mit dem sowjetischen Einmarsch in Afghanistan. Die Bundesrepublik schloss sich trotz mancher Bedenken dem Boykott an. Gleichzeitig hat sich im Dezember 1981 die Situation in Polen durch die Verhängung des Kriegsrechts dramatisch verschärft. Angesichts solcher Krisen droht der Prozess der Entspannung zwischen Ost und West zu scheitern. An Fortschritte im deutsch-deutschen Verhältnis ist nicht zu denken.

200

Gespenstische Kulisse

Dennoch setzt der Kanzler seine Reise fort. Schmidt will keinen Grund für eine Verschlechterung der Beziehungen liefern. Bei einem Besuch der mecklenburgischen Stadt Güstrow erhofft er sich Kontakt zur Bevölkerung, was die Stasi jedoch zu verhindern weiß. Ausgesuchtes Publikum säumt die Straßen, ferner lange Reihen von Polizisten und MfS-Leuten – eine gespenstische Kulisse, die Äußerungen der Sympathie wie im März 1970 für Willy Brandt in Erfurt verhindern soll.
Nach dem Treffen kann Honecker sich gegen seine Widersacher behaupten und seinen Kurs fortsetzen. Der Kanzler dagegen gerät ins Abseits. Im Herbst 1982 scheitert die sozialliberale Koalition in Bonn. Der neue Bundeskanzler heißt Helmut Kohl. Dieser hält nicht nur an der Entspannungspolitik fest, sondern bereitet Erich Honecker 1987 sogar den roten Teppich für einen Besuch in der Bundesrepublik.

Raubbau an der Natur

Die Anhänger der Friedensbewegung sehen neben den Gefahren durch das Wettrüsten noch eine ganz andere Bedrohung auf die DDR zukommen: die Zerstörung von Natur und Umwelt durch eine rücksichtslose Wirtschaftspolitik. Offiziell existiert überhaupt kein Umweltproblem. Daten über das Ausmaß der Verunreinigung von Boden, Wasser und Luft werden unter Verschluss gehalten.

Braunkohle

Dabei sind an den Brennpunkten die Schäden mit bloßem Auge zu erkennen bzw. zu riechen: etwa in den Chemie-Regionen um Bitterfeld und Schkopau südlich von Halle oder in den Braunkohlegebieten in Brandenburg und Sachsen, wo gewaltige Schaufelbagger Dörfer und ganze Landstriche verschlingen und eine Mondlandschaft zurücklassen. Die DDR ist der Staat mit der intensivsten Braunkohleförderung weltweit. Dort, wo die schwefelhaltige Kohle in Kraftwerken verheizt wird, setzen die Schornsteine riesige graugelbe Staubwolken frei, die den Boden verseuchen und als saurer Regen die Wälder zerstören.

Uran aus dem Erzgebirge

Ähnlich verheerend sind die Folgen des Uranabbaus in Sachsen und Ostthüringen, insbesondere um den Kurort Schlema. Gleich nach dem Krieg hat die Sowjetunion dort die Förderung vorangetrieben. Das Uran für die 1949 gezündete erste sowjetische Atombombe stammt aus der *Sowjetisch-Deutschen Aktiengesellschaft Wismut.* Wismut ist der Name eines harmlosen Buntmetalls; er soll ablenken von der Urangewinnung. Bis 1990 fördert die *Wismut AG* über 220000 Tonnen Uranerz, das vor Ort verarbeitet wird. Blühende Landschaften verschwinden unter radioaktiv strahlenden Abraumhalden und vergifteten Schlammbecken – die größte Umweltkatastrophe in Deutschland. Bei der wirtschaftlichen Nutzung der Kernenergie legt die DDR ebenfalls ein rasantes Tempo vor. In Rheinsberg geht 1966 der erste Atommeiler ans Netz. In Lubmin bei Greifswald sind acht Blöcke vorgesehen. Insgesamt vier davon liefern ab 1979 Strom. Der Protest der Atomkraftgegner und Umweltschützer gleicht einem Kampf gegen Windmühlen. Den Raubbau an der Natur können sie nicht stoppen, auch wenn sie fantasievoll vorgehen, etwa mit Baumpflanz-Aktionen, Fahrradkorsos und eigenen Umweltstudien.

201

201 Im Kernkraftwerk „Bruno Leuschner" in Greifswald (Mecklenburg-Vorpommern) (1990)

202 Braunkohlentagebau bei Cottbus

202

Michael Beleites

1964 *Geburt in Halle/Saale*

ab **1982** *Friedens- und Umweltaktivist*

1990 *Mitbegründer von „Greenpeace" in der DDR; Berater des „Neuen Forums"*

ab **1995** *freier Autor*

seit **2000** *Sächsischer Landesbeauftragter für die Stasi-Unterlagen*

In den 1980er-Jahren lassen sich Umweltaktivisten wie Michael Beleites nicht mehr einschüchtern. Spätestens seitdem er in einem privaten Brief einen bei der Postkontrolle offenbar vergessenen Zettel der Stasi gefunden hat, weiß Beleites, dass das Ministerium für Staatssicherheit ihn ständig überwacht. Aber das spornt ihn eher noch an. Beleites, zoologischer Präparator im Naturkundemuseum in Gera, gibt der Umweltbewegung entscheidende Anstöße. Schon früh erkennt er, dass viele Gruppen allzu isoliert vorgehen. Deswegen versucht er, die Initiativen zu vernetzen, neben Protestanten auch Katholiken einzubinden und Kundgebungen mit der westdeutschen Friedens- und Umweltbewegung abzustimmen.

In Handschellen abgeführt

Bei den Vorbereitungen für parallele Demonstrationen im Herbst 1984 in Meiningen und Fulda nimmt ihn die Polizei im Zug fest und durchsucht sein Gepäck. Bei der Ankunft in Meiningen wird er in Handschellen abgeführt und stundenlang vernommen. Die Stasi schränkt mit einem Berufs- und Auftrittsverbot seinen Aktionsradius immer weiter ein, bis zu einem generellen Reiseverbot 1987. Seine Kontakte zu Osteuropa kann er nicht mehr wahrnehmen.
Den Mut zum Durchhalten verdankt Beleites, der 1964 in Halle geboren wird, wohl in erster Linie seinen Eltern. Die Mutter ist Sprachheilpädagogin, der Vater evangelischer Pfarrer. Kritisches Denken lernt er von Kind an. Michael Beleites schließt sich der Friedensbewegung an. Sein Protest gegen Atomwaffen führt ihn zu einem Thema von großer Brisanz: die vor der Öffentlichkeit abgeschirmte Urangewinnung in Ostthüringen und Sachsen.

„Pechblende"

Nach riskanten Recherchen veröffentlicht er mit Unterstützung des Physikers Sebastian Pflugbeil 1988 die Dokumentation *Pechblende – Der Uranbergbau in der DDR und seine Folgen*. Herausgeber sind der Berliner Arbeitskreis *Ärzte für den Frieden* und das *Kirchliche Forschungsheim Wittenberg*, das mit Unterstützung von Pfarrer Schorlemmer zu einem Zentrum von Umweltaktivisten geworden ist.
Die Schrift erregt beträchtliches Aufsehen. Westliche Medien berichten darüber. Der Stasi gelingt es nicht, das Tabu-Thema abzuwürgen und den Autor kaltzustellen. Im Februar 1988 spricht Beleites vor der *Ökumenischen Versammlung* in Dresden über den *Wismut*-Skandal.
Bis zum Ende der DDR hält der Umweltaktivist durch, um anschließend an der Entmachtung der Stasi und am demokratischen Neubeginn mitzuwirken. Folgerichtig wird ihm im Jahre 2000 das Amt des Sächsischen Landesbeauftragten für die Stasi-Unterlagen übertragen.

Revolution von oben

Weg ohne Umkehr

203

203 Mutlangen: Proteste gegen Stationierung von Mittelstreckenraketen

204 Reagan und Gorbatschow mit Abrüstungsvertrag (1988)

Zwei russische Wörter elektrisieren seit Mitte der 1980er-Jahre die Menschen in Ost und West gleichermaßen: „*Perestroika*“ und „*Glasnost*“. „*Perestroika*“ heißt „*Umbau*“ und zielt vor allem auf Veränderungen der vom Staat gelenkten sowjetischen Wirtschaft. „*Glasnost*“ bedeutet „*Offenheit*“ oder „*Öffnung*“ der von Zensur und Unterdrückung geprägten Gesellschaft.

Motor der Revolution

Michail Gorbatschow, seit März 1985 Generalsekretär der KPdSU, ist der Motor dieser Revolution von oben, die sich als Weg ohne Umkehr erweisen wird. Sicherlich ahnt Gorbatschow am Anfang nicht, was er mit seiner Politik alles auslösen wird: den Zerfall der Sowjetunion, den er verhindern will; das Ende des Kommunismus sowjetischer Prägung, den er reformieren, aber nicht abschaffen will; ferner die Überwindung des Kalten Krieges, die Unabhängigkeit der Staaten Ostmitteleuropas und Zentralasiens, schließlich die deutsche Einheit. Am Ende muss die Weltkarte neu gezeichnet werden. Es ist, als hätte sich die Erde während einer vollen Umdrehung radikal verändert. Für seine Politik hat Gorbatschow zunächst weder einen festen Plan noch ausreichend Unterstützung. Der Generalsekretär weiß nur, dass der bisherige Weg die Sowjetunion ins Verderben führt. Die Wirtschaft droht zusammenzubrechen. Die Betriebe leisten immer weniger und haben den Konkurrenzkampf mit dem Westen längst aufgegeben. Auch beim Wettrüsten kann die UdSSR nicht mithalten. Gorbatschow ist sich überdies bewusst, dass der Einmarsch in Afghanistan ein Fehler war.

204

Abbau der Mittelstrecken-Raketen

Auf dem Gebiet der Abrüstung legt der sowjetische Generalsekretär ein solches Tempo vor, dass der Westen Mühe hat, ihm zu folgen, voran US-Präsident Ronald Reagan. Dieser fordert im Juni 1987 bei einem spektakulären Auftritt am Brandenburger Tor: „*Herr Gorbatschow, reißen Sie diese Mauer nieder!*“ Im Dezember 1987 wird in Washington der Vertrag über den Abbau aller atomaren Mittelstrecken-Raketen mittlerer und kürzerer Reichweite unterzeichnet.

In der Sowjetunion selbst löst Gorbatschow mit seiner *„Perestroika“* zunächst überwiegend Chaos aus. Die Betriebe wissen mit ihrer neuen, noch begrenzten Selbstständigkeit wenig anzufangen. Der Nachschub an Material, Ersatzteilen und Rohstoffen funktioniert noch schlechter als zuvor, weil sich ohne Vorgaben von oben kaum jemand zurechtfindet. Fischer auf der Insel Sachalin z.B. warten vergeblich auf die Fabrik-Schiffe, die ihre Fänge normalerweise verarbeiten. Sie bleiben ohne Lohn, ähnlich wie die Bergleute in den Kohlerevieren oder die Stahlkocher.
„Glasnost“ dagegen löst wahre Wunder an Kreativität aus: Zeitungen und Zeitschriften, der Buchmarkt, Radio und Fernsehen lösen sich aus der Erstarrung der Zensur und erleben eine große Blüte.

Die alte Garde der DDR

Durch die Politik Gorbatschows fühlen sich auch osteuropäische Bürgerrechtsbewegungen wie die *Charta 77*, die in der ČSSR als Richtschnur für Menschenrechte und Demokratisierung dient, in ihrem Streben nach Freiheit bestätigt. Das gilt erst recht für die polnische Gewerkschaft *Solidarność*, die sich zu einer Massenbewegung entwickelt und auf den ganzen Ostblock ausstrahlt.
Auch in der DDR verspüren die Bürgerrechtler Auftrieb. Die SED-Führung dagegen versucht, die neuen Ideen abzublocken und eine ideologische Mauer zu errichten, dieses Mal nach Osten. Mit ihrer Abwehr gewinnt die SED zwar Zeit, aber am Ende kann sich die friedliche Revolution von unten gegen die Garde der Unbelehrbaren an der Spitze durchsetzen.

205

205 Westdeutsche Friedensbewegung (1981)

206 Erich Honecker, Helmut Kohl (1987)

207 Russische Raketen vor der Verschrottung (1989)

206

207

Michail Gorbatschow

1931 *Geburt in Priwolnoje*

1950–1955 *Jurastudium*

1985–1991 *Generalsekretär der KPdSU und Staatsoberhaupt der UdSSR*

1988–1990 *Vorsitzender des Obersten Sowjets*

1990 *Friedensnobelpreis*

2005 *Augsburger Friedenspreis*

Michail Gorbatschow ist anders als andere Apparatschiks der KPdSU. Das spüren die meisten Menschen in der Sowjetunion, als Gorbatschow im Frühjahr 1985 das Amt des Staatschefs übernimmt. Aber niemand ahnt, dass der 1931 geborene Sohn einer bäuerlichen Kosaken-Familie mit seiner „*Perestroika*“ eine Revolution einleiten wird.

Energie und Tatendrang

Von seinen Vorgängern, die in ihrer alters- und krankheitsbedingten Gebrechlichkeit den elenden Zustand der Sowjetunion symbolisieren, unterscheidet er sich total. Mit 54 Jahren ist Gorbatschow seit Josef Stalin der jüngste Parteichef. Die leicht untersetzte Figur wirkt kraftvoll. Gorbatschow sprüht vor Energie und Tatendrang. Schon deswegen atmen viele auf: Endlich steht an der Spitze ein Mann, der Herr seiner Sinne ist, der mit dem ewigen Selbstbetrug Schluss macht und die Dinge beim Namen nennt. Es hilft dem Parteichef, dass er mit Raissa Gorbatschowa eine kluge und attraktive Frau an seiner Seite weiß, die seine wichtigste Ratgeberin ist. Er hat sie 1953 beim Jura-Studium in Moskau kennengelernt.

Reisen in den Westen

Als junger Mann hat er zunächst auf den Kolchosen, den staatlichen Ländereien, Mähdrescher gewartet und repariert. Nach einem Zweitstudium zum Diplomagraringenieur gilt er als Experte für Landwirtschaft. Bald wendet er sich auch anderen Gebieten zu, etwa der Jugendpolitik. Als Mitglied im Zentralkomitee und schließlich im Politbüro, dem höchsten Machtgremium, unternimmt Gorbatschow in den 1970er-Jahren Reisen in den Westen, auch in die Bundesrepublik. Dabei wird ihm die Rückständigkeit der Sowjetunion bewusst. Seine Eindrücke reifen zu Entscheidungen, die er ab 1985 voller Ungeduld umzusetzen versucht. Energisch räumt der neue Generalsekretär mit den Fehlern der Vergangenheit auf; so verurteilt er z. B. mit scharfen Worten die unter Stalin begangenen Verbrechen. Atemberaubend ist das Tempo, mit dem er seine Abrüstungsvorhaben vorantreibt. Geradezu sensationell wirkt der Verzicht auf die *Breschnew-Doktrin*, die der Sowjetunion als Begründung diente, 1956 in Ungarn und 1968 in die ČSSR einzumarschieren. Der Parteichef hofft, dadurch den Warschauer Pakt, das östliche Bündnis, retten zu können. Doch dafür ist es bereits zu spät. Die baltischen und osteuropäischen Staaten bestehen auf ihrer Unabhängigkeit. Gorbatschow muss zusehen, wie sich der Warschauer Pakt und der Rat für gegenseitige Wirtschaftshilfe, der östliche Wirtschaftsverbund, auflösen. Danach sieht er kaum noch Gründe, den Deutschen die Einheit zu verweigern. Zögernd zwar, aber dann doch entschlossen, verabredet er mit Bundeskanzler Helmut Kohl die deutsche Wiedervereinigung.

Auf der ganzen Linie gescheitert

Während Gorbatschow im Westen als einer der großen Erneuerer des 20. Jahrhunderts gefeiert und mit dem Friedensnobelpreis ausgezeichnet wird, erlebt er im eigenen Land seine bittersten Niederlagen. Im Grunde scheitert er dort auf der ganzen Linie. Nicht einmal mit seiner Anti-Alkohol-Kampagne dringt er durch. Noch schwerer wiegt die Tatsache, dass ihm der Umbau von Wirtschaft und Gesellschaft nicht einmal ansatzweise gelingt. Die Fundamente der Staatsbetriebe werden nur so weit gelockert, dass später Plünderer – zumeist sind es ehemalige Fabrikdirektoren und Parteibonzen – sich die Filetstücke aus dem Staatseigentum hemmungslos aneignen können. Gorbatschows schwerste Stunde kommt im August 1991, als führende Kommunisten aus seiner nächsten Umgebung, Teile der Armee und des Geheimdienstes versuchen, ihn zu stürzen. Er selber hält sich mit seiner Frau Raissa zu einem Urlaub auf der Krim auf, wo er unter Hausarrest gestellt wird und seinen Rücktritt erklären soll. Doch er weigert sich standhaft. Sein Retter Boris Jelzin (1931–2007), der als Präsident der russischen Teilrepublik die Putschisten vertreibt, ist zugleich derjenige, der Gorbatschow wenige Monate später entmachtet. Seit März 1990 ist Gorbatschow gewählter Präsident der Sowjetunion. Jelzin, der neue starke Mann in Moskau, lässt die KPdSU verbieten, die immer noch von Gorbatschow angeführt wird. Unmittelbar darauf wird eine in alle Welt übertragene Ansprache des sowjetischen Präsidenten vor dem Parlament von Jelzin rüde unterbrochen. Nach dieser Demütigung bleibt Gorbatschow nur noch der Rücktritt. Sein Nachfolger Jelzin löst die Sowjetunion auf. Vielen Russen gilt Gorbatschow als Verräter an der Sowjetunion. Sein historisches Verdienst bleibt jedoch, für Millionen von Menschen das Tor zur Freiheit aufgestoßen zu haben.

Gorbatschow und seine Frau Raissa

Polen macht den Anfang

Im August 1980 hat die Gewerkschaftsbewegung *Solidarność* in Polen erreicht, wofür sie schon lange kämpfte und was zuvor noch keiner Opposition im Ostblock gelang: Nach wochenlangen Streiks bekommt sie von der kommunistischen Regierung das Recht zugestanden, als unabhängige Gewerkschaft die Interessen der Beschäftigten zu vertreten. Für die Unterzeichnung des historischen Abkommens denkt sich der Danziger Arbeiterführer Lech Walesa etwas Besonderes aus. Er unterschreibt mit einem übergroßen Kugelschreiber, der das Bild der berühmten *Schwarzen Madonna* aus dem polnischen Wallfahrtsort Tschenstochau zeigt.

Rebellion und Marienverehrung

Rebellion gegen die Staatsmacht, gepaart mit inniger Verehrung für Maria, die Mutter Gottes – was im Westen Verwunderung auslöst, ist im katholischen Polen, das in seiner Geschichte immer wieder um seine Freiheit kämpfen musste, kein Widerspruch. Zumal kein Geringerer als der 1978 zum Papst gewählte Krakauer Erzbischof Karol Wojtyla seine schützende Hand über die Arbeiter hält. Als Papst Johannes Paul II. im Frühjahr 1979 sein Heimatland besucht, ruft er den Menschen zu: *„Fürchtet euch nicht! Der Heilige Geist komme herab und verändere das Antlitz der Erde, dieser Erde!“*

Von Furcht ergriffen sind weniger die Polen als manche Deutsche, vor allem jene, die in der DDR alles beim Alten belassen wollen. Stasi-Chef Mielke meint: *„Was in Polen geschieht, das ist auch für uns in der DDR eine Kernfrage, eine Lebensfrage.“* Auch Staatschef Honecker ist alarmiert. Er drängt den Kreml, die von Danzig ausgehende Protestbewegung notfalls mit Gewalt zu stoppen. Tatsächlich lässt der damalige sowjetische Generalsekretär Breschnew Truppen an der Grenze zu Polen aufmarschieren. Das Säbelrasseln dient dem polnischen General Wojciech Jaruzelski als Vorwand, im Dezember 1981 das Kriegsrecht auszurufen. Über Nacht werden Tausende von Anhängern der *Solidarność* in Gefängnisse und Internierungslager verschleppt.

Doch die *Solidarność* überlebt. Mit dem Rückenwind aus Moskau durch Michail Gorbatschow gelingt es ihr sogar, die Oberhand zu gewinnen. Polen ist 1989 das erste Land im Ostblock, in dem die Menschen frei entscheiden dürfen. Zum Präsidenten wählen sie den Arbeiterführer Lech Walesa, den mutigen Elektromonteur aus Danzig.

208

208 Der polnische Ministerpräsident Wojciech Jaruzelski und Michail Gorbatschow (1989)

Die DDR mauert

Das Aufbäumen der polnischen Gewerkschaft *Solidarność* gegen das kommunistische Regime in Warschau und die „*Perestroika*"-Politik des sowjetischen Generalsekretärs Gorbatschow beunruhigen die Führung der DDR; sie fühlt sich eingekreist. Denn neben Polen verfolgt auch Ungarn den Reformkurs. Die Tschechoslowakei zögert noch. Und die DDR mauert.
Um ein Übergreifen der Reformideen auf die DDR zu verhindern, grenzt die SED sich von Polen ab. Die oft gepriesene Freundschaft zum Nachbarland ist plötzlich nichts mehr wert. Reise- und Einkaufsmöglichkeiten von Polen in der DDR werden beschränkt. Gezielt schürt die Regierung antipolnische Stimmungen.

Gegen die Umweltbibliothek

Im Inneren versucht die Führung erneut, die Opposition auszuschalten. So geht die Staatssicherheit im November 1987 gegen die *Umweltbibliothek* der Zionsgemeinde in Berlin vor, die zu einem Zentrum für Friedens- und Umwelt-Aktivisten geworden ist. Polizisten durchsuchen die Räume, beschlagnahmen Material und nehmen mehrere Mitarbeiter fest. Der rabiate Einsatz spricht sich schnell herum und löst in Ost und West heftige Proteste aus.
Im Januar 1988 kommt es zu einem weiteren Zusammenprall. Anlass ist die alljährliche Gedenkkundgebung für die Sozialisten Rosa Luxemburg und Karl Liebknecht, die 1919 von Rechtsextremisten ermordet wurden. Auf Transparenten zitieren Demonstranten Luxemburg mit ihrem berühmten Satz: „*Freiheit ist immer die Freiheit der Andersdenkenden.*" Wiederum reagiert die Stasi mit Verhaftungen. Außerdem werden einzelne Bürgerrechtler wie die Theaterregisseurin Freya Klier und der Sänger Stephan Krawczyk gegen ihren Willen in die Bundesrepublik abgeschoben.

Tapetenwechsel?

Mit dem Verbot der sowjetischen Zeitschrift *Sputnik*, die in der DDR gern gelesen wird, weil sie das Neueste über die Perestroika bringt, greift das SED-Regime im November 1988 Gorbatschows Politik erstmals direkt an. Wie die SED-Spitze über die Perestroika denkt, hat ihr Chefideologe Kurt Hager dem Hamburger Magazin *Stern* dargelegt: „*Würden Sie, nebenbei gesagt, wenn Ihr Nachbar seine Wohnung neu tapeziert, sich verpflichtet fühlen, Ihre Wohnung ebenfalls neu zu tapezieren?*"

209

209 Der Liedermacher und Sänger Stefan Krawczyk mit seiner Frau Freya Klier nach ihrer Ausbürgerung in Berlin-Kreuzberg (1988)

210

210 Protestversammlung in der Zionskirche in Ostberlin gegen die Durchsuchung der „Umweltbibliothek" und die Verhaftung von zwei Mitarbeitern durch die Staatssicherheit (1987)

Opposition und Staatsmacht

211 Lukas Beckmann, Grünen-Abgeordneter im Deutschen Bundestag, überreicht Erich Honecker einen persönlichen Friedensvertrag (1983).

212 Mitglieder von „Betriebskampfgruppen" bei den 1. Mai-Feierlichkeiten (1984)

213 Der als Kantine getarnte Eingang zum ehemaligen Atombunker des DDR-Politbüros am Ortsrand von Prenden (Brandenburg)

214 Parade in Ostberlin, Unter den Linden (1984)

Was die Opposition in der DDR versucht, ist letztlich ein Kampf *„David gegen Goliath"*. Die vielen Gruppen und Initiativen, die zumeist unter dem Dach der evangelischen Kirche gegen das SED-Regime vorgehen, können sich keineswegs auf eine Mehrheit in der Bevölkerung stützen, wie etwa die polnische *Solidarność*. Auch aus der Bundesrepublik kommt wenig Unterstützung, einmal abgesehen von Politikern der Grünen, die den Kontakt zur ostdeutschen Friedens- und Umweltbewegung suchen.

Dialog und gute Nachbarschaft

Bundeskanzler Helmut Kohl ist darauf bedacht, es mit Generalsekretär Honecker nicht zu verderben. Der Prozess eines geordneten Nebeneinanders beider deutscher Staaten soll möglichst störungsfrei fortgesetzt werden. Ähnlich verhält sich die SPD. Führende sozialdemokratische Politiker wie Willy Brandt, Oskar Lafontaine und Egon Bahr machen einen Bogen um die

211

DDR-Opposition. Die SPD lässt sich im Frühjahr 1984 sogar auf einen Dialog mit der SED ein. Ergebnis ist ein *„Streitkulturpapier"*, in dem beide Seiten ihre zumeist gegensätzlichen Auffassungen darlegen.
Die aktiven Regimegegner in der DDR – alles in allem mögen es Tausend sein – sind also weitgehend auf sich gestellt und zudem stark geschwächt durch die Ausreise vieler Mitstreiter, die entweder aus eigenem Antrieb oder durch Zwang den ostdeutschen Staat verlassen haben.

Militarisiert und hochgerüstet

Auf der Gegenseite steht ein Regime, das bis an die Zähne bewaffnet und im Inneren durchgehend militarisiert ist: Die Volkspolizei gehört dazu, Grenztruppen, Betriebskampfgruppen, die Nationale Volksarmee und das Wachregiment des Ministeriums für Staatssicherheit. Die Bevölkerung unterliegt einer flächendeckenden Kontrolle durch die Stasi. Das Heer von hauptamtlichen Angestellten der Staatssicherheit wird ergänzt durch Zehntausende von „Inoffiziellen Mitarbeitern", Offiziere im besonderen Einsatz, Agenten für Auslands-Spionage und andere Spezialisten.
Die Methoden der Stasi: schikanieren, drohen, verfolgen, ausspähen, unterwandern, zersetzen, ferner Isolationshaft, psychischer Terror, Zerstörung von Lebensläufen, Sammlung von Geruchsproben Oppositioneller, Aufbau von Archiven mit Akten über Millionen von *„Staatsfeinden"*. Noch bis 1981 wird in der DDR die Todesstrafe verhängt. Das

Ministerium für Staatssicherheit ist eine Welt für sich, mit einem eigenen Ehrenkodex, eigenen Orden und Ehrenzeichen; es ist nicht an Recht und Gesetz gebunden, sondern sieht sich ausschließlich der Partei verpflichtet. Minister Mielke liebt die Geselligkeit und kann sich von einer Sekunde zur nächsten vom biederen, jovialen Übervater in einen skrupellosen, gewalttätigen Machtmenschen verwandeln.

Im Namen des Sozialismus

Jeder Übergriff, jeder Gewaltakt geschieht im Namen des Sozialismus und dient angeblich seinem Erhalt, obwohl solche Maßnahmen nichts mit Sozialismus zu tun haben. Den Menschen in der DDR werden im Alltag Grundrechte vorenthalten, obwohl diese durch die Verfassung und internationale Abmachungen wie die *Schlussakte von Helsinki* verbrieft sind. Es gibt keine Pressefreiheit, nicht das Recht auf freie Meinungsäußerung, keine Versammlungsfreiheit. Mit all ihren Vorkehrungen zum Machterhalt wähnt sich das SED-Regime auf der richtigen und zugleich auf der sicheren Seite. Um Berlin herum lagern in Silos nicht nur sowjetische Raketen mit Atomsprengköpfen; rund um Berlin und andere Städte hat die Staatsführung Bunker anlegen lassen, um für alle Fälle gerüstet zu sein. Auf Tarnung wird dabei Wert gelegt. So heißt es am Eingang der Waldsiedlung Machern bei Leipzig, wo eine solche Bunker-Anlage besteht: *Feriengelände des VEB* (Volkseigener Betrieb) *Wasserbehandlung und Wasserversorgung Leipzig.*

212

213

214

Besuch im Westen

215

215 Erich Honecker (links) und Bundespräsident Richard von Weizsäcker (1987)

216 Bei seinem Besuch in der Bundesrepublik 1987 wird Erich Honecker mit militärischen Ehren begrüßt.

Der Besuch kommt einer politischen Sensation gleich: Nach Jahrzehnten offener Feindseligkeit reist im September 1987 der erste Mann des zweiten deutschen Staates in die Bundesrepublik. Honecker, 73 Jahre alt, unterstreicht damit vor aller Welt die Eigenständigkeit der DDR.
Der auf Druck der Sowjetunion mehrfach verschobenen Reise gehen intensive Vorbereitungen voraus. Alles wird genau festgelegt. Außerdem wird rechtzeitig für eine freundliche Atmosphäre gesorgt. In der Wochenzeitung *Die Zeit* schreibt Altbundeskanzler Schmidt: *„… lasst uns ihn würdig empfangen – empfangt ihn als einen unserer Brüder.“*

Flaggen und Nationalhymnen

Einige Abstriche vom sonst üblichen Besuchsprogramm eines Staatschefs gibt es. Die Außenminister beider Staaten sind nicht dabei. Auch auf das Ritual der Eintragung ins Goldene Buch der Stadt Bonn wird verzichtet. Ansonsten bleibt der Glanz einer hochrangigen Visite voll erhalten. Unter den Flaggen der DDR und der Bundesrepublik schreitet ein angespannter Erich Honecker an der Seite von Helmut Kohl die Ehrenformation ab. Eine Kapelle der Bundeswehr spielt die Nationalhymnen beider Staaten.
Auch Kohl kann den Druck, der auf ihm lastet, kaum verbergen. In seiner Tischrede zum Bankett, dem Festmahl in der Godesberger *Redoute*, zählt der Kanzler all das auf, was ihn von seinem Gast trennt. Er spricht vom *„Bewusstsein für die deutsche Nation“*, das wach sei wie eh und je, und von der *„deutschen Frage“*, die offen bleibe. Kohl befürwortet die freie Selbstbestimmung und erwähnt die Mauer. In seiner Erwiderung sagt Honecker, es gebe nichts Wichtigeres, als über alle Gegensätze hinweg den Frieden zu bewahren.
Emotionaler Höhepunkt der Reise ist der Besuch Honeckers in seiner saarländischen Heimat. Nach langer Zeit betritt er erstmals wieder sein Geburtshaus in Neunkirchen und sieht sich in Wiebelskirchen um, wo er aufgewachsen ist. In Bayern schließlich, der letzten Station, werden zu seiner Begrüßung sogar drei Nationalhymnen gespielt, auch die Bayernhymne *Gott mit dir, du Land der Bayern*. Fortschritte in den deutsch-deutschen Beziehungen bringt die Reise kaum. Honecker kann jedoch zufrieden sein. Sein Ansehen in Westdeutschland ist laut Umfragen deutlich besser als vorher. Auch die Spaltung Deutschlands wird mehr denn je als eine unverrückbare Tatsache hingenommen.

216

Friedliche Revolution

Das alles entscheidende Jahr 1989

217

217 DDR-Bürger, die sich auf das Gelände der Botschaft der Bundesrepublik Deutschland in Prag geflüchtet haben, erhalten die Genehmigung zur Ausreise in die Bundesrepublik.

218 Der ungarische Außenminister Gyula Horn und sein österreichischer Amtskollege Alois Mock durchtrennen symbolisch den Grenzzaun (1989).

Die Zerreißprobe kommt nicht über Nacht, sondern kündigt sich lange vorher an. Dass die tiefe Krise der DDR in eine *„Friedliche Revolution"* münden und nach der Öffnung der Berliner Mauer zur Wiederherstellung der deutschen Einheit führen wird, das haben nur wenige vorher geahnt und viele so nicht gewollt. Dennoch handelt es sich um ein Jahrhundertereignis und zugleich um ein Jahrhundertgeschenk, wie es die Geschichte nur selten zulässt. Die Ursachen für das Scheitern des SED-Regimes sind im Nachhinein natürlich klarer zu erkennen als in dem alles entscheidenden Jahr 1989. Die Massenflucht und die großen Demonstrationen – angespornt von der Bürgerbewegung – sind dafür ausschlaggebend. *„Wir wollen raus!"*, rufen die einen. *„Wir bleiben hier!"*, halten andere trotzig dagegen.

Jedes Vertrauen verloren

Im Sommer 1989 nimmt die Flüchtlingswelle dramatische Ausmaße an. Weite Teile der Bevölkerung haben jedes Vertrauen in die SED-Führung verloren. Die Menschen sehen, wie Gorbatschows Reformbewegung an der DDR spurlos vorübergeht. Sie fühlen sich allein gelassen mit ihren Sorgen und Ängsten, mit der Allgegenwart der Stasi, dem trostlosen Anblick der Dörfer und Städte und der düsteren Lage in den Betrieben. Enttäuscht und verbittert wenden sich Zehntausende ab und suchen ihr Heil in der Ausreise. Fluchtpunkte sind die Ständige Vertretung der Bundesrepublik in Ostberlin und die westdeutschen Botschaften in Budapest, Prag und Warschau.

Der Eiserne Vorhang fällt

Die Bundesregierung ist bestürzt, denn die Folgen der Massenflucht für die Stabilität in Europa sind unkalkulierbar. Allein die große Zahl derer, die auf die Botschaften einstürmen, wo sie einen bundesdeutschen Pass bekommen, zwingt zum Handeln. Als erstes Ostblock-Land macht Ungarn einen historischen Schritt zur Grenzöffnung. In einem geheimen Treffen mit Bundeskanzler Helmut Kohl und Außenminister Hans-Dietrich Genscher in der Nähe von Bonn sichern Ministerpräsident Miklós Németh und Außenminister Gyula Horn zu, im September 1989 Flüchtlinge aus der DDR über die Grenze zu Österreich ausreisen zu lassen. Ungarn erhält im Gegenzug groß-

218

zügige Wirtschaftshilfe. In einem symbolischen Akt greifen am 27. Juni 1989 Gyula Horn und sein österreichischer Amtskollege Alois Mock zur Drahtschere und durchtrennen gemeinsam den Grenzzaun. Bis Ende September 1989 kommen etwa 46 000 DDR-Deutsche, die in Auffanglagern in Budapest ausgeharrt haben, über Österreich in die Bundesrepublik.

Ein bewegender Moment

Schwieriger ist die Lage in Prag, wo sich etwa 6000 Flüchtlinge in der deutschen Botschaft aufhalten. Sie hausen in Zelten und werden notdürftig versorgt. Das Botschaftspersonal hat Mühe, so viele Menschen unter Kontrolle zu halten, zumal deren Geduld zu Ende geht. Schließlich stimmt die Prager Regierung zu, dass die Flüchtlinge per Zug durch die DDR in die Bundesrepublik fahren sollen.
Um die Ernsthaftigkeit des Plans zu unterstreichen, reist Außenminister Genscher eigens nach Prag. Als er vom Balkon der Botschaft die erlösende Nachricht bekannt gibt, kennt der Jubel keine Grenzen. Genscher erlebt, wie er später bekennt, den bewegendsten Moment seines Lebens.

DDR im Rampenlicht

Auch die Flüchtlinge in Warschau und in der Ständigen Vertretung in Berlin dürfen nach Westdeutschland ausreisen. Die SED-Führung tut alles, um im Vorfeld des 40. Jahrestags der DDR im Herbst 1989 jede Zuspitzung zu vermeiden. Das heißt, als die Demonstrationen beginnen, schlägt die Staatsmacht zu, aber dann halten sich die Sicherheitskräfte zurück. Gleichzeitig laufen jedoch die Vorbereitungen, um die Protestbewegung gewaltsam zu beenden. Denn kampflos will die SED nicht abtreten. Doch mit den Massendemonstrationen der Opposition steht die DDR längst im Rampenlicht der Weltöffentlichkeit, die gespannt den Niedergang des Regimes verfolgt.

219 Im Innenhof der Botschaft der Bundesrepublik Deutschland in Prag warten die DDR-Flüchtlinge darauf, dass sie ausreisen dürfen.

219

Wahlbetrug

220

220 Studenten demonstrieren in Peking für mehr Freiheit in China (1989).

221 Demonstration in Ostberlin gegen die offiziellen Ergebnisse der Kommunalwahlen vom 7. Mai 1989

Die Bürgerrechtler wissen vorher, was sie von der Kommunalwahl im Mai 1989 zu erwarten haben. Auf Plakaten warnen sie vor Betrug und Fälschung. Kaum eine andere Wahl in der DDR ist schon im Vorfeld so umstritten wie diese. Am Wahltag versuchen oppositionelle Beobachter, den Ablauf zu kontrollieren. Das hindert die SED nicht, die Resultate massiv zu verfälschen, sodass Wahlleiter Egon Krenz wieder einmal ein Ergebnis von fast 99 Prozent Ja-Stimmen für die Liste der Nationalen Front verkünden kann. Es hagelt Proteste. Beobachter berichten von aufgebrochenen Wahlurnen und nicht gezählten Nein-Stimmen. SED-Funktionäre haben die Ergebnisse in ihrem Sinne verändert.

Sympathie für ein Massaker

Im Juni 1989 heizt die SED-Führung die Wut weiter an, als sie Genugtuung über das Massaker auf dem Platz des Himmlischen Friedens in der chinesischen Hauptstadt Peking äußert. Dort haben Panzer eine Demonstration junger Menschen niedergewalzt. Mit ihrer Haltung lässt die SED der Opposition eine brutale Warnung zukommen: Die *„chinesische Lösung“* ist auch in der DDR möglich. Egon Krenz reist demonstrativ nach Peking, während die übrige Welt mit Abscheu auf das Verbrechen reagiert. Honecker selbst ergeht sich derweil in Durchhalteparolen, die ihn der Lächerlichkeit preisgeben. *„Den Sozialismus in seinem Lauf hält weder Ochs noch Esel auf“*, verkündet er im August 1989.

Im Monat zuvor ist der SED-Chef operiert worden. Bis zum 25. September 1989 bleibt er weitgehend ans Krankenbett gebunden. In dieser Zeit verfällt das Politbüro in eine bleierne Untätigkeit. Unterdessen formiert sich die Opposition und beherrscht zusehends die öffentliche Szene. Neben bereits bestehenden Gruppen wie der *Initiative für Frieden und Menschenrechte* bilden sich neue, z. B. *Demokratie jetzt* und der *Demokratische Aufbruch*. Den stärksten Zulauf verzeichnet das *Neue Forum*, das einen Aufruf für eine demokratische Erneuerung der DDR verfasst, dem viele zustimmen können. Aufsehen erregt auch die Neugründung einer sozialdemokratischen Partei, die sich zunächst *SDP* nennt und dann das Kürzel *SPD* übernimmt. In zwei Punkten sind sich zunächst alle einig: dass die DDR grundlegend reformiert werden muss und die Wiedervereinigung vorerst nicht auf der Tagesordnung steht.

221

Gesichter der Opposition

Stephan Krawczyk: *Liedermacher, 1955 in Weida bei Gera geboren. Wehrdienst. Fernstudium im Fach Konzertgitarre. 1981 Preis als bester Chansonsänger; gilt als „neuer Biermann". 1984 Wechsel nach Ostberlin. Kritisiert Machtmissbrauch durch die SED und Umweltzerstörung. 1985 Berufsverbot. Auftritte in Kirchen und Gemeindesälen, ab 1985 zusammen mit Freya Klier. Große Resonanz bei jungen Leuten. 1988 Festnahme, erzwungene Ausreise. Tourneen im Westen.*

Bärbel Bohley: *Malerin. 1945 in Berlin geboren. Studium an der Kunsthochschule Weißensee. Ausstellungen in der DDR und in der Bundesrepublik. Zahlreiche Impulse für die Friedens- und Demokratiebewegung, u. a. Frauen für den Frieden, Initiative Frieden und Menschenrechte und das Neue Forum. Von der Stasi verfolgt: 1983 sechs Wochen Untersuchungshaft. Januar 1988 erneut Festnahme, Abschiebung nach England. August 1988 Rückkehr nach Berlin; dort wieder als Bürgerrechtlerin aktiv.*

Hans-Jochen Tschiche: *Theologe. Geboren 1929 in Kossa bei Bitterfeld. Landpfarrer in Meßdorf in der Altmark. 1978 Leiter der Evangelischen Akademie in Magdeburg. Offener Widerstand gegen die SED; zugleich heftiger Streit mit der Amtskirche. Hilfe für Randgruppen. Stasi versucht, ihn zu isolieren. Einsatz für das Netzwerk „Frieden konkret". Herbst 1990 Vorsitzender der Fraktion Grüne/Neues Forum im Landtag von Sachsen-Anhalt. Unterstützt die von der PDS tolerierte rot-grüne Regierung.*

Freya Klier: *Regisseurin. 1950 in Dresden geboren. 1968 gescheiterter Fluchtversuch; ein Jahr Gefängnis. Arbeit bei der Post und als Kellnerin. 1970 Schauspielstudium in Leipzig; 1978 Regiestudium in Berlin. 1984 Regiepreis für „Legende vom Glück ohne Ende" von Ulrich Plenzdorf. SED-Kritik an Inszenierungen und Friedens-Aktivitäten. 1985 Berufsverbot. Auftritte in Kirchen. Heimliche Umfragen zur Lage der Frauen, später auch zur Bildung. 1988 verhaftet und abgeschoben.*

Wolfgang Templin: *Bibliothekar, Philosoph. Geboren 1948 in Jena. Mutter Raumpflegerin, Vater sowjetischer Offizier. SED-Mitglied. 1971–75 Tätigkeit für das MfS. Wachsende Distanz zur Stasi. Kontakt zu Bürgerrechtlern. Bald einer der aktivsten Regimegegner mit vielen Verbindungen nach Osteuropa. Texte für Untergrundzeitschrift. 1983 von der Akademie der Wissenschaften entlassen. Austritt aus der SED. Verfolgung durch das MfS. Verhaftung. Mitbegründer der Initiative Frieden und Menschenrechte.*

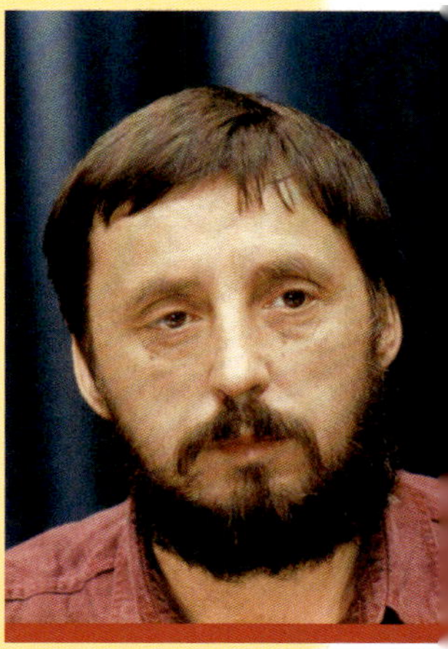

Markus Meckel: *Pfarrer. 1952 in Müncheberg, Kreis Strausberg, geboren. Kein Wehrdienst: Totalverweigerer. Ab 1971 Studium der Theologie. 1982–88 Pfarrer in Viperow, Mecklenburg. Koordiniert Friedensgruppen. Für die Stasi einer der gefährlichen Aktivisten. Betreibt mit Martin Gutzeit die Gründung der SDP (später SPD). Außenminister in der letzten DDR-Regierung. Vertritt die DDR bei den Zwei-plus-Vier-Verhandlungen zur Ablösung der alliierten Besatzungsrechte.*

„Runde Ecke" Leipzig

222

222 Schild am Gebäude der Leipziger MfS-Dienststelle, im Volksmund „Runde Ecke" genannt

223 Im Rahmen der Montagsdemonstrationen ziehen die Menschenmassen vor die Stasi-Zentrale in Leipzig (1989).

„*Runde Ecke*" – in Leipzig hat die Staatssicherheit mitten in der Stadt ihren festen Platz, wobei inzwischen wohl nur noch Erwachsene und Ältere die frühere Stasi-Zentrale mit diesem ungewöhnlichen Namen in Verbindung bringen. „*Runde Ecke*" bezieht sich auf die gerundete Fassade eines mehrstöckigen düsteren Baues mit vergitterten Fenstern am Dietrichring 24. Zur DDR-Zeit ist der Name „*Runde Ecke*" mit Angst und Schrecken verbunden, erst recht im Herbst 1989, als mit den *Montagsdemonstrationen* alles auf der Kippe steht und ein Blutbad droht.
Über zwei Jahrzehnte lang untersteht die Stasi-Bezirksverwaltung Leipzig Generalmajor Manfred Hummitzsch. Er gebietet über 2400 hauptamtliche und 10 000 Inoffizielle Mitarbeiter. Ihr Einsatz dient der Bespitzelung und Unterwanderung oppositioneller Gruppen.

223

Zum Dienstbereich des Generals zählen insgesamt 850 Gebäude und konspirative Wohnungen, die für Agententreffs genutzt werden. Schließlich verfügt die Stasi über einen eigenen Fahrzeugpark, einschließlich mehrerer Lastwagen zum Abtransport von festgenommenen Personen. In der „*Runden Ecke*" werden Berichte der Agenten und Spitzel ausgewertet und, vom übrigen Telefonnetz getrennt, über Standleitungen an das MfS in Berlin weitergegeben.

Waffenarsenale

Wie andere Bezirksverwaltungen ist auch die Staatssicherheit in Leipzig auf alles vorbereitet. In abgeschirmten Räumen lagern Waffen aller Art: Pistolen, Maschinenpistolen, Gewehre, Handgranaten und Munition. Darüber hinaus gibt es in Machern unweit der Messestadt etwa zweieinhalb Meter unter der Erde einen 35 mal 41 Quadratmeter großen Bunker mit einem Kommandostand für den Tag X und Vorräten für viele Wochen. Selbst gegen Angriffe mit chemischen und nuklearen Waffen gibt es Vorkehrungen, allerdings nur für einen kleinen Personenkreis. Die Enge in der unterirdischen Anlage wirkt bedrückend. Nur für Generalmajor Hummitzsch ist ein Einzelzimmer mit gelbbrauner Vertäfelung eingerichtet, in das immerhin eine Polstergarnitur passt. Die Uniform des Generals mit den roten Streifen ist heute noch in der „*Runden Ecke*" zu sehen. Bürgerrechtler, die im Erdgeschoss an der Stasi-Hinterlassenschaft arbeiten, stellen sie dort mit anderen Stasi-Objekten aus.

Leipzig – Dresden – Berlin

In Leipzig entscheidet sich, ob die Revolution in der DDR friedlich verläuft oder in einem blutigen Bürgerkrieg endet. Seit Anfang 1989 erlebt die zweitgrößte Stadt der DDR immer wieder Protestmärsche, die dann im Herbst mit der Nikolaikirche als Ausgangspunkt zur Regel werden und als *Montagsdemonstrationen* in die Geschichte eingehen. Eine ungeheure Spannung baut sich auf. Dabei wird deutlich: Es geht gar nicht mehr um diese eine Stadt, sondern um das Schicksal des SED-Regimes und der DDR.

Kein neues China!

Am 25. September sind es 5000 Demonstranten, die sich in Leipzig versammeln, am 2. Oktober bereits über 20 000. Die Kirche St. Nikolai kann so viele Menschen gar nicht aufnehmen. Auch wenn die Angst nicht weichen will, die Bevölkerung lässt sich nicht abschrecken. Durch die Straßen hallt es: *„Keine Gewalt! Kein neues China!"* Als es heißt *„Hier spricht die Volkspolizei!"*, erwidert die Menge: *„Wir sind das Volk!"* Nach einem Telefonat mit Mielke notiert der Stasichef Hummitzsch: *„Vor 7. Oktober können wir nichts machen …"* Der anstehende 40. Jahrestag der DDR ist das Dilemma, denn vor dem Fest soll der Anschein von Normalität und Stabilität gewahrt bleiben.
Dennoch entgleitet dem Regime zusehends die Kontrolle, wie sich Anfang Oktober in Dresden zeigt. Als dort die ersten Züge mit Flüchtlingen aus Prag eintreffen – sie fanden in der westdeutschen Botschaft Zuflucht und sind auf dem Weg in die Bundesrepublik –, stürmen Tausende den Hauptbahnhof. Die DDR hat zuvor die Grenze zur ČSSR geschlossen und damit auch die Fluchtwege nach Ungarn versperrt. Die Ausreisewilligen reagieren panikartig. Am 4. Oktober belagern über 20 000 Menschen das Bahnhofsgebäude. Die Situation wird immer bedrohlicher. Der Dresdner SED-Bezirkschef Hans Modrow versucht zunächst, den Aufruhr gewaltsam zu stoppen.
Doch die Bevölkerung demonstriert entschlossen weiter. Daraufhin entschließt sich Modrow, die von Honecker und Mielke vorgegebene Linie zu verlassen, wonach Kundgebungen aufzulösen und Rädelsführer festzunehmen sind. Der SED-Bezirkschef, der bald darauf Ministerpräsident wird, weist Polizei und Stasi an, die Protestmärsche nur noch zu begleiten.

224

224 Montagsdemonstration in der Leipziger Innenstadt: Teilnehmer fordern die deutsche Einheit.

225 Einsatz der Volkspolizei (1989)

225

Appelle zur Besonnenheit

226

227

228

226 Christian Führer

227 Kurt Masur

228 Hans Modrow

Dass die Revolution in Leipzig und anderswo friedlich verläuft, ist auch das Verdienst von Persönlichkeiten, die im entscheidenden Moment besonnen reagieren und die richtigen Entscheidungen treffen. In Leipzig ist es vor allem Christian Führer, seit 1980 Pfarrer der Nikolaikirche, der den Ansturm auf das Gotteshaus in ruhige Bahnen lenkt. Die Stasi weiß um seine Sympathien für die Demonstranten. Schließlich hat Führer im Rahmen der Friedensdekade zahlreiche Veranstaltungen organisiert und seine Kirche ausdrücklich für die Opposition geöffnet; wobei er Ausreisewillige wie auch die zum Bleiben Entschlossenen zusammenführt.

Aufruf im Radio

Bei der entscheidenden Montagsdemonstration am 9. Oktober 1989 ergreift Kurt Masur, der gefeierte Kapellmeister des Leipziger Gewandhauses, die Initiative, um mitzuhelfen, das drohende Blutvergießen zu verhindern. Zusammen mit dem Kabarettisten Bernd-Lutz Lange von den *Akademixern* und dem Theologen Peter Zimmermann trifft er sich mit führenden SED-Funktionären. Sie sollen ihre Partei zum Einlenken bewegen und einen Appell zum Gewaltverzicht unterschreiben. Tatsächlich wird um 18.30 Uhr im Radio der von Masur gesprochene Aufruf gesendet, der von den SED-Bezirkssekretären Roland Wötzel, Jochen Pommert und Kurt Meyer mitgetragen wird. *„Wir brauchen freien Meinungsaustausch über die Weiterführung des Sozialismus in unserem Land"*, sagt Masur. Der Dialog müsse auch mit der Regierung in Berlin geführt werden. *„Wir bitten Sie dringend um Besonnenheit, damit der friedliche Dialog möglich wird."* Der Appell, der einer Sensation gleichkommt, weil SED-Funktionäre ihn mittragen, glättet die Wogen. Als Mitunterzeichner bringt Peter Zimmermann den Aufruf in die Nikolaikirche, wo der Text verlesen wird. Der sächsische Landesbischof Johann Hempel, der die Demonstranten aufhalten will, damit es zu Verhandlungen kommt, beschränkt sich angesichts der Menschenmenge auf einen verzweifelten Appell: *„Ich hoffe, ich bitte, ich flehe, dass diese Nacht in Leipzig vorübergeht ohne schlimme Dinge."*

Dialog statt Konfrontation

In Dresden ist es SED-Bezirkschef Hans Modrow, der Anfang Oktober im entscheidenden Augenblick der Führung in Berlin die Gefolgschaft verweigert und ein gewaltsames Vorgehen der Sicherheitskräfte gegen Demonstranten unterbindet. Diese mutige Entscheidung bringt ihm bei der Bevölkerung Vertrauen ein. Modrow setzt sich sogar mit der *Gruppe der 20*, einer Abordnung der Opposition zusammen, um über ihre Forderungen zu diskutieren.

Mit seinem Vorgehen bietet er sich gewissermaßen als pragmatischer Erneuerer an. 1989 folgt der Ruf nach Berlin, wo er als Ministerpräsident die Nachfolge von Willi Stoph antritt. Auch wenn er sich nicht lange im Amt halten kann, sein Verhalten während der Revolution hat seinem Ansehen letztlich gutgetan.

Gespenstischer Aufzug

Während sich die Krise in Dresden entschärft, feiert die Führung von Staat und Partei am 7. Oktober in Berlin den 40. Jahrestag der DDR. Die *FDJ* veranstaltet am Vorabend einen Fackelzug. Es wird ein gespenstischer Aufzug vor einer durch Alter, Krankheit und böse Vorahnungen gelähmten Führungsriege. Der sowjetische Generalsekretär Gorbatschow verteilt Komplimente und Mahnungen. „*Gefahren warten nur auf jene, die nicht auf das Leben reagieren*", sagt er. In der Berichterstattung der Presse wird daraus das geflügelte Wort: „*Wer zu spät kommt, den bestraft das Leben.*"

Die neue Wirklichkeit

Im Berliner *Palast der Republik* werden große Reden auf den Sozialismus à la DDR gehalten. Draußen dagegen zeigt sich bereits die neue Wirklichkeit. Über 1000 Menschen rennen gegen eine dichte Polizeikette an. Kaum hat Gorbatschow die Feier verlassen, geht die Polizei mit unglaublicher Brutalität gegen die abziehenden Demonstranten los – eine deutliche Warnung in Richtung Leipzig, wo die nächste *Montagsdemonstration* ansteht.

Der 9. Oktober 1989 übertrifft alles, was sich an Erwartungen und Ängsten in Leipzig angestaut hat. SED und Stasi sind fest entschlossen, die Lage unter Kontrolle zu halten. Für den Einsatz von Gewalt stehen Fallschirmjäger der Armee und Spezialkräfte der Stasi bereit. Die Krankenhäuser sind vorgewarnt. Mit allem wird gerechnet, nur nicht damit, dass 70 000 Menschen kommen. Der Leipziger SED-Chef Helmut Hackenberg ruft Egon Krenz, Honeckers Stellvertreter, an. Dieser verspricht einen Rückruf – Krenz will sich absichern. Doch der Anruf lässt auf sich warten, bis es zu spät ist. „*Nu brauchen Se auch nicht mehr anrufen*", sagt Hackenberg, „*nu sind se* (die Demonstranten) *rum.*"

Gegen 70 000 Menschen will die SED nicht antreten. Viele atmen auf: Die Revolution bleibt friedlich.

229

229 Parade anlässlich des 40. Jahrestags der DDR vor der Tribüne mit den Ehrengästen der DDR-Führung (7. Oktober 1989)

230 Eine Einheit der Volkspolizei marschiert zum Einsatz.

230

Honecker muss gehen

231

231 Bei der Montagsdemonstration am 11. Dezember 1989 wird die Verhaftung Honeckers gefordert.

232 Erich Honecker vor dem Abflug nach Chile (1993)

Das Ende der Ära Honecker kommt plötzlich. Viele haben eher mit einem schleichenden Machtverlust gerechnet. Schließlich wird der Staats- und Parteichef im Ausland geachtet. Die Wucht der Demonstrationen in Leipzig und anderswo untergräbt jedoch seine Machtbasis. Es ist sein Stellvertreter und politischer Ziehsohn Egon Krenz, der den Sturz betreibt. Dafür sichert dieser sich in Moskau ab, obwohl Gorbatschow klarstellt, dass die sowjetischen Truppen dieses Mal nicht eingreifen werden.

Eine neue Taktik

Anfangs zählt Krenz, wie Honecker und Mielke, zu den Scharfmachern, die die Demonstranten am liebsten mit Gewalt vertreiben würden. Doch er begreift, dass dies weder von Generalsekretär Gorbatschow gewünscht wird, noch in seinem eigenen Interesse liegt. Deshalb ändert Krenz, der im Politbüro für Sicherheitsfragen zuständig ist, seine Taktik. Dies zeigt sich am 9. Oktober, als in Leipzig alles auf eine Konfrontation hinausläuft. Auch wenn die Entscheidung zum Rückzug von der SED vor Ort gefällt wird, so wird sie von Krenz nachträglich gebilligt.
Eine andere Gelegenheit, sich vom SED-Chef abzusetzen, bietet ein Kommentar der DDR-Nachrichtenagentur ADN, der auf Honecker zurückgeht. Darin heißt es über die Flüchtlinge, sie hätten die moralischen Werte der DDR mit Füßen getreten: *„Man sollte ihnen deshalb keine Träne nachweinen.“*
Krenz hält dagegen und gewinnt für seine Einstellung sogar eine Mehrheit im Politbüro. *„Der Sozialismus braucht jeden“*, teilt das oberste Gremium am 12. Oktober 1989 im *Neuen Deutschland* mit und äußert Verständnis für die Flüchtlinge: *„Die Ursachen für ihren Schritt mögen vielfältig sein. Wir müssen und werden sie auch bei uns suchen ...“*

232

Eine „Wende“ einleiten

Das sind ganz neue Töne. Als Stasichef Mielke sich ebenfalls von Honecker lossagt, geht alles ganz schnell. Ministerpräsident Stoph beantragt die Ablösung. Krenz und das Politbüromitglied Günter Schabowski formulieren die Rücktrittserklärung. Ein kurzes Aufbäumen, dann gibt Honecker nach. Am 18. Oktober darf er Krenz als seinen Nachfolger vorschlagen. Am Abend spricht Krenz im Fernsehen: *„Mit der heutigen Tagung werden wir eine Wende einleiten ...“* Er deutet an, das Verbot für Reisen in die ČSSR könnte bald aufgehoben werden.

Egon Krenz

Der Weg zur Macht dauert Jahre. Und als Egon Krenz den Gipfel endlich erreicht hat, kann er sich nur sieben Wochen an der Spitze behaupten. Danach gleicht er einer tragischen Figur, der die ganze Last des Scheiterns der DDR aufgebürdet wird.
Bedauern über die Toten an der Mauer, weswegen er im geeinten Deutschland zu sechseinhalb Jahren Haft verurteilt wird, mag er zwar äußern. Aber die Einsicht in eine Mitschuld für das Unrechtsregime fehlt ihm gänzlich. Dafür ist er zu sehr der „*Apparatschik*", der wohl nur in einem Regime wie der DDR aufsteigen kann.

Ohne Profil, ohne Ausstrahlung

Egon Krenz ist zwölf Jahre alt, als die DDR 1949 gegründet wird. Im Jahr 1937 als Sohn eines Schneiders in Kolberg/Pommern geboren, wählt er von Anfang an den sicheren Weg nach oben. 1953 schließt er sich der *FDJ* und zwei Jahre später der SED an. Krenz entwickelt sich zu einem Politiker ohne Profil, ohne Ausstrahlung.
Als „*Berufsjugendlicher*" leitet er die Kinder- und Jugendorganisation *Junge Pioniere* und dann den Jugendverband *FDJ*. Wenn Kameras in der Nähe sind, umgibt er sich gern mit den Blauhemden, die zukunftsfroh zu ihm aufblicken.
Beruflich absolviert er zunächst eine Lehrerausbildung auf Rügen. Ein dreijähriges Studium der Sozialwissenschaften in Moskau nutzt er, um fließend Russisch zu lernen. Krenz steht im Ruf, die schönen Seiten des Lebens zu genießen. Gern kehrt er in Bars ein. Gerüchte, er habe ein Alkoholproblem, die in den 1980er-Jahren im Westen aufkommen, weist er stets zurück.

Leichtes Spiel um die Macht

1983 ebnet Honecker ihm den Weg ins Politbüro und sorgt dafür, dass Krenz in der SED-Hierarchie weiter aufrückt. Als im Herbst 1989 die Chance kommt, seinen Ziehvater zu entmachten, hat der zweite Mann leichtes Spiel. Honecker ist 77 Jahre alt, krank, starrsinnig und liegt mit dem Kreml über Kreuz. Unter solchen Umständen musste schon Ulbricht 1971 seinen Platz räumen.
Nach seiner Wahl zum Generalsekretär verspricht Krenz eine „*Wende*". Der Parteichef will der Opposition etwas entgegenkommen, die Alleinherrschaft der SED aber beibehalten. Seine Taktik wirkt allzu durchsichtig. So fegt der Sturm der Revolution auch ihn hinweg.

„Siegerjustiz"

Anfang Dezember 1989 – inzwischen ist die Berliner Mauer gefallen – muss er alle Ämter abgeben. Nach Jahren der Auseinandersetzung vor Gericht – Krenz spricht von „*Siegerjustiz*" – tritt er im Januar 2000 seine Haftstrafe an. Ende 2003 darf er die Haftanstalt Berlin-Plötzensee vorzeitig verlassen. Verbittert zieht Krenz sich mit seiner Frau aufs Altenteil im Ostseebad Dierhagen zurück.

1937 *Geburt in Kolberg*

1981–1984 *Mitglied des Staatsrats*

1989 *Vorsitzender der SED*

1990 *Ausschluss aus der SED-PDS*

2000–2003 *Haftstrafe*

Die Mauer fällt

233

233 „Mauerspechte" schlagen Steine aus der Mauer heraus (1989).

Beruht das bewegendste Ereignis der friedlichen Revolution – der Fall der Mauer – auf einem Missverständnis? Viele Deutsche in Ost und West erinnern sich noch Jahre später an die Einzelheiten: wo sie sich an diesem historischen Tag aufhielten, wann sie die Nachricht von der Grenzöffnung hörten, wie dieser Glücksmoment auf sie wirkte und mit wem sie ihn teilten.

Berlin, 9. November 1989

Das Zentralkomitee der SED berät unter Leitung von Generalsekretär Krenz die jüngsten Ereignisse: Am 2. November haben führende SED-Politiker, darunter Margot Honecker, ihre Ämter aufgegeben. Zwei Tage später kommt es auf dem Alexanderplatz zu einer der mächtigsten Kundgebungen, die Berlin je erlebt hat. Am 7. November schließlich tritt die Regierung Stoph zurück. Der Dresdner SED-Bezirkschef Hans Modrow wird neuer Ministerpräsident. Die Dinge sind also in Bewegung. Und deshalb hat das Zentralkomitee reichlich Stoff zum Diskutieren. Am Nachmittag spricht Krenz das neue Reisegesetz an. Seit einigen Tagen ist die Grenze zur ČSSR wieder offen. Einwohner der DDR dürfen sogar über die ČSSR in den Westen reisen. Jetzt geht es darum, den direkten Weg nach Westberlin und Westdeutschland frei zu machen, ohne dass es gleich zu einer Massenabwanderung kommt. Das ZK entscheidet: Jeder darf reisen, allerdings nur mit Genehmigung. Anstelle eines Gesetzes wird eine Verordnung gewählt, das spart Zeit; sie soll unverzüglich veröffentlicht werden und gleich am 10. November in Kraft treten.

„Sofort, unverzüglich"

Politbüromitglied Schabowski, der das Papier im Pressezentrum an der Mohrenstraße bekannt gibt, ist bei der Beratung im ZK nicht dabei gewesen. Er findet nicht einmal die Zeit, die Verordnung zu lesen. Krenz hat ihm die Vorlage in die Hand gedrückt und ein paar Stichworte mit auf den Weg gegeben. Als Schabowski gegen Ende der im DDR-Fernsehen live übertragenen Pressekonferenz die neuen Regeln mitteilt und nach Einzelheiten gefragt wird, holt er das Papier hervor und zitiert daraus. Um 18.53 Uhr fragt Riccardo Ehrman von der italienischen Nachrichtenagentur *ANSA*, wann die

234

234 Menschenkette auf der Mauer am Brandenburger Tor in Berlin

Verordnung in Kraft trete. Schabowski stutzt und antwortet zögernd: „*... nach meiner Kenntnis ... ist das sofort, unverzüglich.*“
Weder Schabowski noch die meisten der anwesenden Journalisten begreifen die Tragweite des Gesagten. Aber einige Reporter eilen zum Telefon, um der Welt zu verkünden, die Mauer sei offen. Kaum ist die Meldung in den Nachrichten gelaufen, strömen die Menschen auf die Mauer zu – zu Fuß, im „*Trabi*“ oder *Wartburg*.

„Wir fluten jetzt“

An den Grenzübergängen entsteht ein Moment der Verwirrung : Polizisten, Stasi-Leute und Grenzsoldaten wissen von nichts, niemand hat sie vorgewarnt. Am Übergang Bornholmer Straße schreit ein Grenzsoldat ins Telefon: „*Wir fluten jetzt. Wir machen alles auf.*“ Dann bricht sich die Menge Bahn, passiert die Bornholmer Brücke und wird auf Westberliner Seite mit Jubel empfangen.
In dieser „*Nacht der Nächte*“ liegt sich ein ganzes Volk in den Armen. Die Telefondrähte glühen. „*Wir sind frei! Wir sind frei!*“, ruft Andreas Nicolaus aus Hainewalde bei Zittau per Telefon seinen Verwandten im Westen zu. „*Wahnsinn! Wahnsinn!*“ – für das Unfassbare fehlen die Worte.
Günter Schabowski geht am späten Abend zur Bornholmer Straße, um zu sehen, was er angerichtet hat. Ein Stasi-Offizier meldet ihm, es gebe keine besonderen Vorkommnisse. Schabowski versteht die Welt nicht mehr.

235

236

235 Der weltberühmte Cellist Mstislaw Rostropowitsch gibt ein Konzert an der Mauer am Grenzübergang Checkpoint Charlie (11. November 1989).

236 „Trabis“ fahren nach der Öffnung der Grenzen durch ein Spalier aus jubelnden Menschen.

Günter Schabowski

1929 *Geburt in Anklam/Mecklenburg*

ab **1962** *Journalist*

1968–1985 *Redakteur bei der SED-Zeitung „Neues Deutschland"*

1990 *Ausschluss aus der SED-PDS*

Seit dem Sturz von SED-Chef Honecker am 18. Oktober 1989 erlebt Günter Schabowski ein Wechselbad widerstreitender Gefühle. An der Seite von Honeckers Nachfolger Egon Krenz versucht er, Reformen durchzusetzen und das Heft des Handelns nicht der Opposition zu überlassen.
Gleichzeitig geht Schabowski auf die Bürgerbewegung zu, empfängt Anhänger des *Neuen Forums* und tritt neben Markus Wolf als einziger hoher SED-Funktionär bei der Kundgebung am 4. November auf dem Berliner Alexanderplatz auf. Von der Reiseregelung, die er am 9. November bekannt gibt, erhofft er, dass sie wie ein Ventil wirkt und den Druck mildert. Doch beim Marsch durch die Mauer triumphieren die Gegenkräfte und machen den Staat zum Spielball.

„Nicht unsere Emotionen"

Seit der Maueröffnung ist alles möglich: Ein Scheitern der SED ebenso wie das Ende der DDR. *„Mit dem spontanen Ansturm habe ich nicht gerechnet"*, sagt Schabowski, *„auch nicht damit, dass sich im Laufe der Nacht alle in den Armen liegen. Das waren nicht unsere Emotionen."* Der SED-Funktionär fühlt sich an das Kriegsende erinnert, als er den *„Hunger nach Erklärungen"* verspürt, den Ursachen des Krieges nachgeht und über seine Zukunft nachdenkt. Die Antworten der Kommunisten überzeugen ihn. Vom Schwung der Aufbaujahre lässt der junge Mann sich mitreißen. Nach einem Volontariat ist er seit 1947 für die Gewerkschaftszeitung *Tribüne* tätig. Sein Einfluss auf das Blatt wächst. Innerhalb weniger Jahre schafft er es bis in die Chefredaktion. Der Redakteur gilt als fleißig, ehrgeizig und linientreu. Neben der Arbeit absolviert er an der Karl-Marx-Universität in Leipzig ein Fernstudium in Journalismus. Seine Karriere geht nahtlos weiter: Ausbildung an der Hochschule der KPdSU in Moskau, 1978 Chefredakteur des SED-Zentralorgans *Neues Deutschland*, 1981 Mitglied im Zentralkomitee und dann im Politbüro.

Radikaler Bruch mit der Vergangenheit

Ernste Zweifel am Kurs der SED kommen Schabowski erst, als die DDR wirtschaftlich in eine tiefe Krise gerät und auf einen Bankrott zusteuert. Er hält Reformen für unumgänglich. Der Mauerfall bringt sein Weltbild ins Wanken. Die Abkehr vom System ist nur noch eine Frage der Zeit.
Radikaler als alle anderen SED-Größen bricht Schabowski mit der Vergangenheit. Gegen das Urteil des Berliner Landgerichts – drei Jahre Haft wegen Totschlags – wehrt der ehemalige Funktionär sich zwar mit juristischen Mitteln; seine moralische Schuld räumt er jedoch unumwunden ein. Von der Strafe sitzt Schabowski neun Monate ab, dann wird er begnadigt. Ihn zieht es erneut zur Zeitung. Fortan arbeitet er wieder als Journalist.

Die Einheit

Ein Jahrhundertgeschenk

237

237 Ansprache von Bundespräsident Richard von Weizsäcker zum „Tag der Deutschen Einheit" in Berlin am 3. Oktober 1990

238 Runder Tisch in Ostberlin

Das wunderbare Jahr der Anarchie **– so heißt ein Buch, in dem Menschen ihre Erfahrungen mit der friedlichen Revolution schildern. Zumeist handelt es sich um Erlebnisse abseits der großen Schauplätze des Umsturzes. Im sächsischen Kurort Gohrisch etwa besetzen Einwohner ein streng bewachtes Gästehaus des Ministerrats und erklären die Herrschaft der SED für beendet. Im Ort Rüterberg im nördlichen Grenzgebiet an der Elbe entsteht eine freie Dorfrepublik nach Schweizer Vorbild.** ***Von der Kraft des zivilen Ungehorsams 1989/90*** **lautet der Untertitel des Buches.**

Zum Westen hin

Tatsächlich ist in dieser Zeit in der DDR fast alles möglich. Denn die Macht des SED-Regimes steht nur noch auf dem Papier. Die an der Spitze erneuerte Einheitspartei kann nicht verhindern, dass die Absetzbewegung anhält. Die DDR droht erneut auszubluten, wie vor dem Mauerbau 1961. Zugleich nimmt die Wucht der Protestmärsche weiter zu. In Leipzig und anderswo rufen Demonstranten inzwischen *„Deutschland einig Vaterland"* und *„Wir sind ein Volk"* statt *„Wir sind das Volk"*. Kein Zweifel: Die Masse drängt es zum Westen hin. *„Kommt die D-Mark, bleiben wir. Kommt sie nicht, dann geh'n wir zu ihr."* Die Bundesrepublik strahlt eine ungeheure Sogwirkung aus: die Supermärkte mit ihrem Überangebot an Waren, frischem Obst und Gemüse, das gepflegte Äußere der Dörfer und Städte, überhaupt der Wohlstand. Es bricht sich etwas Bahn, Chaos droht. Den Politikern in Berlin und Bonn wird angst und bange.

Hundert Tage Runder Tisch

Ministerpräsident Hans Modrow, der Nachfolger von Egon Krenz, wirkt wie ein Steuermann, der verzweifelt versucht, gegen einen Orkan Kurs zu halten. Er muss die Opposition mit an Bord nehmen.
Der *Zentrale Runde Tisch*, an dem die SED mit Bürgerrechtlern berät, kontrolliert seit dem 7. Dezember 1989 die Regierung – *„... aus tiefer Sorge um unser in eine tiefe Krise geratenes Land, seine Eigenständigkeit ..."*, wie es heißt. Von der *„Einheit"* Deutschlands ist nicht die Rede. Der *Runde Tisch*, nach polnischem Vorbild eingerichtet, bleibt für etwa hundert Tage ein Instrument

238

zur Lenkung, und zwar bis zur ersten und letzten freien Volkskammerwahl am 18. März 1990.

Bonn entscheidet

Das Ergebnis dieser Wahl verändert die politische Landschaft radikal. Die von der Ost-CDU beherrschte *Allianz für Deutschland* gewinnt überraschend hoch mit fast 48 Prozent, während die SPD gerade mal 21 Prozent erreicht. In dem Resultat sieht Bundeskanzler Kohl ein Votum für die Einheit Deutschlands. Auch wenn in Ostberlin eine Mehrparteien-Koalition entsteht mit Lothar de Maizière (CDU) als Ministerpräsidenten und Markus Meckel (SPD) als Außenminister – Bonn entscheidet. Schon nach wenigen Monaten sind innen- und außenpolitisch die Weichen gestellt. Ein von den meisten längst aufgegebener Traum wird plötzlich Wirklichkeit: die staatliche Einheit Deutschlands – für viele ein Jahrhundertgeschenk! Am 1. Juli 1990 tritt der *Vertrag über die Wirtschafts-, Währungs- und Sozialunion* in Kraft. Schon vorher haben die Außenminister beider deutscher Staaten und der vier Siegermächte des Zweiten Weltkriegs – USA, Sowjetunion, Großbritannien und Frankreich – begonnen, außenpolitische Hindernisse aus dem Weg zu räumen. Die *Zwei-plus-Vier-Verhandlungen* münden Mitte September 1990 in Moskau in einen Vertrag, der Deutschland die volle Souveränität gibt. Am 3. Oktober 1990 beendet dann der *Einigungsvertrag* die Existenz der DDR und zugleich die Nachkriegszeit. Der Jubel hält sich in Grenzen. Manche ahnen bereits die Mühen, die das Zusammengehen zweier so unterschiedlicher Staaten mit sich bringt, auch wenn sie durch Geschichte, Kultur und Sprache miteinander verbunden sind.

239

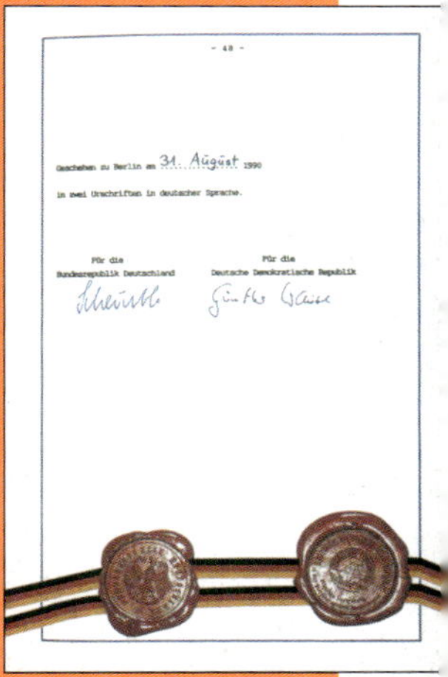

\- 48 -

Geschehen zu Berlin am 31. August 1990

in zwei Urschriften in deutscher Sprache.

Für die Bundesrepublik Deutschland	Für die Deutsche Demokratische Republik

239 „Einigungsvertrag zwischen der Bundesrepublik Deutschland und der DDR über die Herstellung der Einheit Deutschlands" (31. August 1990)

240

240 Festakt zum „Tag der Deutschen Einheit" mit einem Konzert unter Leitung von Kurt Masur

Das Ende der DDR

Die Regierung de Maizière sieht ihre Hauptaufgabe darin, die DDR abzuwickeln und sich selbst überflüssig zu machen. Dieser einmalige Vorgang geht einher mit Konflikten, auch mit Demütigungen. Denn alle Vorschläge von ostdeutscher Seite, wenigstens Restbestände des untergehenden Staates zu übernehmen – zum Beispiel soziale Einrichtungen wie die Polikliniken oder eines der Radio- und Fernsehprogramme – stoßen in der Bundesrepublik auf Ablehnung.
Dieselbe Bundesregierung, die Staatschef Honecker hofiert hatte, behandelt die erste demokratisch gewählte Regierung der DDR wie ein Erfüllungsorgan. Von Respekt für die Friedliche Revolution ist wenig zu spüren. Die DDR endet nach Artikel 23 des Grundgesetzes als Beitrittsgebiet.

Gegenwind

Im Ausland stellen sich zunächst Großbritannien und Frankreich quer. Die westeuropäischen Nachbarn befürchten eine unheilvolle Ballung von Macht im Zentrum Europas. Ausschlaggebend ist jedoch die Haltung der USA und der Sowjetunion.
Präsident George Bush sen. stimmt der Einigung zu, sofern das erweiterte Deutschland Mitglied der Nato bleibt. Sein sowjetischer Amtskollege Michail Gorbatschow macht aus dem Zustand der Schwäche heraus weitreichende Zugeständnisse. Der Zerfall der Sowjetunion lässt ihm kaum eine andere Wahl, zumal Bundeskanzler Kohl Wirtschaftshilfe sowie Milliardenbeträge für den Abzug der 350 000 in der DDR stationierten sowjetischen Soldaten in Aussicht stellt.

241

241 Die Unterzeichner des „Einigungsvertrags" von links: Bundesinnenminister Wolfgang Schäuble, DDR-Ministerpräsident Lothar de Maizière, Staatssekretär beim DDR-Ministerpräsidenten Günther Krause

Stationen auf dem Weg zur Einheit

- ***9. Oktober 1989:*** Montagsdemonstration in Leipzig mit 70 000 Teilnehmern.
- ***4. November 1989:*** Massenkundgebung in Berlin. Vor über einer halben Million Menschen sprechen u. a. Christa Wolf, Stephan Heym, Günter Schabowski.
- ***9. November 1989:*** Öffnung der Berliner Mauer und der Grenze zwischen der DDR und der Bundesrepublik.
- ***17. November 1989:*** Ministerpräsident Modrow schlägt der Bundesregierung eine Vertragsgemeinschaft vor.
- ***6. Dezember 1989:*** Demonstranten erzwingen den Rücktritt der gesamten SED-Führung.
- ***16. Dezember 1989:*** Die DDR-CDU wählt Lothar de Maizière zum neuen Vorsitzenden, diese spricht sich für die soziale Marktwirtschaft und die deutsche Einheit aus. Die SED heißt fortan: SED-PDS (Partei des Demokratischen Sozialismus), dann PDS.
- ***28. Dezember 1989:*** Bundeskanzler Kohl erläutert seinen *Zehn-Punkte-Plan,* der stufenweise zu einer Annäherung und zur Einheit führen soll.
- ***1. Januar 1990:*** Der Runde Tisch vereinbart eine *Große Koalition der Vernunft* bis zur Volkskammerwahl.
- ***15. Januar 1990:*** Sturm auf die Stasi-Zentrale in Berlin-Lichtenberg. Die Aktenvernichtung wird gestoppt.
- ***13.–14. Februar 1990:*** Ministerpräsident Modrow besucht Bonn. Kohl verweigert der DDR Kredite.
- ***18. März 1990:*** Die konservative Allianz für Deutschland gewinnt die erste freie Wahl zur Volkskammer der DDR.
- ***23. Mai 1990:*** Alle Lehrstühle für Marxismus-Leninismus an Universitäten und Hochschulen werden abgeschafft.
- ***1. Juni 1990:*** Karl-Marx-Stadt heißt wieder Chemnitz.
- ***12. Juni 1990:*** Die Volkskammer beschließt den Aufbau einer Treuhandanstalt zur Privatisierung von Staatsvermögen.

- ***13. Juni 1990:*** In Berlin beginnt der Abriss der Mauer.
- ***21. Juni 1990:*** Volkskammer und Bundestag erkennen in gleichlautenden Erklärungen die polnische Westgrenze an.
- ***1. Juli 1990:*** Die Wirtschafts-, Währungs- und Sozialunion tritt in Kraft. Etwa 600 Tonnen DM-Scheine und 500 Tonnen DM-Münzen passieren die DDR-Grenze.
- ***14.–16. Juli 1990:*** Gorbatschow trifft sich mit Kohl in Moskau und im Kaukasus und erfüllt alle Wünsche des Kanzlers: volle Souveränität, Mitgliedschaft in der Nato und Abzug der sowjetischen Truppen aus der DDR.
- ***24. Juli 1990:*** Die letzte Briefmarke der DDR: Sie zeigt die von Demonstranten umgebene Leipziger Nikolaikirche und trägt die Aufschrift *Wir sind das Volk.*
- ***31. August 1990:*** Im Berliner Palais Unter den Linden unterzeichnen die Minister Krause und Schäuble den Einigungsvertrag.
- ***11.–12. September 1990:*** In Moskau unterzeichnen sechs Außenminister den Vertrag über die abschließende Regelung in Bezug auf Deutschland. Das Dokument besiegelt die volle Souveränität Deutschlands.
- ***2.–3. Oktober 1990:*** Um Mitternacht hört die Deutsche Demokratische Republik auf zu existieren. Um null Uhr werden aus 16 433 789 (Stand Ende 1989) DDR-Einwohnern Bürger der Bundesrepublik Deutschland.

Helmut Kohl

1930 *Geburt in Ludwigshafen/Rhein*

1950–1956 *u. a. Studium der Staatswissenschaften*

1969–1976 *Ministerpräsident von Rheinland-Pfalz*

1973–1998 *CDU-Parteivorsitzender*

1982–1998 *Bundeskanzler*

2004 *Internationaler Adalbertpreis*

1988 ist Helmut Kohl sechs Jahre Bundeskanzler, und vieles weist darauf hin, dass er sich nicht mehr lange im Amt halten wird. Seine Regierung aus CDU/CSU und FDP zeigt deutliche Anzeichen von Verschleiß. Ein Putschversuch beim Bremer CDU-Bundesparteitag im Frühjahr 1989 schwächt ihn zusätzlich. Zwar kann Kohl sich behaupten, aber seine Zugkraft ist dahin.
Die deutsche Einheit reißt ihn 1989 aus seinem Tief in ungeahnte Höhen: Kanzler der Einheit, großer Europäer – als Staatsmann genießt Kohl plötzlich internationales Ansehen. Selbst seine schärfsten Gegner müssen ihm Anerkennung zollen. Denn er ist es, der die Chance zur Einigung erkennt und beherzt umsetzt.

Mit 36 Jahren Ministerpräsident

Der CDU verschreibt sich Helmut Kohl bereits als Gymnasiast in Ludwigshafen, wo er 1930 in einem katholisch-konservativen Elternhaus geboren wurde. Mit Energie und Ausdauer boxt er sich von Posten zu Posten nach oben: jüngster Abgeordneter im Landtag von Rheinland-Pfalz, dort mit 36 Jahren bereits Ministerpräsident. Dann der Einstieg in die Bundespolitik, die ihn zunächst auf die harte Oppositionsbank zwingt. Kohl kämpft an zwei politischen Fronten: gegen die SPD und gegen den bayerischen Ministerpräsidenten Franz-Josef Strauß (CSU), der ihm von Anfang an die Kanzlerkandidatur streitig macht. Wie viele andere unterschätzt auch Strauß Intelligenz und Beharrungsvermögen von Kohl. Dessen Auftreten und Äußeres verleiten allerdings leicht zu Fehlurteilen. Der Mann mit der wuchtigen Figur und der hohen Stirn wirkt wie ein Provinzfürst, ist alles andere als ein begnadeter Redner und wird zum Gespött von Journalisten. Kohl als *„Birne"* gehört zu den beliebten Motiven von Karikaturisten.

Dünnhäutig und nachtragend

Erst im Einigungsprozess wächst der Respekt für den Kanzler, der keineswegs so einfach gestrickt ist, wie manche meinen: Der Mann aus der Pfalz reagiert auf Kritik dünnhäutig, ist schnell beleidigt und gilt als nachtragend. Kohl vergisst nichts. Am Telefon zieht er seine Strippen, verlangt unbedingte Gefolgschaft und ist ein Meister des Aussitzens von Konflikten. Gegen das *„System Kohl"*, das vorrangig dem eigenen Machterhalt dient, ist die Opposition lange Zeit machtlos.
Kohls Stunde kommt am 19. Dezember 1989 bei einem Auftritt in Dresden, als ihm die Massen zujubeln, begeistert *„Helmut! Helmut!"* und *„Deutschland, einig Vaterland"* rufen. Da spürt er seine Mission. *„Gott segne unser Vaterland"*, erwidert er.

Sendboten der Einheit

Zusammen mit Außenminister Hans Dietrich Genscher macht er sich ans Werk: Sie werden zu Sendboten der

Einheit, sind ständig unterwegs und wachsen an ihrer Aufgabe. Während Genscher diplomatisch zurückhaltend vorgeht, liebt Kohl es, für alle erkennbar im Zentrum zu stehen. Dabei wird ihm manches zugeschrieben, das gar nicht zu seinen Verdiensten zählt. Die Frage der künftigen Bündniszugehörigkeit Deutschlands etwa wird nicht im Juli 1990 beim Treffen zwischen Kohl und Gorbatschow im Kaukasus geklärt, sondern bereits Wochen zuvor zwischen den USA und der UdSSR. Die Lösung dieses schwierigen Problems haben Kohl und Genscher wohlweislich US-Präsident Bush sen. überlassen.
So beeindruckend die Einheit sich fügt, so mühsam und vielfach enttäuschend beginnt das Zusammenleben der Deutschen in Ost und West. Dabei zeigt sich, dass Kohl zwar ein begnadeter Macher, aber kein Gestalter ist. Er verspricht *„blühende Landschaften"* in Ostdeutschland, aber es gelingt ihm nicht, dass diese flächendeckend entstehen können. Um seinen Sieg bei der ersten gesamtdeutschen Bundestagswahl im Dezember 1990 nicht zu gefährden, handelt Kohl so, als ließen sich die riesigen wirtschaftlichen und ökologischen Altlasten des SED-Regimes mit Geld aus der Portokasse beseitigen.

Absturz

Sein Amt als Bundeskanzler hat Kohl 1982 mit dem Versprechen einer *„geistig-moralischen Wende"* angetreten. Skandale belegen jedoch, dass er selber diesem Anspruch nicht gerecht wird, etwa bei der Affäre um illegale Spenden an Politiker Mitte der 1980er-Jahre wie auch bei der Parteispendenaffäre nach der für Kohl verlorenen Bundestagswahl 1998. In beiden Fällen handelt er gesetzwidrig. Dem Zenit weltweiter Bewunderung folgt ein tiefer Sturz. Zudem trifft den Ex-Kanzler das Schicksal seiner Frau Hannelore, die seit Jahren unter einer Lichtallergie leidet und sich 2001 das Leben nimmt.

Das Fest der Einheit

242

242 Unterzeichnung des „Vertrags über die Bildung einer Wirtschafts-, Währungs- und Sozialunion" zwischen der Bundesrepublik und der DDR (18. Mai 1990)

243 Am 3. Oktober 1990 vor dem Reichstag. Von links: Willy Brandt, Hans-Dietrich Genscher, Hannelore und Helmut Kohl, Richard von Weizsäcker, Lothar de Maizière

Großer Jubel will am *Tag der deutschen Einheit* nicht aufkommen. Dabei wird an diesem Mittwoch, dem 3. Oktober 1990, Geschichte geschrieben. Kurz bevor das neue Deutschland entsteht, heißt es noch Abschied nehmen: Die Alliierte Stadtkommandantur, seit 1945 mit Sitz in Berlin, beendet ihre Mission. Auch die Ständige Vertretung der Bundesrepublik in der DDR hat ausgedient. Im *Palast der Republik* beschließt am Nachmittag des 2. Oktober die Volkskammer ihre eigene Auflösung.

Alles Geschichte

Auf den letzten Metern zur Einheit halten manche inne, um die im Eiltempo zurückgelegte Strecke noch einmal auszuloten: kein SED-Regime mehr, keine Grenzpolizei, kein Spitzelapparat – alles Geschichte. Kaum ein Jahr ist seit der Öffnung der Mauer vergangen. Damals fielen sich die Menschen überglücklich in die Arme. Jetzt ziehen sie in riesigen Kolonnen zum Brandenburger Tor. Über eine Million Menschen sind es schließlich. Einige sprechen dem Alkohol kräftig zu. Andere tragen Kerzen.

243

Kein nationales Hochgefühl

Um Mitternacht blickt die Welt noch einmal auf Berlin. Kurz vor null Uhr wird das Geläut der Freiheitsglocke im Schöneberger Rathaus zum Platz der Republik übertragen. Vor der Tribüne am Westportal des Reichstags, auf der sich die politische Prominenz versammelt hat, wird langsam die Bundesfahne gehisst. Als die Nationalhymne erklingt, kämpft Hannelore Kohl, die Frau des Bundeskanzlers, mit den Tränen. Andere verbergen ihre Gefühle hinter einer starren Miene, wie der SPD-Ehrenvorsitzende Willy Brandt. Dann spricht Bundespräsident Richard von Weizsäcker: *„Die Einheit Deutschlands ist vollendet … Wir wollen in einem vereinten Europa dem Frieden in der Welt dienen."* Ein Feuerwerk taucht den Himmel über Berlin für Augenblicke in ein buntes Lichtermeer. Nationales Hochgefühl kommt nicht auf. Wie Konrad Weiß, der Filmemacher und Bürgerrechtler, denken viele: *„Die Einheit ist ein Geschenk, das wir in Demut annehmen sollten."*
Einige Jugendliche grölen rechtsradikale Parolen. Anhänger der SED-Nachfolgepartei PDS ziehen zum Käthe-Kollwitz-Platz im Ostteil Berlins. Sie feiern die *„Autonome Republik Utopia"*. Ob mit oder ohne Einverständnis – sie alle sind jetzt Bundesbürger. Das gilt auch für Erich Honecker.

Lothar de Maizière

Neben Helmut Kohl hat Lothar de Maizière keine Chance. Es ist nicht allein die unterschiedliche Körpergröße, die ihn zum Juniorpartner macht. Das Ende der DDR führt zwei Politiker zusammen, die einfach nicht miteinander können: Kohl, den katholisch geprägten Machtmenschen, und den schmächtigen, sensiblen de Maizière, den Musiker und Rechtsanwalt.

Wenn der ehemalige Bundeskanzler in seinen Erinnerungen schreibt, zwischen ihnen habe die Chemie nicht gestimmt, so mag der letzte Regierungschef der DDR nicht widersprechen: *„Wo er Recht hat, hat er Recht"*, sagt de Maizière, *„zwischen Kohl und mir ist wahrlich keine Männerfreundschaft entstanden."*

Bratschist

De Maizière, 1940 als Nachfahre hugenottischer Einwanderer in Nordhausen geboren, ist bereits als Oberschüler 1956 in die Ost-CDU eingetreten, in die Blockpartei, die sich der SED unterordnet. Zunächst erhält er eine gediegene Ausbildung als Musiker. Als Bratschist spielt er in mehreren Orchestern, bis eine Nervenerkrankung am linken Arm seine Karriere gefährdet. Per Fernstudium wird er Anwalt und vertritt vor Gericht vor allem Wehrdienstverweigerer. Ferner ist er in der Synode des Evangelischen Kirchenbundes aktiv.

Erst als die DDR ins Wanken gerät, geht de Maizière in die Politik und übernimmt den Vorsitz der Ost-CDU. Die Volkskammerwahl am 18. März 1990 gewinnt er mit einem klaren Vorsprung. Am Wahlabend kommt es fast zum Eklat. Vereinbart ist mit der West-CDU, dass de Maizière sich als Erster zum Ergebnis äußert. Doch der damalige CDU-Generalsekretär Volker Rühe prescht vor und erklärt, Helmut Kohl habe die Wahl gewonnen.

Die Missachtung hat Methode. Die Abwicklung der DDR bringt de Maizière mit preußischem Pflichtgefühl ordentlich zu Ende. *„Wir haben uns sehr erfolgreich überflüssig gemacht"*, sagt er später selbstironisch.

Stasi-Vorwürfe

Nach der Bundestagswahl am 2. Dezember 1990 gehört er der ersten gesamtdeutschen Regierung als Minister für besondere Aufgaben an. Kurz darauf berichtet *Der Spiegel*, de Maizière sei von der Stasi unter dem Decknamen *„IM Czerni"* als Inoffizieller Mitarbeiter geführt worden.

Der Beschuldigte hat Kontakte zur Staatssicherheit als Rechtsanwalt schon vorher mitgeteilt. Alles andere weist er zurück, zumal dafür auch keine stichhaltigen Beweise vorliegen.

Dennoch: Am 17. Dezember 1990 legt de Maizière verbittert alle politischen Ämter nieder. Er ist eben nicht aus jenem harten Holz geschnitzt wie etwa der Kirchenmann Manfred Stolpe, der sich gegen massive Stasi-Vorwürfe zur Wehr setzt und im vereinten Deutschland politisch Karriere macht.

1940 *Geburt in Nordhausen*

1959–1965 *Musikstudium*

1969–1975 *Jurastudium*

ab **1975** *Rechtsanwalt*

1989–1990 *Vorsitzender der CDU/DDR*

1990 *Ministerpräsident der DDR*

Das große Plattmachen

244

244 Demonstrationsplakat 1989

245 Pressekonferenz des Präsidenten der Treuhandanstalt zur Privatisierung der ehemals volkseigenen Wirtschaft (27. November 1990)

Der Ausgang der Bundestagswahl am 2. Dezember 1990 verschafft Helmut Kohl einen Triumph, den er sich sehnlichst gewünscht hat: Er ist der erste gesamtdeutsche Bundeskanzler. Spätestens nach diesem Erfolg wäre es an der Zeit gewesen, der Bevölkerung in Ost und West klar zu sagen, dass die Einheit einen Preis hat. Zeit und Geduld werde sie kosten und vor allem Geld, sehr viel Geld sogar. Deshalb seien Opfer zu bringen und schmerzhafte Umstellungen zu ertragen – mit dieser Botschaft hätte der Kanzler die Menschen auf die Lasten der Einheit vorbereiten können. Doch nichts dergleichen geschieht. Und so nehmen die Dinge ihren Lauf.

Der kalte Wettbewerb

Mit der Einführung der D-Mark im Juli 1990 und der darauf folgenden staatlichen Einheit wird die Wirtschaft der DDR gleichsam über Nacht dem kalten Wettbewerb des Marktes ausgesetzt. Obwohl jeder weiß, dass die Unternehmen mit ihren maroden Anlagen weder der westdeutschen, geschweige denn der internationalen Konkurrenz gewachsen sind, gibt es keine Vorkehrungen, den Absturz aufzufangen. Die Politik lässt den Niedergang einfach geschehen, wissend, dass die Folgen für über 16 Millionen Menschen brutal sein werden. So erleben die fünf neuen Bundesländer die Marktwirtschaft zunächst von ihrer negativen Seite.

245

Verkaufen, sanieren, schließen

Die *Treuhandanstalt,* von der letzten DDR-Regierung *„zur Wahrung des Volkseigentums"* gegründet, soll den Übergang ins neue System begleiten, und zwar in der Rolle eines Schiedsrichters. Dieser entscheidet, welche der früheren DDR-Unternehmen an private Unternehmer verkauft, welche saniert werden und welche schließen müssen. Diese Aufgabe, die historisch ohne Vorbild ist, bedeutet: Eine ganze Volkswirtschaft wird im Hau-Ruck-Verfahren auf marktwirtschaftliche, d. h. kapitalistische Verhältnisse umgestellt.

Am Anfang setzt die *Treuhand* fast ausschließlich auf Privatisierung. Unter hohem Zeitdruck beginnt der Ausverkauf der DDR-Wirtschaft. Einzelne leitende *Treuhand*-Mitarbeiter entscheiden ohne jede betriebswirtschaftliche Kenntnis über die Zukunft ganzer Branchen. So wundert es nicht, dass auch Spekulanten und Abzocker zum Zuge kommen, die Anlagen ausschlachten, Immobilien verschachern und Millionenbeträge in die eigene Tasche wirtschaften. Insgesamt hat die *Treuhand* etwa 40 000 Betriebsstätten im Angebot, deren Wert auf 600 Milliarden DM geschätzt wird. Nur ein Bruchteil der Summe wird beim Verkauf erzielt. Keines der früheren Großunternehmen in der DDR bleibt als eigenständiger Betrieb erhalten. Was nicht direkt abgewickelt wird, geht an Eigentümer im Westen, die Ostdeutschland als verlängerte Werkbank nutzen.

Ein Land stürzt ab

Das Vorgehen der *Treuhand* stürzt viele ins Unglück. Massenarbeitslosigkeit, Frustration, Ohnmacht und Wut sind die Folgen. Im Frühjahr 1991 erreicht die Krise dramatische Ausmaße, sodass die *Treuhand* auf Sanierung umsteuern muss: *„Hier stürzt ein ganzes Land ab"*, heißt es in der Zeitung *Der Montag*. Ein anderes Blatt meldet: *„Die Banane gewählt, die Pleite bekommen."*
Wenige Monate nach der Einheit hagelt es wieder Proteste in Ostdeutschland. Auf den Montagsdemonstrationen in Leipzig wehren sich Beschäftigte gegen das große Plattmachen und erinnern Bundeskanzler Kohl an sein Versprechen, niemandem solle es im geeinten Deutschland schlechter gehen als vorher.

„Helmut, führe uns"

Dem Ansehen Kohls schadet der Niedergang allerdings kaum. Zwischen ihm und der Bevölkerung steht als Prellbock die *Treuhand*, die alle Kritik auf sich zieht. Dem Kanzler dagegen wird zugetraut, die Dinge noch wenden zu können. Bei einem Besuch in den neuen Bundesländern hält eine Frau ihm ein Transparent entgegen: *„Helmut, nimm uns an der Hand und führe uns ins Wirtschaftswunderland"*. An Wunder glauben jedoch nur noch wenige. Nutznießer des Niedergangs sind rechtsextreme Gruppen sowie eine Partei, der manche die Existenzberechtigung absprechen: die PDS, die zum Sammelbecken der Enttäuschten wird.

246

246 Birgit Breuel, von 1991 bis 1995 Präsidentin der „Treuhandgesellschaft"

247/248 Bei den Montagsdemonstrationen protestieren die Teilnehmer gegen die Abwicklung ihrer Betriebe und den damit verbundenen Verlust ihrer Arbeitsplätze (1991).

247

248

Gregor Gysi

1948 *Geburt in Ostberlin*

1966–1970 *Jurastudium*

1990–1993 *Vorsitzender der PDS*

1998–2000 *PDS-Fraktionsvorsitzender*

seit **2005** *Fraktionsvorsitzender der Linkspartei*

Für die SED ist Gregor Gysi das Beste, was ihr widerfahren kann. Der Rechtsanwalt und gelernte Facharbeiter für Rinderzucht, der zuvor Bürgerrechtler wie Robert Havemann und Bärbel Bohley verteidigte, übernimmt 1989 den Vorsitz der Einheitspartei und haucht ihr neues Leben ein. *„Wer bin ick denn"*, sagt der kleine Mann mit dem großen Ego, *„det ick der Partei, die Rosa Luxemburg und Karl Liebknecht jegründet haben, det Licht ausknipse."* Das klingt gut und kommt an, ist aber wohl nur die halbe Wahrheit. Das beträchtliche Parteivermögen dürfte bei der Frage, ob die SED weitermachen soll, auch eine Rolle gespielt haben. Dank seines Redetalents schafft es Gregor Gysi, aus einem Haufen frustrierter Kommunisten – darunter SED-Funktionäre und Stasi-Mitarbeiter – die *Partei des Demokratischen Sozialismus (PDS)* zu formen.

Von Talkshow zu Talkshow

Gysi ist weder Taktiker noch Vordenker, sondern eben ein begnadeter Redner, der witzig, charmant, sarkastisch und selbstironisch sein kann, kurz, ein Politiker mit hohem Unterhaltungswert. Als solcher tingelt er von Talkshow zu Talkshow, übersieht kein Mikrofon und rackert sich für die PDS ab. Alles gerät ihm zur Pointe. Mit seiner Körpergröße – *„einsvierundsechzigeinhalb"* – kokettiert er ebenso wie mit seiner Eitelkeit, die ihn wie eine Droge fast in den Tod treibt. Drei Herzinfarkte und eine schwere Gehirnoperation sind Folgen eines ruinösen Dauereinsatzes. Der Politstar Gysi gehört nicht zu jenen, die in der DDR gelitten haben. Als Sohn einer Berliner Familie – sein Vater hat jüdische Vorfahren, ist DDR-Kulturminister, Botschafter in Italien und dann Staatssekretär für Kirchenfragen – genießt er manche Vorrechte. Der Dienst in der NVA bleibt ihm erspart.

Karriere im Zick-Zack-Kurs

Seine politische Karriere verläuft im Zick-Zack-Kurs. Die Politik treibt ihn und stößt ihn wieder ab. Als Berliner Wirtschaftssenator ist Gysi im Jahr 2000 nur wenige Monate im Amt. Eine harmlose Affäre nutzt er zum Absprung. Bei aller Unrast – einige durchgehende Linien gibt es. Dazu gehört sein Eintreten für die sozial Schwachen. Auch die Stasi-Vorwürfe, die er nicht los wird, zählen dazu. Bürgerrechtler, die er als Anwalt vertrat, sagen, Gysi habe sich zu sehr mit der Stasi eingelassen und ihr Vertrauen missbraucht.

Linkspartei

Schließlich verfolgt Gysi über die Jahre das Ziel einer bundesweiten Linkspartei. Seit 2005 steht ihm dabei Oskar Lafontaine zur Seite, der ehemalige SPD-Vorsitzende, wie Gysi ein Egomane und Showtalent. Zwei Politiker, die der Einheit skeptisch bis ablehnend gegenüberstanden, verwirklichen damit ihre eigene Form der Wiedervereinigung.

Bürgerrechtler im Abseits

In der *„Friedlichen Revolution"*, dem größten Triumph der Bürgerrechtler, steckt zugleich der Keim ihrer Niederlage. Unter persönlichen Opfern und Gefahren haben sie den Weg für Reformen in der DDR geöffnet, doch an der Gestaltung der Zukunft wirken sie kaum mit. Gruppen wie das *Neue Forum*, der *Demokratische Aufbruch* und *Demokratie jetzt* werden vielmehr von den Ereignissen, die sie selber mit ausgelöst haben, überrollt. Das zeigt sich bereits nach der Öffnung der Berliner Mauer. Die Bürgerrechtler hätten noch Zeit gebraucht, um ihre Ideen einer demokratischen, ökologischen und friedlichen DDR festzuschreiben. *„Haben wir noch die Kraft, eigene Perspektiven zu entwickeln?"*, fragt Bärbel Bohley skeptisch und sagt weiter: *„In einem Nebensatz fällt die Mauer, hinter der ich ein Leben lang gelebt habe. Das kränkt mich, weil mir bewusst geworden ist, dass ich jahrelang ein Objekt gewesen bin."*
Der Theologe Wolfgang Ullmann überlegt, ob man die Mauer vorübergehend wieder schließen könne, um in Ruhe eine neue Verfassung auszuarbeiten. Doch ein Blick auf die Straße, wo Trabis weiter in Richtung Westen steuern, lässt Ullmann schnell umdenken.

Niemand stellt die Machtfrage

Hilflos sehen die Bürgerrechtler zu, wie die Einheit Gestalt annimmt. Einige versuchen, die bis dahin so erfolgreiche Freiheitsbewegung neu auszurichten. Aber niemand stellt die Machtfrage: Woher nimmt die SED eigentlich das Recht zum Weiterregieren?

Ähnlich wie die Regierung in Bonn bleibt auch die Opposition in der DDR auf die SED fixiert und übersieht dabei, dass die Machthaber von einst inzwischen nur noch Papiertiger sind. Statt selber die Zügel in die Hand zu nehmen, setzen sich die Bürgerrechtler mit der SED an den *Runden Tisch* und lassen sich in die *„Regierung der nationalen Verantwortung"* einbinden.
Das stärkt nicht gerade ihr Ansehen in der Bevölkerung. *„Wen sollen wir wählen, wenn ihr unser Vertrauen nicht rechtfertigt?"*, fragt am 20. November 1989 eine Bürgerversammlung in Hennigsdorf bei Berlin und fordert die Opposition auf, endlich zu handeln. Doch die Bürgerrechtler verharren im Abseits. Der Ausgang der Volkskammerwahl am 18. März 1990 verdrängt sie endgültig von der Bühne. Bonn übernimmt die Regie. Die DDR-Opposition hat ihre Schuldigkeit getan; sie kann gehen.

249 Gründungskonferenz des „Neuen Forums" (1990)

249

Leben in Deutschland

Was denkt ein ehemaliger Volkspolizist, der in Berlin in der Uniform der Westberliner Polizei die amerikanische Botschaft, also die Vertretung des früheren Klassenfeindes bewacht? Wie reagiert ein junger Mann in Leipzig, der im Zwangsstaat DDR immer wieder an Flucht dachte, aber dennoch geblieben ist, und seinen Arbeitsplatz verliert?

Gewalt und Ausländerhass

Leben in Deutschland – für den Osten bringt die Einheit zunächst extreme Umbrüche mit sich. Der Wandel geht viel tiefer, als die meisten angenommen haben, und er bringt nicht nur die lang ersehnte Freiheit, sondern ist auch mit hässlichen Begleiterscheinungen verbunden, die das schöne Etikett *„Friedliche Revolution“* eintrüben: Gewalt, Antisemitismus, Ausländerhass. Das gab es auch früher schon, in Ost und in West.

250 Brandanschlag auf ein Wohnheim von Asylbewerbern in Rostock-Lichtenhagen (1992)

250

Aber jetzt setzen der Umbruch und die wirtschaftliche Krise mit ihrer Massenarbeitslosigkeit etwas frei, was die bisherigen Auswüchse in den Schatten stellt. Zunächst wird die Öffentlichkeit durch eine Serie von Fußballkrawallen in Dresden, Leipzig und Rostock aufgeschreckt. Im September 1991 gerät die sächsische Stadt Hoyerswerda in die Schlagzeilen. Bis zu 500 Rechtsextremisten belagern Unterkünfte, in denen Flüchtlinge und Gastarbeiter aus Mosambik und Vietnam untergebracht sind. Die Neonazis werfen Flaschen, rufen Hetzparolen und erzwingen die Schließung der Unterkünfte. Passanten klatschen Beifall.
Knapp ein Jahr später wird in Rostock-Lichtenhagen ein Ausländerwohnheim mit über 100 Menschen in Brand gesteckt. Ein Mob von Skinheads, mit Steinen, Molotowcocktails und Baseballschlägern bewaffnet, hält das Gebäude umstellt. Weder Feuerwehr noch Polizei greifen ein, obwohl sie mehrfach alarmiert werden, wie Tonbandmitschnitte beweisen. Auch Nachbarn sehen zu, als Männer, Frauen und Kinder vom Flammentod bedroht sind.

Vor allem Vietnamesen

Ende September 1990 leben etwa 160 000 Ausländer in der DDR. Das sind weniger als ein Prozent der Gesamtbevölkerung. Vietnamesen stellen die Mehrheit, gefolgt von Mosambikanern, Polen, Kubanern und Angolanern. Sie leisten z. B. im Kombinat *Schwarze Pumpe* in Hoyerswerda die Drecksarbeit, die Deutsche nicht machen wollen.

Vielfach sind sie, isoliert von der übrigen Bevölkerung, in Baracken untergebracht. Das vereinte Deutschland erweist sich ihnen gegenüber als nicht besonders gastfreundlich. Zehntausende von Ausländern müssen das Land verlassen, vor allem Vietnamesen.

„Fidschis"

Im ersten Jahr der Einheit gibt es mancherorts Mord und Todschlag. Ausländer werden auf offener Straße angegriffen. Fast immer handelt es sich um Gewalt von rechts. Zu den alten Feindbildern der Rechten kommen neue hinzu: Juden und *„Fidschis"* werden oft in einem Atemzug genannt. *„Fidschis"* ist das Schimpfwort für Vietnamesen und dunkelhäutige Ausländer schlechthin. Juden gab es in der DDR kaum. Aber Antisemitismus wuchert auch ohne Juden.

Jagd auf *„Fidschis"*, das gehört zu den Hobbys der Skinheads, z. B. in den Berliner Bezirken Marzahn, Hellersdorf und Lichtenberg – allesamt Hochburgen des Rechtsradikalismus und zugleich die tristesten Wohngebiete Berlins. Wer hier wohnt, den bestraft das Leben gleich doppelt. Die Siedlungen mit Plattenbauten, die zeitweilig zu den bevorzugten Wohngegenden gehörten, entwickeln sich zu Brutstätten von Gewalt. Bei allen Problemen, die die Einheit auch mit sich bringt – der Ausländerhass zählt zur schlimmsten Hinterlassenschaft des SED-Regimes. Offenbar handelt es sich um verdeckte Strömungen, die schon länger existieren und jetzt aufbrechen. Nach der totalen Gängelung durch SED und Stasi sind vor allem Jugendliche auf sich allein gestellt und finden keinen Anschluss – für rechte Demagogen eine leichte Beute.

251 Demonstration gegen Rechtsradikalismus und Ausländerhass in Cottbus (2001)

252 Mitglieder der NPD ziehen am 1. Mai durch Rostock (2006).

251

252

Akteneinsicht

253

253 Archiv der Zentralstelle im ehemaligen Ministerium für Staatssicherheit

254 Regale mit Stasi-Akten

Im ersten Stock der Behörde des Bundesbeauftragten für die Stasi-Unterlagen an der Behrenstraße in Berlin herrscht an diesem Montag – es ist der 2. Januar 1992 – eine gespannte Atmosphäre. Da sitzen sie, die Bürgerrechtler von einst, und studieren ihre Akten: Bärbel Bohley, Rainer Eppelmann, Lutz Rathenow, Vera Wollenberger, das Ehepaar Ulrike und Gerd Poppe.

Umstellt

Jeweils vor ihnen liegen auf viel zu kleinen Tischen die ordentlich gehefteten Unterlagen: Briefe, die nie angekommen sind, Fotos aus einer früheren Lebensphase, heimlich aufgenommen und wirklich nicht für das Familienalbum bestimmt, ferner Protokolle von Verhören und abgehörten Telefonaten, Berichte der *Inoffiziellen Mitarbeiter.* Gerd Poppe stöhnt auf: „*Völlig umstellt*", murmelt er; und immer wieder: „*Kaum zu glauben!*" Genau 44 Spitzel waren auf ihn angesetzt. Die nach ihrem Leiter Joachim Gauck benannte Gauck-Behörde hat sie aufgelistet. Poppe studiert die Decknamen und wird schnell fündig. Er stößt auf Ibrahim Böhme, den Vorsitzenden der SPD Ostdeutschlands, der inzwischen als Spitzel enttarnt ist.
Das Stasi-Unterlagengesetz, das mit Beginn des Jahres 1992 in Kraft tritt, macht die Einsicht in das Material möglich. Einen Teil der Papiere haben Stasi-Mitarbeiter vernichtet. Einiges kann rekonstruiert werden. Manche Unterlagen existieren in doppelter Ausführung oder als Kopien.

Das neue Gesetz gehört zu den umstrittensten Vorhaben im geeinten Deutschland. Wie reagieren die Opfer nach der Akteneinsicht, wie die Täter? Welcher Sprengstoff steckt in den Akten? Wird das politische Klima vergiftet? Solche Befürchtungen erweisen sich zum Glück als unbegründet. Die Menschen lernen, mit dem Erbe der Stasi zu leben. Die Aufklärung darüber, was der Spitzelapparat anrichtete, erweist sich für den Neubeginn in Deutschland bald als unverzichtbar.

254

Joachim Gauck

Von 1990 bis 2000 ist Joachim Gauck Herr über 180 Kilometer Stasi-Akten und damit ein mächtiger Mann. Denn würde dieses Material mit einem Schlag an die Öffentlichkeit gelangen, Chaos und Gewalt wären wohl die Folge. Aber dagegen steht das Stasi-Unterlagen-Gesetz: Jeder kann auf Antrag seine Akte einsehen. Journalisten und Wissenschaftler haben einen begrenzten Zugang und Persönlichkeitsrechte werden geschützt.

5000 Tonnen Akten

Dass die Aktenberge überhaupt zugänglich sind und im Osten verbleiben, ist ein Verdienst des ehemaligen Pfarrers Gauck und seiner Mitstreiter aus der Bürgerbewegung. Gauck gehört zu den Gründern des *Neuen Forums* in seiner Heimatstadt Rostock, wo die Bürger ihn im März 1990 zum Abgeordneten der Volkskammer wählen.

Kämpfernatur

Im Oktober 1990 bestimmt ihn die Volkskammer zum *Sonderbeauftragten für die Stasi-Unterlagen*. Als der Bundestag 1991 das Stasi-Unterlagen-Gesetz verabschiedet, ändert sich sein Titel: Gauck ist jetzt *Bundesbeauftragter*. Zehn Jahre füllt der Rostocker dieses Amt aus und erweist sich dabei als wahre Kämpfernatur, hartnäckig und stur bis zur Dickköpfigkeit, zudem schlau und ein brillanter Redner. Gauck kann das Pulverfass unter Kontrolle halten. Gleich zu Anfang geht es hoch her. Der Chef des *Demokratischen Aufbruchs*, Wolfgang Schnur, und der SPD-Vorsitzende Ibrahim Böhme werden als Spione enttarnt. Lothar de Maizière von der CDU gerät in Stasi-Verdacht, ebenfalls Manfred Stolpe, einst führender Kirchenmann in der DDR

„Kein Volk von Verrätern"

Dass versucht wird, Gauck selber in den Stasi-Strudel hineinzuziehen, verwundert nicht. Die Zahl seiner Gegner wächst ständig. Er entgegnet, gleich mehrfach überprüft worden zu sein. Zweifel an seiner Ablehnung des SED-Regimes weist er schroff zurück. Er habe schon im Alter von elf Jahren erfahren, *„dass der Sozialismus ein Unrechtssystem ist“*, sagt er. Sein Vater, Seemann von Beruf, wird 1949 von der sowjetischen Geheimpolizei verhaftet, zu 25 Jahren Zwangsarbeit verurteilt und für sechs Jahre nach Sibirien verschleppt. Das Terror-Urteil hat Gauck geprägt und erklärt seine Härte im Umgang mit dem Erbe der Stasi. Seinen Landsleuten im Osten bescheinigt er, zwar ein *„angepasstes Volk“* gewesen zu sein, *„aber kein Volk von Verrätern“*.

Bundespräsident

2012 wird er zum Bundespräsidenten gewählt. Er setzt Impulse und drängt die Bundesregierung zu größerer internationaler Verantwortung und schließt den Einsatz von Waffen ausdrücklich mit ein.

1940 *Geburt in Rostock*

1958–1965 *Theologiestudium*

1989 *Mitbegründer der Bürgerbewegung „Neues Forum"*

1990–2000 *Bundesbeauftragter der Bundesregierung für die personenbezogenen Unterlagen des ehemaligen Staatssicherheitsdienstes*

seit **2012** *Bundespräsident*

Vera Lengsfeld

1952 *Geburt in Sondershausen*

ab **1981** *Aktive Bürgerrechtlerin in der DDR*

1983 *Ausschluss aus der SED, Berufsverbot*

1990 *Grünen-Mitglied der Volkskammer*

1990 *Aachener Friedenspreis*

ab **1996** *CDU-Mitglied*

Unter anderen politischen Vorzeichen wäre Vera Lengsfeld wahrscheinlich eine angesehene Wissenschaftlerin oder streitbare Publizistin geworden. Sie kann schreiben, sie hat Humor, folgt ihrem eigenen Willen und beherrscht drei Sprachen fließend: Russisch, Englisch und Französisch. Aber Vera Lengsfeld wächst in der DDR auf. 1952 im thüringischen Sondershausen geboren, zieht sie als Kind mit ihren Eltern nach Berlin-Lichtenberg, wo die Staatssicherheit ihr Hauptquartier hat. Ihr Vater arbeitet dort als Offizier für die Hauptverwaltung Aufklärung.

Liebe, die nicht sein darf

Mit 16 Jahren erlebt sie das SED-Regime von seiner schlimmen Seite. Sie verliebt sich in den Sohn des jugoslawischen Handelsattachés. Jugoslawen gelten seit ihrer Abwendung von Moskau als *„kapitalistische Elemente"*. Veras Eltern werden eingeschaltet. Die Liebe zu ihrem Freund darf nicht sein. Sie müssen sich trennen.

Weil sie die SED für reformierbar hält, wird Vera Lengsfeld Mitglied – ein Irrtum, wie sich bald herausstellt. Als Studentin des Marxismus-Leninismus bringt sie zwar hervorragende Leistungen, aber zugleich vertritt sie abweichende Meinungen am laufenden Band. Zunächst versucht ihr Professor, die hochgewachsene blonde Studentin auf die väterliche Tour umzustimmen: *„Mädchen, jetzt hör mal gut zu! Halte dich mit deinem Dickschädel zurück!"*

Doch die eigenwillige junge Frau, die nach dem Studium als Mitarbeiterin der Akademie der Wissenschaften und als Lektorin im Verlag *Neues Leben* tätig ist, lässt sich nicht vereinnahmen, auch nicht durch Parteiausschluss sowie Berufs- und Reiseverbot. Ihr Widerstand wird nur noch entschiedener. Sie ist eine der aktivsten Oppositionellen. 1988 landet sie im Stasi-Gefängnis Berlin-Hohenschönhausen, aus dem sie mit ihren beiden Kindern nach England abgeschoben wird.

Knud Wollenberger

1981 hat die Bürgerrechtlerin mit anderen in Berlin einen der ersten Friedenskreise in der DDR gegründet. An der Seite ihres Freundes Knud Wollenberger plant sie Aktionen gegen das Regime. Die beiden ziehen zusammen und heiraten. Knud Wollenberger entstammt einer jüdisch-kommunistischen Familie. Dass Wollenberger Stasi-Spitzel ist, erfährt seine Frau erst im Dezember 1989. Am 2. Januar 1992 sucht Vera Wollenberger die *Gauck-Behörde* auf, um zu erfahren, ob ihr Mann auch sie ausspioniert hat. Schon bald stößt sie auf Berichte über sich und ihre Familie, die zweifelsfrei von ihm stammen. *„Die folgenden Stunden sollten mein Leben verändern"*, sagt sie. Sie reicht die Scheidung ein und lebt fortan wieder unter ihrem Geburtsnamen. Zehn Jahre später, als Knud Wollenberger in einem Brief Reue zeigt und sich entschuldigt, verzeiht sie ihm.

Jürgen Fuchs

„Was für bittere Jahre und wie groß die Chance, die wir jetzt haben!“ Beim Konzert, das Wolf Biermann im Dezember 1989 in Leipzig gibt, ergreift sein Freund Jürgen Fuchs das Wort. In seiner ruhigen, eindringlichen Art spricht er zu den über 4000 Menschen. Die bitteren Jahre – der Schriftsteller hat sie selber erlebt und beschreibt sie, als wäre er Chronist und nicht Betroffener.
Jürgen Fuchs gehört zu den eindrucksvollsten Figuren der Widerstandsbewegung in der DDR. Er wird 1950 in Reichenbach im Vogtland geboren. Der Vater ist Elektriker, die Mutter arbeitet bei der HO. 1969 macht er das Abitur. Die Erfahrungen bei der NVA mit ihrem Drill und ihren Schikanen verarbeitet er später in Aufsätzen und Büchern, u.a. in *Fassonschnitt und Pappkameraden.* 1971 nimmt er in Jena das Studium der Sozialpsychologie auf.

Ausgeschlossen

In Jena schließt Fuchs sich dem Arbeitskreis *Literatur und Lyrik* um Lutz Rathenow an und beginnt, Gedichte zu schreiben. Die Texte zeigen, wie seine marxistische Anschauung ins Wanken gerät. Er wird verwarnt, und 1975 schlägt die Obrigkeit zu: Ausschluss aus SED und Uni kurz vor Abschluss des Examens; seine Diplomarbeit trägt schon die Note *„sehr gut“*. Fuchs ist inzwischen verheiratet – seine Frau Liselotte erwartet ihr erstes Kind. Der Wechsel nach Berlin bietet sich an, da Fuchs in Verbindung zu Wolf Biermann und Robert Havemann steht. Havemann nimmt ihn und seine Frau in seinem Gartenhaus in Grünheide auf.

Neun Monate in Stasi-Haft

Nach der Ausbürgerung von Biermann im November 1976 schließt Fuchs sich den Protesten an. Wenige Tage später wird er verhaftet. Neun Monate verbringt er in der Strafanstalt Hohenschönhausen. Die Stasi versucht, ihn seelisch zu brechen. Dann stellen die Unterdrücker ihn vor die Wahl, mit seiner Familie nach Westberlin auszureisen oder eine mehrjährige Haftstrafe anzutreten. Es fällt ihm schwer, aber er willigt in die Ausreise ein. In Westberlin bleiben die Stasi-Mitarbeiter ihm auf der Spur. Sein Leben ist ständig bedroht. Aber das hindert Fuchs nicht, mit Freunden wie Roland Jahn die zurückgebliebenen Dissidenten zu unterstützen und sich ansonsten seine Erfahrungen mit der DDR von der Seele zu schreiben: *Gedächtnisprotokolle, Das Ende der Feigheit, Zersetzung der Seele …* – die meisten seiner Bücher markieren Stationen der Verfolgung. Im August 1991 ist er zu einer Anhörung im Reichstag zum Stasi-Unterlagen-Gesetz geladen. Mit Nachdruck fordert er, sich der DDR-Geschichte zu stellen: *„Es gilt auszuhalten, dass wir mit einer ekelhaften, aggressiven Wahrheit konfrontiert sind.“* Jürgen Fuchs stirbt 1999 an einer seltenen Form der Leukämie, der auch andere ehemalige Oppositionelle wie Rudolf Bahro und Gerulf Pannach erliegen.

1950 *Geburt in Reichenbach/Vogtland*

1970–1975 *Psychologiestudium*

1975 *Zwangsexmatrikulation*

1976–1977 *Stasi-Haft*

1987 *Thomas Dehler-Preis (zusammen mit Sascha Anderson)*

1999 *Tod in Berlin*

Alte und neue Lasten

255

Was 40 Jahre kommunistischer Diktatur in Ostdeutschland angerichtet haben, rückt erst richtig ins Bewusstsein, als es die DDR nicht mehr gibt. Natürlich war nicht alles schlecht. Es gab Nischen, selbstverständlich privates Glück, die Sicherheit des Arbeitsplatzes und manches mehr, was in guter Erinnerung bleibt. Dennoch ist das Erschrecken über die Hinterlassenschaft des SED-Regimes Anfang der 1990er-Jahre groß. Es sind nicht nur die Aktenberge der Staatssicherheit, die viele fassungslos machen. Auch das ganze Ausmaß des Verfalls der Städte und Dörfer, die Umweltweltzerstörung sowie die Folgen für die Gesundheit werden jetzt erst sichtbar. So leidet in den industriellen Ballungsgebieten fast jedes zweite Kind an Erkrankungen der Atemwege.
Zu den Altlasten kommen neue Probleme: Das größte im Gefolge der überstürzten Einigung ist die Massenarbeitslosigkeit. Innerhalb kurzer Zeit verlieren Hunderttausende ihre Existenz. Viele treibt es jetzt noch stärker als früher in den Westen. Um nicht auf staatliche Hilfe angewiesen zu sein, fahren zum Beispiel aus Gera täglich etwa 1300 Arbeitswillige mit Bussen in die 220 Kilometer entfernte Stadt Fürth in Franken, wo sie für ein Großversandhaus Pakete packen und Waren sortieren. Auch aus Jena, Suhl und anderen Städten strömen Tagespendler nach Westen. Sie wollen nicht untätig zu Hause herumsitzen.
Jugendliche, die für sich keine Perspektive sehen, siedeln gleich ganz in den Westen über, um dort ihr Glück zu versuchen. Baden-Württemberg, Bayern und andere Länder nehmen die jungen Leute gern auf. Sie sind zuverlässig, fleißig und anpassungsfähig.

256

255 Der Abwassersee der Filmfabrik Wolfen bei Bitterfeld (1991)

256 Der ehemalige Uran-Tagebau Lichtenberg (Thüringen) nach der Rekultivierung

Der Osten verliert seine Jugend

Zunächst sind es vor allem junge Männer, die abwandern, dann mehr und mehr auch gut ausgebildete junge Frauen. Der Osten verliert damit einen Teil seiner Jugend, auf die er beim Neubeginn dringend angewiesen ist. Ein weiteres Problem bilden die ungelösten Eigentumsfragen. Trotz der Abwanderung nimmt die Wohnungsnot noch zu. Geradezu verheerend wirkt sich der im Einigungsvertrag festgeschriebene Grundsatz „*Rückgabe vor Entschädigung*" aus. Danach können die ursprünglichen Eigentümer ihre Wohnungen und Häuser zurückfordern. Die ersten Besucher aus dem Westen lassen nicht lange auf sich warten. Manche kommen mit der Kamera und konfrontieren die Bewohner mit ihren Besitzansprüchen. „*Hiermit kündige ich Ihnen zwecks Eigenbedarf*" – solche Mitteilungen lösen regelmäßig Panik aus. Ungeklärte Eigentumsfragen blockieren manchmal auf Jahre hinaus die Renovierung. Insgesamt 7,2 Millionen Wohnungseinheiten gibt es in Ostdeutschland. Zwei Drittel der Altbauten gelten als sanierungsbedürftig. Auch wenn es sich um Bruchbuden handelt – die Mieten steigen. Die Anhebungen fallen zunächst gering aus. Dennoch sehen viele Familien sich nicht in der Lage, das zusätzliche Geld aufzubringen.

Zu den existenziellen Sorgen kommen die Alltagsprobleme. Die vielen neuen Gesetze, der lästige Gang zu den Ämtern – das alles fällt nicht leicht. In dieser Situation sind Parteien, Kirchen und Gewerkschaften vielfach mehr mit sich selbst beschäftigt als mit den Nöten der Menschen. Manche Politiker erweisen sich zudem als glatte Fehlbesetzung und scheitern bereits im ersten Anlauf.

Regine Hildebrandt

Das trifft nicht auf Regine Hildebrandt (SPD) zu, die Ministerin für Arbeit und Soziales in Brandenburg. Sie hat ihr Büro gewissermaßen in ihren Dienstwagen verlegt, ist Hunderttausende von Kilometern unterwegs, um an den Brennpunkten zu sein. „*Mutter Courage des Ostens*" wird sie genannt. Bundeskanzler Kohl bezeichnet sie als „*die Dame mit dem Geschrei einer Barrikadenkämpferin*". Doch die Brandenburger verstehen Regine Hildebrandt, die sich verzehrt und den Leuten Mut macht. „*Ich seh doch, was hier los ist*", sagt sie, „*und ich weiß es nur, weil ich bei den Leuten bin.*"

257

258

257 Regine Hildebrandt

258 Abriss von Plattenbauten in Eisenhüttenstadt (2005)

„Wessis"

Die Sieger der Geschichte kommen zumeist seriös und elegant daher – im Anzug, mit Aktenkoffer und einem Wagen der gehobenen Mittelklasse. Es handelt sich um Berater, Versicherungsvertreter, Makler, Unternehmer. Der *„Wilde Osten"* hat sie angelockt, die Aussicht auf eine schnelle Mark und vielleicht ein kleines Vermögen.

Der geleimte Ossi

Im Osten herrscht zeitweise Goldgräberstimmung. Allerdings sind die meisten *„Wessis"*, die nach Ostdeutschland kommen, ob als Kaufleute, Verwaltungsfachleute oder Beamte, rechtschaffene Bürger. Aber es gibt viele schwarze Schafe, die aus Profitgier den Gegensatz zwischen *„Ossis"* und *„Wessis"* noch vertiefen, statt zu helfen, ihn zu überwinden. Im ersten Ansturm wird der Osten von bestimmten Branchen gleichsam überrollt. In ihrer Unerfahrenheit lassen sich die Menschen Lebens-, Unfall-, und Auto-Versicherungen andrehen, bis sie begreifen, dass sie die Zahlungen dafür nicht aufbringen können. Der *„geleimte Ossi"* lässt sich zu *„leichten Nebentätigkeiten"* überreden und merkt viel zu spät, dass er einer Drückerkolonne angehört, die Klinken putzen geht und einem Absatzzwang unterliegt.

In den Kommunalverwaltungen tummeln sich neben westlichen Beamten und Angestellten, die beim Umbau der Behörde helfen, nicht selten Leute, die sich als Berater oder Investoren ausgeben, in Wirklichkeit aber nichts anderes als skrupellose Geschäftemacher sind. In Halle etwa rückt ein 27-jähriger Student aus Hildesheim zum Kanzleichef des Magistrats auf. In kurzer Zeit sichert sich der junge Mann eine Machtposition, die dem von Stasi-Vorwürfen geschwächten Oberbürgermeister gefährlich wird. In Teterow in Mecklenburg sind es Vermögensverwalter aus Bad Segeberg, die sich über dunkle Kanäle Anteile am Kommunalvermögen sichern.

Oft ist es auch der arrogante Ton, der die *„Wessis"* im Osten äußerst unbeliebt macht. Der Oberbürgermeister von Hoyerswerda, Horst-Dieter Brähmig (PDS), schildert der *Frankfurter Allgemeinen Zeitung*, welche Botschaft bei den Menschen ankommt: *„Ihr könnt nichts und ihr seid nichts. Ihr habt nur auf den Bäumen gesessen und mit den Fingern den wilden Honig geschleckt, den die Bienen für euch zusammengetragen haben."*

259 Protest gegen ungeklärte Eigentumsverhältnisse

259

„Ossis"

Im vereinten Deutschland ist nur wenig dazu angetan, Selbstwertgefühl und Stolz der Menschen im Osten zu stärken. Das Klagen, das ihnen später als Wehleidigkeit ausgelegt wird – „*Jammerossi*" und „*Besserwessi*" stehen sich gegenüber –, hat in den ersten Jahren der Einheit seine Berechtigung. Einmal sind es die materiellen Sorgen, mit denen sie zu kämpfen haben und die es mit sich bringen, dass der Gerichtsvollzieher an der Haustür klingelt – für Ostdeutsche eine ganz neue Erfahrung. An der Justizschule Radebeul in Sachsen werden im Schnellverfahren neue Gerichtsvollzieher ausgebildet. Sie lernen, Geld einzutreiben und Gegenstände zu pfänden, die mit dem sogenannten „*Kuckuck*", dem roten Aufkleber, versehen werden.

Ostalgie

Die Überschuldung der Haushalte wird zum Problem. Dazu kommen die Schwierigkeiten im Alltag. Mit den Westwaren rücken auch die Ladendiebe ein. Da jetzt über alles berichtet wird, entsteht der Eindruck, dass die Kriminalität insgesamt rapide zunimmt. Zur wachsenden Verunsicherung tragen Meldungen bei, ehemalige Sicherheitskräfte hätten ganze Waffenarsenale beiseite geschafft. Auch die Berichterstattung über immer neue spektakuläre Stasi-Fälle wirkt keineswegs beruhigend. Selbst im Straßenverkehr droht Unheil. Die Zahl der Verkehrstoten verdoppelt sich innerhalb kurzer Zeit. Autofahrer, die auf westliche Modelle umgestiegen sind, werden leichtsinnig und geraten in einen Geschwindigkeitsrausch, der zu tödlichen Unfällen führt. Verständlich, dass bei all dem Ungemach „*Ostalgie*" aufkommt, also die Sehnsucht nach der vermeintlich guten alten DDR-Zeit.

Schildersturm

Bei der Suche nach neuen Straßennamen, die überall einsetzt, läuft ebenfalls einiges schief. Manche können es gar nicht abwarten, dass der Schilderwald gelichtet wird. Zu ihnen gehört Bundeskanzler Kohl, der gelegentlich die *Otto-Grotewohl-Straße* in Berlin passiert. Nach den Worten eines Mitarbeiters würde Kohl „*am liebsten aus dem Auto springen und die Schilder eigenhändig abmontieren*". Gleich reihenweise verschwinden Namen wie Ernst Thälmann, Karl Marx und Rosa Luxemburg aus dem Straßenbild. Andererseits können sich auf dem Land die *Straßen der Aktivisten* und der *Jungen Pioniere* recht gut behaupten.

260

260 In Berlin wird die Otto-Grotewohl-Straße in Wilhelmstraße umbenannt (1993).

Aufbau Ost

261

261 Die Einkaufspassage „Petersbogen“ in Leipzig

262 Die wieder aufgebaute Frauenkirche in Dresden (2006)

Bevor das Aufbauwerk für Ostdeutschland in Gang kommt, gilt es, die Frage zu klären, welche Stadt eigentlich künftig die Hauptstadt Deutschlands sein wird: das liebenswürdige Bonn am Rhein, das für die Westbindung der alten Bundesrepublik steht, oder Berlin, die frühere Reichshauptstadt an der Schnittstelle zwischen Ost und West, die alle Höhen und Tiefen des 20. Jahrhunderts durchlebt hat.

Berlin gewinnt

Was viele für selbstverständlich halten, und zwar, dass nur Berlin als Hauptstadt infrage kommt, ist in Wirklichkeit heftig umstritten. Die Befürworter Bonns wollen alle Treueschwüre, die zuvor zugunsten Berlins gegeben wurden, nicht mehr gelten lassen. Stattdessen werfen sie der Spree-Metropole die Sünden der Vergangenheit vor, den preußischen Militarismus und den nationalen Größenwahn. Bei der namentlichen Abstimmung im Bundestag gewinnt Berlin im Juni 1991 mit einem knappen Vorsprung.
Etwa ein Jahr lang ist die Hauptstadtfrage diskutiert worden. Dabei geriet die mindestens ebenso bedeutsame Frage, was mit dem wirtschaftlich danieder liegenden Osten Deutschlands geschehen soll, zeitweise ganz aus dem Blickpunkt. Für den Aufbau Ost existiert kein Plan, sondern die Bereitschaft, Geldmittel in das *Gemeinschaftswerk Aufschwung Ost* zu geben. Für 1992 sind es etwa 22 Milliarden DM. Das Geld fließt in die Sanierung von Schulen, Krankenhäusern und Altenheimen sowie in den Ausbau des Straßen- und Schienennetzes. Die ostdeutschen Werften profitieren ebenso davon wie Projekte der Arbeitsbeschaffung und des Umweltschutzes. Die Verteilung geschieht nach dem Gießkannenprinzip: Viele bekommen etwas. Industrielle Kerngebiete entstehen erst allmählich.

Milliarden von West nach Ost

Obwohl der Finanzbedarf gewaltig ist, verweigert die Bundesregierung weiterhin Steuererhöhungen für den Aufbau Ost. Bis Ende der 1990er-Jahre klettert die Summe, die jährlich von West nach Ost fließt, auf rund 90 Milliarden DM. Inzwischen ist die Annahme, der Aufbau Ost werde rasch in einen allgemeinen Aufschwung münden, einer tiefen Ernüchterung gewichen.

Fortschritte

Einzelne Fortschritte sind in den fünf neuen Bundesländern allerdings unübersehbar. Ostdeutschland verfügt bald über das modernste Telefonnetz Europas. Der Ausbau von Straßen und Bahnverbindungen kommt gut voran. Und das Äußere der Dörfer und Städte ändert sich rasch zum Besseren. Das frühere Einheitsgrau der Häuser verschwindet. Die Fassaden sind bunt gestrichen, die Vorgärten gepflegt und die Bürgersteige neu angelegt. Mancher Ort ist kaum wiederzuerkennen. Industrieregionen wie das Chemiedreieck um Halle, denen kaum jemand eine Entwicklung zugetraut hätte, kommen dank kräftiger Subventionen wieder auf die Beine. Große Autohersteller, die den Osten als neuen Absatzmarkt sehen, investieren beträchtliche Summen in die Produktion vor Ort: *VW* in Dresden, Chemnitz und Zwickau-Mosel, *BMW* und *Porsche* in Leipzig, *Opel* in Eisenach und *Daimler* im thüringischen Kölleda und in Ludwigsfelde bei Berlin.

Kein zweites Wirtschaftswunder

Trotz dieser Erfolge bleiben die eigentlichen Probleme Ostdeutschlands ungelöst. Das sind die hohe Arbeitslosigkeit, der fehlende Mittelstand – das Rückgrad jeder Volkswirtschaft – und die Abwanderung junger Menschen. Ein zweites Wirtschaftswunder findet jedenfalls nicht statt. Stattdessen lähmen die Kosten der Einheit die Wirtschaft in ganz Deutschland. Nach der Jahrtausendwende droht die Staatsverschuldung ins Uferlose zu wachsen. Die Investitionen gehen zurück. Die Bundesrepublik, gerade noch als künftige europäische Großmacht gefürchtet, gerät deutlich ins Hintertreffen und erntet von ihren Nachbarn nur noch mitleidige Blicke.

Zu den Gründen des Niedergangs gehört auch die Tatsache, dass der Aufbau Ost nie zur Herzenssache der Deutschen geworden ist. Der Osten am Tropf – das ist die westliche Sicht der Dinge. Der Westen dominiert uns, betrachtet uns als Deutsche zweiter Klasse – so die östliche Wahrnehmung. Das Zusammenwachsen, von dem nach dem Fall der Mauer am 9. November 1989 die Rede war, dauert viel länger als angenommen.

262

Angela Merkel

1954 *Geburt in Hamburg*

1957 *Umzug in die DDR*

1973–1978 *Physikstudium*

1989 *Mitbegründerin des „Demokratischen Aufbruchs"*

1991–1994 *Bundesministerin für Frauen und Jugend*

1994–1998 *Bundesumweltministerin*

seit **2000** *CDU-Bundesvorsitzende*

2002–2005 *Vorsitzende der CDU/CSU-Bundestagsfraktion*

seit **2005** *Bundeskanzlerin*

Zugetraut hat ihr den Einzug ins Kanzleramt wohl niemand. Eine Frau, dazu aus Ostdeutschland, geschieden, wieder verheiratet, kinderlos und ohne besondere Ausstrahlung – nein, ein derartiger Aufstieg schien undenkbar. Und dennoch geht Angela Merkel diesen Weg. Die gebürtige Hamburgerin, Tochter eines Pfarrers und einer Lehrerin, die mit ihren Eltern 1957 in die DDR übersiedelt, wächst in Templin in der brandenburgischen Uckermark auf. Ihre Klassenkameraden haben sie als umgänglich und kameradschaftlich in Erinnerung, obwohl sie mit ihren hervorragenden Zensuren hätte angeben können. Als beste Russisch-Schülerin der DDR darf Angela Kasner – so lautet ihr Geburtsname – 1970 nach Moskau reisen. Dort kann sie *Yellow Submarine*, ihre erste Beatles-Platte ergattern.

Kohls Mädchen

Weil sie stets bescheiden auftritt, wird sie oft unterschätzt. In der Politik kann das von Vorteil sein und fast so wichtig wie ein mächtiger Fürsprecher. In ihrem Fall ist das kein Geringerer als Bundeskanzler Kohl, der sie gelegentlich *„mein Mädchen"* nennt.

Als die Einheit vollbracht ist und Lothar de Maizière das Handtuch wirft, setzt Kohl auf die politisch unbelastete Merkel. Sie war bei den Jungen Pionieren und später für die *FDJ* aktiv. Näher ist sie dem SED-Regime nicht gekommen. Kurz vor dem Untergang der DDR schlägt Merkel sich auf die Seite des *Demokratischen Aufbruchs*, macht sich nützlich beim Installieren von Computern, erledigt nebenbei die Pressearbeit und findet plötzlich Gefallen am politischen Getriebe. Als erklärte SED-Gegnerin tritt sie auch jetzt nicht auf. Der *Demokratische Aufbruch* schließt sich der CDU an, und die promovierte Physikerin klettert von Erfolg zu Erfolg: stellvertretende Regierungssprecherin unter de Maizière, Abgeordnete im Bundestag, Bundesministerin für Frauen und Jugend, Bundesumweltministerin. Zur Verblüffung mancher CDU-Größen traut Kohl ihr immer mehr zu. Und Merkel enttäuscht ihn nicht.

Erste Bundeskanzlerin

Als wegen der Parteispendenaffäre der Stern von Kohl sinkt, ist sein politisches Ziehkind schon fast am Ziel: Generalsekretärin der CDU, dann Parteivorsitzende. Neben der jeweils nötigen Kompetenz eignet Merkel sich auch die erforderliche Härte an. Kohl selber bekommt sie zu spüren, als Merkel im Dezember 1999 in einem Zeitungsaufsatz ihrer Partei rät, sich aus dem Schatten des mächtigen Ex-Kanzlers – inzwischen regieren SPD und Grüne – zu lösen. Ihre eigene Stunde kommt 2005. Sie tritt an die Spitze einer Großen Koalition aus CDU/CSU und SPD: Mit 51 Jahren ist sie die erste deutsche und gleichzeitig die jüngste Bundeskanzlerin – eine Karriere wie aus einem deutsch-deutschen Märchen.

Die Einheit und was daraus wurde

„Das Vergangene ist nicht tot; es ist nicht einmal vergangen. Wir trennen es von uns ab und stellen uns fremd.“

Christa Wolf in *Kindheitsmuster*

Nach über zwei Jahrzehnten deutscher Einheit ist die Bundesrepublik in der Normalität angekommen. Die äußeren Lebensumstände haben sich weitgehend angeglichen. Städte wie Leipzig und Dresden unterscheiden sich kaum noch von westdeutschen Metropolen. Im Bundestag etwa läuft der politische Betrieb inzwischen so reibungslos, als habe es die DDR gar nicht gegeben. Dass Rechtsextremisten Kommunal- und Landesparlamenten angehören, ist keine ostdeutsche Besonderheit. Dennoch ist das Trennende und das Fremde, von dem Christa Wolf schreibt, zu spüren. Zunächst wirkt die Spaltung weiter nach. Alle ursprünglichen Annahmen, es werde im Osten einen raschen Wandel geben, haben sich als falsch erwiesen. Der Prozess der *„inneren Einigung“* wird inzwischen auf zwei Generationen veranschlagt. Diese lange Dauer hat auch mit den Folgen der überstürzten staatlichen Einigung zu tun, die von den Ostdeutschen gewollt war. Damit sind sie die Sieger der Geschichte. Dennoch: Die Menschen im Osten, *„die für Hitler hatten doppelt büßen müssen“*, wie der Publizist Peter Bender schreibt, empfanden die Arbeitslosigkeit als eine Heimsuchung. Ob es sich um die Umweltzerstörung, die Aktenberge der Stasi, Anschläge von Rechtsextremisten oder die Aufarbeitung von Verbrechen der SED-Führung handelte – die Westdeutschen gaben stets den Ton an; sie bewerteten, klagten an, fällten Urteile. Der neue Rechtsstaat ließ es zu, dass ehemalige SED-Funktionäre und frühere Stasi-Mitarbeiter sich vor Gericht ansehnliche Pensionen erkämpften, die Opfer der SED-Diktatur aber mit geringen Beträgen abgespeist wurden. Wie sollte unter solchen Umständen ein neues Wir-Gefühl entstehen! Die Einheit hat – so bitter es klingen mag – einen Teil der während der Spaltung mühsam aufrechterhaltenen Bindungen zerstört. Hinzu kommt, dass das Projekt Aufbau Ost, also die Unterstützung des Westens, zu einem Dauerauftrag im innerdeutschen Zahlungsverkehr verkümmert ist. Bis zum Jahr 2019 sind die Gelder festgeschrieben. Schon 2004 fragte *Der Spiegel: „1250 Milliarden Euro – Wofür?“*

Immerhin, die Beschäftigung mit der DDR steht inzwischen auf einer breiten Basis. Aufsätze, Rundfunk- und Fernseh-Dokumentationen, Bücher sowie Filme klären auf, analysieren und schieben der Nostalgie-Welle, also der Sehnsucht nach der *„guten alten SED-Zeit“*, einen Riegel vor. Zeitgeschichtliche Institute, Stiftungen sowie Gedenkstätten und Museen sorgen dafür, dass die DDR als Thema aktuell bleibt. Schon deswegen sollte man nicht von einer gescheiterten Einheit sprechen. Die Gefahr einer weiteren *„inneren Spaltung“* ist jedoch gegeben. Deshalb gilt, das Vergangene als notwendigen Bestandteil der Gegenwart anzunehmen.

Museen und Gedenkstätten

DDR-Museen

Das DDR-Webmuseum
www.ddr-ausstellung.de

DDR-Museum „Zeitreise“
Wasastrasse 50
01445 Radebeul
Tel. 03 51/8 35 17 80
www.ddr-museum-dresden.de

DDR-Museum Pirna
Rottwerndorfer Straße 45
01796 Pirna
Tel. 0 35 01/77 48 42
www.ddr-museum-pirna.de

Zeitgeschichtliches Forum Leipzig
Grimmaische Straße 6
04109 Leipzig
Tel. 03 41/2 22 00
www.hdg.de

Haus der Geschichte Wittenberg PFLUG e.V.
Schlossstraße 6
06886 Wittenberg
Tel. 0 34 91/66 94 52
www.pflug-ev.de/hdg1.htm

DDR-Museum
Reichenbacher Straße 59-61
07973 Greiz
Tel. 0 36 61/67 48 94
www.antik-opitz.de/eing.htm

Deutsches Historisches Museum
Unter den Linden 2
10117 Berlin
Tel. 030/20 30 40
www.dhm.de

DDR Museum Berlin
Karl-Liebknecht-Straße 1
10178 Berlin
Tel. 030/8 47 12 37 31
www.ddr-museum.de

East Side Gallery
Mühlenstraße
10243 Berlin
www.eastsidegallery.com

Museum Haus am Checkpoint Charlie
Friedrichstraße 43–45
10969 Berlin-Kreuzberg
Tel. 030/2 53 72 50
www.mauermuseum.de

N-Ost-algie-Museum zu Brandenburg an der Havel
Steinstraße 52
14776 Brandenburg an der Havel
Tel. 0 33 81/22 06 20
www.n-ost-algie.de

Dokumentationszentrum Alltagskultur der DDR
Erich-Weinert-Allee 3
15890 Eisenhüttenstadt
Tel. 0 33 64/41 73 55
www.alltagskultur-ddr.de

DDR-Museum und -Gaststätte Tutow
Im Pommernring 22
17129 Tutow
Tel. 03 99 99/7 05 57
www.ddr-museum-tutow-mv.de

DDR-Museum im „Filmpalast“
Kirchenstraße 25
17213 Malchow
Tel. 03 99 32/1 80 00
www.ddr.museum.ist.online.ms

Ausstellung und Dokumentationszentrum Bürgerkomitee Sachsen-Anhalt e.V.
Umfassungsstraße 76
39124 Magdeburg
Tel. 03 91/2 53 23 16
www.buergerkomitee.de

DDR-Museum „Ostalgie-Kabinett“
Lange Straße 35 A
39171 Langenweddingen
Tel. 03 92 05/2 14 85
www.ostalgie-kabinett.de

Haus der Geschichte der Bundesrepublik Deutschland
Willy-Brandt-Allee 14
53113 Bonn
Tel. 02 28/9 16 50
www.hdg.de

DDR-Museum „Gegen das Vergessen“
Hagenschießstraße 9
75175 Pforzheim
Tel. 0 72 31/6 21 91
http://www.pforzheim-ddr-museum.de

Deutsch-Deutsches Museum Mödlareuth e.V.
Mödlareuth Nr. 13
95183 Töpen
Tel. 0 92 95/13 34
www.moedlareuth.de

Museumsbaracke „Olle DDR“
Bahnhofstraße 42
99510 Apolda
Tel. 0 36 44/55 36 22
www.olle-ddr.de

Stichting DDR-Collectie
p/a Friso de Zeeuw
Bereklauw 10
1141 KM Monnickendam
Holland
Tel. 00 31/(0)299/65 18 72
www.ddr-museum.nl

Stasi-Museen

Informations- und Dokumentationszentrum Dresden
Riesaer Straße 7
Seiteneingang „C“
01129 Dresden
Tel. 03 51/2 50 80
www.bstu.bund.de

Museum in der „Runden Ecke“ mit dem Museum im Stasi-Bunker
Dittrichring 24
04109 Leipzig
Tel. 03 41/9 61 24 43
www.runde-ecke-leipzig.de

Museum im Stasi-Bunker Machern
Flurstück 439
04827 Machern
Tel. 03 41/9 61 24 43

Informations- und Dokumentationszentrum Halle
Blücherstraße 2
06122 Halle
Tel. 03 45/61 41 27 33
www.bstu.bund.de

Informations- und Dokumentationszentrum der Bundesbeauftragten
Mauerstraße 38
10117 Berlin
Tel. 030/23 24 79 51
www.bstu.bund.de

Stasi-Museum Berlin Forschungs- und Gedenkstätte Normannenstraße
Ruschestraße 103, Haus 1
10365 Berlin
Tel. 030/5 53 68 54
www.stasi-museum.de

Informations- und Dokumentationszentrum Frankfurt (Oder)
Fürstenwalder Poststraße 87
15234 Frankfurt (Oder)
Tel. 03 35/6 06 80
www.bstu.bund.de

Baudenkmal Bunker Harnekop
Lindenallee 1
16269 Harnekop
Tel. 030/96 20 49 30
www.bunker-harnekop.de

Dokumentations- und Gedenkstätte Rostock
Hermannstraße 34b
18055 Rostock
Tel. 03 81/49 85 65 12
www.bstu.bund.de

Bunkermuseum Frauenwald
Am Rothenberg 1
98711 Frauenwald
Tel. 03 67 82/6 22 00
www.waldhotel-rennsteighoehe.de/html/stasi_bunkermuseum.html

Informations- und Dokumentationszentrum Erfurt
Petersberg Haus 19
99084 Erfurt
Tel. 03 61/5 51 90
www.bstu.bund.de

Gedenkstätten und Grenzmuseen

Gedenkstätte Bautzner Straße Dresden
Bautzner Straße 114–116
01099 Dresden
Tel. 03 51/6 56 88 48
www.gedenkstätte-bautzen.de

Gedenkstätte Bautzen
Weigangstraße 8a
02625 Bautzen
Tel. 0 35 91/4 04 74
www.gedenkstaette-bautzen.de

Erinnerungs- und Begegnungsstätte im ehemaligen Geschlossenen Jugendwerkhof Torgau
Fischerdörfchen 15
04860 Torgau
Tel. 0 34 21/71 42 03
www.jugendwerkhof-torgau.de

Gedenkstätte „Roter Ochse"
Am Kirchtor 20 b
06108 Halle (Saale)
Tel. 03 45/20 13 37

Erinnerungsstätte Notaufnahmelager Marienfelde
Marienfelder Allee 66–80
12277 Berlin
Tel. 030/75 00 84 00
www.enm-berlin.de

Gedenkstätte Berlin-Hohenschönhausen
Genslerstraße 66
13055 Berlin
Tel. 030/98 60 82 30
www.stiftung-hsh.de

Gedenkstätte Berliner Mauer
Bernauer Straße 111
13355 Berlin
Tel. 030/4 64 10 30
www.berliner-mauer-dokumentationszentrum.de

Bildungs- und Dokumentationsstätte „Lindenstraße 54"
Lindenstraße 54/55
14467 Potsdam
Tel. 03 31/2 89 61 36

Erinnerungs- und Begegnungsstätte Grenzkontrollpunkt Dreilinden/Drewitz CHECKPOINT BRAVO e.V.
Bärlappsenke 2
14532 Kleinmachnow
Tel. 03 32 03/2 37 38
www.checkpoint-bravo.de

Gedenk- und Dokumentationsstätte „Opfer der politischen Gewaltherrschaft"
Collegienstraße 10
15230 Frankfurt (Oder)
Tel. 03 35/6 80 27 12

Gedenkstätte Internierungslager Ketschendorf in Fürstenwalde
Stadtmuseum
Mühlenstraße 26
15517 Fürstenwalde
Tel. 0 33 61/30 78 73

Ostsee-Grenzturm
Ostseeallee 1a
18225 Kühlungsborn
Tel. 03 82 93/41 12 91
www.ostsee-grenzturm.com

Grenzhus Schlagsdorf
Neubauernweg 1
19217 Schlagsdorf
Tel. 03 88 75/2 03 26
www.grenzhus.de

Heimatstube der „Dorfrepublik" Rüterberg
Am Brink 3
19303 Rüterberg
Tel. 03 87 58/2 22 13

Grenzlandmuseum Swinmark
Göhr Nr. 13
29465 Schnega
Tel. 0 58 42/600
www.grenzlandmuseum-goehr.de

Grenzlandmuseum Schnackenburg
Am Markt 4
29493 Schnackenburg
Tel. 0 58 40/210
www.aulosen.de/grenzlandmuseum.htm

Info-Stelle über die Grenze zur ehemaligen DDR
Am Kalkofen 6
36142 Tann
Tel. 0 66 82/16 55

Grenzmuseum Philippsthal
Schloss 6
36269 Philippsthal (Werra)
Tel. 0 66 20/9 21 00

Mahn-, Gedenk- und Bildungsstätte „Point Alpha"
Markt 27
36419 Geisa
Tel. 03 69 67/690
www.pointalpha.com

Heimatmuseum Geisa
Schlossplatz 5
36419 Geisa
Tel. 03 69 67/7 52 16
www.rhoenline.de/heimatmuseum_geisa.html

Dokumentationszentrum zur deutschen Nachkriegsgeschichte
Markstraße 2
37281 Wanfried
Tel. 0 56 55/13 12

Grenzmuseum „Schifflersgrund"
Platz der Wiedervereinigung 1
37318 Asbach/Sickenberg
Tel. 03 60 87/9 84 09
www.grenzmuseum.de

Grenzlandmuseum Eichsfeld
Duderstädter Straße 5
37339 Teistungen
Tel. 03 60 71/9 71 12
www.grenzlandmuseum.de

Grenzlandmuseum Bad Sachsa
Hinterstraße 1a
37441 Bad Sachsa
Tel. 0 55 23/9 99 73
www.gm-badsachsa.de

Gedenkstätte Grenze Mattierzoll
Schulstraße
38170 Winnigstedt
Tel. 0 53 36/9 09 22

Heimatmuseum Hornburg
Montelabbateplatz 1
38315 Hornburg
Tel. 0 53 34/14 11

Zonengrenzmuseum Helmstedt
Südertor 6
38350 Helmstedt
Tel. 0 53 51/1 21 11 33
www.helmstedt.de

Landwirtschaftliches Museum Böckwitz mit Grenzausstellung
Im Rundling 2
38486 Böckwitz
Tel. 03 90 08/8 00 45
www.museum-boeckwitz.de

Freiland-Grenzmuseum Sorge
Försterbergstraße 3
38875 Sorge
Tel. 03 94 57/32 39

Gedenkstätte Deutsche Teilung Marienborn
An der BAB 2
39365 Marienborn
Tel. 03 94 06/9 20 90
http://www.grenzdenkmaeler.de/gendenkstaette-marienborn.html

Grenzdenkmal Hötensleben
Wallstraße 3
39393 Hötensleben
Tel. 03 94 05/5 06 60
www.grenzdenkmaeler.de/grenzdenkmal-hoetensleben.html

Gedenkstätte Heinersdorf-Welitsch
Landratsamt Kronach
Büterstraße 18
96317 Kronach
Tel. 0 92 61/2 04 80
www.heinersdorf.com

Gedenkstätte Probstzella-Ludwigstadt
Landratsamt Kronach
Büterstraße 18
96317 Kronach
Tel. 0 92 61/2 04 80

Informationsstelle über die Teilung Deutschlands
Georg-Langbein-Straße 1
96465 Neustadt bei Coburg
Tel. 0 95 68/8 11 26
www.neustadt-bei-coburg.de

Museum für Grenzgänger
Martin-Reinhard-Straße 9
97631 Bad Königshofen
Tel. 0 97 61/4 09 34
www.museum-fuer-grenzgaenger.de

Gedenkstätte Billmuthausen
Waldstraße 19
98646 Hildburghausen
Tel. 0 36 85/70 68 85

Register

Literaturverzeichnis

Rudolf Bahro: Die Alternative – Zur Kritik des real existierenden Sozialismus, Köln – Frankfurt/M. 1977
Bernd-Rainer Barth, Christoph Links, Helmut Müller-Enbergs, Jan Wielgohs (Hrg.): Wer war Wer in der DDR, Frankfurt/M. 1996
Peter Bender: Deutschlands Wiederkehr. Eine ungeteilte Nachkriegsgeschichte 1945–1990, Stuttgart 2007
György Dalos: 1956 – Der Aufstand in Ungarn, München 2006
Die DDR. Eine Chronik deutscher Geschichte, St. Gallen 2004
Rainer Eckert: Was stimmt? DDR – Die wichtigsten Antworten, Freiburg i. B. 2007
Wolfgang Eisert: Die Waldheimer Prozesse. Der stalinistische Terror 1950, München 1993
Bettina Effner, Helge Heidemeyer (Hg.): Flucht im geteilten Deutschland, Berlin 2005
Rainer Eppelmann: Fremd im eigenen Haus. Mein Leben im anderen Teil Deutschlands, Köln 1993
Regine Falkenberg, Carola Jüllig, Jörn Schütrumpf (Hg.): Parteidiktatur und Alltag in der DDR, Berlin 2007
Thomas Flemming, Hagen Koch: Die Berliner Mauer – Geschichte eines politischen Bauwerks, Berlin 2004
Karl-Wilhelm Fricke: Die DDR-Staatssicherheit. Entwicklung, Strukturen, Aktionsfelder, Köln 1989
Karl Wilhelm Fricke, Peter Steinbach, Johannes Tuchel (Hrg.): Opposition und Widerstand in der DDR – Politische Lebensbilder, München 2002
Jürgen Fuchs: Gedächtnisprotokolle, Reinbek 1977
Jürgen Fuchs: Vernehmungsprotokolle, Reinbek 1978
Günter Gaus: Zur Person – Gisela May, orb/rbb, 18. Juli 2001
Gedenkstätte Berlin-Hohenschönhausen (Hg.): Die vergessenen Opfer der Mauer. Flucht und Inhaftierung in Deutschland 1961–1989
Geschichte der SED – Abriß, Berlin 1978
David Gill, Ulrich Schröter: Das Ministerium für Staatssicherheit. Anatomie des Mielke-Imperiums, Reinbek 1993
Roman Grafe: Die Grenze durch Deutschland – Eine Chronik von 1945 bis 1990, München 2005
Robert Grünbaum: Wolf Biermann 1976: Die Ausbürgerung und ihre Folgen, Erfurt 2006
Robert Havemann: Ein deutscher Kommunist. Rückblicke und Perspektiven aus der Isolation, Reinbek 1978
Robert Havemann: Fragen, Antworten, Fragen – Aus der Biographie eines deutschen Marxisten, Reinbek 1972
Jana Hensel: Zonenkinder, Reinbek 2004
Peter Hertel: Pfarrer Brüsewitz und die Folgen, NDR 2, 3. 4. 1977
Stefan Heym: 5 Tage im Juni, München, Gütersloh, Wien 1974
Tobias Hollitzer, Reinhard Bohse (Hg.): Heute vor zehn Jahren – Leipzig auf dem Weg zur Friedlichen Revolution, Bonn, Dover 2000
Erich Honecker: Aus meinem Leben, Berlin 1989
Walter Janka: Schwierigkeiten mit der Wahrheit, Reinbek 1989
Eckhard Jesse (Hg.): Friedliche Revolution und deutsche Einheit – Sächsische Bürgerrechtler ziehen Bilanz, Berlin 2006
Matthias Judt (Hg.): DDR-Geschichte in Dokumenten, Bonn 1998
Gustav Just: Zeuge in eigener Sache, Frankfurt/M. 1990
Jens König: Gregor Gysi. Eine Biographie, Berlin 2005
Ingrid Krüger (Hg.): Kommen wir zur Tagesordnung – Literarische Reportagen aus der DDR, Darmstadt und Neuwied 1985
Ilko-Sascha Kowalczuk, Tom Sello (Hg.): Für ein freies Land mit freien Menschen. Opposition und Widerstand in Biographien und Fotos, Berlin 2006
Karsten Krampitz, Lothar Tautz, Dieter Ziebarth (Hg.): Ich werde dann gehen … Erinnerungen an Oskar Brüsewitz, Leipzig 2006
Manfred Krug: Abgehauen, München 2001
Irena Kukutz/Katja Havemann: Geschützte Quelle. Gespräche mit Monika H. alias Karin Lenz, Berlin 1990
Vera Lengsfeld: Von nun an ging´s bergauf … Mein Weg in die Freiheit, München 2002
Wolfgang Leonhard: Die Revolution entlässt ihre Kinder, Frankfurt/M. – Berlin – Wien 1972
W. I. Lenin: Über die Jugend, Moskau 1969
Wolfgang Leonhard: Spurensuche, Köln 1992
Wolfgang Leonhard: Meine Geschichte der DDR, Berlin 2007
Christoph Links, Sybille Nitsche, Antje Taffelt: Das wunderbare Jahr der Anarchie. Von der Kraft des zivilen Ungehorsams 1989/90
Ulrich Mählert: Kleine Geschichte der DDR 1949–1989, München 2004
Peter Maser: Die Kirchen in der DDR, Bonn 2000
Armin Mitter, Stefan Wolle (Hg.): Ich liebe euch doch alle! Befehle und Lagebrichte des MfS Januar-November 1989
Ehrhart Neubert: Geschichte der Opposition in der DDR 1949–1989, Bonn 1997
Wilfriede Otto: Erich Mielke. Eine Biographie. Aufstieg und Fall eines Tschekisten, Berlin 2000
Elisabeth Pfister: Unternehmen Romeo. Die Liebeskommandos der Stasi, Berlin 1999
Ulrich Plenzdorf, Rüdiger Dammann (Hrg.): Ein Land genannt die DDR, Frankfurt/M. 2005
Peter Przybylski: Tatort Politbüro. Die Akte Honecker, Reinbek 1992
Marianne Quoirin: Agentinnen aus Liebe. Warum Frauen für den Osten spionierten, Frankfurt/M 1999
Fritz J. Raddatz: Karl Marx – eine politische Biographie, Hamburg 1975
Gerhard Rein: Die protestantische Revolution 1987–1990, Berlin 1990
Alexander Schalck-Golodkowski: Deutsch-deutsche Erinnerungen, Reinbek 2000
Peter Schütt: Hamburgs Rote Sendung. Legenden über die Hauptstadt des deutschen Proletariats, FAZ, 30. März 1996
Anna Seghers: Aufsätze, Ansprachen, Essays 1927–1953, Berlin 1984
Stefan Sommer: Das große Lexikon des DDR-Alltags, Berlin 2003
André Steiner: Von Plan zu Plan. Eine Wirtschaftsgeschichte der DDR, München 2004
Stiftung Haus der Geschichte der Bundesrepublik Deutschland (Hg.): Erlebnis Geschichte, Bonn 2003
Stiftung Haus der Geschichte der Bundesrepublik Deutschland Zeitgeschichtliches Forum Leipzig (Hg.): Einsichten. Diktatur und Widerstand in der DDR, Leipzig 2001
Stiftung Haus der Geschichte der Bundesrepublik Deutschland, Bundeszentrale für politische Bildung (Hg.): Rock! Jugend und Musik in Deutschland, Berlin 20005
Verein Berliner Mauer (Hg.): Die Berliner Mauer, Ausstellungskatalog Dokumentationszentrum Berliner Mauer, Berlin 1999
Hermann Vinke: Das Dritte Reich, Ravensburg 2005
Hermann Vinke (Hg.): Akteneinsicht Christa Wolf. Zerrspiegel und Dialog, Hamburg 1993
Jutta Voigt: Der Geschmack des Ostens – Vom Essen, Trinken und Leben in der DDR, Berlin 2005
Hermann Weber: Aufbau und Fall einer Diktatur, Köln 1991
Hermann Weber: Geschichte der DDR, München 1999
Hermann Weber: „Weiße Flecken in der Geschichte". Die KPD-Opfer der Stalinschen Säuberungen und ihre Rehabilitierung, Frankfurt/M. 1989
Uwe Wittstock: Von der Stalinallee zum Prenzlauer Berg. Wege der DDR-Literatur 1949–1989, München-Zürich 1989
Heinrich August Winkler: Der lange Weg nach Westen – Deutsche Geschichte, zwei Bände: vom Ende des Alten Reichs bis zum Untergang der Weimarer Republik und vom „Dritten Reich" bis zur Wiedervereinigung, München 2002
Markus Wolf: In eigenem Auftrag. Bekenntnisse und Einsichten, München 1991
Markus Wolf: Freunde sterben nicht, Berlin 2002
Markus Wolf: Spionagechef im geheimen Krieg, München 2002
Stefan Wolle: DDR, Frankfurt/M. 2004
Stefan Wolle: Die heile Welt der Diktatur. Alltag und Herrschaft in der DDR 1971–1989, Bonn 1999

Bildquellennachweis

o = oben, u = unten, l = links, r = rechts, M = Mitte

akg-images, Berlin: 15, 18 (Bildarchiv Pisarek), 19, 20, 22, 25o.r. (Erich Lessing), 25u.l., 27 u.l., 27u.r., 29, 30, 31o, 33o, 36u, 38, 39u.l., 39r.o., 39 M.r. (Bildarchiv Pisarek), 41, 42, 43 (Hilbich), 44o, 44u, 46o (Tony Vaccaro), 46u, 47, 48, 49u.l., 49u.r. , 49o.r., 50, 52, 54u, 67 (Gisela Stappenbeck), 77o.r., 83r, 92u.l., 103, 106o.l., 121 M.u., 137o.r., 151u.r. (AP), 181, 203u, 220u.r.
Bibliographisches Institut & F.A. Brockhaus AG, Mannheim: 21o, 21u, 61u.r.
dpa/Picture-Alliance, Frankfurt: 180
Gedenkstätte Deutscher Widerstand, Berlin: 35, 75
Gorbatschow-Stiftung Günther M. Handke: Seite 203o
Keystone Pressedienst: 146o.l.
Peter Leibing, Hamburg: 107u.r.
Robert-Havemann-Gesellschaft, Berlin: Seite 178 (Fotograf: Hans-Helmut Kurz), 213u.l.
Thomas Hoepker/MagnumPhotos/Agentur Focus: 97, 118, 119u.
Ulrike Schneider: 247
ullstein bild, Berlin: 4o (Lintow), 5u (ADN-Bildarchiv), 9 (Nowosti), 10o.l. (KPA), 10u (histopics), 11, 12, 13o.r. (Nowosti), 13u.r., 14, 16, 17 (Wlocka), 23, 24 (Photos 12), 26 (dpa), 28 (Archiv Gerstenberg), 31 M.l. (KPA), 31u.r. (DHM/Schwarzer), 32o (P/F/H), 32u (Bildstelle VFWD(L)), 33u (ADN-Bildarchiv), 34o (ADN-Bildarchiv), 34u (dpa), 36o, 37, 40 (dpa), 51u, 51o.r., 53, 54, 55o, 55u, 56o, 56u, 57o.r. (Sven Simon), 57u, 58 (HDG, Bonn), 59 (BPA), 60, 61o.r., 62o.l., 62u.r., 63o.r. (Herrmann), 64u.l., 65o.r. (DHM/Schwarzer), 65u (gardi), 66o.l. (ADN-Bildarchiv), 66u (Quade), 68, 69, 70 (dpa), 71u.l. (AKG Pressebild), 71u.r., 72 (Jung), 73 (ddp), 74, 76o.l. (CARO/Muhs), 76u (Drescher), 77 M.r. (Winkler), 77u (yoko), 78 (B. Friedrich), 79, 81 (Roger Viollet), 82o.l., 82u, 83u.l., 83M, 84o.l., 84u, 85o.r., 86, 87o.r., 87u.r., 88, 89, 90, 91o.r., 91u.r. (Abraham Pisarek), 92o.l., 92u.r. (Schirner X), 93o.r., 93 M.r., 93u.r., 94o.l., 94u.l. (aslu), 95 (ADN-Bildarchiv), 96, 97o.r. (Nowosti), 100 (Langrock), 101 (Archiv Gerstenberg), 102o.l. (Keystone), 102u.l. (dpa), 104o.l. (Czechatz), 105, 107u.l. (Lintow), 107M (Hilde), 108 (Teutoburgpress), 109 (Himsel), 110u.l. (Bladt), 110u.r. (Gadewoltz), 112o.l. (Bernd Thiele), 112u (Dieter Otto), 114o.l. (KPA), 114u.l. (Lehnarzt), 115o.r. (dpa), 116 (XAMAX), 117 (P.S.I. BONN), 120 (Nowosti), 121o.r. (Sven Simon), 122 (DHM/Schwarzer), 123 (Steinberg), 125 (ADN-Bildarchiv), 126o.l. (Imagno), 126u.l. (Reuters), 127 (Gisberth Paech), 128o.l. (ADN-Bildarchiv), 128u.l. (P/F/H), 129 (ADN-Bildarchiv), 131 (ADN-Bildarchiv), 132o.l. (ADN-Bildarchiv), 132u (ADN-Bildarchiv), 134 (Probst), 135u.l. (Schulze), 135o.r. (dpa), 136o.l. (Lehnarzt), 137u (ADN-Bildarchiv), 138o.l. (Probst), 138u.l. (Ritter), 139o.r. (Schoelzel), 139u.l. (P/F/H), 139u.r. (Momentphoto), 140 (Probst), 141o.l. (ADN-Bildarchiv), 141u (Tollkühn), 142 (dpa), 143 (Rust), 144 (Fabig), 145o.l., 145u.r. (Vision Photos), 146 M.l., 146u.l. (Roger Viollet), 147, 148o.l. (Ritter), 148u.l. (Zentralbild), 148u.r. (Lehnarzt), 149o.r. (Gisberth Paech), 149u.r. (AP), 150 (BPA), 151o.r. (Sven Simon), 152o.l. (AP), 152u, 153 (AP), 154o.l. (Ritter), 154u (dpa), 155 (dpa), 156u (Mehner), 157o.r. (Schirner X), 157u.r. (Messerschmidt), 158, 159 (Winkler), 160 (dpa), 161o.r. (Herzog), 161u.r. (Grabowski), 162o.l. (dpa), 162u.l. (BPA), 163o.r. (Thie), 163u (Braczyk), 164 Bildnr. 179, 180, 184 (Abraham Pisarek), 164 Bildnr. 181, 164 Bildnr. 182 (Andree), 164 Bildnr. 184 (Koppe), 165 (Zeckai), 166o.l. (dpa), 166u (Kucharz), 167 (Zeckai), 168, 169 (dpa), 170 (B. Friedrich), 171o.r. (Barth), 172 (KPA)173 (Lammel), 174 (ADN-Bildarchiv), 175 (ADN-Bildarchiv), 176 (dpa), 177 (Kobelt(L)), 179o.r. (Barth), 182 (Rieth), 183 (ADN-Bildarchiv), 184o.l. (Wiezorreck), 184u.l. (Thie), 185o.r. (Lehnarzt), 185u.r. (Wiese), 186 (Bonn-Sequenz), 187o.r. (dpa), 188o.l. (ADN-Bildarchiv), 188u.l. (Ritter), 189o.r. (Probst), 190 (Ritter), 191 (Hohlfeld), 192o.l. (Poly Press), 192u.l. (Nowosti), 193 (PAI-Foto.pl), 194o.l. (Mehner), 194u.l. (Lange), 195 (vario images), 196o.l. (Nowosti), 196u (Werek), 197o.r. (ADN-Bildarchiv), 197u.r. (CARO/Kaiser), 198 (dpa), 199 (Mehner), 200o.l. (Rieth), 200u.l. (dpa), 201o.r. (Sven Simon), 201u.l. (BPA), 201u.r. (AP), 202 (Sven Simon), 203o.r. (ITAR-TASS), 204 (AP), 205o.r. (Rieth), 205u.r. (Schoelzel), 206 (Sven Simon), 207r.o. (Schneider), 207 M.r. (Brückmann), 207u.r. (Hohlfeld), 208o.l. (ADN-Bildarchiv), 208u.l. (dpa), 209 (Seyboldt), 210o.l. (dpa), 210u.r. (AP), 211 (BPA), 212o.l. (dpa), 212u.l. (AP), 213o.l. (Andree), 213 M.l. (Lammel), 213u.l. (P/F/H), 213o.r. (Lengemann), 213 M.r. (P/F/H), 213u.r. (Jüschke), 214o.l. (Seyboldt), 214u.l. (Weber), 215o.r. (Seyboldt), 215u.r. (Reuters), 216o.r. (aslu), 216 M.r. (Jakob), 216u.r. (vario images), 217o.l. (dpa), 217u (Poly Press), 218o.l. (Lammel), 218u.l. (Siewert), 219 (Poly Press), 220o.l. (vario images), 221o.r. (Succo), 221u (ADN-Bildarchiv), 222 (dpa), 223 (Bodig), 224 (ADN-Bildarchiv), 224/225 Hintergrund (dpa), 224u.r. (Sewcz), 225o.r., 225u (ADN-Bildarchiv), 226 (dpa), 227o.l. (ADN-Bildarchiv), 227 M.r. (Imagebroker.net), 228 (Sven Simon), 229o.r. (Oed), 229u.r. (BPA), 230o.l. (ADN-Bildarchiv), 230u.l. (Schneider), 231 (P/F/H), 232o.l (Langrock), 232u.l. (Zentralbild), 233o.r. (Rieth), 233u.l. (P/F/H), 233u.r. (P/F/H), 234 (KPA), 235 (ADN-Bildarchiv), 236 (dpa), 237u.l. (AP), 237u.r. (Karwasz), 238o.l. (Ginbas), 238r (CARC/ Muhs), 239 (Purschke), 240 (Christian Bach), 241 (Schleyer), 242o.l. (Imagebroker.net), 242u (Zentralbild), 243o.r. (Breuel-Bild), 243u.r. (JOKER/Eglaw), 244 (Siewert), 245u.r. (Herrmann), 246 (Lange), 247, 248 (Karwasz)
Wikimediacommons, Jwnabd (gemeinfrei): Umschlagillustration (Vorlage)

Der Verlag dankt allen Personen und Institutionen für die Genehmigung zum Abdruck von Bildmaterial, auf dem ein Urheberrecht ruht. Es wurde größtmögliche Sorgfalt darauf verwendet, die Rechtsinhaber zu ermitteln und zu nennen. Sollten dabei Fehler unterlaufen sein, bitten wir um Benachrichtigung.

Die Dokumentation „Die DDR“ verzichtet auf Anmerkungen und Quellenbelege. An vielen Stellen werden Autoren und ihre Werke direkt genannt. In einzelnen Fällen, etwa bei Porträts lebender Zeitzeugen, verwendet der Autor Zitate aus eigenen Interviews.

Zitate und Begriffe aus der Terminologie der DDR sind *kursiv* und mit Anführungszeichen gesetzt. Publikationen, Gesetze, Verträge, Eigennamen, Verbände, Organisationen und Gruppierungen etc. sind, soweit sie hervorgehoben wurden, *kursiv* gesetzt. Alle historischen Schreibweisen und Zitate wurden in die neue Rechtschreibung übertragen.

Bibliografische Information der Deutschen Nationalbibliothek:

Die Deutsche Nationalbibliothek verzeichnet diese Publikation in der Deutschen Nationalbibliografie. Detaillierte bibliografische Daten sind im Internet über *http://dnb.d-nb.de* abrufbar.

3 2 1 C B A

Fachberatung: Prof. Dr. Rainer Eckert

Printed in Germany
ISBN 978-3-473-55388-4

www.ravensburger.de